U1014700

阎宗临 著

郭汾阳
宋若云 编
阎守扶

YANZONGLIN
WENXUE ZUOPINJI

阎宗临文学作品集

中国大百科全书出版社

图书在版编目（CIP）数据

阎宗临文学作品集/阎宗临著；郭汾阳，宋若云，阎守扶编.—北京：中国大百科全书出版社，2014.5

ISBN 978-7-5000-9341-1

Ⅰ.①阎… Ⅱ.①阎…②郭…③宋…④阎… Ⅲ.①中国文学—当代文学—作品综合集 Ⅳ.①I217.2

中国版本图书馆CIP数据核字（2014）第075983号

策 划 人：郭银星
责任编辑：李玉莲
装帧设计：博越图文·程然
责任印制：魏 婷
出版发行：中国大百科全书出版社
地　　址：北京市阜成门北大街17号
邮政编码：100037
电　　话：010-88390969
网　　址：http://www.ecph.com.cn
印　　刷：北京君升印刷有限公司
开　　本：787毫米×1092毫米　1/16
印　　张：24.5
字　　数：320千字
版　　次：2014年5月第1版
印　　次：2014年5月第1次
书　　号：ISBN 978-7-5000-9341-1
定　　价：49.00元

版权所有·侵权必究（如有印装错误，请与出版社联系）

此书由山西大学历史文化学院资助出版

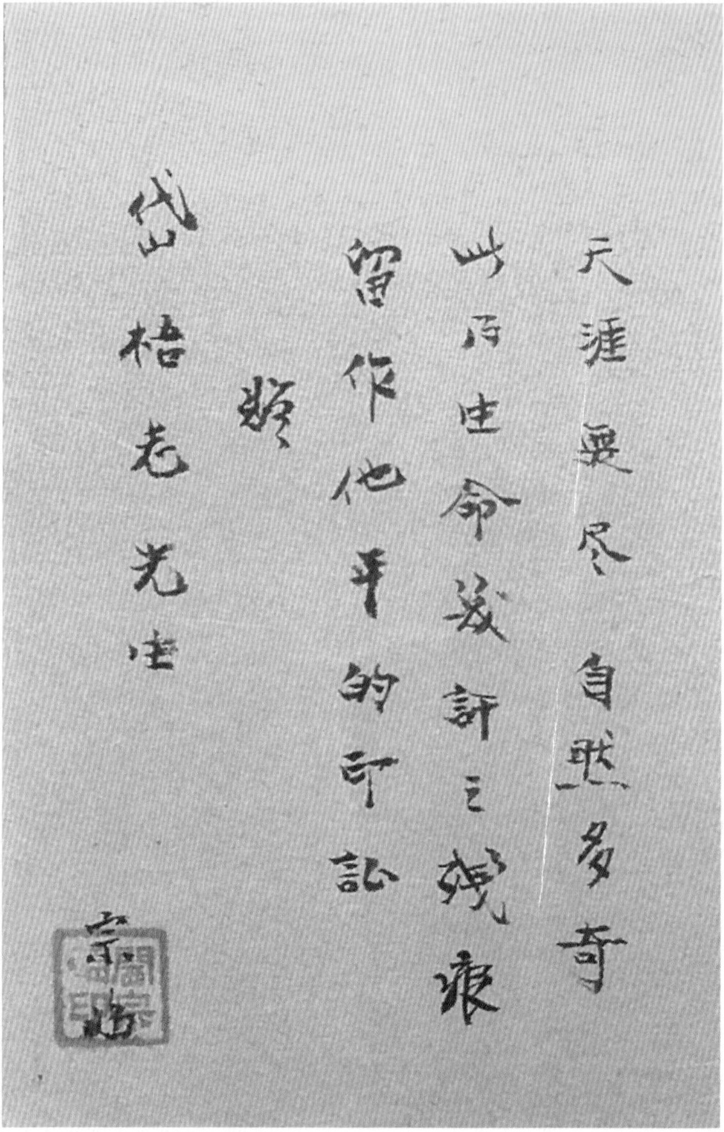

1939年，阎宗临为岱梧生日题词

出生的地方

1925年12月赴法时乘坐的法国邮轮安德烈洛号

山西大学旧址（第七批全国重点文物保护单位）

1939—1945年，桂林施家园寓所外的风景

1935年摄于英国剑桥公园

法国马赛港

瑞士伏利堡

1935年摄于瑞士日内瓦湖畔

1937年在英国

1925年摄于北京

1937年摄于英国剑桥

1937年7月14日，与梁佩云的婚礼

1947年摄于中山大学

1951年摄于太原

在瑞士伏利堡大学书房

1965年摄于山西大学

1932年，罗曼·罗兰赠予阎宗临他与甘地的合影

一直有着创作的冲动，只是学业太重，无暇及此。然而，只要一有时间，便毫不迟疑地拿起笔来。当年欧洲到中土的航程，来去都在一个多月。于是便有了1933年回国途中完成的散文集《波动》，又有了1934年返回瑞士船上所写的中篇小说《大雾》。后来都出了单行本。

高毅先生的文章里，我最感兴趣的是这样的一句话："特别是阎宗临的讨论是中国世界史学界多年来罕见的一种真学术……而且，虽然是真学术，阎著的文字却一点也不枯燥，相反，它十分地灵动优美，耐人寻味，能让你一拿起来就放不下，能让你领略到什么是真正的史学大手笔!"

看了这样的经历，也就该知道，阎先生的学术文章，何以"文字却一点也不枯燥"，何以"十分地灵动优美，耐人寻味"了。不必列举书中的文字了，且看一下《大雾》的《后记》：

> 写完后，道遇洛桑，列芒湖为大雾笼罩，不辨咫尺，我想生活也似大雾，他虽弥漫了我们，他的本身却是可爱的，不允许任意玩弄的，正如雾中的列芒湖，阳光一照，仍然会透出他秀丽的姿态。在此，我们所能努力者，只有修养自己的内心，准备与环绕我们的大雾来搏斗。因此将这部没有组织的记录，题为《大雾》。

多么精练，多么蕴藉!

用这样的文字写史学著作，该是什么样子，也就不难想象了。

有时我想，从那个时代到我们这个时代，不说别的了，仅在文字表述上，我们失去的，仅是一种风格吗？极有可能，我们失去的是一种功能，一种无法修复的毁弃。

少年外出求学，远渡重洋，读到瑞士国家文学博士，抗战爆发后毅然归国，在那样的艰难困苦中，仍留下近百十万字让后世惊异的学术著作，还有这样质朴无华，风格独具的文学作品。

阎先生此生有憾也无憾。真正该憾的，是像我这样忝列门墙而老大无成的学生。当年没学到什么，现在总该悟到些什么吧?!

感谢守扶学弟、散木先生和若云女士他们的辛苦，编就了这本《大雾——历史学家阎宗临与文学》，还要感谢守诚学长邀约作序，给了我这么一个为阎先生效力的机会。

2011 年 9 月 16 日于潺湲室

上编

SHANGBIAN

大雾*

自识

当我烦闷时，有几个熟悉的面孔，浮在心头，向我讨索，使我惆怅。及到船上，倚栏俯视银波，他们迫我更甚，不堪其扰，放胆记录出来，名为《大雾》，此后的心境也许稍微有点宁帖吧？

书中数人的生活，当时辗转在大雾之中，没有光，没有热，时时在阴暗中挣扎。他们忧积愁心，终身羁绊在生活的铁柱之上，绝不求人们的同情与太息，因为生活原是如此，何能责之过苛，而望之太奢哩？

谨以此纪念为生活牺牲的几位朋友。

宗临

一九三四年十一月三日

米兰旅舍

---

* 原载《新北辰》1935 年第 3 期、第 4 期、第 6 期、第 7 期、第 8 期、第 9 期、第 10 期。单行本《大雾》为萧铁主编的《孤星丛书》之三，由中国文化服务社广西分社 1942 年 1 月出版。

一

北地的山谷内，层峦环列，中有个朴卫村，那里没有显贵的望族，却有些驯良的顺民。他们永住在没有景色的荒山内，血管内没有外来的杂物，不敢有半点奢望与幻想。他们自奉俭约，早纳税，早娶亲，忍受住一切生活的痛苦。有时候，从食盐上和油灯内，节省一点钱财，以期多买几亩山地，看不见的传统魔力，将他们的思想与生活，吸引在这块土地内，便是再有第二次滔天的洪水，亦难将他们冲散的。

煤窑是他们生活的来源。每年到秋尽冬初之时，他们开始这种极危险的工作，拿上自己宝贵的生命在阴暗的活地狱内，寻找他们的生存。这是他们父传子、子传孙惟一的方法，他们不愿另开一条新路，他们更不愿去改良，他们只知道以生命与石灰来搏击，日日隐藏在不见天日的黑洞内，去断送他们的时光。

这种机械的，非人的生活，他们认为分所当然的。他们不特不晓得工作八小时的圣律，便是劳工神圣的称呼亦是闻所未闻。他们是简单的，从不敢希望人和人的平等，他们只明白工作，却不清楚是为了什么！有一天，在太阳西倾的时候，旺儿从煤窑中出来，两腿酸痛，像是抽筋的一样。他向窑主求乞半天的息工，窑主瞪起黑红的眼睛，充满了怒意说："看你的态子，你要有些福气，你是不会生到这个村内的。"

旺儿并不以此为侮辱，背上他的炭篓，仍然进到窑内，等候夜神来到的解放。

二

旺儿是如此改变了他的生活。

已是第二次鸡叫了，窗口上渐次出银灰色，从怒吼的北风中，听着屋后椿树枯枝的凄声。夹着驮炭的铃子，传来长而悲哀的叫喊：“旺儿，旺儿。”他急忙从热梦中醒来，顺口厌烦地回答：“我去呀。”炕的西头，安睡着他的妻和五成，母子两个盖着一张破被，又蒙上穿的衣服，仿佛一个土堆。炉火中发出的焦炭蓝焰，在暗色中摆动，借着这点微光，摸索着衣服，旺儿去烧他的妻预备的红粥。

他没有思虑地吃下去，收拾起绳索与篓子，轻轻地推开房门，踏着月色走了。

他不敢思虑，刺骨的冷风比铁针更为尖锐，寒气分外晶明，吐出的气像是奇幻的夜烟。似乎有人在后边推他，不能自止地向前走，要走到命运注定的地方，始肯罢休。及至到了窑上时，炭火的周近，已围坐着六七个人。他们正谈如何挖顶，如何出售焦炭，他亦参加进去，可是一言不发。大家说完后，又拿李二来开心，因为他有个很能干、很贤良的老婆。

只有邓旺儿永远缄默。他心中的思想，在想念如何致富，如何给儿子定亲。他又不敢比五金财主，纵使五金的财产不够一脚去踢。旺儿的女人，却是个有能力的笨人，便是在二寸布的鞋面上，她亦要打算。实际上，旺儿所需要的女子，亦只如此。他从未审视她的姿态，如何美丽，她的语言，如何漂亮，他只盼少累点债务，多省点油米，共同努力地治家，好实现他们的幻梦。他们不像夫妇，却像朋友不求爱情，却得到爱的结果。因之，在几年间，忍受住生活的苦痛与伤痕，他们给五成定了一个大三岁的老婆。

在一个神秘的早晨，旺儿从神秘的窑口中出来，闭住一只眼睛，背着炭，很费力地向前走，像一条精疲力倦的毛驴。有时他自己承认是一副机器，是一个畜牲，到他感到倦怠与无可奈何时，他向自己发怒说：“我是一个蠢货，到我也有二十亩山地时，我把这个炭篓子踢到沟内。”可是，这个希望，比秋云更为缥缈，方要注视他的形式，而他已完全改变了。

煤窑的生活是黑暗的，虽无刀山箭树，却常引起恐惧的情绪。这是一个老鼠洞，永远不见天日，足在水中浸着，拿上无限的资本，换一点极有限的代价。所以到窑主折扣他们时，他们说这几句剜心的话："不要再折扣了，我们拿上血和汗，讨这一点东西，四块石头夹一块肉，还要存一点良心呀。"因之，有个诗人写的说："煤窑之难，难于入地狱。"

三

炕上摆着一盏油灯，放着些莜面食物，李二和旺儿在一块里吃。李二嫂带着五成数钱，旺儿家在地下安排一切东西，室中充满了和气与快活。这两个女人，虽是一母所生的姐妹，性格与嗜好却完全相反的。李二嫂爱清净，幽娴，沉闷，旺儿家却喜欢朴实，热闹，生动，他们的丈夫不是亲兄弟，因为大家生活一样，分外亲热与和合的。自从四五年来，他们的患难淘炼出不可磨的情谊，便是拿上几千万黄金，亦难买来的。

到吃早饭的时候，旺儿看了看窑口的周近，不见五成送来早饭，正要进去再背一遭，忽然内边呐喊出来了。炭顶倒塌，把李二压在底下，十之九没有生的希望了。全窑场的人，集聚在窑口，霎时呈显出不安与紊乱的状态。有几个年轻的人，还在那里说风凉话："叫他小心，顶老早就走动，他总是大意！"有的说："李二是该死的！几天以来，和常人两样，好像跟上鬼似的！"又有的说："顶已响动，怎么也来不及救他了！"旺儿放下篓子，要往里走，想尽他最后的力量，可是大家把他扯住，他站在人后发抖。

在噪闹中，旺儿觉着有人摇他，转过头来，却是他的儿子五成，给他来送早饭。他顺便说："五成，我们回去找你姨妈吧，窑上又出事了，生怕你姨父没希望啦。"

父子俩走着，一句话也没有。旺儿感到不可抵抗的苦痛，他自己追问：“如果是我压死，这个十岁的孩子将怎么哩？他妈妈又怎么哩？即使我侥幸不死，谁能保证这孩子将不死于其中哩？他悲惜李二的苦痛，爱护儿子的心切，无法补救的窘迫，各种情绪，完全集聚在脸上，像马武的脸谱，涂着各样颜色，在冷风中抽动。惟一的方法，抬起他失望的眼睛，望着永远沉默的高天。他不自禁地慨叹：“天呀！天呀！”看着这种情形，五成哭着问：“爸爸，你怎样哩?”他不断地摇动旺儿的手。

旺儿抚摩五成的头发，似在使意识还原，证明他和他儿子没有危险，存在这个山村的。他温和而失望地说：“没有关系，你放心！”正在这个时候，迎面传来断肠的哭声，李二嫂散发拍手，且滚且爬地哭下来了。旺儿看着这个悲剧的主人，反变的冷静，急忙去扶住她，又往那“伤心的窑上”去。

便是为了这次的激刺，旺儿下了决心，要抛弃煤窑的生活，他想开个杂货小铺，把儿子改成一个商人。自然，他们是不会不死的，但是不死于煤窑之中，却是很有把握的。

四

李二嫂的下落太可怜了！天之惩罚，是不按人之强弱的。近几天来，朴卫村的老少，异口同声地说：“纵是铁打的两只眼睛，也要为李二嫂落几滴同情的眼泪！”

一间矮而破烂的屋子，孤立在五道庙的背后，在那里边，荏苒地消磨了李二嫂五年的光阴，窗上糊着苍黄的麻纸，用她剪花的妙手，李二嫂弥补成各种桃杏的花样。每到快过年的时候，她独坐在窗前，钩心斗角地去设计，她要使这个倒塌的屋内，充满了精细的灵魂。有一天，从五金财主家内，要来一块没水银的玻璃，赶快糊在窗上，镶着红纸，形成了一个雪梨。每到牛群回家时，她把筷碗预备妥当，食物烤在炉边，手里拿一点杂物，坐在窗前，从玻璃内瞭望她的丈夫，她心上感到一种不可形容的快愉。日日如此，这个窗子，变成了李二嫂消愁解闷，至纯至极的艺术作品。

也是在这个窗前，李二嫂凝视着横陈的尸体，上边盖着麻纸，她在那儿出神。她不明白：为何昨日还活着，有说有笑，到今天便死了！她更不明白死是个什么东西，内边藏着不可解的神秘。倘若再往下想，她会感到头昏的恐惧。在这种情绪上，她觉着落日变色，西风易调，房屋也在转动，像是身立在逃不出的迷宫内。她感到荒凉、孤独与空虚，她的腿不能自止地发抖，她的心却烧的要命，想马上浸在冰冷的水内。

余五金从小院的后边转过来，弯着腰，潇洒地推开破门，不客气地蹲踞在地下。这是一个瘦黑的矮人，烟袋常搭在肩上，右手摸着他的猫须，将锐利的眼光，放射到李二嫂苍白的脸上，在死的沉静中，他冷淡地说："老二家不要难过，天要打谁，有谁可以逃脱?"接着反浮露出清闲的微笑。李二嫂像是没有听见这话，或者，她不愿要这些没内容的安慰，因为在这些空言上，受痛者不特感不到同情，反感到一种残酷。

李二嫂敛住苦痛，恳求地说："财主，请你想个办法吧，不为活的还为死的呀!"她说完后，眼泪几乎溢出来。正在这时，旺儿也进来了，他接住说："这种情形，才叫石人眼内下泪的。五金财主！你要成全这件好事，把死者入土为安!"五金装起一袋烟，慢慢地吃着，把身份摆在这两个穷人的面前，最后才说："好吧，你照二十吊钱取货，我告德玉成说罢。"他站起来，摸着胡须，摇摆地出去了。

过了两天，在一个雾漫大地的早晨，旺儿约了几个熟人把死者埋在西坡上。旺儿家伴着李二嫂，大声号泣，她们的嗓子已哭的哑了。天冷的很，西北风吹来些雪花，墓前烧了冥锭的余灰，乘风飞扬，夹在雪花中间，像是一群白黑色的蝴蝶。

经过多人的解劝，李二嫂始从冷地上站起来，她摇曳地看了一眼，她觉着一切都完了。可是，在另一方面，似乎冷风在耳边说：“慢着！我要问你：二十吊钱的巨债，你用何法去偿还?”

五

腊月三十日带着凶恶的面孔走来，各个穷人深感到没钱的悲哀。西北风卷着黄土，在空中昏天黑地地飞扬。一直忍耐到晚上，李二嫂仍然没有想到一个办法。她的两只手插在裤裆内，绕着五道庙的背后，从昏暗的夜色中，向五金财主家中走来。虽然她仍穿着秋天的夹衣，却也感不到如何地寒冷，二十吊巨款的债务，使她失了冷热的感觉。她尽力地跑，喉管内的喘气，比之西北风，似乎更为强烈。虽说如是艰辛，她不像普通的女子，怨恨死者。她觉着五年夫妇的生活，虽非夫唱妇随，有什么可歌可泣的地方，但是，每天吃着米粥，共同盖一张印花破被，也够使她留恋了。昔日的苦困，现在变成她的幸福，她留恋着过去，因为那上边刻着她生命的痕迹。

站在大门前面，一手扶着门框，可怜的神态，隐藏在夜色之中。她换过喘气，心绪少定，有一群羞愧的情感，簇拥在心头。没奈何将风吹散的头发，往后一掠，又抖散了襟上的灰尘，她大胆地进去。大抵一个无可告诉的苦人，心性怯弱，到了某一时候，也会变的强硬起来，李二嫂即是如此。但无论如何，两腿总觉软困，像是大地在动摇。她咳嗽了一声，宁住神，敛回她全身的力量，理缺而温和地说：“五金家，财主在家么?”她接着便推开门子，含笑地立在炉火的旁边。

炕上的油灯特别明亮，照着两个六七岁的孩子，在一边翻弄他们过年的新衣。五金家穿着葱绿的棉袄，深蓝色的厚裤，青底紫花的天足鞋，像两个粽子，她叉开两条粗腿，夹着面盆，在那儿揉面，从她微笑的眼内，看到同情与骄矜的两种情绪，一方面使人想到有钱人的幸福，一方面使人感受到有钱人的残酷。她带着满足的神气说："你坐上炕来，他不久便回来了。"说完后，像蛤蟆似的把腿一收，将面盆推开，把灯头又往大一拨，她盯住眼地看这个挤出人间以外的李二嫂。

忽然五金家的摆出一副狐狸的面孔，凑近李二嫂的耳边说："亲人，人家都说你嫁吴忙呀！你到底是不是有意，我说你不要再耽误了，你又没有一男半女，守什么？只误了你开花的时期！"

李二嫂低头不语，无聊地摸弄着炉上的火钩。

五金正在折扣他二婶娘的半座大房院，那有时候回来顾及这个寡妇？李二嫂等到夜半的时候，没有结果的出来，失望地往家中走，每看到一个黑影，她疑是德玉成凶恶的讨债伙计。

推开自己的房门，炉中伸出缭绕的蓝焰，微笑着，似在安慰她的冬心。室中模糊地看清楚，觉着房子比平常阔大，她感到一种神秘的情绪，好像她看见吴忙的影子，粗手，厚笨的嘴唇，健壮的膀臂。这时候，一个平凡与离奇的姿势，呈显在她的眼前，拨动了她破碎的心弦。她空虚，她迷离，她含着微笑的热泪，和衣躺在炕上，无可奈何地去睡了！

便是在这种情况下，李二嫂过了她的新年。

六

李二嫂没有粉刷的墙上，虽然仍贴着"万事亨通"的条子，实际上她的生活并不顺利的。似乎她的命运从旁戏弄，到了正月初六日，她便演了一套惨剧。

自从李二结婚后，五金便看上了李二嫂的小脚。有钱人看到人家的好处，总想掠为己有。只是李二嫂忠诚勤谨，他没有间隙可入。到李二死后，五金的豹眼，便看到了一个风顺的机会。他用二十吊钱，买来扶危济困的美名，同时也抓到出入李二嫂家中的权力。

窗上的春阳，启示出太平的景象，室中充满了幽静的空气。李二嫂仍坐在窗前，做她没有完结的白鞋。偶然往窗外看一眼，街上着新衣的行人，都表示幸福的神气。她认识自己的命运，不敢有稀微的希望，因为每个希望的后边，隐藏着不可医治的失望。她头痛，她机械地生活，她准备度她的残年。

到快做午饭的时候，五金照常来李二嫂家中，照常坐在炕沿边上，照常说“花开几日红”，可是，他的神态变了，笑脸上含有不可抵抗的顽皮。他吸着烟，时常掉转过来看她，从头至脚，慢慢考察，他感到李二嫂很美，柔媚似水的眼睛，绯红色嫩脸，刻着诱惑的细纹，衬着孝衣，分外妩媚。五金想：真的，若要俏，穿白又戴孝——可是，李二嫂内心焦急，不敢抬起头来，生怕碰着如钉的视线。

在死的沉静中，在空气窒息中，五金凑近，低头恳求地说：“你放下手里的东西吧！”很自然地伸出一只手来，大的使人可怕，他推摇李二嫂，可是，李二嫂像触了电流，身上起了裂肤的变化，放声大哭了：“死鬼呀！……谁来保护我呀……”音悲裂石，五金像旋风似的刮走了。

自从这次事实发生后，五金少微明白：世间还有些穷人，保持着磊落的人格。他私心上激起些报复的情绪，恨她不识抬举，但是，外面上亦受到无形的约束，不再来李二嫂的家中了。

二十吊钱的债务，对李二嫂成为一条毒蛇，绕着她的咽喉，快使她不能出气了。然而，她是一个有魄力的女子，她要挣扎，她要摆脱。与其说为了自己的清净，不如说为了丈夫的尊荣，只有在这些无知的乡人中，我们才可遇到伟大的灵魂！

靠着她的两手，整日里为人做鞋缝衣，所得却是很有限的。赚到的钱，不觉便从指缝间溜走，她整日辛苦，仍然不能解决她的苦痛。她所需要的，不是安慰，乃是逃脱。

每到指痛难缝的时候，过去的一切展在眼前。五金的面孔使她愤恨。有时情不自禁地伸出手去，想抓回来，唾他一脸，但是空来空去，一无所得，徒然二十吊钱的恐惧，压在心头，像耕余发汗的老牛，躺在地下喘气。

是一个残春的下午，李二嫂要去旺儿的家中，快到五道庙时，有许多人围着五金，在那里高谈阔论，她有些害怕，预感到种说不出的恐惧。自从正月初六的事实后，他们在路上还碰着两三次，虽默然无言，各自走去，可是她感到五金温和，自己反觉惭愧而太敏感了。那次调逗的事实，自是五金无礼，可是人非圣贤，孰能无错？又况他以财主的身份，俯拾她这个穷人，已算赏给尺八大的脸面，正不必私心怨恨，像有杀父的冤仇！理进一层，她又没有失节，似乎也对过她死了的丈夫。

这种原谅人的心，赶跑了怯弱的心理，同时，又看见旺儿也坐在一旁，更壮她的胆子。她俯首从人群中走下去，谈话急然停止了——鸦雀无声，她感到背上有千万只眼睛，比针刺的更难受，她盼地上裂一条大缝，使她赶快落下去。她模糊地听着说："以后，二十吊钱，我不要了：像是嫖了婊子！"大家又笑起来，李二嫂像落在水中。

这种侮辱是无处发泄的。第一，谁也不敢确定是说李二嫂；第二，朴卫村的寡妇向来理缺三分；第三，旺儿还在一旁，她不愿出丑露面。可是，她坐到旺儿家面前，哭的像一个泪人。

旺儿似乎也听着，只可惜来的迟了，五金总是模糊地影射李二嫂，他又不能出来理论。他走到家中，不断地思念这种可怜的事情，他决定抛弃了煤窑的生活。夫妇两个留住李二嫂吃晚饭，再没有比今天亲密的。

到李二嫂走的时候，第一次旺儿直爽地说："不要再受人的欺负了，你拿定主意找个人家吧！"李二嫂点了点头，消失在夜色内。

七

在多少人的眼中，朴卫村是一个落后的山庄，少树木，缺河流，可以傲人的地方，只有那屹立不动，使人悲哀的石头。自从有史以来，没有出过一个举人与秀才，有时候，便是个写春联，看家书的童生，竟成凤毛麟角。他们把罪恶都推在风水上，他们没有白村的骄傲，举人的旗杆竖立在庙似的门前，威迫那永久沉静的苍天！

但是十年河东，十年河西，朴卫村是永不会如此倒霉的，自从义和团乱后，接着又是革命党，朴卫村深睡在几千年习惯之中，做着祖传父、父传子清一色的梦，于今也觉醒了，那些十岁左右的儿童，吹着芦苇筒子，荷着桃条，在夕阳西下时，大场中且跳且叫："剃了辫子留了洋，搬了神像立学堂。"

一种思想革命，起初是看不见的。及至实现到社会之中，其力量胜于洪水猛兽，没有一个地方可以逃脱。大家卷在狂浪之中，起来倒下，倒下起来，演出各种悲剧，产出破天荒的变更，朴卫村即是其一。

八

朴卫村起了变化，自从几年以来，要算李二嫂了。她不敢穿衣，她不敢吃饭，经过许多波折，才把二十吊钱摔脱，她自已常说："几时还清债务，几时才见天日。"

现在她要出嫁了。定日子的前一天，她跑到李二底墓前，整整地哭了半日，几年的光阴，墓前的柳树已拱把，柔条下垂，春风中撩乱她的悲心。她晓得这是最后一次，她恋恋墓前的青草，她更恋恋丈夫死后的苦痛。慢慢地向旺儿家中走，她惊奇时间的飞逝！到她姐丈家内，坐了一下午，他们详静地叙述往事，好像说故事似的，到二更时，李二嫂骑着毛驴，跟着两个人，哭出村外走了，她去开始她的新生活。

变化比李二嫂更剧烈的是邓旺儿，他立志抛弃煤窑的生活，他不忍再受那种残酷，他设立起个杂货铺来。这是个聪明而偏执，随和而有主张的人。他能吃苦，又能耐劳，深信“皇天不昧苦心人”的原则。因之，几年辛勤的经营，旺成号居然获得多方的信任，变成朴卫村惟一的商号，到一年的年节下，铺面上也贴出金头红纸的春联，挂出一对西瓜形的纱灯。

便是旺儿夫妇两个本身，更值得我们纪念。自从五金破产，旺成号把地拆算起，全村的排纷解难，都以旺儿为转移。他做了一件青布大衣，行香接客时，亦居然穿出。至于旺儿家更成了一位注意的人物，她按照公事放足，随着文明梳盘头，她的勇敢并不亚于她的丈夫。村内虽有人笑她的大脚，她却特立独行，不顾众人非议的。有时，她还得意地说：“大脚怕什么？匪来的时候，总比她们跑的快呀!”

这些都表现出时势造出的英雄，虽然无名，其奋斗的精神，实该为人重视的。

这年的清明节，落在多雨的三月初，每日蒙蒙细雨，使人感到不可抵抗的烦闷。旺儿穿着青布大衣，提着食匣，从坟上走回来。心中却不断地思念：几年的光景，自己也有了三十亩山地!

实际上，旺儿心中最得意处，是五成住到中学内。他并不盼五成名震海内，只想房背后可贴一张报单，他已满足了。五金未尝不妒忌他，忌妒他是村长，更忌妒他住中学的儿子，他含讥带讪地说：“旺儿发达了！狗肚里爬出金狮子来!”这些思想，使他忘了路之远近。他想：“一切都可做到，铁杵还可磨成绣花针哩!”

当他返到铺中时，地下蹲踞着几个穿破衣的村人，他们吸着兰花烟，把房子喷成云雾弥漫，像窗外的天云。他们讨论下种的大事，又转到米粮的行情，更转到不定的年头。他们传述驮炭的话："东村的安秃子死了，只驮回一只没头的棺材！"他们都想征求旺儿的意见。旺儿说："反正没公事，是靠不住的！"

这些质朴的乡人，从来是老死不相往来的。几年的光景，因涉及他们的实际生活，他们也注意这些问题了。这是朝代鼎革，社会变更的普遍现象，正不必讥笑这些老实的村人，他们每天怀着好奇心，来铺子内打听动静。

快到午饭的时候，雨少微停止了，天空露出碧玉的颜色。从邻街的窗外，忽然传来人马杂沓的声音，他们知道了变动，一涌出去，看着一个背枪，一个穿长衣的先生。他们把马拴住，不客气地进到铺内，要找村长。旺儿穿着大衣，前来周旋，始知来自城里，查学与查脚的。

把题目点破后，朴卫村起了天翻地覆的变更。书房里把禁书藏起，《论语》和《孟子》都塞在学生的裤裆内，小脚的妇女们一齐躲在后洞内，把门子闭住，五十岁的花姑，却在地下不断地叫骂："什么年头，这些该死的秃子们，管人管到老娘的脚上来了！"

查学与查脚的先生，却也十分和气，他照例说了几句官话，照例吩咐了村长，要认真办理，他留下了公事，起来走了。公事上说，县长要召集村长大会，三天以内，旺儿须到城里去的。

这个消息是非同小可的！不叫五金，而叫旺儿，分明旺儿是第一流人物。他们都觉的朴卫村扩大了许多，于今也有人去商量公事。他们都觉着旺儿的门前，虽不能插一对旗杆，也该挂一块方匾。

旺儿决定起身的前一夜，夫人没睡觉地把袜子赶成，裤子洗好。到早晨起身时，她红了脸地说："给我买回一两官粉！"这是旺儿幸福的时代。

九

人生有多少哑谜，谁能独具慧眼，早为识破哩？到旺儿全盛的时代，已伏下衰败的祸根，像是坐在电影院中，方要享受动魄的快乐，而命运给他演出另一幕凄惨的景象。

自从一年以来，他把财产质放在新煤窑中，费了许多的钱财，正要见炭的时候，忽然水淹了！这是一个致他死命的病源，窑上的费用完全堆积在旺成号身上，纵使与人合股，他须担负一大部分损失的。一个胆怯的人，禁不住这种陡然的失败，他力已竭枯，创伤没有医治的地方。每天从家中走到铺内，从铺内又走到家中，他没理由地叹气与哭泣。在他的眼前，一手经营的事业，费了如许的辛苦，而今像赤日下的雪堆，渐次化为水，变为汽，消失在缥缈的太空。他想象上一切的幻影，似在追逐海上的蜃楼，结果只留下颓丧的叹气。他要忘却与逃脱，谁知都是空想，他已失掉了自由。虽有三十亩山地，而今成了不兑现的东西！他望着默而无语的天，他感到冷背的恐惧。其实不只如此，自从清明节以后，太阳放出强烈的光芒，田间的禾苗，变成褐色，奄奄待毙。五道庙的前面，每天闲人愈集愈多，谈论祈雨，谈论荒年的准备，谈论某家存的多少粮食。年老的说，从光绪三年以来，未曾见过四月不见雨的年头。现在泉水已竭，树叶变色下垂，各处感到饿死的恐怖，承认将有人吃人的荒年。

在这种苦难之下，旺儿如何禁得住打击？他疯了。

十

屋后的椿树，像是一个久病的老人，没有血色，没有神气。院中无力开着的几盆金盏花，配上这棵椿树，形成颓败的气象。旺儿在院中走来走去，不停止地长吁短叹，他瘦而高的身体，在院中抛下长的影子；头发有二寸多长，从不肯让人剪一下；脸上像是涂了一层油，发青紫色，皱着的条纹，刻画出两种不同的情绪：游疑与窘迫。他把两只手交叉在背后，时缓时速地在院中走动，忽然坐在地上，将鞋向空中抛掷，大声发笑起来。看着这种情形，旺儿家含着不敢流出的眼泪，给他拾回来，哀告他穿上，他却躺在地上打滚。旺儿家温和地扯他，劝他去睡一回；他瞪住眼地看他的妻子，总是不肯起来，忽然又问："你说！你说！咱的光景怎么呀？"旺儿家慢慢地说："你放心，总会有方法解决的！"旺儿瞪起游疑的眼睛，苦痛渐次展到脸上，最后流出两道清泪，摇了摇头！

经过许多次数的哀告，旺儿才准医生来看病，医生说是风痰症，须静养才可见效。也曾开下药方，每次煎起，每次要演一幕悲剧。旺儿家偷把药煎好，放在柜子内，不敢使他看见；继而像个受了委屈的孩子，千方百计地抚慰，拉住手，解释药的香味，或者说这是最后的一次了。

有一天，旺儿看见茶碗内的药，放声大哭，向外便跑，旺儿家莫名其妙，急的在后边追赶，不断地叫喊："快扯住！快扯住！"街上的行人扯住旺儿，他就势坐在地上，睁着可怜的眼睛说："我不回去！我死也不回去了！茶碗里是血红的毒药！"他又大哭起来。

他把街上的小石子装在袋内，慢慢地回到家中，他坐在台级上，不断地自言自语，像说着一种外国话，继后，他把小石子掏出，摆成各样的形式，他微笑，他跳起来兴奋地说："你来呀，你瞧这几个元宝！"旺儿家走过去，把石子拿在手内，拖扯上他回到家中。

旺儿额上的汗，一珠一珠地涌出来，四肢发抖，像是冷的很。正在痉挛的时候，有人在敲大门，旺儿扯住他的妻子的手，可怜地说："你抱住我，要债的来了，你快抱住我，呀，怕的很！"门上敲的分外起劲，他只抱头痛哭，旺儿家跑出去，始知又是"送公事”的。

近几年来，送公事的特别多，旺成号的墙背上，贴着如广告似的公事，有的还歪倒过。什么整理村范，什么注音字母，把个旺儿弄得头上脚下都顾不过来。村人怨他多事，加出花费；区长和委员骂他不负责任；到没奈何时，他自己说：“这才叫骆驼钻针眼，打死也过不去。”到了保卫团的事情出来，村人怕抽去当兵，一齐同盟了反抗旺儿，他对上委员泣诉，结果是住了一天拘留所。他曾辞过两三次，终于因三十亩山地和住中学的儿子，他仍得负担起村长的任务来。有一次他看不懂公事，下着大雨到邻村请教一位先生，解说完后，他皱着眉头痴想，慢慢说：“这比山里的老虎都可怕！”先生把公事叠好，脱下眼镜，接住说：“真的，年头到了！孔子说，苛政猛于虎。”

旺儿家出去，胆怯地解释丈夫害病，没人接受公事。差人便问：“他病了，谁是代理的？”旺儿家说不来。正在这时，旺儿跑出来，大声说：“等好了时再说吧，好讨厌！我又一下子死不了！”他心中仍以为是讨债的。差人用一个穿步，扯住旺儿，要问他个所以。旺儿家急的跪下来哀求，仰告息怒，同时又聚了些闲人，居间解释，才告一段落。差人出巷口时，嘴里还不断地说：“公事又不是我的，他叫谁滚哩？我看他的皮子发痒吧……”

旺儿家要拉她丈夫回去，他却站在那儿不动。

十一

到七月初，雨仍然未下，旺儿病愈加重，可是五成从学校中回来了。这是一个不肯说话的孩子，高起的额下，藏着两只敏锐的眼睛。到了旺儿全盛的时代，他从高小毕业出来。旺儿本意想要他住个商号，谁想他沉思的性情和不言的态度，处处与商业不相宜。几个先生，又从旁怂恿，说时代变了，念书有出息，五成如何可造就，旺儿便下了决心，牺牲了目前的幸福，送他到中学，盼一个较大的收获。

他初回到家中，精神上感受很大的拘束，看到病与穷的环境，想到学校的生活，任他的理智坚强，亦禁不住这种苦痛。没事的时候，他只望高出的椿树，像在做梦。

自从一礼拜以来，旺儿睡在炕上了。有不少的看病人，都以为没希望了。他也不叫喊，他也不呻吟，他只是瞪住眼睛，想从天花板上找到他的希求。五成想尽最后的人力，请求医生，医生也说没希望了。经五成的恳求，始写出一个稀奇的药方，价钱奇贵，还是小事，生怕在城里的药铺内也找不出来的。

铺子内的现钱早没有了。旺儿家取出自己出嫁的簪环，要他儿子当了买药，她知道丈夫死了，自己不会再戴这些东西的。五成走到城内，把母亲的爱物，从铁栏中送进去，在算盘下又扣出来，再跑到药铺中，买上药，将药票与当票叠在一齐，他详静地去做这工作。他晓得，父亲吃上奇药，病会好的，那么，母亲也便心安了。

出城门的时候，已是点灯的时候了。这是他第一次夜间行走，爱父母的心赶走了深夜恐惧，银月挂在天空，繁星异常明亮，天河的右边镶着奇幻的游云。一切都睡在伟大的沉静中。他不顾道路的崎岖，绕着西山的斜道，一气往回走。他脑中的思想，没逻辑地出来，他想到父亲病愈后的快活，他想到出入于当铺中的，不只是他一家。他想将来……

快到村口的时候，因儿时的传述，他想起许多可怕的故事。忽然，看到路旁有影子晃动，他心上悚然跳了一下，脸上涌起一股热潮，有点害怕。正在心神不定的时候，从夜色中听到他母亲的声音：“五成！五成！”他急忙跑在前面，旺儿家独坐在石上，她说：“妈睡不着，想你快回来了！月色如此清亮，我想坐在此处等你，还不到一顿饭时，你已回来了。”五成又问了他父亲的消息，慢慢地走到家中，这正是第一次鸡叫了。

旺儿吃上奇药，并未见任何的功效。

过了两天，五成从炕上起来，他感到一点冷意，往窗外一看，金盏花上，含了些晶莹的露珠。他晓得夜间下雨，他想纵使是荒年，确然还有一二分收成，快快地跑到病人的身旁，高兴地说："爸爸，下雨了！"病人的焦唇上，浮露出满意的微笑。

五成看到他父亲的脸色，与往日大不相同，似乎分外苍黄，出气也分外困难，他沉闷地退出来，自己觉着空虚，没力，像是悬在空中，上不接天下不着地。他在云间飘摇，走到快要倒闭的旺成号中，站在柜台的前面，他出神。他看见柔枝倒垂的柳树，自从记得起，便长在店门前，风中摆动如线的细条，摔在凋零的墙上，在七月的清晨，形成一幅纯洁自然的国画，他心中如波的郁积，涌到心头，他想到飞舞的柳絮，他想到轻淡的生命，他想到词上说："落去君休惜……"

他沉沦在难以形容的心理状态之中。

正在沉思各种神秘问题时，有人放在他面前一个纸包。他打开，内边是几本新书和杂志，系他朋友石君寄来的。自从放假以来，生活的刑具，使他失了孩子的天真，他不敢向他朋友说知，他自己咬住牙的忍受。这几本书，像是枯禾得雨，他觉着又回到学校内，他看到石君的微笑，石青的温厚，他觉有这样的朋友，也便够了。

无心中翻开一页，正碰到这几句话：

"我是一只骆驼，我的使命是负重，走那千里无草的莽原。"他像得了至宝，他觉着一切都在狂动，从这几句话上，去建设他的生活，长大，成熟，奉献给期待他的人们。

忽然，有人叫他，他跑到家中，他母亲拍着两手，在炕上打滚。旺儿已完结了他苦痛的旅程，逃到幸福之乡：死。

十二

正是旺儿入土后的第七天，椿树的黄叶在院中作响，愁人的秋风在窗上哀鸣，母子两个计划他们的将来。

近一二年的生活，把旺儿家磨炼成一个有骨气的女子。她并不啼哭，她也不叹息，她只想把土地变卖，将铺子拆算，清理了一切债务，好让她丈夫不落个欠人的名誉。她痛定思痛，自有几分难受，但想及五成的将来，她觉着还是幸福的人。她抚摩五成的头，含泪说："五成，不要难受，除过死的都是活的，如何你父亲丢了煤窑，也要去活呀！我们的债务，卖上十亩地，便够了！比起你姨姨来，我们还是财主哩！是你父亲量小，不肯放开，实说吧，肯活便会活呀。"

五成注视他母亲有力而愁苦的面孔，过了一会沉默，他扯住母亲的手说："妈妈，你只要不盼我马上赚钱，我自有方法生活的。虽是才住了一年半的中学，我还是继续下去。"

十三

院子里充满了苍色的尘埃，一株秃槐树，孤立在窗前，使人感到可怕，许久被人遗忘的水缸，寂寞地坐在庭中，显示出万分的倦意，只有槐下的石头，仍然是那样光滑，忠实地做着永久的美梦。

这是石青从北京回来的第三天。

一群难以描述的心绪，忽然簇拥在石青的心头，她感到烦闷，她诅咒自己，她更诅咒自己的命运。

将椅子移近炉旁，她想去温暖她的冬心，两只瘦黑的手，在火炉上绕来绕去。她想掠住这些热，这些光，加添到自己的生命之上，为着她的生活，还可有一线的希望。

这种没有逻辑的幻想，这种缥缈的心绪，将她投掷到这种深不可测的不安内。她孤独，她做梦，但这些情形，并不能满足她的需要。有谁能将过去的生活挽回来，重新去改造一下，使它充满了灵光！有谁能确定将来的生活，像桃色之云，永远布满了三春？石青也知不可能，惟其如此，她感到空虚与不幸。

不知道有几次了，她将水壶放在炉上。她这种动作，完全是机械的，因为这种心理状态下，意识作用已消失了，她爱听壶水沸腾的声音，去冲破了室中的寂寞，她听着，她用心地听着，她感到一种单调的憎恶。这时候，她察出自己不可解的矛盾，像是有两颗心，两个理智，两种情感，无情地在她的瘦弱的身上相冲击。

她疲倦了，她觉得没有一事可做，没有一句话可说，更没有一块地方可住！石君，慰梅，都像是漠不相识，可是，她曾爱过他们的。至于五成，他已成了石青不可思议的人物。她像屈原，既放三年，“心烦虑乱，不知所从”，她也想往见太卜郑詹尹，问一个究竟，以决定她的命运。

十四

石青是一个纯洁大胆的女子，只是生活对她太苛刻了。她的命运是悲剧的，她的个性却是叛逆的。这两种成分，在她身上日夜不断地争斗，要她排演各样的悲剧，或许天生她便是为了做苦痛的典型。

她母亲是一个无知的乡下人。她所懂得的东西，只是服从翁姑和爱她的儿女，这才是一个永远为人牺牲者，自从十六岁嫁给一个不谙生活的念书人，她开始了长而无穷的恐惧，每日辗转在翁姑不睦，妯娌忌妒之间，去消磨她的青春。应该在她的墓碑上，刻着几个大字：

“我是一个可怜的中国女子，幸福，我不知道你是什么？”

过了三年，她生下青儿来，同时亦给她带来另一种苦痛。不只小女孩多病，使她日夜悬心吊胆。最难堪的，青儿不是个男子，难以讨祖父母的欢心。到晚上，青儿又好哭，怕惊动了翁姑的美梦，每次须放在被子里边。

虽然这样艰辛，石青的慈母是不厌她的，她的智慧没有为苦痛所毁灭，尚能服从“守分安命”的名言。她活着，她不是眷恋这个世界，乃是眷恋她的女儿。

有时石青无知的淘气，招来祖父的唾骂。她母亲坐在炕沿上流泪。因为骂她女儿比骂她自己更为伤心。石青睁开漆黑的眼睛，表现出恐惧的失望，她伸出两只小手，偷扯她母亲的衣襟。继后紧贴在母亲腿上，嘴唇发抖，不知不觉，她哭了。她母亲急忙抱她起来，贴在心上，左右摇动，不让她再哭。但是母女的泪交和在一齐，最后她说：“青儿睡着吧！为了不想溺死你，妈不知受了多少的气！”她渐次睡在母亲的怀中。

到石青八岁时，她才有了个弟弟，祖父母才给一个笑脸，承认她母亲立下世界。父亲早死了。他们娘儿三个，活在这个城内，每天的希望，只盼弟弟石君长大，让她们过一个较为有人味的生活。

有一天城里的学校中，请来个女先生，叫段慰梅，一月能赚十二块钱，还有仆人使用，把石青的母亲心有所动了。她托人去打听，段女士也是受家庭压迫，来此独自谋生。为女儿将来的幸福计，她想使石青走这条新路，她又不知道前途如何，她只盼再不受她的痛苦，便是无边的幸福。

费了许多的精力，总得不到石青入学的同意。翁姑骂她异想天开，将来要坏家风；妯娌们冷嘲热笑，说她与众不同。但是，有什么事能比女儿更关心的？她总是不肯屈服，结果分门别户，成为路人。同时，石青进到学校内，做了慰梅的学生。到了半年后，石青有很大的进步，她母亲到做完针线后，看着她脱了衣服，睡在被中，她趴下说：“青儿，明天去学校里，要好好念书，你知道你的花费都是母亲一针一针绣成的。”石青并不知道这话的悲哀，她在石君的旁边已睡着了。

石青正在完结第三年时，她母亲病了。中国的旧式大家庭，没有不是慢性的毒药。像这样个性强硬的女子，日与几千年的魔力去奋斗，能够活这几年，已是天恩浩荡，特别保佑了。

她知道不久于人世，特别吩咐石青：“青儿，你要爱你弟弟，像我爱你似的！”说完这话，留下一儿一女，她也完结了苦痛的行程。

承着母亲的遗传，石青变为一个苦闷，有魄力的女子。年岁虽幼，生活已将她炼成个有经验的女子。在这人海中，她同石君孤独地去奋斗，正像维尼咏磨西说：“主啊，我孤独与有力地活着！”

十五

石君日日不离开他姐姐，渐渐长大了。

到石君八岁时，他的情感与理智，超过他的年岁之外。上学的时候，独自走去，独自回来，从不肯与别的孩子玩耍。他没有一个朋友，他没有一点嗜好，放下书本，爬在石青的面前，做梦地看他姐姐，他觉着姐姐是他底生命，是他底宇宙，是他自己。这种情形，常会引起一种神秘的沉静，压在他们两个的心头。他们不发一言，共感到生命的对流。有时候，为了变更室中窒息的空气，石青温和地向她弟弟说：“君儿，你底袜子破了，脱下来姐姐给你缝一缝吧！”

坐在恍惚的油灯下，她开始为弟弟工作。她才十六岁，正是无忧无虑，母亲娇养的时代，而今已变成娇养弟弟的母亲。她底指头上，不断有针刺破的伤痕，她自己并不以为辛苦，她想：“为弟弟流点血，母亲在地下也是安慰的。”

石君伴着他姐姐，一直到女红完结后。有时候天真地问：“姐姐，妈妈还在地下活着吗？”石青不游疑地回答：“当然她在地下活着，她照料我们。”石君抬起他水汪汪的眼睛，想了许久，坚决地向他姐姐又说：“那么，姐姐，爬到水瓮内，咱们找她去吧！”

有如感到电流一样，石青全身起了变化，她喘急地说：“死么？那才是没出息的人所干的！我们不死，我们要为妈妈活着。”石青跳到地下，显出不在乎的神气，把门闭好，焦炭添到炉中，拉开被子，给石君把衣服脱去，然后熄灯也去睡下了。她做这些工作，每天几乎是同样的详静，她没有半点勉强，更没有半点为难。

石君安静地在她身旁睡着了。她呢？慈母的影子，展在她的眼前，她看到母亲愁闷的脸，脸上辛苦的皱纹，清瘦的两手，抚摩她的散发，她想到不可挽回的过去，虽是辛酸，于今也成甜蜜了。惟其如此，这些影子刺激起她的痛苦，受了的委曲，不自觉地沉入一种凄惨情绪之中，眼泪如泉似的涌出，一颗一颗往下掉，便是母亲死时，亦未如此难受。强硬不屈的石青，现在成了一个断线的风筝，将不知落在何处。

这种情绪引起失眠，失眠又引起疲倦，她脆弱的身体，感到不可支持的痛楚，到鸡叫的时候，始伏在夜神的帐幕之下，暂时摆脱了生活的大链。

十六

这些日子，每当独自一个，石君未回来时，她坐在槐树下的石凳上，望着高出的烟囱，伸出缭绕的青烟，渐次地飘散在海蓝色的天空。在这幅轻灵幻变的画前，她觉着自己的身子，冉冉地升到云间，像是看到绿草的田野，金黄色的大蝴蝶，汩汩的溪水形成一条佩带，蜿蜒地抛在她的脚下。她玩味这种缥缈的情绪，如咀嚼这种想象的幻影，她觉着有生以来，这是从未感到的幸福的幸福，从未做过的美梦的美梦。

忽然，槐枝上悲啼的乌鸦，将她从梦中唤醒，她反沉入现实的生活内。看到眼前的事实，虽有铁的意志，不能不使她畏缩与失望。她心上穿过两种不同的心绪，一种要她死去，化为灰尘，随风飘散在太空；一种要她忍受，教养石君成人，完成母亲死时嘱托的重任，她在这两种情绪间徘徊，自己深感到无可奈何，最后，站起来回到室中去了。

石君从学校中回来后，坐在那里誊写作下的文章，因为这次作的特别好，教员说要贴在校墙上。这个消息，自然使石青兴奋的。到晚上，石青为了鼓舞她弟弟，不，为了鼓舞她自己，把多年积下的点小款，分出一小部分来，买了一盘葡萄，姐弟俩坐在灯前，高兴地吃着，从摆动的灯头旁，石青偷看她弟弟：瘦长的脸，细长的睫毛，圆而漆黑的眼珠，蓄着无尽的聪明。这时，她感到生之强欲，她要为弟弟活着，因为弟弟即是她的化身！她不愿再往“死”上去想，她要做一件人间最伟大的工作，纵使她自己不明白什么才算是伟大的。

看着石君把葡萄吃完后，她推他说：“君儿，去睡吧，姐姐已把被子拉开了。”她坐在旁边，看石君把衣脱去，睡下，她又给他盖好。这时候，她尝到一点苦痛的代价，她觉着春水为她歌咏，野蜂为她舞蹈，山桃花为她微笑。弟弟便是她底幸福，她底希望，她底生命！她觉着她是高贵的，富有的！眼前都是乐园，红日永远为她照着，她再没有半点企图与要求。

十七

近几天，石青忽然发现了一件可怕的事情：每到太阳落的时候，君儿尚未回来。问他，他总是说：留在校中做游戏。不然，便是说课后唱歌，预备秋季的运动大会。她相信君儿，因为她相信自己的教育。可是，她又发现了纸包的钱，每天短少几个；同时石君不断地要钱，要买抄本与铅笔。更奇怪的，每晚石君念书时，不像以前专心了，像有许多分心的东西，总是写错字，背不过指定的书籍。从各方面看来，不能免除了石青的怀疑，可是，她又不敢追问，生怕难为情了她底爱弟。她底心像刀剜的一样。

思之再三，她决定侦探石君底行为。有一天，到午后四点钟时，石青藏在学校的墙后，看见学生们排队出来，石君也在后边。整齐地走到牌楼，队便散了。这时候，两个较大的学生，跑来扯石君，三人像箭似的跑走，穿过炭市，爬到城墙的角隅，摆开没有出息的升官图，在那儿丢骰子。石青不觉泪涌出来，似乎一切都完了。

过了一回，她把眼泪擦干，她并不失望，她鼓起精神也赶上来。她慢慢地走到他们旁边，一手去扯石君，和气地说："君儿，不要耍了！你输给人家多少，明天还给人家，我们回去吧！"石君一看是他姐姐，止不住地泪流下来。那两个较大的学生，没意思地也走开了。石青给君儿擦泪，在沉静的阳光中，扯着他底手，慢慢地向家中走回来。

他们回到家中，石青没有说半句怨言，她照常给他做起饭来，照常检点他多吃，照常要他休息后再去温书，可是，石君仍不断地流泪，向石青可怜地说："姐姐，你饶了我吧！以后我再不敢了。"石青感到一种可怜，温和地说："只要你学好，姐姐都原谅你的。"她把灯推过去，又把纸包内的钱打开，她继续地说："君儿，你输了多少，你自己拿去还人家。"石君正要从头至尾，叙述整件事情，石青严厉地说："君儿，我不准你提他，我不爱听，过去的已过去了。只要你好好念书，母亲在地下也是快乐的。你把钱拿去还人家，一切都完了，从此再不提他，姐姐也不责备你。"

这件事，便如此了结。

十八

石青的母亲生时，虽然已把家产分开，但一多部分还在他伯父手内。不交给她们的原因，说是为了代劳，石君尚小，根本上却是为了占有，打算永远不还的！现在石青大了，她常向伯父提及，结果总是一无所得，反受了许多委屈。有一天，她伯父来了，脸上非常和气，问君儿读书的情形，赞美石青的贤惠，像母亲似的爱她弟弟。

石青感到万分奇异，心里戚戚戒惧。

在无话可说之时，她伯父提出来意了："青儿，你看你也大了。女大不中留，古之名言，你又没有父母，伯父每日挂念。现在和你商量，南村张家的三儿，你又见过的，念书又好，人也齐楚，他又是你伯母的侄儿，我看没有比这更合适的。"他说完时，又问石青的主意。

石青落在上下两难的半山中。她晓得张纯是好的，在这一点上，伯父的意见未尝不对，那一个女子是老死在家中？但是，她要出嫁，石君交给何人？谁来看护他？谁来教育他？自己底利害和弟弟底利害正相冲突，她想到母亲死时的嘱咐，如果舍石君而他适，她是母亲的叛女！

伯父看到她没话，站起来走了，不高兴地说："要东西的舌头那里去了？"石青爬在炕沿上号哭。

到不得已的时候，她便来找她先生段慰梅来，她是她的圣母，她来求一条明路，慰梅总是柔和地爱她，诚心地担负她底重任。她向石青说："结婚是应该的，却不是必需的。你年岁尚小，我看不要马上解决，还是救你弟弟好。你知道牺牲是伟大的，又况是为了自己底爱弟？"她底话，字字打在石青底深心，她说出石青底路来，石青像是得了生命地跑到家中。她决定为她慈母，为她弟弟去牺牲。在她的室内，她写了一个母亲的牌位："亡母石夫人之灵位"，供奉在桌上，她要求慈母之灵，暗中保佑他们，特别是把此事平安地过去。

过了三天，她伯父又来了。她红着脸说："伯父，为了君儿，现在谈不到婚姻。"这像是一个霹雳，她伯父袖子一摔，起来走了。出门时，转过含怒的脸来说："好！"从此后，他们变为不相识的路人。

像丢了灵魂似的，石青坐在炕上呆想。心上浮出许多恐惧的影子，她晓得伯父会报复，今后她需独自谋生！可是，在一个性格坚强者，到不得已时，有种看不见的力，从灵魂中放射出来。石青又往下想时，忽然跳到地下，自言自语地说："想什么！我才愚蠢哩！世间没有不解决的事，不解决中还要有一个解决！天助自助者，我去奋斗，其余的一切，只好由他去！"

十九

到暑假前，石君便从高小毕业了。为了弟弟的将来，石青得了失眠症。升入中学，并非一件细事，像她这样的女子，那有这种力量？设使石君不去升学，这种绝望的苦痛，较之自杀更为难受！她苦心焦思，竟至面颜变色。石君只愁他的毕业考试，到不耐烦的时候，他生气地说："姐姐，我不预备功课了！反正毕业出来也不能升学。"小孩子无心地说着，他却不知道语中的分量，一字一字射在他姐姐的心上。石青装着没有听见，她却感到一种昏迷。有时候，她见弟弟懒怠，她安慰他："君儿，用功吧，反正要叫你升学的！"石君凝视他姐姐，好像估量她的本领。

这天吃了午饭后，石青想起慰梅来，她们是师生，她们是朋友，她们又是姐妹。这是个多病的女子，她同家庭决裂后，全生的幻想，放在社会身上。瘦黑的脸，响亮的语言，处处表现出温和与刚果的精神。她来到女校内，其抱负不在多造几个姨太太，乃是要培植几个能吃苦能牺牲的青年。因之，她爱石青，她关心石青，她要石青去奋斗，她常说："为自己的意志而死，亦是光荣的，伟大的。"

慰梅睡在床上，手里翻着一本诗集，在那里浏览，石青推开门走进来了。她笑地说："石青，我正想你，你知道我有好消息告你呀。"她坐起来，扯住石青底嫩手，继续说着："东镇女校的回信来了。管理学生，兼办杂务，月薪六元，虽然不多，也够石君的费用了。"石青两眼充满幸福底热泪，一直坐到黄昏的时候。

一件幸福的事，也要带来沉重的苦痛。自己从没有做事的经验，如何去应付新的环境？次则，从未分离的弟弟，如何能舍他而远去？可是，这是他们的生路，不如此，姐弟马上便终止。

晚上吃完饭后，石青笑向她弟弟说："君儿，我们的问题解决了。东镇的女校内请我，一月六元。"

——你去给人家做什么？石君急地问。

——慰梅说管理学生，兼办杂务。

——那么是学监吧？

——不知道，女先生没有说。

——呵，姐姐，不是学监，那一定是当老妈子，我不许你去做低人下气的事情！

——君儿！石青第一次发怒说，君儿，你不要乱说，我想不完全是当老妈子，就是去当，又有什么关系哩？你以为老妈子不是人么？到没钱时，什么也该去做！只要不做坏事，只要不偷人，老妈子并不是理短的！

石君一句话也说不出，赌气去睡了。石青后悔不该如此说他，她下了地，把碗筷洗好，安置了日间用的东西，石君已睡着了。她禁不住爬到石君身上，仔细看他，像是看到她自己。不说不是当老妈子，即使真是，为了她弟弟，她也肯做的。

因为她全身的力量，集聚在石君身上，她自己常有离奇的幻想：她看到石君长高了，穿着潇洒的衣服，在稠人广众之中，谈论海内的人物，古今的名文。但是，她看到弟弟的家中，生着一个优娴的妙女，那是她在几千万人中，给她弟弟选来的。然而，她心上起了一股不舒服的情绪，她觉着她是个路人，她弟弟也不像儿时亲密了。她感到一种冷骨的荒凉。

她的意想渐次回转过来，一股血潮涌在她的脸上，分外的灼热，她察出自己的错误，两手遮住脸，似在怕人看着，她跑到院里。

二十

时间走着，石君已考入城内的中学，吃完晚饭后，姐弟坐在槐树下的石凳上，共看着天空的银月。在温和的夜色内，万籁无声，石青慢慢地说："君儿，你到中学内要好好念书，母亲在地下会含笑的，姐姐是不能了，但有一个念成的，也便够了。"这时候，石君靠近他底姐姐，两眼却看着天上的繁星。石青接着又说："假如你要念不成，母亲要在地下哭哩！"石君像是从梦中醒来，含着一种苦痛说："姐姐，姐姐，不要说了，我一定要好好念书的。"

前一月，慰梅送了石青一个纸夹子，系从北京寄来的，形式玲珑，上面画着外国的风景。石君一见，便强夺去了。后来，为了一点小事，他们吵嘴，石君赌气又把他还给石青，为此小事，石青哭了几次，现在借着这个机会，她又无条件地送给石君。

他们约下每个月一长信，石青把信封、邮票都预备好。她又找出自己惟一的小帆布箱子，送给君儿，要他放重要的东西。到收拾东西倦困时，他们坐在箱上，面对面说话，像是永没有完结，又像一句也没有。石青笑地说："君儿，到你成了文学家时，你可给咱妈妈作一墓志。"石君点头。他忽然说："姐姐，咱俩谁先死了，谁给谁立传！”石青也点头，可是她想：“我一定死在你先呀！”

在一个旧历八月初的早上，石君搬到中学里。

他每日思念石青，他不肯和人往来，亦不到游戏场和阅报室内。他比一个囚犯还苦痛，因为他是没罪的。到下了课后，独坐在床上，思索给他姐姐去信，长到没有完结的地方，他感到兴奋，急忙跑到自修室内，方写了“姐姐”两字，像有人搁住他的笔，再写不下去了。他心中空空洞洞的，这种现象，差不多每日出现，他苦闷，像《人间词话》所说：“失行孤雁逆风飞，江湖寥落尔安归？”

也许是命运的推移，五成住在他的屋内。他们不谈深话，可是预感到一种契合，一见面，总是互相流露出微笑。从神态上，他们便感到生命的共鸣。五成的稳重与勇敢，石君的缄默与柔和，几乎像是一个人而分作两个的。

一天下课后，五成拿着一封信跑到寝室内，他高兴地说：“小石，有你的一封信。”石君拿起来，一看便知是她姐姐的，他不敢拆开，沉默了一回。他哭了。五成不知所措，两手紧扯住他说：“小石，不要哭，你还不知道信内是什么，你为何这样难过哩？”石君鼓起勇气，拆开他，无非是劝他用功，注意身体。信中还夹着二十枚的两张票子。

他们姐弟的关系太深了，迫于生活，骤然分离，在意识中所蓄的回忆，不断地翻江倒海地转动。现在借这个机会，一触即发，泪便涌出来了。

为了解散石君的情绪冲动，五成扯他到校园中散步，徘徊在秋菊之间，各个叙述自己的生涯，似乎觉着分外了解，他们真有恨于相见之已晚！

摇了睡铃之后，石君带着姐姐的信，睡在床上，可是辗转不寐，引起他往日的一切。他抬起头来，秋月立在云端，显出旖旎的神态。他想到石青，现在此时，也许她亦看这个皎月。由此，联想到坐在树下的石凳上，他们偎依着，双人一影，留在地上。石青慢慢地说："君儿，姐姐走了以后，你不要想我，我们的思想交织在一起，像地上的影子！"他后悔住中学，迫他姐姐出去谋生。因为将来的成就不敢断定，而现在分离的苦痛，却是真实的。

第二天便是礼拜日。五成和石君每人胁下夹了一本书，向城外的西北上去。秋阳照着割倒的秋禾，大地上形出颓丧的彩色。在深秋的沉静中，偶然可听到秋蝉的哀鸣。他们踏着残草，从大路上向上走，路旁间或有一朵黄花，在秋风中摇头做梦。山坡上漫散着的绵羊，从远看去，像山上的石块。忽然吹过一阵秋风，落叶如金蝶般地飞动。他们爬到山的半腰，坐在石上，掏出带来的书本。

但是，那一本书能够比秋景更伟大的？石君看了几行，便把书掩住了。他坐在那里做梦。五成见他如此，也把书合住，笑问他说："小石，你又想姐姐么？"石君疲倦地回答："是的。五成，你看这秋天多么美丽呵！"五成的性情与石君不同，他感到苦痛，他看到罪恶，他惟一的思想，就是去推翻，破坏与毁灭。他虽是个中学生，将来也许未必有惊天动地的伟业，但是，他的心却英气勃勃的。他不肯多说，他更不肯发表自己的意见，每到烦闷之时，他总是念着两句话："绕树三匝，无枝可依。"他觉着苦闷便消散了。至于石君，与他却正相反，这是个病的诗人，他以为一切都是黑暗的，对春花而叹气，对秋月而流泪，别人认为可歌可泣的，他看着不过如此，似乎天地间的愁，都集聚在他一个人身上。所以在秋的前面，两人认识却不同。五成爱秋的破坏，石君爱秋的萧条；五成想着非有严寒的深冬，始见微笑的柔春，石君却想繁荣的盛夏，付与了凄泣的秋风。他们沉默地各自坐着，他们各个感到壮丽与辛酸的幻梦。

夕阳隐藏在山后，已快到黄昏之时，五成站起来说："小石，又把一天过去了，我们回去吧！"他们踏着落叶，从田间往回走，似有多少的惋惜。

二十一

石青来到东镇的女校，已有一个多月了。因为校长和慰梅是同学的关系，她也没有特殊的困难。世途虽是艰辛，但亦非完全是坎坷。在各种患难之间，总有一二处可留恋的地方。石青是一个苦痛者，惟其如此，她能安分知足。她对学生，像是对她底妹妹，她对同事，像是对自己底师长。她觉着处处不如人，自己一无所长，惟一的好处，就是温和与吃苦的性情。凡有求于她者，从不拒绝。因之，从早到晚没有一时的停息，她感到辛苦，亦须强颜承受，为了生活，为了自己底弟弟。她自己很会自慰，每想到不如意处，她说："人处患难之境，如香草之受压榨，愈压榨而芬芳愈烈。"

在一天美丽的下午，院中的一切，深睡在沉静之中，她站在门前，静观做梦的秋菊，放出和平的神气。天高的使人可怕，残阳分外诱人，在地上照出她的瘦影，心上忽然起了一股烦恼，这是她来此第一次感到深的不安。她禁不住叹了一口气，带出无穷的怨意与追悔。偶然转过脸来，她看到庶务李西甫站在玻璃窗的后面，瞪住眼地看她，嘴上流露出轻浮的微笑，像是同情，又像是挑逗。石青觉着脸上发热。

在这种情形上，女子的直觉是不会错误的。石青急忙返到家里，愈想愈有点害怕，像是开了一个深洞，要她进去，将不知到什么地方。为了驱逐心上可怕的影子，她想念她弟弟，她心上起了许多疑问：他能吃饱么？他没有害病么？他的钱够用么？弟弟的一切，萦绕在她心上，她急盼插上两翅，飞到城内，抱住他，看他长了多高？说来他们的别离，仅只一月有奇，可是在她心里的时间上，似乎已是几年了。奇怪的很，有时她想看到弟弟儿时的面孔，竟至想不起来。

李西甫是爱石青的，只是他底爱，和一切结过婚的男子一样，不是灵的结合，乃是官感的刺激。自从石青来校以后，他便从旁打听她的身世，他晓得石青是经济拮据、孤苦伶仃的人。他爱她的大眼睛，内边蕴藏着忧郁与和蔼。每逢石青从窗下走过，袅娜的姿态，他想到柳枝上飞动的黄莺，他想占有，他更想永久地占有。

到有隙可乘之时，他便向石青要好，表示他的心意。可是，石青总是冷静，像雪中的腊梅。在一个晚上，李西甫拿着个请帖，走到石青的家中，他含笑地说："石先生，这个聚餐的请帖，我亲自给你送来。"不待石青发言，他便送在她手内，他紧握着，又像怕她推辞，又像借机传情。他看到石青面色发紫，嘴角含怒，他急忙退出来了。

石青打定主意不去参加，她自己想：自己没有权利享乐，又怕有什么风波。她对李西甫采取敬鬼神而远之的态度，迫使他不敢有出轨的行为。

聚餐的时候到了，校长特意走来，要石青同她一齐去。石青想：既有校长在座，去也不大紧要，反之，使人说闲话，也是没大意思的。

到吃完饭时，席还未散，李西甫借着酒力，放肆地说："石女士，你是很辛苦的，你该解决了终身的大事！"忽然大家底视线，像子弹似的射在石青身上，她脸上涌起一股血潮。校长是个有经验的女子，看着情形不对，很严重地说："李先生，不要提石女士的私事，你是好意，她却联想起许多的苦痛！"

一个人到石青这种地步，是最苦痛的。她生活在遗忘与孤独之中。苦痛了固然没人安慰，幸福了又何尝有人鼓舞哩？她想把这些情形写给弟弟，但是，像他那样柔弱，何能禁得住这种刺激？她也想告给慰梅，她又怕先生笑她怯懦！因之，藏于心内，还是缄默为好。外表上装出沉静，丝毫不准露出来，并非麻木，乃是鄙弃自伤与哭泣。

风平浪静地过了几天，她又要演一幕新剧。

李西甫几次的挑逗，不特没有收获，反而碰了钉子，他想用孩子的手段来报复石青。这不过是一个引子，正文还在他筹划之中。有一天，石青到厕所中时，看到墙上的几个铅笔字：“石青是李先生的心；石青是李西甫的灵魂。”她像触了电流，几乎要昏过去。她急忙去找校长，校长正在上课。她返出来自己追问：学生们知道么？看那字体，一定是李西甫写的！我不做事是可以的，但是现在走开，真是跳到黄河洗不清。她又返回厕所内，急忙用手巾擦掉，没力地回到自己的家中。

到吃过午饭后，她心中放不下，到自修室内，窥视学生对她有何表情，学生与平日一样，似该放心。但她底心受了难以启齿的创伤，时时放不开，她病了！

她睡在床上，已经两天了。她凝视着陈旧的天花板，一个人凄冷地乱想。她底心情是渺茫的，她底面色是青紫的，摸出枕下藏的镜子，几乎不识镜中为何人。她不能自主地想到死上，她认为死是一个大解放，如是残酷的生活，又有何处值得留恋？但是，石君的影子，站在她的床前，瘦的手，圆而漆黑的眼睛，温和的声调，破烂的衣服，她舍不开他，他们将来还要幸福！这时候，爱弟弟的热情，使她忘却了精神与肉体的苦痛。她要生活，她要为弟弟生活。这种情绪，渐次把她送到梦中。

在梦中，她觉着有人走到她的身旁，她睁开眼睛，李西甫正要倾下头去，低声说：“石青，我爱你，你病的使我心痛……”石青看到情势不对，强力往起一坐，瞪起放火的眼睛说：“李西甫，你才是个没脸的东西！你以为我孤弱无能，便任你宰割么？你的阴谋，我都知道的！我又不留恋六块钱的位置，你也太人面兽心了！你滚出去！”李西甫看到风头不对，怕人走来，急忙跑出去。石青的面色虽然苍白，精神反觉很痛快。她想起五成在校刊上的话来：“我们是该牺牲的，任人宰割的，但在人格上却不能放松一步。”她觉着这话是为她写的，她胜利。

石青病好之后，东镇起了一股谣言，说女学校的女教员，害相思病。群众的心理，本好捕风捉影，又何况李西甫暗地放冷箭哩。石青情知不能久留，也不愿去和庶务计较，辞脱了六元职务，她要回家去了。

二十二

一天秋尽冬初的清晨，石青坐着轿车往城内去。虽然生活的困难放在眼前，但是看见弟弟的快乐，却是压倒一切的。她底心很坦然，像风静的平湖，没有半条波纹。无心地浏览沿途的景色，感到一种透骨的荒凉，仅只两月的光阴，已入了长而无边的深冬。想到她两月的做事，像做了一个噩梦，更想到自己的将来，沉入缥缈的神秘内，也像这个虚幻的清晨。

车到护城河时，有几个质朴的驴夫过踏石桥。晶明汩汩的河水，谐着人与驴有节奏的步子，形成一种自然的音乐，看着他们潇洒的生活，不禁追悔自己求学，弟弟的求学。她认为株守田园，自食其力，较之钟鸣鼎食，诗书簪缨高明的多。

她想起夏夜的一晚，星月皎洁，夜色晶明，她和君儿沿河上行，他们谈到将来的生活，不约而同地说："平庸底生活，才是真生活。我们要努力欲望的平衡，到那悲不足悲，喜不足喜的态度，才可享受生活。"石君伸出一只手来，扯下一条柔弱的柳枝，向他姐姐说："人的生命和柳枝一样，非常脆弱。如果得一正路，亦犹这株垂柳，长在岸旁，自会依依动人的。"

这种含有诗意的回忆，使石青的心理，格外和平，一切的不幸，都不足阻止前进的，只要能够去奋斗，不欺骗自己底良心。石青这样想，似乎一切的一切，都握在她的细手中。

二十三

进到两月不见的院中，槐树下的石凳依然安睡在微温的阳光下，只有伞形的槐树，落叶飞散在四角，所余的秃枝，有力地刻画在天空。

洗完脸后，正是早上十一点，她晓得慰梅有闲空，就去看这位恩高义厚的朋友。石青进去，坐在照例的地方，叙述东镇的经过。慰梅抱住她说："这种地方，有什么可留恋处？回来很好，我相信，只要努力，天无绝人之路，青，不要怕，我们再想别的办法！"她又留住石青吃饭，一直到下午两点，石青始回到家中。

石君正从课堂内出来，门房跑过说："石先生，有人找你。"他出去，看到石青站在大门前。他不曾相信即是他姐姐，但是又不能否认，他停不住的泪溢出来。石青扯住他的手说："君儿，回家去吧！"

他们走着，他们没逻辑地问答，他们的泪脸上浮出笑容，只能听到"姐姐"，"君儿"的呼声。到家中后，石青笑地说："君儿，我把东镇的事情辞退了，以后，我再不离开你。"石君并不问姐姐辞职的原因，也不想今后的生活，他发狂似的说："姐姐，你早该辞退了。有时想你，我总以为见不上了！"说完眼圈又红起来，像是多少的苦楚。到七点钟时，石君站起来说："明天是礼拜日，一早便回来，我不和五成出去了。"石青想了一下，她说："君儿，你如果喜欢五成，不妨把他也约来。"

石君出去后，她觉着困倦，把家中收拾了一下，她上床去睡了。

她醒来，窗上已露出曙光，她揉擦睡意未退的眼睛，她看到睡在"自己"的家中。现在她变成没有责任的人，她要给自己放假，被内的逸乐，使她认识了辛苦后的幸福。偶然听到窗外的风声，她全身的毛孔紧张，不知如何是好。这时的石青，真有“任宝奁尘满，日上帘钩”之慨。

两月以来，石君每次的信上，总要有五成的名字，叙述他底性格，身世与思想。因之，在石青的脑中，五成早印下深的痕迹。现在，她期待着“不使她失望的朋友”，正如君儿信中所说。

当她吃完早饭时，石君在院喊的说：“姐姐，我们来了。”

石青的面前，站着一个十七八岁的青年，散乱的头发，覆在高额上，从清利的眼内，放出果断与坚忍的光芒，脸上反照出两种色彩，一种来自敦厚的遗传，一种来自自强不息的努力。他不肯说话，却没有冷酷的神气。他瘦弱的身体，常在那里摇动，似一株晚风间摆动的杞柳，含有不屈不挠的精神。石青觉着似曾相识的，却想不起在何时何地！

她要五成坐下，想说几句感谢的话，又觉着不合适，还是给他们做饭吧。她在地下预备一切，他两个却在那边讨论，什么时代的背景，什么客观的条件，石青只觉着幸福。

在吃中饭的时候，慰梅差人送来一信，言语简单，要石青放心修养，几日后，便可到校中帮忙的。待遇和东镇一样，而精神上却痛快的多了，她笑的说：“饭碗问题又解决了！”他们三个互相窥看，觉着家中什物都在飞动，为他们狂舞。

二十四

旺儿家是一个有骨气的女子，自从丈夫死后，她的思想集聚在保持现状，恢复当年的景况。她不明白五成读何书，将来做何事，她只觉五成喜欢念书，便让他念好了。反正没钱给他，也不盼他赚钱。

每次，五成回到家中，见他母亲辛苦，他感到万分难受。有时他诚恳地说：“妈，你不要太辛苦了，现在所有的东西，足够你生活。至于我自己，我自有办法，你不要为我过劳。”旺儿家含着爱意，永远如是地回答：“假如没事做，妈可坐不在家内，妈又不喜欢到别人家去！”

他们母子这样的谈话，常会引出一个可怕的问题来。这个问题使他们苦痛，使他们生了隔膜，结果只好缄默，互相暂时离开。他们处在两个时代内，他们有两种相反的观念，他们却要在一块生活，一块解决，于是他们相互成了牺牲者。这个可怕的问题是五成的结婚。

五成已是有未婚妻的人了，但是他不爱她。除她的小脚和偏执的性情外，此时的五成亦反对结婚。只要翻他在校刊上的文章，便可看到他矛盾的思想：“结婚是禁锢自由的镣链……爱和梦都是空的……谁有权利娶一个女子哩？谁有能力当一个孩子的父亲？……”这种离奇的思想，是旺儿家再生也梦想不到的！要是以思想世界来计算，母子的相差，真不知有几千万年！

是前两月的一晚吧？室中非常模糊，五成恳求地说：“妈，过一二年后，再提结婚吧！我知道你是苦痛的，可是我不喜欢她。设使结过婚后，两人不好，那不是后悔也迟么？”旺儿家把头一歪，脸往下一放，说：“你不要说了！你想要我的命，你取把刀子来！这比什么都难受，人家什么配不过你？是你父亲给你留下的东西，我不忍心做丧天良的事情！我不能一个活着，娶过以后，天南地北，我们不管你！到你发达了，想娶三个五个，谁还管你？”

五成觉着头痛，一句话也不说，旺儿家更进一步说：“你该心痛你母亲，三更起，五更睡，整日为你辛苦，你该叫我心宽，谁想，从学校回来，念了几句洋书，一提到结婚，你便说没阴德的话，我问你：你不怕龙抓你？”五成觉着可怜与可笑，他说：“那有龙哩？”旺儿家往地下一跳：“你敢说没有龙么？要没有龙，除非没有天！妈活了五十多岁，见也比你见的多！你去吧，我要睡了！”

五成出来以后，心上比夜色更黑，他想猛虎可打，瘟疫可逃，只有母亲的主张，那才叫没办法。独坐在灯下，虽是母子，比路人还远。他自己发问：有什么方法，可以沟通他们中间的铁墙？他答不出。展开一本《天演论》，看了几眼，不觉便睡着了。

二十五

慈母的心比海更深，比宇宙更复杂。旺儿家日日忙碌，准备她儿子的结婚。

从碾上回来，过五道庙时，有好多的人坐在那里。都忙站起说："旺儿婶，几时吃五成的喜酒，有什么需要处，只管你说是了。"朴卫村的人很敬爱她的。无论是老少，都和她亲热地往来。她走到巷口时，隐隐地听到人们说："这才是个治家的女子，她比男人还痛苦！"

五成的婚期，定在三月二十四日。

旺儿家预料到她儿子不会回来。她骑了个毛驴，去找她儿子。她在校门上碰到个穿长衣的先生，她叙述来校的情形，校长听了非常感动。他把五成叫来，很温和地说："你同老太太回去吧，世间的爱情，有许多是人造的呀。"五成垂首流泪，旺儿娘扯他说："好孩子，你同娘回去吧。"

母子两个往家中走，各人有各自的心思，旺儿家不清楚为何儿子不爱女人？别人倾家败产，惟恐不得，而他却漠不关心。真是时代完全变了。五成看着母亲脸上的皱纹，心中责备自己的残酷，但这是一时的情绪，他知道婚后的苦痛怕是更大！他想到此，他觉着生活完全是悲剧的，愈是爱的人，所受的创伤愈深。

五成胡乱吃过饭后，自己也不知做什么好。别人喜形于色，独他愁锁眉头。他觉着人们对他有恶意，特别讥刺他，他想用一颗炸弹，把这个村子毁个粉碎。自然，他是第一个先死的。旺儿家也无可如何，只有怨命，她爱她儿子，但是在结婚上，却不能通融的，因为给儿子娶妻，正是她爱他的特证。

第二天，五成醒来的时候，感到空虚。从前他爱这个缥缈的清晨，充满了丰富的神秘，常唤起人生的象征。人生虽是不定，但是还有幸福的希望，可是他的人生已确定，和一个不爱的女子结婚，便是稀微的侥幸都没有了。

空虚是五成一切的说明，他再不能去形容自己，像是站在流动的液体上，两足虽然着地，马上便沉入其中。站在桌子的面前，机械地洗脸，烦闷锁住他的愁眉。他感到一切都多余，一切都无味，他自己没有生活的权利，他想把自己底生命握住，摇他几下，然后用力摔去，使之粉碎。忽然，他想起一位朋友的诗来：

望白云，白云如粉天如镜，
望红云，红云如燃赤如焚，
白云红云搅一团，灿烂群花排满空。
谁是仙子游，给我数翅膀，
飞上顶点摘云霞，顶摩万仞之苍苍，
不见仙子吾放歌，痛哉吾行之蹉跎，
红云白云悠然逝，吾将追之何处及。
归来兮燃弟，手执炸弹兮归故居，
故居不得居，请君只手破灭之，
破灭之，无孑遗，
没使灰烬因风起，吾愿为君作前驱，
头颅一掷尘沙内，凭君光明手，
葬吾干净地。

他回环地诵念，他不断地潜思，禁不住的悲痛，涌在心头，泪潸然而下，他把起酒来，喝了不知多少，他倒在炕上了。

醒后，母亲坐在他的身旁，他扯住她的手，像是寻找吃酒以先的回忆。旺儿家问他："你不舒服么？"五成强笑的回答："很好，我只不过多吃了些酒。"旺儿家见他不是害病，劝他出去走一走。

这是一个妩媚柔春的下午，他出了深长的巷口，街上碰着汶哥。他背一篓子，往田里去。少年时，他们整日在一齐，每次相遇，总要坐在石级上说笑。现在情形变了，他们年岁相差无几，因为环境不同，各人走了相反的路子。五成总是想接近他，恢复儿时游山，看戏的情形，可是汶哥只是躲避，报之以质朴的微笑。五成强拉他，叙述儿时的景况，他总是笑地说："谁还提那些事情哩？"今天，他们仍然闲谈，在汶哥的声调内，含有羡慕与快慰的神气。他笑的说："五成，你要听婶婶的话，有几个能像你娶起一个女人哩？"五成本想不提此事，谁知他和别人一样的沉闷。

他走到五道庙旁，破碎的泥像，睁着漆黑的眼睛，也像在祝福他，庆贺他。他憎恶，他憎恶这没力的泥像。他信步走到卧云岭边。他坐在初生的绿草上，他自由地去思想：结婚是亲友们享乐的时节，对他却成了一副苛刻的刑具。面颜上布满了愁云，他再不愿多说一句。有时，他很想克制住自己，任他母亲心欢，但是另一个五成，却扣紧不放松一步。他要五成去反抗，去破坏，直到演出悲剧为止。

这种错误，来自个人与社会失了调和。那时的新思想，基建在自我的觉醒，追求一切解放，作万年的改造。他们自信是能干的，多才的。这样的思潮，把个禁不住风寒的柔花，看作参天的松柏。他们不认事实，只任感情的冲动，有如无力底苍蝇，欲毁灭蜘蛛底密网，扑在里边逃不脱。他不想一个久永的办法，而惨死于其中。这是时代的命运，谁能逃脱哩？

五成受了此种思潮的支配，他是被动的。

二十六

三月二十四日到了，五成失了自由。到入洞房时，院中站着许多人，朴卫村的老少都出来了。旺儿家从人群走来说："去新房中看吧，我的大事可完结了。”小孩子们如蜂似的涌进去。

婚后的第二日，五成起来走了。朴卫村公认为不祥，将来没有好的结果。家家户户都议论这件怪事，旺儿家咬住牙地怨命。

二十七

五成到了石君的家门，看到石青。

这三个不同的灵魂，每逢到了一块，共感到一种宁帖，他们的幻想与做梦，各自成派，但共同奋斗的精神，不肯对苦痛低头的态度，却是一样的。他们坐在槐树下的石凳上，想着未来的生活，他们像是海中孤舟，不知向何方去好。

慰梅终如仙鹤似的走过来，笑地说：“你们也不叫我，你们独自在槐树下享乐?”

她说完便坐在石青的身旁。石青笑的说：“我们是隐修的和尚，我们不与凡人往来。”

慰梅总是关心石君与五成，他两个都是有“新思想”的青年。她笑的问：“你们近来有什么作品?”五成说：“什么也没有，校刊也停止!”

慰梅从袋中掏出一封信来，笑的说：“我要走了，我来向你们辞行，如果你们不舍我，只有我们都走。这是真晶写来的信，我念给你们。”

慰梅姊：

我方从西北回来，这里的报纸已复活了。副刊由我编辑，正张仍是先开先生。你知道他是不能久居于此的。我亦仍想回到堡垒里去。那边有我们学校，我们初创的新村。你来吧，你快来吧，最好偕来二三位朋友，我们住在一齐，虽然难保没有风霜的袭击，但同死于风霜之下，亦是有意义的。锐明有信来，他还是那样坚强勇毅，为我们开辟新路，创造光明。

他们三个像是得了自由的囚犯，他们不问北平在东西南北，他们要去，他们要飞去。他们围着慰梅，互相诘问，他们像是久别的知友，不知说什么好。五成站起来说，我要回家一次，再去看看母亲。

二十八

在家中住了三天，正准备起身时，天下着如绳的暴雨，全宇宙变为苍灰色。五成站在门口，看院中溅起的水花。地上放着他的一卷行李和几本心爱的书籍，他的想象却似滔天的大浪：他想鲁滨孙漂流荒岛，无非为了开辟新路，像我们三个又何尝不是哩？老死在家中，又有什么意思？

旺儿家从炕上坐起，笑向五成说："成儿，你今天走不成了。"五成如闪地感到一种悲哀，他见母亲的嘴上，浮露出多少的热爱，他觉着再没有一个如此无条件地爱他。他忽然不想远去，和母亲永住在一起，即使做乞丐，也是很幸福的。他晓得只有慈母的心，没有利害，没有背景！他想抱住母亲，像小时一样，说："妈，你不要离开我，我害怕哩！"正要决定说时，脑中忽然浮出他夫人的影子，他憎恶，家庭变为一所囚笼，母亲的口角上，隐有深厚的怒意，他像是停在沙漠当中。

雨止了，旺儿家拉着五成的手说："你去吧，你赶年下回来，你要到岳父家中去。"她不知道北京在什么地方，她以为还是没有出了他们的山圈。五成忍住眼泪，离开他艰辛的慈母，离开了质朴的山村。

二十九

在古城中辗转的三个灵魂，已经过了一年。他们没有找到光明，他们也没有辟开新路，他们每天只在灰尘中打滚。复活方到周岁的报纸又停版了。真晶不能久居，得到西北找慰梅与锐明去。他想再过漂泊的生活，他想再看壮士汉卿的故地，他想把五成拉去，磨炼成一个强有力的青年。

西车站到夜半的时候，分外荒凉，比平日更形出苍灰的神态。停在夜色中的列车，也像禁不住怒吼的北风，在那儿发抖。真晶和五成跳上车后，笑向石青和石君说："我们要走了。我们虽无荆轲的雄心，但在这种情形下走开，也够使人慨叹了。"石青笑的说："几日前五成的新诗，正好做了你们的写真：北风兮飕飕，穷途无归兮田畴，大地任飘游。"他们都苦笑了。

火车疲倦地带走了他们。

姐弟两个返出车站外，仍然回西城去。

夜色中的北京是一个神奇不解的东西。路灯在冷风内喘气，一切沉入大寂寞中。疲倦的车夫，显出厌烦的神色，只能看到他们的黑影。偶尔在饭摊上，围着几个人，都像在做梦。他俩拉着手，拼命地往回走，各个感到神灵飘荡，心情恍惚。忽然有一二辆汽车驰过，他们既不回头，也不羡慕。住到北京所得的教训，是人和人永远不能作比的。

这一年以来，石青生活在新环境中，她的意志更强起来。她是个绝顶底艺术家，弟弟即是她底作品。她梦想着她底作品会久永，将全部精力置放在弟弟身上，为了看到自形的反照，享受那一时的爱的结晶。石青看她弟弟，不是一个人，乃是自己，乃是自己的爱情。

至于石君，永远是个诗人。他追求一个美的幻想，把别的一切，都放在两可之中。从他姐姐身上，他感到海似的热爱，有时使他疲倦。他去学校实带有万分的勉强。的确，那种机械式的教育，买卖式的教员，不能满足他好奇的心灵。因之，学校中的功课，自然不会好的。坐在课堂上，他只做梦。先生骂他，同学们笑他，他哩，感到无穷的烦恼。挟上书包走来，这便是他底工作。老实说，他到校中没有任何的目的，只为了他底姐姐。

有时候，他们坐在炉旁，谈论自家的困难，石君总是不愿升学，他想退出来，和五成等去漂泊，他说："中学完了有什么用处？徒然把你累倒了！"石青不了解弟弟的心理。她以为石君怕她负担过重，生出意外。可是，如果石君终止求学，不啻要她自杀。因为石青的身体，完全借她弟弟来滋养，马上取消了石君，马上她会倒在地下。她想："弟弟所以颓散者，全由怕我吃苦，受经济的压迫，为着使他安心，今后再不提及生活。"

三十

旧年节走来，西单一带都带着快乐的景象。每天石青走路，从不去看一眼。她并不苦恼，她知道自己早失了享乐的权利。但是，虽不求奢侈，生活必需的东西，却不能缺的。回到自己的小屋内，看到地上的一堆报纸，她在那儿出神。

从纸窗上射进的阳光，照到桌上，几个睡在尘土内的茶杯，像是醒过来了。她觉着闲静，只要有方法解决了生活。她揭起挂的毯子，看到弟弟的床上，放着些散乱的书籍，她幻想：到明年暑假，弟弟便可毕业了。考到有津贴的校中，将来是不会饿死的。我要完成母亲的志愿，功成一篑之时，我该如何努力呵！

她爬到窗边，屋顶的积雪衬着银灰色的天，呈显出孤独的神气。大门上斜歪的春联，在阳光中微笑，夹着壶水沸腾的声音，传来风筝的响声。她沉入儿时回忆之中，她想起穿上春绿的夹衣，拉着弟弟沿河边走，她想起山坡的红花与苦菜，她想……这种不连续的回忆，使她联想到当铺中质放的衣服，她跳下地拉出一个箱子，想得到点意外，或当或卖，好使过了这年节。

翻来倒去，都是些不能当的东西，她又往下寻，却找到一个纸包，内边藏着她母亲的牌位。她恭敬地拿起，仔细地窥看，从红纸黑字上，她看到母亲的言笑，母亲的动作，停不住的眼泪，渐渐地掉下，像是雪消后滴下的檐水。

过了一会，心绪平静起来。她把牌位摆在桌上，又放上她和石君合照的相片，她想求母亲在天之灵，默佑这两个失群的小鸟。

第一次，石青披着没有扣子的外衣，到她伯母的三弟家中。自然他是不会舒服的，过了一点多钟，试了有几十次，才说明来意，借到五块钱。过了年后，慰梅的朋友介绍誊稿子的事情，写了五万字，始还清这笔巨款。

三十一

忠实的春，美爱的春，披着她的花衣又来了。姐弟两个底生活，亦较前安定，他们底生命也像是充满的灵魂。

可是，自从一月以来，石君每晚回家，总在七八点以后，石青也不愿问他，却感到深的不安。这天，中央公园开放，她感到烦恼，像是魂不附身，她无目的地出去，信步进到公园里。从人挤人的走廊内，站在含苞牡丹前面，她觉着噪杂，想找比较清静的地方。她没精神地穿过花房，踏着木桥，向着水榭前走，眼前开着许多丁香，好像到了另一个世界。正在玩味她的心绪的演进，忽然看到石君跟在一个少女后面，向山那边去了。他们舒适的情态，像是花间升沉的双蝶。这时候，石青发呆地站住，眼中放出一股黑气。软的便坐在椅上，只觉着发冷发抖。把一块纱手绢覆在脸上，竭力克制自己的情绪。她想，石君也大了，难道我和他住一辈子不成？她尽力扭自己说：“我太自私了！”

她也不知道什么时候，她看到人渐少了。她慢慢地往回走。有种本能的推移，使她左右顾盼。好像怕人看出她底心思的。回到家中，石青照旧去做饭，竭力想忘了方才的影子，谁知刺激太深，她被压在这影子下，永远是不会翻身的。

石君到九点钟始回来，他脸上充满了快愉。石青要他吃饭，他说下午在朋友家中，把晚饭也吃了。石青俯下头，掉转到桌旁，装作寻找东西，却偷拭眼泪。她不苦痛石君底外遇，她苦痛石君不说真话，她觉着一手抚养大的弟弟，现在和她分道扬镳了。她感到裂肤的苦痛，她走到院中，猛烈的春风，像要唤醒她底幻想，再不要做此傻事。

石青苦痛了两礼拜后，忽然接到慰梅回北京的消息，她的心情渐次转过，她觉着至少还有一个人能了解她，能为她说一句真话。她自己也莫名其妙，近些日子，五成常在她的脑中，她思念他的举动，她回想他的语言，每到想他至极之时，她心上溅起美丽的波纹。

慰梅来到北平的第二日，便搬到东城的绿医院中，因为她害盲肠炎，须要施行手术。石青每天去看她，稍微好一点后，有时也住在那里，陪病人过夜。她们谈论五成、真晶的生活，一切的细事，都使石青发笑，慰梅又叙述那边的风土人情，好像是说外国似的。有时说到那边的景致，崇高的石碑，走在高山顶上，古书上的传述，都集聚在他们住的地方。石青嘴咬着指头出神，有时，她说："可惜，我不能去那里！"

至于石君，他看到这是个机会，如果十点钟以前姐姐不回来，他把门子闭住，也到外边去了。

这天晚上，石青照例陪着慰梅闲谈，问到先开先生的消息。慰梅忽然从枕下抽出一封信来，急的说："我好糊涂，怎么忘了寄去！石青，你坐个车子送去，好使先开先生马上便收到。"

在石青把信送去后，已快十二点了，她回到家中，推开门子，室中空空洞洞的，她有点害怕。她看不着弟弟，她不知他那里去了，桌上放着本《楚辞》，书包搁在桌上，吃了饭的碗筷，依旧放在锅内。石青坐卧不安，不知如何才好，她相信石君不会不辞而别。她呵护的纯洁的灵魂，不忍让人随便染污了！仿佛费了千辛万苦培育起的花，而今被人采去了。她坐在灯下，看着地上的布鞋，她觉着特别大。她拿起来，颠倒去看，她奇怪石君长的太快了。她自己说：现在他不是孩子，他是青年，他有独来独往的能力，我何能干涉他。一切都完了，真的，一切都完了！

这种苦痛不能以言语形容的。自从儿时以来，他们底生命交织在一齐，竟可说石君寄生在她身上。现在要离开她远去，她发现了自己有个无底的罅隙。她空虚，她恐惧，她觉着永远在孤独中，走一个长而无尽的地洞。她和衣躺下，终夜在悲痛与期待之中。

到早晨六点钟时，门慢慢地推开，石君走进来。他看见石青和往日一样，预备早饭，收拾房屋，只是神态可怜，两眼红肿的。石君发痴，忽然像梦中骤醒似的叫：“姐姐！姐姐！”他爬在床上哭了。石青跑过来，抱住他说：“君儿，不要伤心，姐姐不责备你，饭快熟了，你要去上课！”说着泪流下来。石君从袋中掏出一张相片，撕了个粉碎，他哀求地说：“姐姐，我再不敢了！”石青拉住他说：“何苦撕他哩，姐姐不是怕别的，只怕累及你底身体与功课。”

石君胡乱吃了几口饭，他姐姐送他出了胡同口。

三十二

自从这幕悲剧发生后，石君变了。他写给五成的信上说：“近日来，我竭力恢复到儿时的可爱，拒绝一切的诱惑，你知道我姐姐为我苦痛的不少，我要遵守姐姐的意志，去摸索光明……”

真的，他从学校中回来，捧着一本书，不断地工作，天热，室中有许多的苍蝇，他不敢嫌难受，他抱着书，要钻到书内。有时，他疲倦，就熟睡在桌上，在梦中，也只是些方程式、反应式之类。石青看他怪可怜，家中点几根香，给他改变一下空气。

考期快到了，石青思念如何筹一笔经费。自从她常去绿医院中看慰梅，她清楚还有卖血生活的一法。二十个绥绥，可换五块现洋。她看到钱和血放在面前，任她选择。这时候，她脸上打了一个寒噤，使她发昏。她独自脱去上衣，伸出膀臂，瘦的像一根麻秸。她叹了一口气，她觉着连卖血的运气都没有。

慰梅是她的商酌者，她找到她，把情形说明。慰梅把真晶寄来的拾元，分了一半，才过去。

石君考试的时候到了。石青送他出去，接他回来，有时问他考的如何，他总是说："不过那样！"石青再不敢往下诘问。到了第三天考完时，约下午四点钟，姐弟两个走到中央公园，靠住御河的铁栏，共看鲜润的莲花。隔河拂动的柳枝，特别勾引人的神灵。有时石君会问：

——姐姐，假如我考不上时，我可再不念书了！

——不，一定考上的。万一考不上时，明年再考。石青虽如此安慰弟弟，内心实在不安，她若再奋斗一年，生命不知如何了！

每天悬心吊胆地活着，一直到第七天的晚上。他们在灯下共念一首人间词："……陌上楼头都向尘中老……"忽然听到卖报的声音，喊着城南大学出榜的消息。石青急忙跑出去，不顾街上的污泥，向前追叫，她买了两份，只有二十枚的票子，不用他找回来了。

她爬在桌上，竭力按住跳动的心，手抖颤地寻觅，石君却像一个雕像，鹄立在那里。到了第六名时，是石君的名字，她怕没看清楚，又打开那份看，仍然是一样的。她再不往下看，抱住她弟弟，泪如注雨，浇在石君的脸上，她说："君儿，第六名！君儿，第六名！"石青拉出母亲的牌位，挽着石君的手跪在地下，涕泪交流地说："十二年不见的妈，你的君儿有下落了！"

太阳已到窗上，他们还未起来，石青披衣坐起，揭开毯子说：

——君儿，你睡醒么？

——睡醒了，只是不想起。

——咱们也要睡到十点钟，再说，第六名是很难的，你把报递过来，我再看。

——看他做什么，还是再睡吧！

——君儿，单名的只你们三个，姓石的却只你一个。

他们这样说笑直到十点钟才起来。

石青要她弟弟去理头发，自己找出件灰色的旗袍来，到十点时，她决定给弟弟做生日，到且宜去吃饭。他们过西单时，有个摊子上摆的许多鲜花，她买了一束，要供奉母亲，要庆贺石君的及第。

他们感到海似的幸福，每日像在云雾里。

三十三

为弟弟牺牲几近十二年的石青，一旦解脱了贴身的重任，心身恍惚，像一个断线的风筝，常时飘摇不定。她觉着自己变了，像一个重病后，方才恢复的人，不只她的体力减少，便是记忆与意志，像落在水中的雪花，一接触，便消化了。这种现象，使她很奇异，她不明白何以变的如是神速，不到一月便是截然不同的两人？她不能确定一个方向，更不能有系统地去思索，每天发呆地坐在椅上，摸弄石君留下的什物。

自从有记忆起，从没有想过自己，她承认生来便是为弟弟的，拒绝南村张家的亲事，便是她底证据。我们可以说：她有生动的眼睛，她却求不看到自己，她不是如花似月的人物，但黑柔的长发，垂在背后，庄严的脸上，浮着温和的笑容，使人爱慕与尊敬。从她纤细的身材上，使人有清秀的感觉。她如是自然，她如是和谐，她却不愿有半点人工的修饰。在她以为是没有兴趣，在人却说是特有风格。有时慰梅向她说："石青，你才是雪中的腊梅，你是为我开着。"石青嫣然一笑，像是半否认半接受的。

实在说，没有比石青更美的！她是灵和肉的结晶，她是精神平衡的完人。她是在苦中求乐，忙里偷闲的，她的灵魂是为他的，她不能有一时的休息。现在石君走了，她又为谁去牺牲？她苦闷。她的苦闷是必有的，却非永久的，在这一点上，她永远看不清楚！她不知道人和我的分别，她更不知道人和我的冲突。她自强不息的个性，当时要求牺牲忘了她是一个人，牺牲只不过人生路上采来的一朵鲜花，并非时时可得到的。因之，她底烦闷，她底颓丧，都来自她不安的生性，正像悬在山崖之间，既有死的恐惧，又无死的决心。

这天，她睁开惺忪的眼睛，一股神秘的情绪涌到心头，她推开如浪的薄被，觉着有点发热。她往桌上看了一眼，瓷瓶上面开了数天的秋菊，母亲永远沉默的牌位，都在安慰她的沉闷。她忽然想起梦来，是在梦中和弟弟走着，回到家中槐树下的石凳上。她看到微笑的银月，微笑的天星，微笑的弟弟。她闭住眼睛，玩味这幸福的幻影。过了许久，她坐起来，向前伸出两手，又向上一举，似在赶走久睡的疲倦。落在地上的《牡丹亭》，压在她的拖鞋上，她伸手拾起来，正看着惊梦上的两句："良辰美景奈何天！赏心乐事谁家院？"这两句话把她拽住，袜子穿了半截，靠住枕头出神。

她的意识渐渐还原，她觉着该起来了。站在墙上悬的小镜前，自己端详里边的影子，额上刻着辛苦的伤痕。她看到镜内的人，并非是她自己，脸上覆着忧闷的罗纱，已失了儿时的天真！她想起古人说："对酒当歌莫负春。"她认为春已负，无欢可言，似乎石君的影子也立在她身旁，清秀如花开，蓄着无限的颖慧！此后他有自食的能力，正确的学问，这都是她一手造成的。她觉着前途无限的光明。可是种种幻影是不能久远的，方捉住要享受时，如逝波似的逃走了。她看到都是空的，没有一处可休息她疲倦的骨头。

石青没有目的地出去，来到慰梅家内。她们像是些小孩，永远有些新奇可玩的东西。慰梅走到桌旁，忽然想起来说："石青，昨晚五成有信来，内边提到你的事情，你瞧……君弟有了归宿，都是青姐辛苦的果实。我想她现在更烦闷，若是如是，你要劝她亲近自然，香山底红叶，通州底芦花，他们总会欢迎你们的……”石青灰暗的心上，放出一线的曙光。

石青从慰梅那儿出来，回想五成的信，心上起了一圈波纹。趁着愁人的秋风，她觉着神魂飘荡，从来未曾有过的现象。她有些恐惧，又有一种慰帖，像缺陷的心中，添进多少东西。她觉着成了宇宙间惟一的人，虽说孤独，却是富有的。

她拿起笔来，想给五成写一封信，不断有奇离的情绪阻止她的手，她想说出深心的需要，她又觉着年岁已老，不愿误了可爱的五成。她想起这种本能的要求，似乎和她的行为有冲突，不觉脸上泛起一股血潮，用手急忙遮住，像是怕人看出她的心理。

她想起慰梅的话来：“爱情与宗教一样，有几个能够尝到的？我们是些庸人，还是接受点现实吧，不然，苦痛要使你闭住眼睛。”石青忽然否认这话，她觉着只要能有智慧，什么苦痛都不存在的。

果能永久保持着智慧，即是说人类最高贵的东西，石青远不至如是苦闷的，可惜她受的苦痛太深，性格上起了变化，形成个健康的病人。不只是悲欢无常，外界因之变色，而且无倦地追求，常使她落在寂然无声之中，如欧洲中世纪女子的灵魂，常要寻找永久的爱情，她不能过安逸的生活，她爱行为，要从艰辛的火中，锻炼成坚韧的钢铁。到没事时，一本书搁在腿上，她悬念石君的一切！但石君是有着落的人了，奈何？她思念慰梅，这个比雪纯洁的朋友，和她有许多相似的地方。她们碰在一齐，互相深知内心的要求，却不肯说破一句，像要戏法的人，相遇在一块的。她想到五成，她爱这个天真的少年，但是他是弟弟，至少是个朋友式的弟弟。她不能止住思念他的心，凡是关于他的一切，她总有兴趣。

三十四

她出来，她又去找慰梅，她说："你告诉我他们那边的生活吧？"慰梅正在兴致高涨时说："在那边我们住在荒僻的乡间，居民好像桃花源中的人物。他们从未见过天足，更不用说剪发了。在为人遗弃的院子内，我们曾办起个学校，要把我们的灵魂，也加在他们的当中。工作之余，真晶和五成去拾柴，锐明和我在做饭，我们游戏地把时间便过去了。到冬天，北风怒吼着，深感到夜长不尽的辛苦。我们围着柴火，屈膝聚谈。真晶的口吃，锐明的微笑，五成的勇毅，我永远不会忘记他们的。我们并非永远谈工作，我们谈论过去与未来，从明月谈到姻缘，从秋风谈到死亡。更奇怪的，我们还计划死了以后，如何去埋葬，要哪一种墓的形式。我们愿意灵魂不灭，这样，在地下也可围炉烤火。好像我们是继续在一起，从来不会分散的。我们并非不起冲突，但我们的冲突又会加深我们的理解。有时候，我们会互相生气，也会互相和解，我们是路人，是朋友，是牢不可分的兄弟姐妹。有时候，鸡叫了，我们仍在谈着，似乎我们不需要睡眠。我们披上衣服，举着火把，到寨上看黎明，站在高耸的雉堞上，立在天净疏星之下，我们没有理由地呐喊。我们兴奋地跳动，我们要乘风归去，去摘那永远光明的天星。"

慰梅说到此，像沉在过去回忆之中，石青像是身临其境，也加入这个社会的。她坐着，她底心却在未曾相识的地方，她底心像在疯狂，超出她底心理状态以外。

时间慢慢走着，又是雪花纷飞的冬初。她底神态总是和往日不同，北京底生活，对她成为一种苦痛。石君每星期回来，叙述他底工作与生活，她感到像是无可无不可的。

有一天，石君笑地跑进来，摸出一封信说："一两日内，五成便回来了。"石青像受了刺激，禁不住地发问："什么？"石君又说：

“就在最近，五成要回来了。”石青脸上展开不安的神色，只是她弟弟不明白是为什么。

到夜深人静之后，石青自问：“我是否该见五成?”

三十五

从前有决断，有毅力的石青，而今变成一个失母的婴孩。外面虽是依然如故，而内心却不断争斗。介乎见与不见之间，她又无法取决。她晓得五成不了解她的心意，她也从未要求他了解；她更明白她与五成，不能前进一步，但是她卷在深不可测的漩涡内，永远挣扎不出来。

几次她想征求慰梅的意思，每到开口，总停止了。并非是怕慰梅见笑。一个如是恩高义厚的朋友，是不会笑她的苦痛。可是，她没有力量去说，这种怯懦较之奋斗更可怕，因为她不承认自己的存在。

现在，她看清石君是另一个人，他们截然不同，几乎还有相反的地方。他们的关系，像雕刻家和他的作品，作品完成，虽充满了他的生命，同时亦宣布与他脱离。我们清楚知道占有的逃脱，是人间最悲哀的。

假设以石青的要求，纵使五成满足，其结果更为可怜。因为石青能即刻发现五成与别人一样，她不会爱他的。并非石青是超人，乃是她的爱情，基建在灵与肉的混合，官感上得到灵的追求，灵的进展上得到肉的享乐。她自己说不出，而她却是感到的。

这种心理是没办法的。结果只是自残其身，每夜失眠，每日清瘦。她徘徊在街上，她疯狂似的恳求，当人伸手援助时，她又拒绝了。

在西单一家商店前，她走来走去，像是在坟墓中。她不记得什么时候，她只觉两腿酸痛。从街上过去一队荷枪的兵。她笑他们无知。她站住，她想追寻所以至此的原因，她不知道了。只觉着不该回到家内，怕看到弟弟，怕看到弟弟的朋友五成。

不提防有人拉她，她转过头来，却是慰梅，她几乎要躺在慰梅的怀内，她说：

——慰梅，我很不痛快，自己也不知为什么。

——你来此做什么？

——我不知道，我只知不能坐在家中！

——你到我家去吧，我也正在烦闷。

天已黑了，雪花飘散在空中，炒栗子的声音，不断地传来，她们握着手，急忙地走着，像是怕误了约会的。她们回到家中，躺在近炉的长椅上，各个感到辛苦，又感到在室内的幸福。石青说：

——慰梅，我总是怕死！

——石青，像你这年纪，是不会死的！慰梅笑的说。

三十六

石青在慰梅家中住了一夜，大雪也止了，全北京伏在银布之下，石青从被内感到一种快慰，她想：人生不要太绝对了，又何必总要偏执哩？她和五成，只该要求雪似的友谊，不使一尘一物从上边走过。她在思索中，忽然听到慰梅的歌声："雨雪纷纷连大漠……"

忽然又中止了，她侧耳而听，似乎有人同她说话，石青待要问时，慰梅跑进来说："石青，石青，快走吧，五成回来了。"

有如触了电流一样，她披上衣服，五成已站在面前，笑的说："姐姐，我回来了！"石青感到一种不自然，她逃到慰梅的梳洗屋内。

五成长高了，戴着绒帽，披着老羊毛外衣，两颊发红表现出忍耐与胜利的神气。他依然不肯说话，不时流露出天真的微笑。他不时看石青，他诚恳地说："姐姐，一年不见，你瘦了！"石青点了点头。

两日后，五成跑到慰梅家中，进门便说："梅姐，不好了，青姐走了！"他把信放在慰梅的面前，慰梅猜着一点，拿起看。

五成弟弟：

除过君儿外，你便是我的弟弟。为了看你，我留到现在，而今目的已达，我要走了。要到什么地方，你将会明白。拿别人的一首词抄来送你，幸勿笑姐之迂拙：真好佛天，真好修行坐，趁光阴，莫错过，前途不畏虎狼恶。一担行李，一程风，一程雪。取还真经，普度众生活。离别。

慰梅看完，只说："真奇怪！……"五成接住问："你知道她为何走开？"慰梅回答："怕她也不知道吧！"

从这日起，北京再没有石青的踪迹。

后记

将九年前写的《大雾》印行，不敢存丝毫的奢望，只是纪念已经结束了的一段文艺生活。

十八年前，寄寓在北平一个报社，认识了几位研究文学的朋友，看他们的创作，读翻译的著述，使我感到深厚的兴趣。那时候，我以为文学是黑暗社会的匕首，他能使不安者宁静，烦闷者快乐，因而跟着他们，我也来研究文学。

继后在里昂做工三年，受了许多事实的教训，逐渐发现自己没有创作的能力。这并不是自馁，实因一个作家，须要有严肃的生活，渊博的学问，以及颖脱的资质。我既不能具备这些条件，遂决心抛弃了文学，研究历史，不觉已快十三年了。

但是，我永远怀念着这一段幻梦的生活，他具有一种魔力，要我不断地回想与分析，由分析而烦闷，因烦闷而眷恋。我眷恋他，因为眷恋我自己已逝的生命！总想找一个宁静的机会，把他记录出来，分赠给几位朋友。在九年前，与佩云在海程上时，居然实现了我的这个愿望。

写完后，道遇洛桑，列芒湖为大雾笼罩，不辨咫尺，我想生活也似大雾，他虽弥漫了我们，他的本身却是可爱的，不允许任意玩弄的，正如雾中的列芒湖，阳光一照，仍然会透出他秀丽的姿态。在此，我们所能努力者，只有修养自己的内心，准备与环绕我们的大雾来搏斗。因此将这部没有组织的记录，题为《大雾》。

承培良作了篇长序，萧铁兄帮忙出版，隆情高谊，使我万分感激的。

宗临谨记

一九三一年二月六日

波动*

自识

去年在海程上，无论是望着天星，无论是听着波涛，外面虽呈现出茫然的状态，而内心却感到深的不安。时有如闪似的思想与感想浮于心头，记录下来，叫做《波动》，无非想说出在一切狂动之中，我底生活也在波动着。

生活便是波动。无论何人，都处伏在这个律例之下。在此，我们所能努力者，只有求波动的平衡。各个人都有其求平衡的法则，得到与否，谁也难以预定，但不能自止地去摸索，却都是一样的。因为我们既不能毁灭自己周匝的颠荡，我们更不能阻止自己底生活。在生活上，我们失掉了选择的自由，正如在梦中不能使用自己底意志。因之，我之作此，可以说是被动的，偶然的。其间不会有奇伟的理论，深幽的探讨，自是当然的。

可是，人都是爱追想过去的。敢于印此者，即是为了纪念过去的生活，同时分赠给几位朋友，也算我海程上带回的些礼物，其于非分的奢望，是丝毫没有的。

北平，一九三四年四月一日

---

* 单行本《波动》由公记书局 1934 年 5 月 1 日出版。

人性的两种现象

将人与物表现的各样状态，我们一一深究下去，其间隐匿着使人费解的神秘，要人去咀嚼，诱人去追想。

在这些最奇突的现象中，笑与哭怕是最耐人玩味吧？他们像是来自高不可及的峰顶，使人望之而生畏；他们像是两个极端相反的情人，为神秘的电流所接连起来；他们在人心中日夜无倦地工作，一直到最后的末日。

人性之中，有种不可为人手触目视的潜力，以其表现浓淡之故，遂成为笑与哭。可是，他们只是人性潜力暴发的结果，却非人性潜力的本身。因为人性潜力的本身是爱。

造成爱的基本动力，是“关系”。表现爱的方式，是笑与哭。在人类生活上，“关系”成了惟一的元素，他的急切，较之水之于鱼，是更为必需的。人与人之间，人与物之间，无时无地，没有不发现他的形迹，因之，想到笑与哭的情状，像是初春的美梦，使人神驰而心怡的。

笑是“关系”的外形，他是现在的；哭是“关系”的内心，他是过去的。他们又像是两种自然的语言：一种是失掉了和谐，在不得已的情况中所发出的；一种却是感到需要，自然地流露出来的。

当“关系”失掉了他的相称之时，其间会有笑的存在。一个孩童，想摘下月亮当球踢，不能达到目的，伏在台级上大哭，这自是可笑的。因为“关系”失掉了他的相称，目的太大，而结果太小了。

讽刺即是利用此种原则：起始，讽刺者与其对象分离，各守疆域；继而，使彼此相差，一高一低，或一远一近，“关系”因之破裂，笑亦自然而生。个性强的人，常是不肯笑的，但也有例外，因为环境所迫，把笑亦变成一种世故了。思想深刻的人，常是不肯笑的，但也有例外，因为对象的平庸，笑变为一种蔑视的表情。

善于使人发笑的讽刺者，常有深厚自我的思想。他止于细事与外形，却乘人不备，放出毒辣的锋芒。不只如此，残酷亦能使人发笑。在罗马时代，将人作为蜡烛淫乐夜舞的奈宏①，不是历史上一个善笑的人君么？

他笑，因为他止于外形，被笑者对他是失掉了“关系”的平衡的。倘使他往下深究，在他发笑的事实上，谁能说不发现另一种情绪而自悲自泣哩？

有如站在井口一样，泪是人性井中使人发晕的活水。他来自很深，很隐秘的地方。便是那个流泪者，只感到发泄的必要，而不知究竟来自何处。泪不是纯粹悲哀的表现，正如笑绝非对欢乐的象征。世间有多少可喜可庆的事，不是反使人涕泪滂沱么？

泪是回忆下压榨的晶露，生命是往事炼就的纯金，因为，在蜉蝣的生命上，回忆与往事满盛着人与人及人与物的“关系。”

我们爱那过去的回忆，因为那上边刻着我们已逝的生命。过去会将那些细事排开，抓住往事的重心，将超过时间与空间的现实，展放在眼前，要我们去观看。于是，伤我的往迹，亦消灭了悔恨的心绪；当年可笑的琐事，亦成为涕哭的原因。介乎母子，夫妇，朋友之间，谁能够不在苦辣的泪波中，去沉溺几次哩？

涕哭者的心绪，不常是苦痛的；有时他反感到愉快。那不是一种普通的现象么，一个人正在流泪之时，你去安慰他，他反说：

---

① 即古罗马皇帝尼禄·克劳狄乌斯·德鲁苏斯·日耳曼尼库斯（Nero Claudius Drusus Gemanicus，37—68，54—68 在位）。——编者注

“我并不难过！”他的眼泪仍然滔滔地流着，他口上却浮现出最真实的微笑。

为我东归流泪的朋友们呵，我们的“关系”上，又多添了一段宝贵的回忆，我在此要诚恳地纪念你们。

东归之先

在我东归之先，虽说时间短促，却是我年来生活上，一次很大的变更。我柔怯底心，绞缠在生活粗笨的线中，我要把他抽出来，织绣成一个纪念，送给将别与未见的朋友们！

八月以先，我预计仍留在瑞士，继续我方才开始的工作。一月未过，我已上了意国的邮船，送我回到久别的祖国。追想起我这次的变化，追想起琐碎的事迹，一幕一幕，没有不动我底心灵，像是含有迷离的魔力，抓住我，要我来回思，又要我来缄默！

但是，缄默何能哩？我已别的朋友们，我未见的朋友们，时间与空间虽可限制我们的实体，但是，他们限制不住我们的思想，我要把这思想移在纸上，送给你们。再则，我要问你们：在你们的生活上，不是也深刻着震动全身的这种情调么？

在我确定行期之时，给我只留下一礼拜了。时间虽是短促，对我反变成悠长。我生怕这七天的逃开，又盼他急速地过去。一方面，想去看那些仁至义尽的朋友，对他们告别；他方面，又怕见到他们，无话可说。我徘徊在祥静的园中，我自己想：“告别也是一种世故，又何必多此一举哩？干净些，再干净些，死才是最忠实的告别呵！”因之，我的行程，成为一件公开的秘密，我愿人晓得我要走了，我又怕人晓得我要走了！这种曲折，矛盾的心绪，我还能够再多说什么？

虽然我在不安之中，要竭力来克制自己，压服这种不安的心绪，要当做若无其事。有时，还想出些自慰的话来：人生便是聚散离合，瑞士又非我底祖国！但是，愈克制，而我感到的反应愈激烈。朋友们看到我，总是浮露出和蔼的微笑，雪若也不迫我打球了……在他们每个的脸上，都表现出这句神秘的话：你没有多的时间，我们不纠缠你，让你去安置你的行装吧！

我生活在不知所以，时时波动的一个新世界内。

在这个“老而更老，新而更新”的伏利堡城中，消磨了我五年的光阴，想起来，他成了一件留恋难舍的东西，我追思他的心情和月夜思故乡的悲哀，如同一条弦上所发出的！我留恋他，因为我留恋我已逝的生命。沙里纳河上的薄雾，尼可拉大教堂的钟声，甘寨与若雪的晚步，还有山屋的歌曲，一切的一切，都成了我情感生活上的滋养品，似乎是片刻不可分离的。站在风驰的甲板之上，望着无涯的天海，他们像是排列在我眼前，伴送我孤独的东归！他们似在惜别，他们又似在狂欢，便是那云生码头的悬桥，充满诗意的槐树，也像在我面前说：朋友，珍重吧，我们要离别了！

这种不可捉摸的心绪，似乎不完全是多情，却是在乎我天性的怯弱，自从三四年来，觉哥来信，总是说：能够在外边多住几天，还是在外边好，你一回来，便后悔了！又加上家中的来信，总是责备忘掉了一切。人生如是多磨，我该如何处理自己哩？可是，自己又问：这次仓促的东归，谁知道有什么风浪，要生在我的眼前哩？

望着窗下东去的火车，常引起我不能自主的幻想：再过几日，他要带我到一块不知道的地方；再过几日，便会看到些奇花异草；再过些日子，便会看到我破碎底祖国，苍老底慈母，我会睡在生我底炕上，我会看到寺中的高松……呵！走吧！快些走吧！

地板上，横睡着三个大木箱，要将我的书籍都封在里边。我不愿收拾行装，更不愿收拾书籍，在我的心上，书籍便是我底生命，我不会相信和他们是该分离的！我心上，深感到一种空虚，这种情调，宛如在入殓自己的亲友，分外难过。

须要亲手把他们一一抚摩过，为着再抚摩到我底回忆！人总是迷恋骸骨，何况又是自己的哩？

这些书，七横八倒地睡在箱中，挤了又挤，填了又填，为着我们生活在一齐！有时从箱中取出，放在另一个内，说要带他们东归；又有时仍放在内边，还是把他们留下吧！这种不定的心绪，无非是不愿来亲手封他，我笑我自己。走的前两日，我向显之说：你代我封住他们吧！他答应了，因为他从未拒绝过我底请求，我惊喜他这种勇气，他肯做这件我不愿做的事！唉！谁知道他和我一样，他总是推移。及至我走时，依然留下三个开口的木箱，僵睡在地板之上。

未来的画家呵，在波涛震动之上，我向你致这点微念。自从我告他说行期确定之后，他的行为态度都变了。他故意设出许多方法，使我宁静，又帮我收拾行装，又为我计划到上海的防御，他说上海人是专欺负外来的！纵使他如是，他不会深藏起他心中的波动，他本来不肯多言，而今，已变成一个哑子了。我们晓得作祟的原因，可是我们不敢往下深究，像是一张蝉翼似的薄纸，谁也不肯把他穿破，当我们面对之时，我们成为路人，为要击破笨重的沉静，我们只有苦笑！我们知道再过几日，便会鸟各投林，将一切交付给那个渺茫的未来。不然，我们坐在床边，一直坐到半夜，反复不已地说：真的，你要走了！真的！我要走了！

我追寻过这种情感的成分，我不断地证实了这条律例：所谓朋友的情感，其形成是在两人之间，追寻他们的相同与相异。我说相同，因为朋友间有个共同的目的，而这个目的，必超出物质之外，要永生不变的。我说相异，因为要从自我中逃出，走到非我之中，同时从非我者之身上，要不断地发现自我的存在。朋友不是完全相同的，也不是完全相异的。

在银白色的月光下，我们挽着手，无目的地行走。我们浸渍在神秘的夜色内。我们由夜色谈到艺术，由艺术谈到自然与人生。可是最后的着落，每次总归结到我的旅行之上。我们说：一个人的生活，该常常改变的！我们说：八年了，看不见祖国，该回去看看他破碎的景象！我们说：明年此时，又会在此散步！我们将一切都推在未来的身上，你这缥缈的未来呵！你能够保证我们的期待么？

为了不能同我一齐走，多默要送我到泊尔尼；为了禁不住寂寞，显之要回巴黎。于是泊尔尼的车站，车窗下，成为我旅行前最后的牺牲。我要问世间那一件珍贵的东西，不是牺牲换来的？而那一种牺牲，又不是血和泪留成的？车开了，向着东南方驰行。

禁不住的眼泪，自然地流着。我不愿再看他们，我藏在车厢的一角。对面的一位中年的妇人，拉我底手，她要安慰我，我却像孩子一样，放声哭了。她不断地说：兄弟分离，自然是难过的！

从这位不相识的妇人手中，我接受到如此丰厚的赠与。我深思人类的挚爱。

已四日了，我坐在海船之上。我不断地想念你。每逢揭开你装置的行箧，我不忍捣乱衣服与书籍的位置，因为那上边烙印着你的心灵与手迹。呵！我再还能多说什么？

意大利

出桑扑仑隧道①之后，车沿马若湖②驰行，进入拉丁诗人危尔

① 即辛普朗铁路隧道（Simplon Railway Tunnel）。——编者注
② 即马焦雷湖（Lake Maggiore）。——编者注

锐洛[1]的故乡。广阔的田间，丛生着芳草佳木，深蓝的天，像是浪静的大海，赤腿的少女，宛如仙子，说着一种如音乐的语言。这块迷醉人的地方——意大利——文艺复兴的慈母，西方文化的摇篮。

如果留心自己情绪的演进，自会体验出一种神奇的变化。遥望依墙的藤萝，含笑的繁花，各个感到贪生的强欲，血管内，充满了生命的活力。于是，旅途的苦闷，人事的烦恼，都已飞往在九霄云外，如鹰的视线，却交集在晒衣的村妇与苍老的教堂身上。这些质朴的影子，有种特别的魔力，使人忘了现实，宛如永久生活在假期中。

这里的居民，富有艺术的天才，同时带着很深的宗教情感。他们生动的灵魂，强烈的情欲，都表现在平凡的举动上，爱情的惨剧，断欲的苦修，都是日常所看见的。

真正代表拉丁文化的民族，不是西班牙，不是法兰西，却是为人所蔑视的意大利。因为意大利人的天才，像是一块大理石：他的表现，摔脱利害而应用诗人的直觉。所以，具有民族意识的意大利人，同时亦是艺术家。并非偏执己见，故意如此骄张，实由他们底生活，处处含有诗歌与绘画。颂歌正义的但丁，雕刻罪恶的米该郎[2]，冒险的加里波得[3]，都不是好的证据么？

谁曾见过一个真正的艺人，不梦想他的作品哩？谁曾见过一个真正的艺人，不建设他的作品哩？谁可找出意大利的作品，不含有诗意而非大理石所雕成哩？莫索里尼是一个泥匠，指甲上犹藏着水门汀的遗痕，现在不是建筑他民众的皇宫吗？他的眼睛，非如照相

---

① 即古罗马诗人普布留斯·维吉留斯·马罗（Publius Vergilius Maro，前70—前19），通常据英文Vergil或Virgil译为维吉尔。——编者注

② 意大利文艺复兴时期的艺术家、诗人米开朗琪罗·迪·洛多维科·博那罗蒂·西蒙尼（Michelangelo di Lodovico Buonarroti Simoni，1475—1564）。——编者注

③ 意大利民族英雄、将军朱塞佩·加里波第（Giuseppe Garibaldi，1807—1882）。——编者注

上那样冷酷，据同他要好的人说，这个穷记者的眼内，时时反射出诗人失恋的光芒。他是全欧洲的伟大的艺术家。

意大利像是一个落魄的才子，不遇时的贤人。自从西罗马灭亡之后，一跌不振，为外族侵凌，便是欧战之前，萨克逊人种，高倡其优秀，而鄙弃拉丁民族之低能，意大利人深感到无可奈何的侮辱，十九世纪的统一，国家主义的勃兴，即是反抗此种蔑视的暴发。他们奋斗，他们战胜，便是领土无落日的帝国，于今不也是戚戚戒备么？

这种特殊的光荣，来自深远的遗传。罗马的纪律，基督教的组织，尚理智，重权威，与现今的意大利，融化在一齐，宛如威尼斯的运河，虽在闾巷之中，却与汪洋大海，互相连接起来。莫索里尼，以恢复古罗马光荣为职志，其雄心勃勃，怕是近代史上，特出的一个怪物吧？

水城

威尼斯隐居在海中，永远保持着他的特质。

在罗马完结了残命之后，威尼斯出自海中的泡沫，自由地发展，超脱时间，像是湖上的一朵睡莲。和谐的水声，日夜歌咏他的奇妙；飞舞的波涛，四时祝贺他的娇艳。他是云天与海天间最完美的艺术作品。

多少失意的灵魂，逋逃在他的羽翼之下。在西人的意识上，他是人间的仙岛，海上的迷宫。以本质言，他是超人的，神秘的；以表情论，他是音乐的，寂寞的。他的孤独，使人神往；他的生动，又使人心醉，似乎人间的争斗与罪恶，不存于其间的。

这是一个宗教的水城：少妇们柔白的胸前，摆动着金色的圣像；桥端与屋角，供养着含笑的圣母；在古时国王严重的谕示中，曾宣布说：

这是万能物主祝福的城市，他要在一切暴乱内，成为一块安慰的地方。

这句话不为过分的。在中世纪，信仰坚固的人们，将威尼斯看作一块灵地。自十字军东征起，中世纪的宗教史，可称为威尼斯的历史。

这也是一个含有诗意的水城。那里藏有许多神奇的传述，英人洛思庚①，特爱此种奇幻的故事。

第一个故事，约在一千三百四十年：于暴风雨之夜，巡行海岸的渔舟，沉入海内，渔人在万险之中，忽然碰着三人，衣冠奇突，神态飘逸，要他与海争斗，使之测此阴暗的深渊。正在此时，比夜更黑的船，满载魔鬼，忽然涌出，而三人各举手作一十字，黑舟随即消灭了。三者中之一为圣马可，给渔人一个指环，要他献给威尼斯的王公，作为阴夜奇迹的证据。

画家鲍尔道奈，将这种传述作为材料，绘成不朽的杰作，一张题为《地狱之舟》，一张题为《奉献指环》。②

第二个传述，时期更为久远。在六百四十年，为逃避残杀，马尼士主教，来到这个岛上。有一天，他看到如燃的红云，加粉的白云，夹着各色的鸟兽，自天空飞来，分散在岛上。于是，按着各色所指的地点，他建筑救主与圣母等的教堂。在艺术上，威尼斯有绝顶的成功，尤其是色彩的调和，我们能说他不受这个故事影响吗？

威尼斯握有海上的霸权，他又吸收了东西罗马的文化，在历史与艺术上，形成一个特别的地方，几乎要跳出人类文化以外。把狮子作为他们城市的象征，这样高傲的情绪，表现在每年的八月十

① 即英国作家、艺术批评家约翰·罗斯金（John Ruskin，1819—1900）。——编者注

② 即意大利画家帕里斯·博尔多纳（Paris Bordone，1500—1571）（所举两部作品不详）。——编者注

五。在一千一百七十八年，威尼斯打退日耳曼帝国，教皇向他们说：

> 因胜利之权，此后的海是完全属于你们的。

我徘徊在桥上，又徘徊在这些回忆之中，当夜神笼罩了这个水城之后，依着圣马可的石栏，在秋天的月夜，听渔人的桨声与歌声。

伊瑶尼海①

九月十一日，船入了深蓝怒波的伊瑶尼海中。伟大的海呵，想到你奇幻的神话，想到你是文化的桥梁，渺渺的我，能不向你顶礼？

因为你身上含有不可思议的神秘，我想到生天生地生万物的真宰。“水之积也不厚，则其负大舟也无力。”而今，在你身上遨游的这只邮船，不也像儿童手中所放的纸鸢么？既然，你是无限的伟大，你又无限的幽深，你紫蓝色的柔体，永睡在不变的月下，如其你不是真宰的化身，何以永远和谐不变哩？我之生，是有父母的，孤行东还，即是为了我的慈母。海呵，你也不去看你的父母么？抑你便是天地万物的父母？

芸芸万物，各归其根，百年之后，我已化为尘土，万年之后，你犹如是，我晓得你已跳出时间以外，那么，你纵不是真宰，亦当是他的化身。

我遥望着起伏的海波，消失在绯红的天云之下。海呵，伟大的海呵，你是第二个深不可测的云天。

---

① 即伊奥尼亚海（Ionian Sea）。——编者注

矛盾

滨海的人，梦想着耸入云霄的高山，及至登到山顶，不注视无尽的天空，却看到那些山草与野花。山居的人，渴望着波涛汹涌的大海，及至到了海边，却寻找那些蚌壳与沙砾。这种矛盾的现象，来自人性的本身，他需要动，又不愿太动了；需要变，又不愿太变了，需要一切，需要虚无，总之，处处都是不满足的。

在旅行中，更能看到人性的这种现象。

约在半夜，船始到波赛①。人们都不肯去睡觉，有的要写信，有的要打纸牌，更有的，手握一杯啤酒，在那里死看人。女子们似另有一种消遣，她们只是换衣服。推究她们换衣服的心理，并非为了自己的身体，却是为了他人，她们不能没有俏皮的动机，然而，这种为他人牺牲的本领，却是女子所特有的。在午饭的时候，潘先生笑向我说："这个金发女儿，已经换了三次衣服了！"

有个从英国回来的印度青年，身细而长，脸瘦而黑，看来像是营养不足，方才害病起来的。他总是巴结女子，夹杂在脂粉之间，他向她们讨好，他很懂的她们的心理：什么时候，该去占椅子；怎么样去奉献水果。

在月明星稀之下，他把话匣子搬到甲板上，声音一动，那几个倚栏遥望，似在期待波赛的女儿，如触电流，足已在甲板上摆动起来。大家急忙把甲板留开，让给他们逸乐的权利，西俗是敬重女子的，又况在长途旅行之中。其实那些周近的男子，他们的想象，早已沉入往昔舞场的生活，惟恐落后地跑来，绕着留声机，也足踏着足，在那里拥挤地转动。便是那些着白衣的茶房，亦鹄立其旁，目

① 即苏伊士运河的北口埃及塞德港（Pord Said）。——编者注

灼灼地等一个机会。

"一切的不幸，乃是来自不肯居在自己的家中。"这句名言，可以说尽当代一切罪恶的源泉。当旅人们未到船上时，他们想象那浪花飞舞，波涛汹涌，预感到一种狂喜狂乐；及至登到船上后，单调的色彩，烦闷的生活，不三日而已厌倦了。因为，他们不需要理智的满足与情感的调和，他们所需要的是强烈的刺激与暂时的麻醉，便是在他们的爱情上，又何尝不是云来雨过，憧憬刹那间的逸乐哩？

他们依然加劲地跳着，他们要一直跳到波赛。

红海所思

北欧太冷，印度太热，中国正在不冷不热之间，这种恩惠，我们亦引以为荣，而自相赞美。小学校教科书上说："中国地大物博，气候温良……"

如果将冷看作理智，将热看作情感，即我们两者皆缺，理智既不精密，感情又何尝丰富哩？反之，我们所有的只是折中，调和，不彻底，差不多。

北欧的冷风，吹来高深的学术；印度的热风，吹来伟大的宗教，试问中国的凉风，吹来的是些什么？怕只是感官的刺激。

如其要将错误归之自然，即中国民族更不可医治了。不能利用自然的民族，便是文化落后的铁证，这个是敢断言的。

实在说，温良是平庸的别名。

我在红海中，看到地狱，看到火宅。

热风中传来的波涛声，像是地狱中的音乐，他使人恐怖，使人烦闷，更使人不安。他那种回环单调的声音，似在说："握有自由的生物呵，你如不善应用，你即是我们中间的过客。”他要人检查自己的内心，像是死已站在眼前似的。

在各个人的生活中，有时总可摆脱外物，看到内心所反照的一切。其心理，时而安静，时而焦急，时而自喜，时而悔恨。凡使心痛的罪恶，十之八九皆由自取，因为自己不能统治自己的内心，行为无确定的原则，于是，生活常在“偶然”之中，宛如风卷的柳絮，可东可西的。

偶然的生活是最危险的，因为他是被动的。

人的欲望

灰色的天，几乎要接近海面，汗不动而流，个个都躺在长椅上，鸦雀无声，甲板变为一所养病院。

来了一位头等舱中的胖人，要找潘先生说话。说些什么，我不知道，我只听见这位胖人说：“头等舱并不舒服，吃饭要穿礼服，甲板上也没有凉风……”语意间，似在还羡慕我们！的确，我们吃饭时，可以赤足袒背，不为任何习惯与人事等所拘束的。

这几句话，使我联想到拿破仑皇帝的儿子来。在千八百一十五年，于杜莱利宫内准备着一个隆重的宴会。其时，皇子尚幼，横睡在一群贵妇的中间，她们戴着金钿翠玉，放出迷醉的奇香。室中陈列着米该郎，拉飞儿①等的艺术作品，地下站着些奇士与名将。他们的视线交集在这个孩子的身上，因为他是拿破仑的儿子，他又是罗马的帝王。

可是，自宫窗中看出，外面有种相反的景象，使人作呕。街上满堆着淤泥，发出令人头晕的臭味，几个顽皮的孩童，穿着破烂衣服，正在那里游戏。

---

① 即意大利画家拉斐尔（Raphael，1843—1520）。——编者注

当皇子看着这种景象时，脸上浮现出苦痛的神色，沉默地睡在那里，拒绝人们给他的抚慰。

拿破仑走近身边，向他儿子说：

“你受了什么委屈?”

“这些东西使我苦痛!”皇子手指着那些绘画与雕刻。

“这是艺术。”拿破仑回答他。

“这些人们使我苦痛!”皇子手指着那些奇士与名将，因为他们正讨论各种方针与战略，这种使世界变色的谈话，自然使孩子疲倦的。

“这是天才。”拿破仑说。

“她们使我苦痛!”皇子指着那一群贵妇。

“这是美。”拿破仑皇帝说。同时，他看到儿子的口上，浮荡出一种不可知的欲望，他俯下头去，又温和地说：

“你这个贪心不足的小东西，你到底要怎么样?”

“爸爸，我也想到街上，躺在淤泥中，和他们去游戏。”

艺术，天才与美，都不能使他满足，却偏要到淤泥中，方可止息住他欲望的要求。这个故事，含有两条不易的真理：（一）人的欲望是无尽的；（二）有限的东西，是不能作为人最后的归宿的。

亚丁的灯塔

人与自然的争斗，无处不表现着，特是在近代科学生活之中。坚厚的堤坝，深长的隧道，崇高的灯塔，都是人类征服自然有力的工具，而三者之中，最可使人赞美的，还是灯塔。

自从灯塔降生之后，海上的黑暗，都一齐消灭了。原始的航海家，以天星为标准，他的生命与财产，完全托付给命运与侥幸；而今在奋斗之中，另造出一颗天星来，色彩如宝石，光度似太阳，他是航海家的救星，海上黑暗的劲敌。

灯塔是一个伟大的孤独者，他屹立在寂寞的一隅，在万物深睡之后，他始出来，不怕冰霜冷露，又不怕风雨袭击，鼓起他大无畏的精神，不断地在黑暗里创造光明，危险中寻求安全，他是无数航海者的生命。惟其如此，也如人间伟大的灵魂一样，他招来海波的忌妒，常欲将他毁拆，然而，他立在海边，永远不为外物所动的。

灯塔是航海者的朋友，他不仅指出迷途的路线，他还要加增失望者的勇气。在暴风雨的黑夜，波飞浪溅，他向那些悬心吊胆的人说："不要失望，再努力些哟！纵使风波摧残你们，天星抛弃了你们，然而，我要同你们共患难，分苦痛，顷刻不分离的！放心吧，努力，再努力！"

即是为此，航海者之母与妻，常爱坐在灯塔的脚下。她们依灯塔而遥望，她们抚摩这块不言的奇石，她们在石上泣诉，她们晓得这块石头，握着远行者之生命，她们要从这块石上，于失望中寻求期待，焦急中企谋安宁。

远在罗马以先，尔脱利斯人看灯塔是一座祭台，一所庙堂。这不是愚顽的迷信，这是人性极深的要求。在可怕的夜间，他们的心上，也起了狂风暴雨，他们在灯塔的身上，看到有神的存在，去跪下，去祈祷，这是不为过分，而且很自然的。

也是在一个没有天星的夜间，船出红海口，向东驰行，道过亚丁城，一切都沉没在夜色之间，只见一行疏灯和东南角上的灯塔。

死

九月十五日，大浪。船已到印度洋中。

我躺在长椅上，斜视一升一降的大海，一手抵着下颚，忽然，觉得该刮胡子，在我生命的日历上，又须撕去五百了。我不能自主地追思：西来的时候，我还没有胡子，而今东归，行箧中添了一把剃胡须的刀子，我知道我的青春，为他一次一次伐尽了！

送时间死去的海波，似乎也变了他的情调，那不是自然的颂歌，那是出葬的丧钟，他引起了死的意念，世间还有比死更真确的吗？

生是集聚，死是分离，爱便是权衡生死的准绳，无论在何种物体上，这种现象是可看出的。中世纪的那个女子说："不幸呵，他不爱！不幸呵，他分离开！"不爱生，即是与生分离；不爱真理，即是与真理分离，事果如此，虽永远保持着桃色的青春，又有何用哩？灵的死比形的死更为可怕！

我们深睡在想象的甘梦中，我们以为与天地同春，谁知道一切都结局在死上，而人生的逃走，比影子更为迅速，利禄的诱惑，痴情的留恋，谁能把握几何，而非如梦样的虚空哩？

船上的电影

怕人禁不住单色单音的大海，船上时常要演电影，人们都拥挤在一齐，惟恐交臂失之而遗恨万年似的。

演的片子，极其平凡，内容亦很单纯。大致是朋友两个，准备远出，放心不下他们的妻子，交给另一位胖的朋友来看管，这确是一件很难的工作。两位少妇，不安于独守空床，想了许多方法，跑到海滨，在浴场上，期待一种意外的奇遇。谁想，她们的丈夫，不去上船，亦来到海滨，正在追逐一个少女。中间经过些不近情的事实，四人忽然碰在一齐。始而互相惊异，继而互相咒骂，终于互相和好，不是因为他们能够容忍，乃是各自感到强烈的需要，以满足感官的刺激。

这种片子，出自美国，是近代生活的写真，最适合一般人的要求。这种艺术成功的秘诀，是迎合肉感与想象的需要，观看这种作品的人们，感觉受了物的刺激，想象受了新的扩大，于是，他们麻醉，在自己的脑中另造出一个奇幻的世界，将过去与未来一切的生活放置在里边。但是艺术却不能为物与新所独霸的，因为艺术是建设在真上，我们能够说，真的构成仅只是物与新么？

现代一般人的生活，是想象的，是刺激的。他们的行为，又都是被动的，机械的。这种没有智慧成分的生活，常是在盲动之中，日改日化，自己也不知道是为什么！

西方大城市之中，新婚者不愿租房屋组织一个家室，却喜欢住在旅馆内，将窗门封闭，到疲倦之时始回去休息。他们才是永远的旅行者，在饭店吃饭，余时即消磨在舞场与影院之中。倘如要问他们，何以生活在外边？他们重复不已的回答：我们禁不住家中的烦闷呀！

为何他们期待着婚后的幸福，而所得适乎其反哩？为何家中烦闷，不谋改善，而却逃躲在游艺场中哩？实在说，他们的结合，没有精神，只重肉体，没有理智，只是想象，他们把一切都当作游戏。

我认识一位五十岁的妇人，她女儿婚后便住在巴黎，她常向我诉述思念女儿的苦痛。有一天，我问她："既然如是，你为何不到巴黎，同他们住在一齐哩？"这位妇人沉思了许久，像是有种说不出的隐痛，最后才说："先生，我过不惯他们的生活！"我看到她的眼内，含蓄着悲哀的热泪，她接着又说："他们的生活，是电影的生活，我老了，难和他们合在一齐！"

由电影联想到小说

一位医生的太太，穿着睡衣，躺在长椅上看小说。别一位医生的太太，迎面走来，笑向她说：

"亲爱的，你在看什么？"

"我看一本小说，你瞧。"

"唔，这本小说，在电影内已演过了。近几年来，我从没有买过小说，烦闷的时候，我便到电影院，用不着两个钟头，我已把他看完了。”……

近代一切摩登的智识，都是从电影中等来，我听了她们的谈话后，我便联想到小说。

小说是19世纪的产物，它进到文坛上，惟我独尊地占据着，它使人留恋，成为近代生活上的必需品。

或许人们惊奇，以为小说是与文学俱来的。在文学史上，他所占有的位置，正如逻辑学在哲学史上的一样。从希腊描写牧羊人的生活起，到中世纪叙述骑士的恋爱终，小说的产数，真是汗牛充栋，难以数计的。

我承认这种事实，但与我所说的小说，名同而质异的。在古代的时候，小说是想象上的一种游戏，他并不表现实际的生活，他只描写光怪陆离的冒险，以及似是而非的爱情，他并不敢描写实际生活，因为实际生活像是海中的暗礁，碰在上面，他便会死去。如果我们要用一句话，将他归纳回来，即古代的小说，是关于神奇冒险雄辩式的接连的描写。

人们的想象，常想找一块寄托的地方，因为人们可生活在一个超现实的境界内。因之，小说可使人逃脱现实，给予人们减轻烦闷的安慰。

这种现象，是来自生活的要求。古代的生活，是多方面的，日与自然为伍；近代的生活，是经济的，一个人为了他底生活，须把田园抛开！然而，物质的力量，远非我们想象所及，昔日以娱乐为职责的小说，而今成为实际生活的写真，由自然走入社会，写实派的成功，受人欢迎，其原因即在此。

以描写实际生活为目的的小说，常是缺乏道德观念的，因为是小说之故。同时，没有鉴赏能力的读者，最易接受此种小说的影响，因为所叙述的内容，似是实际生活！所以，此种小说有一时的成功，而却难以久远。我想，以新奇与刺激为目的的电影，将来亦会遭遇同样的命运。

孟买

醒后，船已停在孟买了。我感到一种强烈的欲望，想一足便踏到西天古佛的圣地。因为在中国人的脑中，印度的观念特别深刻，不只历史的背景，给我们许多的回忆，而目前的国际地位，更引起我们的同病相怜。

可是，我在街上转了四个钟头，看了许多东西，要不是高大的棕榈树，我觉着与欧洲滨海的城市一样。既没有看到一所古刹，又没有见到一顶宝塔，我所见到的，只是些色砖相间的楼房，这不是唐僧取经的西天，这是英国皇帝的万牲园。

这个城内，好像是没有女人与儿童似的。街上的行人，都是些徘徊似病的男子，他们瘦黑的腿，像风中吹干的羊肉，走起来，另有一种节奏，衬衣长垂，布裙曳起，宛如割草回来的村妇。有穿西装，赤足骑摩托车的少年；有把雨伞挂在肩上，在巷口彷徨的老人，这些人们所表现出的，是游惰，柔弱与安乐。

他们横睡在街上，从春至秋，从秋至春，一方面，使人想到自然的恩惠，又方面，使人憎恶东方人的恶根性。西方人是靠“人”的，东方人是靠“神”的，我在孟买证实了这个思想。但是中国哩，怕还不及印度吧！

忍受苦痛，似是印度人的特色。在孟买街上，我没有看到一个笑容，好像他们都是烦闷的。但是，盲目的忍受，不思反抗，这并非是灵的伟大，乃是灵的怯弱！也许我的观察是错误的，可是孟买给我的印象，确是如此。

归来纳闷，心上实在不痛快，我想：恒河之畔，不生松柏，只长蒿草，这并非佛的错过。而中国哩？沙漠！沙漠……

一位先生问我在孟买的感想，我告他说，他想了许久，最后，他说：你不知道，上海比此地更糟！

海的颂语

海呵！我爱你的忠实，黎明之时，你是我思想上惟一的访问者。

海呵！我爱你的质朴，你常是穿着蓝衣，永睡在幻变的天云之下。

海呵！我爱你的宽宏，虽有百川冲来，你常是保持着平衡的波动。

海呵！我爱你的魔力，在交织的银星之下，你引我到一块迷恋的地方。

海呵！我爱你的痴情，这次虽仍是独行，你送我，从西至东，一直到黄浦滩边。

海呵！我坐在你波动的身上，我能够永久地坐着么？没有一个时候，也如新婚的少女一样：

> 她喊，她倒下，她倒在海波的中心。①

一个早上

早上四点钟，我梦见仍在瑞士，又是在母亲的梦中，野棣挽着我的手，在扁柏的林间飞奔。醒来，独自一个，披衣坐在床上，还似在梦中。

门外灯光依稀，寂然无声，只有永无疲倦的海波，自窗外呐喊，要唤醒做梦的旅人。到甲板上，站在船头，海风温良，更增加惆怅的心绪，极目四望，更远处，海与夜化合在一齐，想象把我移

---

① 出自法国诗人安德列·舍尼埃（André Chénier，1762—1794）的《年轻女囚》（*La Jeune Tarantine*）。——编者注

到一个神奇的世界内，自己渺小的像一粒芥子。

海夜的沉静，使人更为恐怖，一切都藏在不可穿破的黑暗内，没有光明，没有希望，仿佛一个盲人的生活。舟行击水而起的怒波，要无情地破坏这只孤舟，铁锚的粗链，宛如少女手中的绒线，极不坚固的。顺着舟行的方向，由近而远，我想找着自己归宿的地方：白色的泡沫，在灯光下，反射出彩虹的颜色，微远处，深蓝的海面，像意大利春初的云天，更远处，黑暗的静海，只能为想象所及，永远在那里波动。这不是我们的世界么？也向着黑暗处走着，在这种不坚固的海波之上。何处是我的归宿？

东方发出一线白光，那后面隐着血似的一轮红日。

哥仑布以后①

自西而东，我的心情日日改变。变化最剧烈的地方，不在稣夷士②，不在孟买，是在幽静的哥仑布。八年不见的人力车，憩息在繁花之下，他们安然自得，我晓得已回到祖国去了。

几个西人，初次看到人力车，他们站在那边出神。一个美丽的少妇，她现出恋恋的神态，好像不解为什么人要做这种工作。别一个高大强悍的西人，不耐烦地向她说："我的朋友，你只要看，到上海后，可要叫你看个十足。"

人力车，便是东西分界的地方。这里并无所谓什么弱肉强食，什么经济压迫，因为这种理论，不只东方为然，西方也是一样的。西方对人的观念，不只是社会的一个个体，而且是神的变形，人身上含有不可侵犯的尊严。东方没有人的观念，他只有一个褊狭的家庭，因之，为了祖宗与子孙，东方人便束缚在这条镣链上，永远无

---

① 哥仑布可能是指有"东方十字路口"之称的斯里兰卡的科伦坡。——编者注

② 即苏伊士。——编者注

解脱的一日！有多少家庭，便有多少国家，既没有个人生活，更没有社会生活，只要是为了家庭，什么非人道的事，都可做出，什么最大的侮辱，都可忍受。

几时我们也能过点人的生活哩？

明早上，便会看到新嘉坡①。以后，即是我的祖国！

我正在幻想的时候，一个德国女子在那边哭，她的眼很红，泪珠很大，我从未见过那样大的泪珠，像雨点似的。我推想，她有很深的悲哀。

同行的十几个女子当中，她是一个最快乐的，她也是一个最温和而爽直的。有人说她懂得五种语言，要到中国谋生活，有人说那个美国的少年，便是她的丈夫，因为他们食即同坐，行即相依，有人说她是个………

她为什么哭哩？在这风平浪静的海上，正不该这样悲哀呀？敢是她思乡么？敢是她失恋么？敢是她接到不好的消息么？我为她乱想。

次日我正在钢琴的一角，孩子的哭声中，写一封寄往瑞士的信，她忽然坐在我的眼前，似乎她在想问我些什么的！她笑地说："我可用你的墨水么？"我急忙送给她，我顺便问她："你到什么地方？"她高兴地说："我到南京，我的丈夫是一个中国人！"我们强谈了不少的话，但是总未涉及她哭的原因。

我自己想：她也未必知道，有许多女子哭是不为什么的！她们的眼泪，像秋雨似的洒着，一直到疲倦为止。

偶然，在书本中发现了一张相片，我的心又跑到雨哈山下，朋友呵，你知道我在思念你哩，不能说我没有点悲哀，但是，他为印

---

① 即新加坡。——编者注

度洋的水，相形到小不可言了。我看见你倦卧在窗前，暴风雨吹折的秋菊，在窗外叹息，他们似在叹息你的命运，你失望地看着高不可及的繁星！朋友呵，你晓得海上的星是如何美丽哩！他们是人间排挤出的诗人，他们奏着和美的钧天广乐，要安慰失意的人们。如果，我们不拘泥于强烈自我的要求，即我们并非孤独，一草一木，一鸟一兽，又何尝不是永远的伴侣哩？你不是也曾赞美过我们诗人的名言么？“自其不变者而观之，则物与我皆无尽也。”天上的星星，都是如此地安慰我们。

你不是说：百川所以汇海，为着有爱的缘故，因而大爱所积之处，在人为心，在物为海，心弦的跳动，海波的谐鸣，都是爱的颂歌，而今，我坐在波上，你生在我的心中，物我合而为一，还有什么希求？

新嘉坡以后

到新嘉坡，虽未睡到祖国的怀中，却已牵住他的衣襟，我心中又快乐，又不安。想起我八年前的出国，未尝没有以救国自任的豪气，舱中的孤独，生活的不定，都觉着没有什么重要，不怨天尤人的，因为：“埋骨何须桑梓地，人生无处不青山。”

我将这两句话深刻在自己的心上。所以，愈接近祖国，检查自己内心的地方愈多，应该坦然地说：虽然嗜爱佛天，真经尚未取得！

初到欧洲的时候，常偷笑那些老学生，近三四年来，自己亦为人所嘲笑，这是循环的惩罚，但是，最重的惩罚，是站在事实的前面，我自己追问：我所学的东西，能够给我如磐石般稳固而摔脱了如履薄冰的心绪么？

我落在极深的苦痛中。

也如落在水中一样，自己未尝不愿逃出，求一安稳的净地。但是，五光十色的变化，迷漫了自己底方向。自己底意识上，织绣出荒凉与阴暗的绘画，其结果，不是热爱，乃是遗忘，不是奋斗，乃是逃避！

来瑞士过暑假的新同学们，在相谈的时候，他们总是悲观与怀疑，他们悲观祖国的不幸，他们怀疑自己学业的未来，在愤慨之余，他们诚恳地向我说：

“中国变的很快，你该回去看看哟！”

我急而好奇的心，随着发问：

“中国如何变化，变化到那种程度？”

他们不做声了，过了许久笨重的沉静，最后总是这句永不变更的话：“反正中国同以先不一样了！”

三年来，每年总有一两次，往国内去信，决定回去，复信尚未取到，又去信更正，归期移至来年，我的心如轱辘般转的不安，正像不在腔子内似的。

祖国已在眼前，船上直爽的同伴，互相诘问今后的行踪，十之七八，总是长吁短叹，诅咒国家对他的苛刻，社会对他的不平。不然，便是怨自己不会随波逐流，依附权势。他们原初的理想美梦，都为无情的现实击碎，不客气地揭示在眼前。于是，天性怯弱者，反折在自己身上，做一个避秦的渔人，天性倔强者，澎湃的热情，亦随即烟消云散，而落在逸乐之内。便是以留学为光荣的学子，且以这国比那国可骄，或许会有偶然的成功，其结果，于国家社会，都无所补！

未到香港之时，一位同伴向我说：“你回去，可以看到许多旧友，这是一种快乐。”那时候，我的朋友们的影子，一一展开在心上，我看到他们的忧郁，他们的伤痕，我慢慢说：“深怕‘拆简邀愁人，相逢只谈愁！’”自然，我是不愿如此的。

梦

在海程将完的前一夜，我梦见回到祖国，非常失望，自悔没有听觉哥的话，心中焦急，但是无可奈何，忽然，看着一位瑞士的朋友，她同我在园中一齐走着，她问我何时回中国哩？我始知仍在瑞士，心中狂喜，笑向她说：我不回去了！

醒来，我睡在海波上，再有十二个钟头，船便要停在浦东。我心中觉着有点惆怅，正像是不该此时回来的：但米已成粥，又将奈何？

为了抑制我不安的心绪，我分析梦的构成。

梦如女子一样，他使人苦痛，他又使人留恋。他身上带着一条神秘的线索，将哲人与诗人们系维住，使他们啼笑与哭泣。所以，有的把他比作人生，真与假是没有分别的，有的把他当作幸福的园地，那里没有罪恶，只有光明。这个神奇的现象，会引起多少人的赞赏与叹息！

要在醒的时候，去说明一个睡着的现象，无论是那一个忠诚的人，只有依据他的记忆，去对梦下一结论，作一断语。但是，谁都知道记忆给人的证据，不是确而不变，永远不易的。不只如此，纵使我们无心，我们却常要弥补自己的梦，使之逻辑化，特是那些神经锐敏的女子们，她们会将梦变作一个达目的的手段。因之，梦的心理，变到极困难的地步，因为我们不能同时睡着与同时醒着，使我们掠住梦的真实，还给他一个本来的面目。

梦是产生在睡觉之间，这是谁都知道的！但是睡觉是什么哩？我们需要睡觉，我们每天去睡觉，那时候，血液仍循环，呼吸仍工作，可是意识的作用，却完全停止了。眼闭着，耳不能听，思维亦不运用，这种现象，对那些富于想象的诗人们，常唤起死的象征。

为什么我们应该去睡觉哩？虽有不少的解释，问题仍是一个悬案。有的人以为脑血太多，有的人以为脑血太少，有的人以为脑筋被毒物所化，更有的人，以为这是本能作用，要避免这种毒物。

我们虽不知道为何要去睡觉，而我们却知道他的一种现象，所谓“无利害”的态度。在醒的时候，我们沉入千变万化之中，我们动作，我们奋斗，我们耗费。我们的神经，支持不住这种过度的消耗，深感到一种疲倦，由本能的推移，我们退隐在被窝的帐幕之下，仿佛一个失恋的诗人，不关心一切的利害，任世界便那样下去，而我们也便睡着了。

有种普通现象，更可说明这种“无利害”的意念。当我们心中有事之时，纵使想伏在夜神的羽翼之下，眼睛强闭，却是睡不着。将那作祟的事实排开，而过去与未来相连的回忆与幻想，又展在眼前。失眠增加疲倦，疲倦增加失眠。

这种说法，似乎较好一点，但他仍非是绝对的。一个母亲睡在她娃娃的身旁，外边任何的噪声，不会进到她的耳鼓，可是婴儿的微动，会把她一下惊醒，全世界对她是无关系的，只要除开她的小宝贝！她睡着，她的心却是醒着，从此可知“无利害”的态度，亦是相对的。

睡觉既是如此，我们在睡眠中，外边给予的刺激，虽非完全取消，但是至少很难感得到了。在我们醒时，所收藏的印象，睡着后，他们却仍存在内部，他们将下意识中所贮藏的影子唤起，接构成些奇幻的影像，这便是梦的肇生。

在我所做的梦中，醒后追寻他的踪迹，始知是两封信的来源。我一方面往北平去信，告觉哥说我的归来，另一方面往瑞士去信，说我平安地回到中国。于是，这个使人烦恼的梦，便出现在我海程中最后的一夜间。

在我写完这篇东西后，船已进到吴淞，大家都上到甲板上，急切地望着上海城。

船停在浦东，待将行李运下后，始可下去。我坐在客厅中，等待这两点钟的过去，心中却想念："现在可到了祖国了！但是，回来又怎么?"

未曾上船之先，别人说这是一个长而可怕的旅行，自己虽觉着没有可怕之处，时间长久，却是很真实的。及至上了船后，海上的生活与陆上一样，女子们的噪嘴，孩子们的啼哭，开会，派代表，在骚动中，像梦也似的便过去了。于今追想起来，不特海程的时间，旅欧的八载，也像是一个梦，便是为人留恋的人生，又何尝不是一梦哩?

《波动》终

夜烟*

夜深时，随着轻淡的烟云，我走到一个新的境界，自由地做梦。我爱夜烟缭绕的纹样，更爱夜烟奇幻的消逝，因为他象征一切的命运，给我以深思的机缘。

夜深时，回忆与幻想，对我反成一种苦痛，不堪其扰，记录下来，遂成此书。现在把他公开了，使与我嗜好相同者，得知有人做过这些残梦。至于叫做“夜烟”之意，取作时之情景，亦取其无声之消逝。前者志此书之形成，后者言此书之命运。

我无火的小室内，渐次冷寂起来，地上躺着的三盆红花，叶已萎缩，神态荒凉，反刺激起些不舒服的情绪。我想整理近来搜集的材料，做个有体系的排置，好遣散心里无辜的烦闷，可是我眼前跳动着各种不和谐的回忆，像是已经失掉了行为的兴趣。我又将那些材料放在破烂的纸包内。

我望着充满历史的古城，他披着将要消逝的红霞，正像艳妆的新妇，顷刻间要进到别一个奇幻的世界内。我凝视天空各样彩色的幻变，由淡红而青白，与黎明时太阳未出前的景色一样。我始知黄昏之时，尚有一个黎明，而这个黎明正是欢迎伟大夜神的降临。

---

* 原载《新北辰》1937 年第 9—10 期、11—12 期。

黑暗的大地，渐次消失在浓厚的夜色内。隆隆的车声，闯到我的室中，惊破了我做着的好梦。几次我想叙述出这个好梦，又几次我感到深的忌妒，要将他深藏起来。这种徘徊的心情，纯因好梦脆弱，怕外物予以袭击。但是，到了一切消逝，阴暗自由的夜间，我不敢叙述我的好梦么？

在不亮的灯光下，燃着最后的一支烟，正像他可破除我的孤独，伴我向长夜进行。随着破碎的烟云，我破碎的思想也奇幻地跳动。

我梦见姐姐穿着黑衣，静坐在柳叶剥落的池边。她看着一丛摇漾的秋竹，在晚风中摇动。我奇怪她这种与人不同的嗜好，更奇怪何以她会眷恋这样的荒景，我默默地守着她，宛如她要给我讲说一个很美的故事。

从姐姐非常倦困的眼睛内，我看到她在沉思，既没有精锐的豪光，也没有温慰的微笑，她纤细的两手，交贴在鼓胀的胸脯上，如一尊苦痛的雕像，这种使人痛心的情景，让我尝到她苦痛与愤怒的滋味。我问她：

——你在想什么？

——我奇怪何以会到这里。

她这种平静的回答，更使我摸不着端倪。

虽不忍抛却如眉的弯月，他微笑在古教堂顶上，然而寒风紧奏，我们却共感到阴冷。我们不约而同地说：

——回去吧！

——我们快些回去吧！

踏着交叉的树影，沿着宽阔寂寞的河岸，我攀着她的膀臂向前走。隐隐间我们听到绿竹的细乐，像在枯树的尽头，藏有富丽愉快的宴会。这时候，我想起大海的韵涛，空山的鸟语，我想去观光这个盛会，姐姐却严正地要我快跟她回去吧。

天空中罩了一层淡烟，不断地在我们头顶上波动，几颗初醒的繁星，犹揉着她们含有睡意的眼睛，俯视着我们。姐姐不顾一切地向前走，生怕失掉一个重要的机会似的。

我盲目地跟着她，我却明白这条路是错误的。因为，我们来时，曾经过卖鸟的小铺，放花的亭台，还有石像林立的水泉。而今，沿河两岸，只是些闭窗的高房，所碰到的，又都是送葬的马车，放出冷酷的神色。我有点急，我拉住姐姐的手说：

——错了！这是往坟里去的路呀！

——我们的家，便是住在坟的后面。

她说时，口角上浮现出最媚的微笑，也是几日以来，我第一次看到她的幸福。

夜烟续

夜的烟，你是我灵天上的彩云与明星。

我在地上徘徊，燃着的烟已快烧近指头了，如粉的细灰，逐渐落在我的袖上，心中却咀嚼好梦的滋味。

果能常在梦中生活，亦是人生的快事。然而，几次的经验，每到享受梦的幸福时，他便另换了一种形式。因之，有关姐姐的好梦，也逃不脱这个例外，现在他已失掉迷人的神态，转化为一种沉思。

因为姐姐说我们住在坟的后面，我禁不住联想到死。我想：大抵年岁愈大，思想愈趋踏实，而死的恐惧也渐次减少了，或者竟可说对死的认识，另转变了一种态度，由感情而降至事实，由忽然而变为确定。但是，既已认定为确定的事实，结果也只任他去了。

除非是有意识的自杀，谁也不能确定他的死期的；但是人人归结到死上，又是谁也不能否认的！因之，对此必然的自然现象，正不必悬心吊胆，只要死而无愧于心，那不是变相的永生么？

死，你只是实体分离，一种必然的现象而已。

窗外传来犬的吠声，尖锐紧促，使人有点害怕。我打起窗帘，向外窥看，只见一切沉入浓厚的甘梦，几盏稀疏的路灯，在空风中不断地抖战。

从狗身上，我想起西班牙这次很凶的战事来。据说在马德里附近的村庄内，经过飞机与大炮的轰炸，居民完全逃走，只留下些丧家之狗，守着毁折倾塌的房屋。他们既没有食物，又没有居处，每到晚上，这些狗集队成群，向月儿嗷嗷狂吠不休，似在埋怨他们不当受的苦痛。

群狗向月狂吠，并非要奏他们的妙乐，乃是受了光的刺激，即刻起了本能的反应。当他们看到空中停立着娇媚的银月，认为是他们不幸的原因，向之乱吠，自是当然的。

突然我脑中涌出一个可怕的问题：我们已散失的几千万同胞，又将向谁埋怨呢？恐怕只能在昏夜间，蒙头的铁被下怨命吧！

命运如我口中喷出的轻烟一样，虽是幻变诱人似少女的顾盼，但到你要捉摸，认识他的面目时，他已变为空渺，像破裂的肥皂泡。那天，姐姐说：世间原没有一件稳固的东西呵！

想着姐姐的话，我望着室中散布的夜烟禁不住笑了。我笑她只见了一面，却忘掉了那边。虽说世间没有稳固的东西，但她这种坚决的认识，不是较一切更为稳固么？虽说我的夜烟常在幻变，但这个必然的幻变不是说明他在不变么？

也是在那天晚上，我们守着小炉，姐姐笑着说：为人憎恶的暗夜，我觉着强过炎炎的昼呢。

我们常听说夜是可怕的与神秘的。倘如更往下寻求，即我们发现她的可爱与爽直。到夜神降临，将外物一齐隐去，要你用智慧的灵光，去测验内心的生活。放逸难言的思想，固出自夜间，而悔恨追责的疾痛，又何尝不是呢？法国的大哲人，不是在夜间入化，而找到他的归宿么？他写说：

快乐！快乐！哭泣的快乐！

倘使在夜间立在旷野中，我们第一个本能的动作，便是举首望星天。无怪我们的诗人，要乘风归去，想知是天上宫阙的那一年？便是我们忽视的枯枝，不是在月夜间向天刻画，而更表现出他们更强的意志么？

孤独者

我梦见眼前展着一条大路，两边罗列着荆棘与垂柳，路上充满了瓦砾，使我感到万分地寂寞。

正在彷徨的时候，有位慈祥的老人向我招手。他玄衣上的积尘，证明他是人间排挤出去的人物。从他英锐的眼中，我看见他铁的意志与海的柔情。虽然感到一种恐惧，我已失掉了选择的自由，我跟着他向前走。

我不知道将至何方。疲倦与犹疑，交压在我的背上。似乎他向我低低地说：

这是命运的给予，应该安然承受！

我瞪住眼地偷看他，他强倔的脸上，浮出怡然自得的光彩，像一个久上战线的勇士，而并不介意一切的。

在这个残秋的晚上，一切消失在模糊的夜色中，我站在夜的前面，像要受末日的审判，心中焦急不宁，我羡慕清高的皎月，斜挂在黑色的山顶。

我仍憩息在倾破的茅屋内，榛莽齐阶，老人依着缩索的窗帘，静听秋风的泣诉。他困倦的脸上，泛起无可如何的神色，似乎风声唤起心中深深的波纹，要他追寻往事与遗迹。我奇怪我梦中的清醒。

他失望地看着我，似在估量我的能力，又像要向我泄露重大的秘密。他战栗地挽住我的手，悲哀地说：

——你不怕我么？

从他的手内，我感到生命的交流。我摇头否认，然而，我的知觉却完全停止了。

老人迟疑了许久，我又像在清醒。云中飞行的圆月，好像在追逐我们。在犹疑中，老人忽向我说：

——我要留你在此，我要走了，我是个孤独者，命运要我走这条无尽的大路。原想约你前往，甩开人间的嘘笑与蜚声，谁想你永睡在梦中，迷醉不醒，我没有把你唤醒的权利，你还是永睡在蒿草中吧。

他说完后，在银灰色的嘴唇上，浮现出失望的微笑。他举起枯瘦的手，摸索着行李，没有告别，独自消失在夜色内。

我醒后，天下着如棉的柔雪，室中分外清亮，我却感到一种惆怅。我想念孤独的老人，因为他将我永留在无穷的梦中。

伊巴地

伊巴地倦卧在绿纱窗前，默视着园中大理石勇士的雕像。那种魁梧的姿态，强悍的神色，传出千钧的神力，将她的思想吸引住，她沉醉在美之中。

她拾起无力的视线，转移至石像的周近。她看到绯红的山玫瑰，淡黄的相思花，硕大而肥润的芭蕉，彩色交织，形成一幅奇绝的图画。她觉着永生在一个超现实的世界内。

可是，她感到强烈的不安，难言的恐惧，因为她的命运是悲剧的，她晓得不幸是快要来到了。

她这种惨痛的心情，生怕只有暴风雨中吹折的残花，才可明白吧？

柔媚的女神，英武的亚坡罗，都被一神论者们击碎了。伊巴地想到这艺术作物的残酷命运，在她淡红的两颊，涌起一团苍灰的颜色，宛如久望爱儿归来的慈母，猝然得到儿子自杀的消息。

她经不住那些狂人们的这种凶残的破坏，她要对自己更有深的认识，以卫护她底生命。她明白：她底生命便是美，击碎了这些雕像，便是击碎了她底生命。

因为她剩余底生命，反照在这座勇士雕像之上，她要尽力护卫这座雕像，不使再受狂人们的摧残。她是能够在失望中自慰的，她要救出她最后的雕像，便是救出她剩余底生命。她默默地深思：为自己变形底生命而死，亦是生存的一种方法。

终于，伊巴地做了美的牺牲者。

她死时，是在一个深秋的黄昏，在尼罗河畔，河声为葬歌，一轮残月伴着她，她倒在破碎的石像之旁；她死时，栗色的细发散在两肩，两手向着天空，从含火焰的眼内，启示出她最后的思想：美呵！伟大的美呵！你是我底生命。

伊巴地为她底生命而死，她死在爱好真理者底手中。

红花

我梦见徘徊在坟边，一切都呈现惨败的景色，几个荒丘般的土墓，说出为人遗忘的惨状，我心上实有点不痛快。

我听到无数的哭声，像是墓中人所发出的。他们似乎又伸出无数的手来，向我讨索，我不知道该如何应付他们。

在他们的哭声与讨索的方式中，都含有愤怒的色彩，因为他们是守土的勇士，他们始有这种激壮与慷慨的态度，我承认他们的讨索是对的，我直爽地向他们说：

——无虚伪的死者们，究竟你们要的是什么？

我渐渐地听到如是的幽声："朋友，给我们些红花吧，使她们装饰我们的墓门。”

红的花开在心野，他们也开在我的心头。我觉着脱离了久居的莽原，悠悠地飞到红花遍开的山顶，我的生命那样充实，那样富有，我的灵魂沉醉在她们的芳香之中。因为这些红花是壮士的血所灌溉成的。

我自己诘问：他们洒着热血，难道你便吝惜你的清泪么?

醒醒吧，时候到了！敌人的战马已踏在壮士们的坟中。纵使如此，红的花也要去装饰死者的墓门。

白日的淡痕

我的窗前，横睡着尺余厚的春雪。银灰色的天与大地接连在一齐，使人更感到自然的神秘与伟大。在这样底景色中，如棉如粉的雪，依然无声地下坠，他要埋葬了初生的浅草，做梦的细花，他更要这个骚动的世界永睡在死的沉静中。

园中另有几株枯黑的榆树，屹立在银色的地上，高傲地伸入空中。他们支撑着无垠的穹庐，成为象牙的梁柱，使人情不自禁地去抚摩。我缥缈的心，渐次接近他们，他们微笑。这种生动底情景，仿佛枯枝也肥壮起来。我感到他们富有底幸福，因为他们头上撑着将到的初春，脚下又埋着多少要复活的新生，竟可请全世界有情的心，都在等候着他们。

似乎我也卷在宇宙的洪流中，生命的狂涛内。这种兴奋的生动，我觉着坐在时波之上，做着我白日的梦。

从这个景象，我回到我爱的祖国。

也是在一个初春的时候，同着一位瘦的诗人，登临到败颓与雄厚的城墙。这上面丛草初生，却不见任何人的踪迹。在微风中摇头的紫花，和着细雨泣诉，他们凄零的悲哀，便是当年的孟姜女亦未感到万一。因为：

强暴君兮，

犹吾同种之人兮！

孟姜女是会原谅秦皇的。

纵使我知道，她们断肠的哭声是唤不醒酣醉的人们的！果真国人永睡在冷淡自私的梦中么？那我又如何敢信呢？须知我们用血和泪建筑起的长城，而今已走到外国去了！比长白山更高的忠魂碑，压在我们长城的身上，同时也压在我们多少妇女的心头。岂止我们的妇女没有颜色，失了红绿的自由，她们底生命，从今后，永握在敌人的铁手中，只要人家一捏，她们底血和泪，便从指尖放射出来。

我不敢再往下想，我诅咒自己的记忆，为何要想到这些情呢?!

群鸟从枝间掠过，在寻找他们栖息的地方，枝上的积雪，接连地下坠，唤醒我的意识。我看着鸟儿的自由，我知道他们住在万里遥遥的欧洲。但是心中的沉闷与不安，却没法排挤出去。生怕也没有排挤出去的一日吧！

我急忙打开窗子，冷气扑在面上，我的精神为之一振，然而心上烙印下白日的淡痕，不知是羞愧，还是愤怒。

春生

玫瑰色的云，在深高的空间，无倦地进展。那条碧绿的溪水，夹着她的素波，娴静地向东流去，在她击岩石而发出的歌声中，似在赞美春的再生。

两月前，我曾徘徊至此地，天空中弥漫着浓厚的愁云，沙滩上覆盖着洁白的罗纱，这条溪水，偃卧在庄严的山脚之下，她身上的薄冰，像是处女的皮肤，诱人去揣摸。这时候，从暗淡的阳光下，虽可看出初春的消息，但是这种剥落的景象，却使人感到破坏与灭亡。

现在，春来了。她给大地换了一套新衣，镶着摇头的紫罗兰。她带来生之欲，她带来粉绿的蝴蝶，她也带来蹈青的少女与那种缥缈的心绪。

惟其春如是可爱，她有生便有死的。现在黄花遍开的大地之下，不是埋葬着去年花草的骸骨么？再过些时日，这些绿草繁花又将腐蚀而变为两月前的凄凉。

奇幻的春云变得更红，像天空着了火。

古城

我梦见回到依恋的古城，那里没有红日，那里却有暮烟。

我梦见回到荒凉的古城，那里堆积着死尸，都是仇人毒物的惠品。

我梦见回到破碎的古城，几所茅屋，燃烧着，变为一块焦原。

我梦见，唉！回到飘摇的北平，那是一所秋坟，街上满列着壮士的荒冢。

病

从床上起来，她往杏黄色的窗帘上溜了一眼，无数的愁思涌在心头。她却不断地咳嗽，口中吐些紫青色的浓痰。她强拿起桌上的镜子，端详她的病容，两颊上淡黄的颜色，衬着覆散的栗发，给她显示出深深的不幸。她失望，疲倦地闭住困惫的眼睛，又躺下去。她知道她将不久于人世了。

她住在列芒湖畔是为着养病的。她的生命与幸福，完全操持在这几日的手中。她才二十岁，初次尝着人生的滋味，她应该怎样去享受这个世界呵。

过了一刻，她重新起来，强走到窗前，平静的湖水，仍然在那儿波动，大地上却覆着银雪，一种莫名其妙的快愉，走到她的心头；她带病的脸上，浮起些失望的笑容。

她想起往日在雪上行走，走到很远很远的地方，将她的足印留在雪上，像是说她一生的历史。她走着，她无声地走着。伟大的沉静充实了这个宇宙，正如同热爱充实了她底生命似的。

忽然，她发现了一种新力，正如她有铁的健康而从未有过病症的。她想即刻跑出去，塑雪人，捏雪球，在雪中起舞！可是她觉着头晕，四肢抖动，她不晓得为何如是苦痛，使她眼中流出热泪来。

原来她的病几乎是绝望了。

从远处传来教堂的钟声，排开不安的心绪，将她移到别一种境界。她想起爱她的那位老神父来，苍颜雪发，慈祥地向她说；

——好孩子，你要好好地敬爱上帝，他将给你以永福。

那时候她才不过八岁。

她忘了死的恐惧与悲哀。她觉着静卧的雪，正是她灵魂的象征。她沉醉在永久的和平内，她要伴着无数着白衣的天使，在雪上起舞。

小溪

我的后屋，环绕着一条小溪。我爱她，正如同别人爱他的情人似的。

她从林间寂寞地走出，平静地向西流去，深秋迟滞的阳光，照在她波动的碧发之上，舒适地横卧在两岸熟禾满植的田间，正如秋夜深高，天空的银河横展在嵌着繁星的天空。

每逢我走进她的身畔，一种神秘的力量，截断了我底苦闷，而我底思想伴她西去，到那块不知道的地方。

在秋走了以后，我又去看我的小溪。谁知秋带去她底健康，同时也带走我底生命。大地变为劫后的焦原，一切都像是死去，而我爱的小溪，仍无力地向西走去，一步一步发出沉痛的悲声，正像自己呐喊那种不幸的命运。因为她病了，她将不久于人世。

我感到一种苦痛。抬起头来，深蓝的云天，停着晶明凄冷的孤月，那些服侍她的疏星，早已不胜严寒而逃走了。北风紧吹着，我的外衣，成为一件罗衫。口中的气，像是灯下的烟云，而我的双足早已麻木了。

我沿着溪边走着，她似乎多情地向我说：

——你回去吧！……

清晨，推开窗帘，在惨淡的阳光下，她已停止了行程。我不想看她永睡的姿态，更不忍看她洁白的尸骸，我急忙闭上窗帘，心中有无穷的不痛快。我想：自然也受裁制，她也有人间的不幸，这证明造物主的力是不可思议的。

幻梦

惨淡的阳光中，落叶在地上波动着，这是瑞士深秋的时候。

青高的天，距人间觉着更远，窗前的几盆小花，都在嗟怨她们的残年。东去的火车，从我窗下走过，将我的心带到一块无名的地方。

我觉着在做着白日的幻梦。

我梦见，脱离开人间，随着天云，到一个永远光明的地方。那里盛开着杂色的山花，花瓣大如车轮，永远放射出迷人的奇香。有许多着粉红的，米黄的少女们，在浓荫的绿树下休息，鉴赏她们所采的硕果；那边，在一片麦浪中，有个体态轻盈的女子，正绘她最后的作品：绿的田野，漫飞的白蝶，环舞的巨蛇。她娴静地工作，偶尔将画笔放下，她得意地端详。

我不敢前进，从远处窥看她的神情，只是她的散发，也如眼前的麦浪，在风中涌来涌去。她的视线，多情地交集在画上的题词，可惜醒后全记不清楚，只想起第一句是："肉铁相搏。"

一觉

我梦见：我们在雪地上相逢着，她依旧地俯首走过去了。

她依然消逝在开满粉白细花的丛林中。

我心中不宁帖，我为她深忧。像她那样摇曳的姿势，如何从冰雪满覆的山坡上走下去呢？我循着她的足迹前走，她的脚印留在雪上，同时也留在我的心中。

我梦见：还是冷酷的深冬，一切都将毁灭。她的回忆，滋养着我的热心，像一朵阳光中艳开的桃花。我觉着富有，又觉着生动，一切的一切，都是我的。

她在冷风中向我们招手。

我梦见：在深冬的早晨，徘徊在她家的门前。车马云集，鼓乐交鸣，我知道这是她的节日。她的姐妹们笑着，我怕她们看见我，我又想要她们看见。

这时候，天云停在屋顶，门前的高松，在云间狂动，放出哀怨的波涛，像可怕的不测即要来到，我恐惧，我想逃走。

虽是刹那的一觉，这些好梦却永留在我的心中。想到微渺的人生，竟有这样短促际遇，亦是悔恨中的安慰，失败中的胜利吧。

烟盘内的纸烟，现在已烧到头，我重新换了一根，看着他开放烟花，正好像说尽我们的关系。举眼遥望，窗外的松树，在暴风雨中搏击，浓黑的海天，显得分外狭窄，要不是几株松树撑住，他将倒压在地上。

我心上咀嚼着眷恋的好梦，却想别离时清冷月明的深夜。

骷髅的微笑

我梦见：在无尽的阴夜中，从铁床上醒来，我看见一具骷髅卧在榻上。她身上的冷气，像冬夜的朔风，使我的血凝结为冰。

我晓得这是我爱人的化身。

我不希图她当年熨帖的体温，因为我的感觉亦已消失了。我不追想她曾有过的美貌，她的黑发如积年的旧缎，一根一根风化在床上。我这么想："我不怕你，你曾经是我爱过的人呵！"

她不言，从她苍黑腐蚀的牙上，浮现出一个含有恶意的微笑。

"你来复仇么？"我这样问。

她没有眼珠而深黑的眼眶内，否认我的发问。她微笑着，她像讽刺"人们"的推理。趁着窗前飞过的闪光，我看到她脸上深刻的愁容，像落在无可补救的失望中。

"为何我不敢亲近她呢？我便如是残酷么？有何权利，我使她失望呢？"我自己诘问。

似乎她明白我心中的一切，她满足，像初恋的少女，第一次得到爱情表证的胜利。

她依然向我微笑着。

瑞梅　以苦梦代纪念

我梦见徘徊在坟边，又像是徘徊在瑞梅的梦中。

在向阳的山坡上，有一座新冢。天色分外沉闷，白杨树的枯叶，随着十月的悲风卷散在空中，像无家可归的蝴蝶。我惊奇这个荒凉与肃杀的景况。

走到墓前时，我看见坐着一位披黑纱的女子，低头沉思。她剪短的黑发，身材的高低，都和我的瑞梅一样。我急忙前去，高兴地说：——梅儿，为何你也来此地？

她抬起深圆的眼睛来，无足轻重地看我，她依然俯下头去。分明那是我的瑞梅。她的一切，不能使我有半点怀疑。我又问她：

——虽然十年不见，你已不认识我了么？

她似有万分的辛苦，转过脸去说：

——你的梅儿早死了！

只要她坐在墓旁，我是不会相信梅儿死去的。她纤细的手，她语句的声调，都证明她仍活在人世。难道我在做梦么？我生气地问：

——你既不是瑞梅，为何你知道她死了呢？

——好糊涂！这不是你的瑞梅的新冢么？你来此不是凭吊她么？

她讥笑地向我说。

她分明是我的梅儿，我奇怪她为何不肯认我。我的梅儿那样温和，从来不是如此的。我又想也许她确不是我的梅儿，我诚恳地问她：

——梅儿既死，你是她的什么，为何你也来此凭吊她呢？

她郑重地回答：

——我是她，我来凭吊我自己！

我心上感到一种恐惧，同时也感到一种难以医治的悲哀。也许生人们都不思念我的梅儿，什么生前的友谊与爱情，都是些装潢的虚言！而今把她埋在人际罕到的地方，教她深睡在忠实的阳光下，正像在宇宙内，我的梅儿是永远没有存在过的！我自己怀疑，我问她：

——那么，梅儿，我不是也死了么？怎么我没有觉着呢？死？死究竟是个什么东西呢？

她站起来，整理她的长裙与散发，她很温和地说：

——我不知道死是什么东西。我从来也没有想过死是什么东西。在你们嘴里，常是追问死生，我什么也不明白！我这里生不存在，死也不存在！我没有见过贪生访仙的皇帝，也没有见过忘死投海的诗女，我像浮云与轻烟地活着……

她说完后，消失在墓中。

醒后，我感到万分的惆怅，屈指计算，瑞梅死了已有十四个月。这个苦梦，将永留在我的心中，一直到记忆的毁灭。正如古经中所说："人，你要记得你是一点尘埃呦！"我拿此来警惕我，我拿此来纪念你。

旧纸

雪花在窗外乱飞，室中也充满了无穷的回忆，我奇怪人事的幻变，生命的无常，我沉思，搜索，我想起立庵的死来。

这是一个十九岁的诗人，细长的手，握着一支粗笨的笔，常在不安中转动。脸上流露出和蔼的笑容，眼内表现出天真与生动的两种情绪。他内心中蓄积着海深的苦痛，他奋斗，他强烈地寻求永无黑暗的光明。

他死了已经八年了，我不忍叙述他死的惨状。于今找出他死前寄我的一信，苍黄脆裂，成为积年的旧纸，我凝视着，我看到他生命的象征。想不到这几页碎纸，成为他最后的哀诉，成为他最后的告别！立庵！而今你在天之灵，也用不着再呐喊：

碎心之泪，
惟有洒之苍苍，
付之山河！

在他的生活上，他感到一种不知所以的苦痛，他的理智与感觉，都已麻醉了。这种苦痛，像暴风雨一样，把他卷到无所寄托的空中，形成一种裂肤的不安。

不安，即是说内心生活失掉了他的平衡。不安和原则处在极相反的地位，他抓住少年诗人的灵魂，要他排演未曾有过的悲剧。因为少年诗人要求的是幻梦，寻觅的是自由，他看不起畏首畏尾的人，以传统和中庸作为准则的人。所以，在幻梦上追求他的凭依，结果蒙蔽了现实；在自由上掠取他的解放，结果是徒然地失望。他寄我的诗中，悲哀地说：

于是，于是我之一切。

一切都黯淡的死灰般样。

少年诗人的病，即在此。他所要求的，开始是自由，以期从自由而取得他的幻梦。他忘了人与社会的分别，意志与情感的不同，相反，他否认自由与幻梦的存在，他根本上认为一切是黑暗的。

从此，他看到的只是愁苦；他的生活，成为奇离的孤独。在失望之余，他呐喊地说："今夜呢？只我一人了！只我一人了！"他有如逆风孤飞的小鸟，将不知落于何地！

毕竟，他有强烈的生命力，他不能永久如此的。于是直转急下，更往前追求，他起了怀疑，徘徊，选择，因而确定他终身的命运。他大无畏地走到社会内，按照他的思想去做现实的工作，其结果不言可知，正如墨云间的一颗残星，竭力与黑暗为战，当为黑暗所吞灭的。别人得意地说：这里正不必悲哀，你死了倒也罢了！

我拿起他的信，似乎坐在他的对面，他发出天真的微笑。我想着：二十岁无利害的时期，即是说追寻幻梦与自由的时期，所产生的东西是自然的，没有丝毫做作的。

立庵没有遗留下著述，他的生活却是艺术的。想到他短促的生命，所以致死的缘故，我的心绪，正如他寄我的诗中所说：

我凝视着；

愁云闲渡，

远水灰黄。

翡冷翠的心影①

在不可捉摸的清晨，我来到迷醉的翡冷翠，她那舒适的温和，冲散了我旅途的倦困，我的精神为之一振。

回想起方才告别的瑞士，她已为冰雪袭击，沉入可怕的深冬，而此地木叶始黄，阳光下仍留着昨夜的甘梦。我惊奇一日的工夫，便有如此不同的气候，禁不住地自己发问：是否我又倒退在秋的怀中？然而，这确是死节后的第二日呵！

翡冷翠！你做了我刹那的故友，因为我又想到你狂烈的生活与你丰富的历史。这些齐整的大理石，彩色的花岗岩，都证明你生动的过去，上面洒着艺人的泪，骑士的血，为着你要守护人类的自由与尊严。

绕着回环的小路，曲折的小径，那些苍灰的房屋，容颜枯老，却吐露出青春的景象。踏过阿脑河②，兴奋地拾级而登，登临到圣米尼岛堂前，翡冷翠安睡在我的足下，传出多少娇媚与温存。

在无垠的莽原，星散着许多教堂的圆顶，像沙漠中蒙古人的帐幕。指天的碉堡，崇高的守台，犹存着当年豪放的神气。这边是争斗的残垣，丛生着做梦的秋草；那边是玲珑的三空桥，即是在此空而实有之石上，诗人但丁第一次遇着他的情人。——翡冷翠呵，原来你真是生活在空而实有之上！

阿脑河是一位丽妇，从辽远的薄雾中走出，两旁佩着银铃响动的橄榄树，一群穿黑衣的女儿，有节奏地伴她行走，文艺复兴的画仿佛又展在我的眼前。

翡冷翠的女儿，你们是名城中初开的鲜花，在熏风中做着绿色

---

① 翡冷翠，即意大利的佛罗伦萨（Firenze）。——编者注

② 即意大利佛罗伦萨的阿尔诺河（Arno River）。——编者注

的柔梦。但是，你们的艳丽，也如脚下踏着的回忆，将要不舍昼夜地逝去。因为自然开谢的定理，有谁能够逃脱这种平凡的原则？

谁不想伸手在太阳下，拯救出为时间摧残的青春？忽然，幻梦消逝，我感到现实的可怕，方才摇曳美艳的女子，逐渐失了动作，化为骷髅，层层相堆，像火山爆发后的余渣。我感到冷背的荒凉，我禁不住地怨憎：

——春呵，你曾欺骗了多少纯洁的痴心！

这时候，我看到披秋衣的翡冷翠，仍然忠实地站在眼前，一手托着残冠，回头向过客们微笑地说：

——爱好形的青春者，在我身上可曾留下显明的足印？

铿锵的钟声唤醒我，阿脑河仍然娴静地流着，不敢回思，依然回到旅馆。到车开后，我望着迷惑的翡冷翠，自己发问：

——娇艳的你，会有多少失意的情人？

罗马

罗马是一座怪城，只要听到或看到他的名字，便唤起一丛生动的感觉。

每到夕阳西落，残霞满天，巍峨的颓垣上，镶着含笑的青草，常时反映出淡红的颜色，正如神话中的女神，永远守着她不老的华年。这时候，我感到一种灵的震动，周身觉着富有，要我不断地追寻个中的原因。

人的生命虽然短促，人的欲望却是无尽的。轻肉重灵的思想，至今犹活跃在多少人的心中，这仍然是欲望无尽的变形。因之，来罗马的旅人，常借着当年血换的各种回忆，能在他们的失望之上，得到一种麻醉，与顷刻的休眠。

我们爱那些血的历史，因为那上边刻着灵的伟大，一个“你往何处去”的传述，曾刻画出多少灵的悲剧？在明月斜挂，地勃儿河①缓流之旁，像听到奈宏②母亲的喊声。这种怯弱与残酷，于今亦只是记忆中的游戏而已。惟其如此，人们更爱这种回忆。所以有人说：看到政议场中的残垣断碣，便感到历史的伟大，而一块碎石的启证，不强如千万卷的著述？

衡量一切伟大的标准，要看他是否禁得住时间的打击。时间是裁判一切的真宰，他没有些微的同情与侥幸。构成罗马伟大的人物，都像落叶似的飘去，可是，他们的历史与工作，永远安卧在太阳底下，后人们只是徒然地辗转模仿，刻古述旧罢了。

并非古胜于今，实以人类灵魂永远是不变的。我们可看到灵的伟大表现的不同，我们却看不见实质的相异。将“永城”作为罗马的别名。在某种意义之上，即是此种解释。

罗马曾经过多少火灾，更经过多少劫历，但他仍守着残败的繁荣，凋落的豪华，因为他是人类文化的一个摇篮，他特别表现出爱和力的伟大。

在匆匆的几日中，筠姊来逛罗马，我们参拜堂庙，我们凭吊宫殿，我们在每个水泉的前面，看那雄伟与妩媚的石像，听那汩汩的泉声。在嘈杂的街心，我们带着魔术的影子，每天满足走马般的观光。

踏着枯枝的瘦影，我们无言地沿岸走着，虽然天寒，却像是生活在初春。筠姊忽然说：

——我很满意这次的罗马行。

——你有何感触？

——我觉着罗马是一个水泉。

然而，我即时找不到这个解释，我望着如丘陵般的天使宫，镇

---

① 即意大利的第伯河（Tiber River），亦译台伯河。——编者注

② 即古罗马皇帝尼禄。——编者注

压在地勃儿河畔。我且走且思，如闪般地掠过心头，我笑着说：

——筠姊，我知道了。水泉确是罗马的说明，因为他是水与大理石构成的，他更做了爱和力的象征。

在人性上，谁的欲望不是归纳在爱与力中？谁不是在这两种方式下寻一出路？即使失败，又谁不是在回忆上找这两种的残影？

罗马的伟大在此，我们所以爱罗马也在此。

夜访斗兽场

我徘徊在罗马的街心，常想起五年前，同俞丽夜访的斗兽场。这种莫名其妙的回忆，常夹杂着恐惧与快愉的成分。

是五月初的一夜，我们在灯下聚谈。现在想不起谈些什么，隐约地犹忆着是俞丽出嫁的问题。不知为了何事，她同她姐姐吵嘴，一个赌气走了，别一个依窗哭泣。

因为安慰正哭的女子，是天下最难的琐事，我在地上辗转，委实找不出适当的话来。她晶圆的泪珠，常引起我的注意，好像断线的项链，一粒一粒掉下来。……终于她说了：

——我们出去吧。

——到什么地方？

——斗兽场！

忽然，伴着紧张的情绪，斗兽场压在我心上，迸出如闪的火花。

古罗马最有趣的遗骸，不是帝王的残宫，也不是教徒的地窟，乃是威壮的斗兽场。我们惊赏他的笨重，因为他像荒山零落的洞窟；我们嗟叹他的残败，因为他像中世纪火灾后的宫邸。但是我们留恋他的原因，似乎不仅在此。

斗兽场启示出罗马帝国的伟大，同时也做了他衰亡的象征。到罗马强倔不可一世之时，他将力与爱当做游戏。当罗马用盲目的力，聚敛天下资财，劫掠他人的妇女，要享受过度的淫乐。斗兽场是力的结晶，同时也做了破坏的工具。这时公教降生，他要人绝肉弃财，营养他宝贵的灵魂；他要人爱惟一的真宰，更要人爱人如己。这两种不同的力，始而躲避，继而冲击，他们便做了斗兽场中的游艺。那不是野兽与美人的争斗，那是灵与肉的冲突。自罗马帝王看，这种力和爱都是游戏罢了。

我们踏着月光，向斗兽场走来，路阔人静，后边抛着两个长影。出了街口，眼前徒然立着一座石山，苍黑憔悴，俞丽泪脸上泛起严肃的神色，渐次也不说话了。

我们已站在斗兽场的身旁，仿佛听到无数的惨叫与哭声。我们沉默，犹疑与探望，从深厚的环洞中我们看到晶明的月色，醉吻着摇漾的蒿草。她低低地问我：

——你愿进里边去么？

——愿意！我坚决地说，却有点疑虑。

——我们试试吧，俞丽摇我的手。

心绪奇突，她索着我的右手，大踏步地向黑洞中走，土路绵软，环洞逐渐缩小，压在我们的肩上，使人喘气，而她的手不觉发出汗来。可是，我们更坦然地走着，要冲破这种奇幻的神秘。

我们进到斗兽场的中心，站在十字架的旁边，纵目四望，那无数的黑洞，放出强烈的魔光。地上纵横堆集的遗石，像战场中的死尸，一种荒凉抓住我的思想，似乎我已忘了身旁的俞丽。及至转眼看她时，俞丽已跪在地上，平静地祈告，陡然感到宗教的伟大，有种肃敬的感觉，不自觉地也陪她跪下了。

这时候，从我们面前，跳出一只黑猫。

一种快愉涌在心头，我们望着深高的天，斜挂的月，正像坐在花园中的。俞丽向我说：

——好一个春夜，只是少微冷一点！

——那么我们回去吧。

她挽着我的手，逍遥地走出来，她向我说：

——我们是永不忘掉这一夜的！

我向她点头，心上总留着狞恶的影子。远处传来半夜的钟声，她要我同她快快地走。我却不断地回顾，我觉着斗兽场更显得伟大。

在巴拉先生家中

出了车站后，伴着离别的影子，亚加利先生等着我，要去访问一位画家，而我缺陷的心，只有个深的罅隙。

在浓厚的夜色中，喷泉依然哀鸣，她不管旅人的心绪，幻变着残败的彩色，这是我来罗马后，第一次感到死的寂寞。

我们跳在冷铁闷人的车中，任他自由地带去，亚加利先生却不时指给我艺人们的遗迹。

艺人们是爱夜的，他们爱她的伟大，同时更爱她的孤独，因为在夜神的羽翼之下，他们可找到失掉的自由，看不见人间的罪恶。也许是为此，我们决定夜访这位不相识的艺人。

从颠荡的车中，我看着满载回忆的地勃儿河，慢慢地流下去，正如回忆太多，使她太疲倦了。忽然亚加利先生握着我的冷手说：

——到了。

一辆空的电车，倦困地从我眼前走过，寻找他休眠的永福。

进到满屋绘画的室中，如置身花房，我又找到失掉的华年。这些画散乱堆集，陈设无序，却感到一种和谐，没有博物馆中官样的气味。像是坐在三春的大地，杂花并开，我尝到灵的滋味，生的跳动。

方才沉闷的心，逐渐起了强烈的冲动。每一幅画，都引起我的回忆，心似乎提到凌霄的空中。我觉着走到暴风雨后的溪畔，又像在安慰托腮凝思的倩女；我更想摸那几只小猫，在辉煌的深夜，凝视那三位理装的淑女。我………

陡然感到一种强烈的反应，我不愿再往下看了，生怕草率的时间，糟蹋这些艺术作品。艺术是人类自由的创造，须有虔诚的心情，充足的时间。你才可看到他的伟大。

正好这时候，巴拉先生温和地说：

——你可常来我家里，我很愿做你的一个老朋友。

我急的答不出来，口上只是微笑。

巴拉先生的幼女爱丽加，穿着黑裙黄衣，启露出一种清秀的心绪。她每次取来她的作品时，我禁不住痴想：为何如是玲珑的柔指，会制出这种强有力的作品？

爱丽加坐在我的身旁，悄悄地送给我她最后的作品：是一位少女的苦像，脸上满罩着愁云，聚集回所有的意志，要反抗这种强烈的苦痛，可是她失败了，像是雨打的梨花，只留下残败与无可奈何的神气。

一团心绪簇拥在心头，使我感到人生的奇离与命运的可怕。虽然两手托着这幅画，我却想自己。到情感激起波纹。还有比自己更亲密的么？我禁不住追问：从古至今，为何没有一个幸福的人呢？既没有，为何人人又追寻那个幸福呢？为何对所爱的人，有时又给他更大的伤痛呢？我低低地向爱丽加说：

——爱丽加，为何你偏绘这种悲像呢？

她只在那儿微笑。当她接画时，臂上的响镯似铁马般地交鸣，我始知我又在做梦。

将画列在椅上，爱丽加拾起碗内的玫瑰花瓣，不断地玩弄。他忽然递给我一片，她笑着说：

——你不爱这残花吗？

——我很爱！我问你，你为何爱这落花呢？

她只在那儿微笑。

在这种神奇的缥缈中，她姐姐吕琪亚走来。身细而长，有一双流动的眼睛，阔脸上浮荡着柔和与严肃的神气。她听着我们谈论落红，她笑着问我：

——你也爱这些残花么？

——是的。在我们中国的诗句中，有许多凄艳的警句，当初大家的闺秀，把葬花当作一件韵事。在一部著名小说当中曾有过特出的描写。

——现在中国女子还葬花么？吕琪亚问。

——没有了，

——可惜的很！

——为什么？爱丽加问。

——女子的生活与心理逐渐改变，当年认为的韵事，而今不那么摩登了。

我一向是不吃酒的，并非讲卫生，乃是吃上要头痛。这天，吕琪亚送过酒来，我不加思索地便接住吃了。为了我要表示对爱丽加的敬意，我向她说：

——愿你有好的健康，去完成你的伟大作品。

她只在那儿微笑。

我们出来后，已是半夜了。亚加利先生挽着我，问我是否可找到家中。我说，只要找到地勃儿河，我便可回去的。

如洗的新月，照着宽阔的大路，我踽踽前行，却想今晚的拜会。我想：巴拉先生的独到处，是意志与情感的平衡，吕琪亚以情感胜，多有柔性的美；爱丽加以意志胜，多有刚性的美。不只她们的作品是艺术的，便是她们的生活也是艺术的，因为她们的目的是美，而这个美又建筑在爱上。

满江红

人物：

米叶先生　约五十多岁，久住中国的外交官。

玛琍小姐　约十八岁，米叶先生的女儿，王靖的学生与女友，很活泼。

王靖　约二十五岁，黑龙江人，留英的学生。

侍女

时间：一九三三年二月。

地点：伦敦在一所中等家庭的会客室内，幕开时，米叶先生正读晚报，玛琍小姐在打一件粉红毛衣。

玛：爸爸，有什么中国的新闻？

米：没有什么特别的，看来似乎较以前少微好一点。

玛：呵，那才好呢！今天王先生又会安心过一天！

米：玛琍，你说什么？

玛：我说王先生又会安心过一天。爸爸，你说中国究竟是怎样的个国家？

米：把报纸放在腿上。中国？过去的中国是伟大的，将来的中国是神秘的，只有现在的中国是苦痛的，是倒霉的！

玛：中国为何到这种地步呢？

米：站起来，且走且思。中国弄到现在这种地步，原因却是很复杂的。他们都说是帝国主义作祟，致使如此。自然，这是一个重要的原因，我不否认！但是根本的错误，还是在中国人自己本身。他们像猴子似的学欧洲，他们却不晓得学到千像万像，他们仍然还是猴子呀。

玛：那么，爸爸，依你说中国该怎么办呢？

米：自然中国该多培植专门人才，自然中国该努力建设，使组织化；自然中国该普及教育，提高民众的智识。但是，根本重要的地方，是该建设他们的道德。

玛：爸爸，这便奇怪了！你不是常说中国是最道德的国家么？怎么还要重新建设道德呢？

米：是的，中国是个有道德的国家，但是在古代的时候。现在中国是个没有道德的国家，可是要除开乡间的老百姓。前天，有位中国青年来谈，他告我说：杀后的人头还要卖二十五元钱呢！那些武人，因为没有知识，我们不能说了！那些知识分子呢！他们谄上傲下，媚外骄内，老实说他们根本上不明白做人的意义！

玛：做出不相信的态度。爸爸，难道说中国没有一个好人么？

米：有的，并且很多，很多，只是中国的好人都是些诗人，他们只要过去与未来，他们却没有现在。

玛：真的么？中国人没有现在么？我不会相信。

米：傻孩子，我说中国人没有现在，是指他们不注重现在，将一切推到未来，他们没有时间的观念，他们才是些真正任自然的。

玛：呵，我明白了！怪不得王先生总爱说：差不多，以后再说吧！你看他对目前的生活，总是随随便便的。她想她的往事，侍女从外进来

侍：先生，王先生来了。

米：请进来。王进来，他们站起，互相握手，互相问好。

玛：我的教授，你从那儿来？怕外边很冷吧？

王：我从宿舍来，外边很冷！

玛：中国也一样冷么？

米：那里不冷呢？那年，我同你母亲初到北京时，冷到零下十五度。

玛：呵呀，照你说，王先生的家乡黑龙江，还不知道冷到那种

程度呢！

王：我故乡的气候，同俄国一样。

玛：同俄国一样?！听说拿破仑到俄国时，有许多士兵把耳朵都冻掉了；人家说在零下三十五度。

米：呵，王先生，我想起一件壮事来了。前天报纸上说：有二百义勇军，都冻死在你们家乡的山上，他们才是你们贵国的英雄，人类的灵魂呵！

王：做出惊异的样子。二百义勇军?

玛：做出赞赏的声词。可不是呢！他们死后，枪还在他们的手中，好像还是等日本人呢！

米：有这样伟大的灵魂，便是没有飞机，没有坦克，还怕什么呢?孩子们，你们要晓得牺牲是伟大的。

王：是的，牺牲是伟大的。

米：可是，为自己祖国流血牺牲，更是伟大的。你们要记住，世间最伟大的行为，都是血换来的。

玛：不过中国近十年来，血也流的不少了！

米：但是，中国人的流血，都是为了几个人的，实在说起来是没有代价的。王先生，对不住的很，请你恕我直言。

王：先生，没有什么！这是个事实，你所说的还是看见的，有许多看不见的，如水灾瘟疫，没有踏实的救护，死了的还不知道有多少！好在我们没有精确的统计，人口又多，谁也不管他们。官庭出些具文，弄些掩耳盗铃的花样，便算了事！这才真是慢性的残杀。

玛：有点不耐烦。今晚我们不谈政治了，我们另说些别的吧！

侍女进来，捧着咖啡。

侍：小姐，咖啡放在那里?

玛：放在桌上，让我来安置吧！她站起来，一方面收拾，一方面看王靖。王先生，我们吃了咖啡后，好再学我们的功课。

王：很好。

米：站起来。你们谈谈吧，我想起一件小事来，我要出去，可是马上便回来。

玛：爸爸，外边很冷，你吃杯咖啡再出去吧。

米：谢谢，我的好孩子。近来吃上咖啡总是睡不好。向门外走。待一刻再见。

王和玛：他们立起。再见。

玛：用中国话。王哥哥，你吃咖啡吗？

王：似在想东西，又似在不安。谢谢。

玛：我说的中国话好不好？

王：对不住，玛琍，我没有留心，请你再说一次吧。

玛：做出含情不满意的样子。不负责任的好教授！我说：王哥哥，你吃咖啡么？

王：很好！很好！

玛：你知道，我很用功，你教我的中国字，我都记住了。只是说话难得很。前天夜里，我梦见还在说中国话呢！

王：玛琍，你梦见说什么中国话呢？

玛：我梦见说你在湖边上教我的那句中国话。她贴在他耳边。我爱你

王：发出苦闷的微笑。唔！好！

玛：拉住他的手。你为何苦闷呢？敢是你接到中国不好的消息么？

王：站起来。不，我没有接到中国的信。但是……

玛：摇他的手。但是怎么？说，你说，你告我说。

王：我爱的玛琍，我为你发愁。

玛：你愁我的中国话说不好么？从明天起，我每天多学两个钟头。

王：不，玛琍，我深信你会学好的。

玛：那么，你怕我不会拿筷子么？

王：笑。那里！拿筷子固是一件难事，但我们有的是“义”字。

玛：那么，你究竟愁的是什么？

王：玛琍，不愁什么！不过方才你父亲的话，引起了我的许多感想。我怕你到了中国后，不惯生活，你将来要苦痛的！你要知道中国现在的地位是多么艰难呵！

玛：呆子，这个我不怕！我要用苦痛来爱你，世间那能常是洪福齐天呢？况且中国那么大，人又那么多，那能永久受日本的欺负呢？有一日，中国总要挣扎起来！你瞧，爱尔兰那样，他还会脱离我们去独立呢！

王：叹息。中国人那能和爱尔兰人作比！

玛：不，不，我看你比爱尔兰人好的多呢！

王：摇头。这种看法，完全是因为你爱我的缘故。设使我好，我又能干，但是一个人又算什么？

玛：你总是把自己看轻，你总是常往坏处着想，这确是错误的。从此后，你要有希望，更要有信任！爸爸常说：希望与信任是人类的两种狂力，没有他们，人类是死的。对有希望有信任的人，未来虽是神秘的，却是光明的。好孩子，我劝你安心多吃一杯咖啡吧。

王：不吃了！玛琍，你的话很对，此后我该努力如你所说。你上次的功课念好了么？你快取出书来。

玛：取书。我念你听。荷叶绿，荷花红，微风吹，香满船。

王：微笑。非常好，非常好！

玛：下一课是什么？

王：下一课是个曲子。

玛：高兴的跳起来。那才好呢！那天到伊利沙白家中，她们都要我说中国话。下次再去时，我便会给他们唱曲子了。这个曲子叫什么，你快些教我。

王：这个曲子叫《满江红》。

玛：呵，这才美呢！我们的太姆士河，从来没有红过，自我记得起，每天总是大雾，使人发愁。那年我跟爸爸到法国时，我们住在地中海滨，每天晚上看落日，全海通红以至分不出天和海来。

王：玛琍，《满江红》是个曲名，不是描写江中的风景。

玛：奇怪，那么，他是描写什么呵？或许是描写爱情么？

王：不，他也不是恋歌，他可是中国文学上最伟大的作品。

玛：谁是作者呢？

王：作者是个军人，活在12世纪。

玛：什么是这曲子的内容呢？

王：内容是激励自己与兵士，要夺回中国的失地，争回中国的人格。

玛：那么，这位军人达到他的目的么？

王：唉，起始达到了，他是宋室的万里长城，把金人打得落花流水，他的兵已到了朱仙镇。可是有个汉奸，为了媚金，将淮水以北的土地，都送给金人。一日下了十二金牌，把他召回来，囚在狱中，以致处死。

玛：便把这样的伟人害死么？呵！这是多么残酷呵！

王：是的，这是很残酷的！

玛：他死时，有多少岁数？

王：他才三十九岁！

玛：多么可惜呵！他埋在什么地方？

王：他埋在西湖。

玛：就是你常说比列芒湖美的西湖么？

王：是的。

玛：到我们回中国后，我们要去西湖，看《满江红》的作者呢！

王：很好，他的坟墓是我们中国的圣地。

玛：不只要看，我还要买些鲜花，放在他的墓前，要他在天之灵，知道一个英国少女是很敬爱他的。

王：玛琍，我愿你希望实现，可是……

玛：看，你又来了！可是怎么？门开，米叶先生进来。

米：好大风！你们谈什么？

玛：爸爸，王先生要教我一个曲子，叫《满江红》，你说多么有趣呢！

米：很好，中国的曲子另有风味，又凄艳，又雅致。

玛：王先生，这曲子能唱么？

王：能。

米：你先给我们唱唱吧。

玛：不要客气！

王：迟疑。怒发冲冠……

水泉

古城中的水泉，像是建筑中的奇花，他们不只减少了高楼大厦的苦闷，而且给旅人们许多幻想的机会。每到如洗的月夜，带着烦闷与不安的心情，我安坐在铁栏杆边，看着水中跪着的女神。她抱着水壶，放出汩汩的玉声，这种和谐的钧乐，使我心绪平静，引起我青春时代的幻梦。

谁的生活上，没有二三页华年的幻梦呢？谁的幻梦又没有因绝望而发出的唏嘘嗟叹呢？现在眉月沉在泉底，披着波动的罗衣，那不是青春幻梦最好的说明么？我们不能问幻梦存在的意义，正如我们不能问月何以皎，水何以要动呢？便是孔子，在滔滔的川上，他也只能叹："逝者如斯夫，不舍昼夜。"因为谁也逃不脱时间的裁制，只好在狂激的动中，去痴想已逝的生命而已。

我看着手中缭绕的烟，断续地形成些花样，我又想：实际上，幻梦是没有的。我们所以觉着他真确存在，乃是因现在生活与实境接触，互相牵制，似相冲击，将过去理想化了。“泪眼问花花不语”便是最好的说明。

悚然，我感到一种荒凉，自觉身如残叶，随风转动，不知将流落在什么地方。美丽的泉声，亦换了另一种情调，是沉痛的葬歌，又是嫠妇阴夜的哀怨。这时候，月也跑了，烟也散了，在浓厚的夜色间，只留下泉声的泣诉：

——我的血泪是为谁流着呢？

我感到说不尽的悲哀，我再不能坐了。

到我听不着泉声时，始感到难言的疲倦。我且走且思：疲倦是一切的代价，幻梦是一切的说明，至于一切的归宿，我不敢想了。

母亲的梦

仍旧是愁闷的夜站在我的窗前。

白日的时候，辛酸的往事，常排列在心头。我愿意永睡在夜中，如死去，停止了我的一切记忆。可是，我方闭住眼睛，同样的一个烦梦，永远浮在心头，我的心苦痛到底！我知道在这个烦梦上，曾洒着我多少的热泪。

每夜徘徊在神奇的床前，像站在极不坚固的甲板上，看着那些肉感的海波，我感到躁急，悲哀与失望！便是我有两支铁的膀臂，既不能挽回过去，又何能推开这个烦梦呢？我苦笑那些自命为万能的生物，谁能从夜的手中，掠回他失去的自由？谁能在他苦痛的梦上，去增加些微的希望？

我梦见：也是在这个没有月色的晚上，回到我十年不见的儿时出入的门口，门内包藏着多少往事，每件上披着我过去的生活，虽有许多的艰事，但现在想起来，却是很快乐的。我知道，而今十年的别离，儿童幸福的时期，夹着许多幻梦，如愁云似的吹散了。

在一盏不亮的煤油灯下，坐着我的母亲，似在期待着一件意外的事情，又似在盼望夜的过去。老人们是禁不住黑暗的，他们感到夜的悠长。

我看见她头上的白发，脸上的皱纹，那都是我给她爱我的报酬。她的眼已看不清楚了，一切都在摸索中。这时候，一切都在转动，眼前展出一个无底的罅隙。苦痛，追悔与空虚的感情，迫我没有一句话可说。

母亲娴静地问：

——谁？

我那刻走到她的面前，没有力地回答：

——妈！我回来了！

死的沉静，压在母子的心上。她要看我长了多高，可是她又看不清确。她抚摩我的发，脸，手，最后她总是说：

——我盼了你十年，这次你可不走了！

母亲的梦，每次总是如此结束。醒后，我知道又住在关山万里的外乡，心上深刻着裂肤的悲哀，我听得母亲仍在盼望我的归来。

我想尽方法，盼望驱走这个苦梦，使我再看到我儿时微笑的母亲，以减轻我梦后的苦痛！唉！谁想，我永远在沉重的疚痛中。

尾声：夜烟散后之祝词

一

我仍然是孤独，
孤独中也有奇梦；
看见你瘦的诗魂，
徘徊在月下的堤边。

堤边的海波，
冲不破相思的美梦：
相思着渺渺的春水，
相思着袅袅的秋风。

二

又走在你家门前，
双扉深闭着，
无奈何，
望着风中的梧桐。
枯枝上有一只黄莺，
俯视我襟上的泪痕，
他说：“伤心的少年呵，
你为何不去做梦？”
夜烟环绕在身边，
寒砧击破了苦梦，
披衣独坐在床上，
爱与梦一样的虚空！

文艺杂感*

《文艺杂感》，是我年来关于文艺的文字，没有系统，没有组织，有时如何想到，便如何写出来了。我绝不敢自诩有所创造，我也不信人能有什么创造，如果把创造当作无中生有的解法。这里的几篇文字，只看作幼儿的涂鸦，拿他包物糊窗，未尝不可的。仅此志明，希为指正。

无利害的冲动

在伟大艺术作品之前，常感到如巨流的心绪，将鉴赏者漂移到奇境之内，宁帖与舒适，激动了周身的神经，有人谓之为“美的沉醉”。

从美与丑体验出爱与憎，几乎是人人所可感到。在艺术作品的前面，虽然同是心理的现象，却与日常物与人所激起的不同。艺术上引起的爱憎，原初没有任何成见，他来自静观的鉴赏，发出自然的情绪，遂成了无利害的冲动，这种心理的过程，始与终都隐藏在自身。一阕曲可以引起往事的悲喜，却非预先确定某种程度之悲喜去听歌曲。

此处，我们捉住鉴赏艺术的秘诀，某种作品的成功与否，不在

---

* 原载《新北辰》1935 年第 3 期、第 4 期、第 6 期、第 7 期和第 10 期。

音节的铿锵，不在色彩的奇离，不在线条的均匀，乃是在全作品整个的灵魂能否引起鉴赏者无利害的冲动。

迎美拒丑，是人类情感自然的趋向。美为情感的对象，等于真为理智的对象。虽然写实派把丑划到艺术的领域内，其间别有道理：第一，他们要从丑上看到美，如《恶之华》即是其例；第二，丑上现出滑稽，引人入胜，戏剧中不胜枚举。现在，我们要问：究竟艺术作品，如何形成此种无利害的态度？

美为情感的对象，他是向上进展的。所以在现实与具体之中，即使能有蜉蝣的美，却绝不能保持久永不生憎恶的。因之，既不能毁灭情感，去违反自然的律例，更不能除却美的要求。在创作者，要表现出美，宣示给人间，制出各种作品；在欣赏者，看到另一个新的世界，在现实中而超出现实，由苦痛内感到欣慰，作品只成了媒介之物，也可说鉴赏者生活到创造者之内。

这里，艺术的伟大，是指示出他所以能迷醉创造者与鉴赏者，以有美的存在，而美为真宰特质之一。我们说人们虽在时间与空间内，却已跳出时间与空间之外。谁能在这样伟大的作品之前，去夹杂半点利害哩？

这种作品中，没有人间的各种派别。王国维先生说：“自然中之物互相关系，互相限制，然其写之于文学及美术中也，必遗其关系限制之处，故虽写实家，亦理想家也。又虽如何虚构之境，其材料必求之于自然，而其构造，亦必从自然之法律，故虽理想家亦写实家也。”这是鉴赏艺术基本的观念，没有派别，即是没有利害的冲动。谁敢论屈原的楚辞，文西①的绘画，属于某种派别？他们是理想家，同时亦是写实家。他们感到创作的必要，鉴赏者感到翻江倒海的情绪，因为他们的作品已不完全是属于人的了。

---

① 即意大利文艺复兴时期画家、科学家列奥纳多·达·芬奇（Leonardo da Vinci，1452—1519）。——编者注

两种原则

苦闷的人，时愿蛰伏在艺术的塔下，艺术便成了另一个世界，他没有黑暗而永远是光明的。但艺术是什么？

凡是一种理论，都含有几分的真理，但不完全是对的。在艺术上尤其如此。亚里士多德向他的弟子们解释：艺术是模仿自然，一切的艺术作品，皆从自然中脱胎而成。然而牺牲之律，不只演用于他种事物，当艺人作物之时，即使以自然为典型，亦必有所选择，所谓形象毕肖者，仅可作赞赏之耳。谁能如照相似的制造出一切，又何况照相根本上排出艺术之外哩？柏格森看到这种理论，整个地把他翻转过来，以为艺术非模仿自然，乃自然模仿艺术。日常人们习见的东西，或者所要寻找的，都是对自己有用的，可是艺人常在无利害上，他们所见到的世界，是从无利害的静观而得，因之，常有一高尚的理想，自然本能地向着去实现，比如非地亚士①所作之人体，均匀完美，自然竭其力要去实现。这也不过是一种理论而已，难于实现艺人完美的作品，比之模仿自然无一的遗漏，更为困难。真理是完美的，但谁能做到真理？

缘此，即使整个的自然放在艺术的作品上，如果艺术创造不出一个幻想的世界，即艺术没有他的生命。人的想象常要逃开现实，二十岁左右的少年少女，便在梦想中不断地活着。他们想象上的美点，完全落在超现实的世界中，一切都像凌霄的浮云，在天空中冉冉地飞腾。可是艺术的世界，不只是人类智慧的蜃楼！重要的，应当在蜃楼上建立起真的现实。因之，表现派的主张，正好又走了别一极端，他们以为下意识中的各种影响，昼夜不停止地动作，将内部各种影像，用各种方法实现出来，遂成为艺术。这种说法，只能

① 即古希腊雕刻家菲迪亚斯（Phidias，约前490—前430）。——编者注

述明艺术的成因，却不是艺术的本身，更进一步，如果一个人没有作品，下意识中虽储着千万的影像，我们也称之为艺术么？至于将艺术比作游戏，如克好司①的主张，亦是一种片面的观察。在他以为艺术是贵族的，剩余力的排遣，等于游戏。但是，游戏的动力，仍然归结到游戏自身，他是没有生命的，但是艺术却非如此，便是音乐的声音，虽然发出即死去，却在创造者与鉴赏者灵魂之上，留下永远摩擦不去的痕迹。

并非这些道理没有一二点正确的存在，只是两个走了极端，流弊便产生出来。我们归纳回各种的理论，即艺术是人类自由地创造。实际上，一切的艺术，其贵重之点，在自由地创造，能使成功的秘诀，基建在两种原则之上：错综与总合。

人在千变万化中生活，尤其是艺人的意识。一件真的艺术作品，绝对的除绝了一成不变的单调。中国绘画没有进步，便在转相模仿，色彩与构图上，永远是千幅一律，没有时间性，没有空间性，更没有阴影的分别！其原因，即在没有错综的原则。但错综不是粉碎，因为粉碎没有总合性的存在。有伟大的雕像，须有配他的广场。虽然是两种漠不相关的东西，却须有调和的存在。结合的原则，便是调和的母亲，我们知道调和便是美的基本条件。站在北京故宫的三殿台级上，便看到建筑上的错综与总和，亦深感到中国建筑的美，绝非凡尔赛区区的对称所可比之于万一的。

调和

画家常要寻找色彩的调和，诗人常要寻找音韵的调和，不到完美的地步，他们都不肯干休的。

---

① 即德国哲学家、心理学家和美学家卡尔·谷鲁司（Karl Groos，1861—1946）。——编者注

能具体地表现出美来，始为艺术的世界。但是艺术世界的门边立着时间与空间，他们将艺术作品检查过，然后放他们进去。多少画家与诗人，不是为时间与空间排挤出去？

时间的代表者是“声”。他是无形世界的壮丽，虽然声之形成，即消失于冥冥之间，但是他的归宿，其间不能有第二个存在，——要赞美真理。便是在极普通的现象上，声亦以真理为终了。我们常见说假话的人，不断地悬心吊胆，将虚伪而载以真的面目么？空间的代表者是“光”。他是有形世界的光荣，他要炫耀人的眼睛，使之认识真理的伟大。黑暗是光的熄灭，在黑暗中，曾产生了多少的罪恶。因为在人的世界，欺骗与罪恶，触目皆是，所以文艺复兴时代的艺人：米该郎，当他完成了“夜”的雕像时，他说：

看不见，听不着，对我是莫大的幸福！

屈子在《渔父》中说：

举世皆浊我独清，众人皆醉我独醒，是以见放。

米该郎与屈原，都是看到声与光的消失，而逃伏在艺术世界之中。他们虽然痛苦，忧郁以至于残疾，但他们的作品，却是真的艺术，逃脱了时间与空间之外。这里，我不敢形容他们的伟大，因为在他们的作品中，藏着使人头昏的神秘，不可思议的美存乎其间。

揭开声的面目，我们所见到的是爱。当人心中充了爱的情绪，向上进展，诗歌与音乐，便成为了惟一的工具。一个声能让死的智慧回生，因为那个声便是爱的形式。同样，揭开光的面目，我们看到热的存在。热还是爱的变形，在普通的语句中，不是把热与爱放在一齐，去形容两种东西的密切关系么？在这种情形上，我们捉住了热爱的形式，当汩汩的清溪横睡在山间，阳光照着，那不是变成一条晶莹灿烂的玉带么？因为他是声和光的形成，具体地显示出美来。

但是，声与光的基根，却在调和。声的调和为“律”，光的调和为“称”。律是数学的，基于自然的演进；称是几何的，以各部相配为适宜。当我们读一首诗，听一阕曲，或者看一张画，看一所建筑，是否是真的艺术，即看他声与光的调和，从此所得者，即是爱。

真的爱，没有不逃脱时间与空间的限制的。真的艺术，没有不是表现热爱的。我们看到艺术的伟大，他不是人的，他是神圣的。这里，我们觉着不只艺术为然，生活亦处伏在这个律例之下，排除开一切，追求人与自然的调和，人与物的调和。我们有时讥笑艺术生活，实际上，真的艺术生活，是在完善的调和之中，我们敬之惟恐不及，又何敢嘲笑哩？

如浮云的徘徊

抓住生活与自然的神髓，以极简之笔，绘画出来，我们称之为古典的作品，而浪漫派的作者亦会爱他的，因为从这种作品内，常能启露出自然与生活的真相，完美与匀称，更可排除了因袭与规律的流弊，相反而相成之律，演用于是。次之，创作者与鉴赏者，以作品为媒介，更能感到洽意的平衡，其原因即由外以见内，因内以识外，正如文学史中，难以截然划分古典与浪漫，此派中必寓彼派之遗痕。

伟大艺人的意识，似一块晶莹的明镜，凡是官感能触到的东西，丝毫不苟地反照出来。惟其如此，虽有兼容并收的智慧，不为某种习尚所规范，而内心的不安，无情的争斗，亦犹海波互相冲击，互相排挤，日夜不肯止息的。真的艺术，有生命的艺术，即肇生于此。

不安，便是意识上失掉了他的凭依；争斗，便是意识上失掉了他的平衡。这两种心理现象虽然不同，但皆来自分析与怀疑。自古的艺人，没有不在其中辗转与挣扎，由绿叶上的一珠晶露，残草上的许微薄霜，他们会寻找生命的归宿及生活的真谛。他们看到打不破的黑暗，他们看到望不及的光明，他们在两种力之间徘徊，一迎一拒，一升一降，他们以为有所获得，谁知到享受之时，早已幻变成不可捉摸之物了，似乎一切都在欺骗之中。

艺术作品中，常可看到这种现象，正如古人《菩萨蛮》中说：

莫说去年秋，今年秋莫愁。

也是在这种心理状态中，艺人意识之蓄积的许多影子，如墨云旋转于半空，不能自止地向外实现，这里失掉了自由，因为产生的徘徊与不安常与心理的演进互相连接。在这时候，兴会的高涨，远非人之想象所及，而徘徊与不安的心理，反变成创造的快乐。特别是诗人与音乐家，常会感到的。

当危尼①写作《水狼之死》，他说：

看到大地上人们的所做与所遗，

只有沉静伟大，其余者都是柔弱。

我们感到危尼的兴会，这几句话中，描述出他全部的灵魂。但是，我们更推进一步，即解人与危尼的诗词中，不足写出他们兴会的全形，在他们徘徊与不安之上，曾经牺牲了许多的兴感，其原因，乃在技术变为批评，兴会已经过趣味的淘汰了，这里我们为便于形容，称之为古典的，浪漫的，实际上已属次要的区分了。

如是创造成的作品，作者感到难以补救的缺陷，到他们静观自己的作品时，常有似曾相识的神态，他们暂时的满足，虽有若无，而落在忧闷之中。因之，他们又开始了浮云的徘徊。

美的残灭

艺人是孤独者，可是真的艺人是不喜欢孤独的。到了藏在象牙

---

① 即法国诗人阿尔弗雷德·德·维尼（Alfred de Vigny，1797—1863）。——编者注

塔中时，他已是满身血迹，精疲力倦，奄奄待毙的艺人了。这种悲惨的现象，我们可称为美的灭亡。

因为环境，遗传与习尚，各个艺人的脑中，形成各个特殊的美的典型。按照他的相似与相异，决定了取舍，同时机械地推出美与丑的判断。这是种自然的要求，但是，谁敢保证第一个自然要求，而非习惯的形成哩？倘若我们拨开环身的薄雾，我们看到艺人的心上，常有一个填不满的罅隙，艺人的心太大，应当有大不可言的美，始可满足。

大不可言的美，是超出一切感觉之外的。通常艺人的美的典型，常受了时间与空间的损益。这便是为什么绘画上有派别的区分，文艺上有各样的潮流。虽然美分成千万的形式，艺人们仍感到不满足，因为他们灵魂上所烙印的美的典型，封闭了敏锐的眼睛。他们的衷心，是在建设最完善的美，其结果反成了美的破坏者，并非意志使然，乃是受了习惯的推移，情不自禁地做出来。

习惯时常混合在艺人情欲之中，有几个可曾逃脱？在他们的作品上，这并不能阻止他们的美点，只是远不到心之所企冀，却是真实的。

美的典型，在艺人的灵魂上烙印下永难磨灭的痕迹，同时亦开了无尽苦痛的途路。这几乎是各个艺人的命运，自屈在自己的典型之下，其间没有许微的同情，有谁能跳出他划定的界限？

辗转在痛苦路上的艺人，即是说跪在自己美的典型之下，惟一的希望，便是美的残灭。因之，一切都是幻梦，肉感便是幻梦中的残月，愈是向残灭走近，愈感到完美的急切！

压榨在美的典型之下，便是压榨在社会与文艺的习惯之中。这种重量，迫使艺人伐其才，毁其美，缚束在绳索中而不自觉，竟至没有微力去支撑。于是，穷枯产生，渐渐走到孤独之中。这种孤独不是伟大的，既难窥到大不可言之美，又复牺牲在习惯蛮力之下，我们所能言者，亦只不得已的叹惜而已。

“社会上之习惯，杀许多之善人；文学上之习惯，杀许多之天才。”《人间词话》之作者，真可谓独具慧眼了。在我们习见的艺术作品中，有几件是达到了自己的美的典型？

阿毛①

在艺术中，倘以作品来论，各有其特质，而最能引人入胜者，没有如小说。不只在小说中刻画出各种实际生活的现象，使人醉迷；而作者创造出形形色色的人物，从始至终给他们各种的命运，各样的归宿，各个的所取与所需。这里隐蓄的神秘，是非人之智慧所能了解，作者之于作品，似非偶然的。

为什么直人招灾而妄人获福哩？为什么明者见弃而愚人受宠哩？世间有千万的不平，人间有千万的苦痛，阿毛的天真，其归宿亦云惨矣！阿毛，不是一个想象的女子，阿毛是中国无数女子的灵魂，作者并无微意以说教，只想掠住真实置放在寻觅真实者之眼前！能够启露出一个真实，这已是艺术上不得了的收获！

科学家用显微镜把他们的眼睛武装起来，寻找宇宙间极隐微的东西，志在获得真实，诚然是很可服敬的。但是，从他们眼内所看到的真实，并非真实的全体。因为科学家所见到是个体的，是具体的，是受时间与空间的制裁的。这里并无所谓高下优劣的判别，只不过观点不同，对象各异罢了。

阿毛常是真的，所以每个时代的人们，各个都有他的“隐刑”，几乎这种“隐刑”是不能逃脱的，人人要受惩罚，只是轻重不同，许微分别而已！从阿毛的故事上，她说明了人和人的关系，而那灵的怯弱者，便屈服在各种周遭之下，我们看到永远不变的悲剧，理智与

① 即潘伯鹰（1903—1966）署名凫公所著《隐刑》中之女主人公。——编者注

情感的冲突，情感与意志的相违，有天才的人，即在这种争斗下挣抗，本不想表现自己，而自己却表现于其中，成了普遍的个性化。

因之，小说中的人物，几乎完全是作者对人生的反映，虽有地方与时代的彩色，毕竟不是创作者最后的目的。说明作品与作者的关系，是批评者的任务，说明人和人的关系，却是作者的前提。或是分析情欲的争斗，或是刻画个性与生命的状态，不只在小说为然，其他艺术作品也是一样的。

有许多作家，不特不能给他的人物一个归宿，而且也说不明他们周遭的关系，我们看了后，只觉着残酷。这是历史小说不发达之故，即是说忘掉了人的研究，而只重些浮浅的技术和传统的典型。可是我所说的历史小说，不完全是小说化的历史，乃是以人为准，自然亦反照其中，而存于其间。

趣味

将文艺取来，潜心地沉溺在里边，即刻我们感到迎拒的两种情绪，既没有成见，更没有指摘与嚣张，然而作品的取舍，截然横陈在眼前。

设如证诸他人，即自己的印象又非确定，一成不变的。反之，我们常遇相反的感觉！我们不能否认自己的认识，我们又何能否认他人的判断？文艺上需要的容忍与同情，有时较生活更为遑迫。实际上，事实亦不允许如此，同是有茶癖的人，谁能说红茶强于绿茶几分哩？

我们会说：这是嗜好的不同，致使如此。

嗜好不是趣味，但有时趣味为嗜好所养成。嗜好是瞬息的，飘摇的，纯粹属于官感的。他能使人上升，他更能使人下沉，他是生活行为抽象的说明，从未受过思想反索的陶炼。便是为此，嗜好鸦片烟者，排挤出趣味之外。

趣味是一个人人格修养的总结，上面按着整个灵魂的铁印。有多少不同的面孔，便有多少相异的趣味。趣味是个人特有的明镜，那里边忠实地反映出爱与恶，美与丑来。但是这面镜子，含有深厚的个性，倘若妄思准之百世，用之万人，即镜上覆了难以穿透的尘沙，反映随即告终，这是趣味的灭亡。

文艺上主要的成分，是否含有引人的潜力，便是以趣味来确定。我们不是常听见说："有趣味的创作""引不起人的趣味"么吗？前者是指创作者言，后者却指鉴赏者说。一件文艺作品，也许本身含有深厚趣味，却不能引起鉴赏者的兴会，同时，也许引动鉴赏者的兴会，作品没有趣味的存在。

这儿，我们捉住人间流行的错误，即人们不将人我趣味划清，其结果走到破产的途路。个人深厚的趣味，即是个性化的别名，成为文艺的基本条件，却不能涉及人的趣味，为着守住他特立独行的创造力，处处按有个性的烙印。谁曾见过一种文艺作品，为了投合人的趣味，能成为久永的作品哩？反之，投人趣味的作品，断然失掉了个人人格修养的总结——趣味。那么，为趣味而创作，反失了趣味的存在，这是多么可怜的事呵！

时代潮流横展在创作者的眼前，要稳坐上头，不要沉溺在里边。真的美是不变的，让偶尔成名的东西，都要倒在你的眼前！

智慧的消失

比雪更洁，比冰更明的智慧是文艺大海中的灯塔，他放出强烈的光芒，去冲破坚不可破的黑暗。智慧不纯是理智，更不是想象，智慧是与生俱来的灵性，可以化丑为美，变假为真！

你不相信么？为什么那些黑色的符号，会给你配合成奇艳惨悲的离骚？你不相信么？站在罗丹思想者前，为什么共感到生命的对流？自然，各个人会给他们一个解说，或指出他们的天才与环境。

但是，揭起各种浮面的蒙蔽，我们站在使人眩晕，难以捉摸的智慧之前。

智慧是不能与生活分离的。近代艺术的破产，其原因即在此。许多的理论家，每日呐喊文艺的沉闷，拾些望文生义的解释：浪漫是放纵；写实是照相；象征是猜谜……为什么文艺不枯如沙漠哩？

老实说：生活没有智慧，犹能顺自然去生活，其害尚不很深。但是，我们见到的，却日日在技巧中追求，专门作官感的刺激，好像社会上只有我受压迫的，只有我是受委屈的。其结果是追索过度的技巧，剩余的逸乐，而有如烛光似的智慧，为什么不会在这种狂风中被扑灭哩？

我们虽不赞成纯粹载道的文艺，但我们亦不赞成专门刺激的作品，我们要拥护那点灵性，即是说智慧。我们不是盲目的，因为智慧是构成所以为“人”的本质，我们要的文艺是人的文艺。

追逐幻梦的理想家，一切都加以想象的衣裳，眼前变作粉红的桃园。他们在枯骨上寻求微笑，把自己看作天使。智慧做了想象的奴役，文艺成了消闲的娱乐，于生活和社会，有何所补？赞美罪恶的写实派，一切都是丑劣，屠杀尽因袭的观念，失望地恢复了兽的面目！因为他们要用官感说明一切，以官感而批评官感，总结在刺激与反应之上，如何能有美的存在？智慧为官感所摧残，文艺沉沦在地狱的深渊。

人是一茎有思想的芦苇，因之，他的文艺不当走现今灭亡的地步。但事实却巧相反，我何敢大声地说：“现今智慧破产了！”所余者是该如何去补救？这里，我们要人注意遗忘了的智慧，还给他原有的职责。

残缺

游人到了罗丹的博物馆中，看见他伟大与丰富的作品，没有不动神魄，惊叹他的天才的。倘如精细地去考察，冷静地去分析，大家不约而同地暗想：这样伟大的艺人，却没有完成了一件作品，每件上都带着残缺的伤痕。

但是，在人间的语言上，那个术语能比残缺更能启露出神秘哩？从古至今，从东到西，那个伟大的作品，不带有难以掩埋的残缺？我曾想揭破这个谜，我又怕看到战栗的悲剧，有如但丁站到地狱河畔，惊叹沉沦的人们。

艺术是整个实美的表现，使人有熨帖的享受。这个人人所知的说明，不特是艺术最后的目的，而且是艺人强烈的要求，没有止境地向前，一直到弱点暴露为止。因为整个现象的美，罗括尽天地万物，而逃脱了时间与空间之外，以有变而刻画无变，以有形而表现无形，为什么不暴露“人”的弱点？我们绝对不能说胜利与失败，更不能夹杂天才与愚拙！我知道有不少的人，用屠城之笔，恣意戕伐，但以有限与无限相绳墨，不特无补，而且有点残酷。

在别一方面，艺术与生活是不能分离的。为艺术的艺术，亦不过是相对的理论。因而又感到艺术的创造者，不是那些开颜大笑，洪福齐天的贵人，倒是那些愁眉紧锁，受生活压榨的苦人。《茅屋为秋风所破歌》，只有在穷困的杜甫笔下，才能写出。谁都明白前者所需，只有感觉的麻醉，后者却要追寻苦痛的所以，以及生活的由来。不只如此，事实上，对整个实美的体会，似为压抑者所特有，这不是胜利的报酬，这是苦痛的代价。

那么，虽有高不可及的理想，为了他的控制，其结果是残缺。生活既是苦痛，艺术为生活的反映，其结果也是残缺！在艺术上，残缺像青春已逝的往事，在梦幻间复现出来；又像深夜时，火把下照着的破瓦颓垣。他引起人们追悔与悲叹的情绪，更使人前进与急切的眷恋，于此，我们掠住了整个现实的美，虽然是瞬息间，却感到艺术的伟大。

残缺是一切有形的说明，环顾左右，谁能逃脱这个律例之外？

我实在不忍心在艺术理论中，一笔勾销了残缺！事实既不允许，而又灭杀了艺术的伟大。因为残缺是衬出实美的一个条件，罗丹所以名震寰宇，残缺曾给予最大的赞助。

苦闷的强制

在幽林中把着葡萄美酒，消磨剩余的时间，以享乐为最后的归宿。这些拉丁哲人们的态度，实际上，我们的刘伶，抬酒荷锄，到比他们还痛快了一点。但是，这些欢愉的人们，笑眼内暗藏着盈溢的苦泪，只不过性格不同，他们不肯爽直地说出：“抽刀断水水更流，举杯浇愁愁更愁”罢了。

生活是不舒服的。惟其如此，生活才有意义。在此现实的世界内，如果将希望置放在蜉蝣的实物上，其结果将必至于失望。失望么？又有多少人将他排开，化苦为乐，这不是对象的给予，这是对象的提高，超脱实物而认清了自己。所以，生活虽不舒服，却并非没有快乐的存在。

有一个作为艺术创作的条件，是苦闷的强制。艺术是人类生活的表现，正如生活不能十全十美，苦闷的强制作为艺术的成因。我们说强制，并非是铲除，乃是给苦闷加以分析，成为内心的解剖；然后把他理智化，把他本有的面目，忠实地移在物上，遂成为绘画，雕刻，诗歌……总之，古人说“穷而后工”者，即此。

苦闷是与性俱来的，而现代促人苦闷的原因更多！不只是天灾与人祸，生存的竞争，生活的机械化，暴力的摧残，处处使人感到苦闷。也许有不知亡国恨的商女，却没有一个真实的艺人不知亡国恨的苦痛。谁要不相信，试看榆关战时，一位画家所作的《关山月》，有心人谁不同月流泪呢？因为仇人前来，使我妇女无颜色！不能保我妇女者，还有什么“人”味？所以画家感到苦闷，既不能双手挽回，又不能不去关心，于是他要强制绘在纸上，告人说：虽有雄厚的关，巍峨的山，但国人都在做着淫梦，只有痴情的月，在云间暗泣，她哭，因为她知道：今后多少中国妇女要无颜色！

我们在说明苦闷的强制后，更进一层，只有游戏上才没有苦闷的强制，因为游戏本身，便是他的开始，也是他的终结。谁曾见过放风筝的儿童，他是为了苦闷的强制呢？

有的人会以为：苦闷的强制能妨碍个性的发展。事实上，却也非如此。社会上各样的习惯，人间流行的各种成见，都可约束个性，使奴隶化，滞塞了生命的流露！苦闷的强制，却非从此产出，他是来自意志的认识，基建在自由之上，不特不是个性的障碍，反成为个性发展的赞助，许多艺人的特点，怕即在此流露出来。

有些艺人们，曾也实行过苦闷的强制，但没有收到效果，因之，将他的失败归纳到这个方式中：“生活对我太苛刻了，致使没有许微的成绩！”试问那个艺人感到的生活刑具，谁不如我？阴森的苦痛，强极的绝望，来自外界的，我们该奋斗，来自内心的，我们更该奋斗！那一件永久的艺术作品，不是奋斗间迸发出的火花？在另一观点上，苦闷的强制，实是奋斗的别形。

要是把问题纳在掌中，生活的不舒服是极细小的；所可怕者是否定了人生。谁也不能没有人生的，在否定人生者上，已是一种肯定，因为否定是来自认识，考察与判断之后，否定的本身中已有肯定的存在。我们只能说错与正的存在，却不能说否定与肯定了人生。苦闷的强制，是人生确定后必有的现象，他指给艺人们一条路线，使之勇往猛进，有如澎湃的黄河，从河套急转直下，冲过龙门，顺流至海。

牺牲律

诗人们受了外界的激动，或下意识的推移，常感到一种奇幻的情绪，强烈地要他流露出来，那里边有苦痛与狂欢，有黑暗与光明，于是，在赞赏之余，将诗人当作真理的预言者。

这个头衔是很美的，同时这个责任是很重要的。预言真理者，第一基本的条件，是要摔脱了一切有形的障碍，返归到绝对的真理怀中，因为真理只是一个，亘古而不变的。

谁都知道这种诗人是稀有的，因为预言真理，似为圣人所特有。他们用火烈的生命，向上进展，一直到灵的满足而后止。倘如推究他们的方法，却非常拙笨，拼绝了舒适，拼绝了现实，拼绝了幻想与做梦，只是一个牺牲，他们牺牲了一切，只除过他们的灵魂。这儿已跑出我们的范围以外。

实际上，对象虽然不同，诗人亦受牺牲律的支配，这不是一个艺术的问题，这是一个人性的问题。我不否认别人对人的解释，我且承认别人的理由，但是，自由人而须受牺牲律的规范，那不只是一个人性的现象，而且是一个棘手的冲突：人与自然的冲突，个性与普遍性的冲突，有限与无限的冲突。

当诗人的内心中，感到生命湍急的洪流，要具体地表现在外面，结果，他感到缥缈与不定；及至情绪移在纸上，他看到破裂与残缺；继后扪头沉思，而瞬息间的情感，像长空的彩霞，早已消散，所余者只是夜的来到。他开始要求一切与绝对，最后却发现了不可医救的失望。敏于悲观的人，惟有叹气而已。

牺牲律是致使失望的一个原因，可是牺牲律是必须的。艺术的高贵，因为他是人的自由创造；艺术的艰难，便在如何调和各样的冲突，这里边已含有牺牲律的存在。从此，我们进到更复杂而更困难的问题中，因为要想善于运用牺牲，首先要明白牺牲是为了什么！

牺牲律不是一个道德的问题，但他却与道德有连带的关系，因为从认识上始能发现牺牲律，从价值上始能运用牺牲律。设如把习惯摔开，我们每天的行为上，不知道有多少行为服从在这个律下？为什么同一个“春闺”有那么些不同的诗哩？为什么同一个作者，又有两样的作风哩？追求绝对完美的欲望，个个诗人是同样深厚的。其结果的差异，便看如何运用牺牲律。

更有一种现象可以说明：诗人自己所鄙弃的作品上，有多少不是卓绝的创作？设如说：作者不自己认识，谁也难以相信，然而，时过境迁，才还给他本来的面目。牺牲律潜伏在诗人心中，与生命打在一齐，积而久之，仿佛像是先天铸成的。

女子与小说

随便展开一本小说，不论是那种派别，不论是那种思想，总是有女子杂于其中，竟可说是绝对的。一本小说像深高清旷的夏夜，女子便是天上簇拥的繁星。

倘如这个譬喻有点相似，即我们肉眼看到的星星，不是星的原形，这个谁都不能否认的。援此绳彼，小说中的女子，即以写实自任者，常掩埋了她本来的面目。例子不难找出，《红楼梦》中的十二金钗，佛罗贝尔的波哇利夫人①，以至多少角色，都是跃跃欲动的蜡人！所以，少微有些生活经验的人，当他看到这种作品时，他只能感到“像”的成分，却不能承认“真”的存在！

或许，有人以为作者是男子，虽有千真万确的眼光，很难捉摸住女子的心理，意外言外，以为女作家的自剖与自白，似能成功的。这是一种浮表的推测，没有充足的证据使我们相信！谁要不相信，请翻开丁玲的《韦护》，其成功不在女性的描述，乃是在她的载道，而这个道是藏在普罗绸衣之下的！我不相信女子描述女子的心理，会高明到多少！

并非要侮辱女子，我承认女子直觉的能力，想象的丰富都超过

---

① 即法国作家古斯塔夫·福楼拜（Gustave Flaubert，1821—1880）的小说《包法利夫人》。——编者注

男子。我所要说的是大家把小说认错，至极的高度只能做到像，却不能做到真。因为小说家，不论是男的与女的，他总想用一个角色，括尽了天下的女子，这种由个体而演用到普遍上，即成为做到真的障碍。

次之，我们所见到的女角色，常像一个模型中脱出的，谁也不敢揭破她们心中秘密，或者全盘托出来。他们只知道恋爱失意的女学生，他们却忘了千千万万为子女牺牲的慈母！他们只叙述美丽女子的成功，他们却不说出这种女子受的压制！试看在人前受恭维的丽人，背后她带了几重的镣链！

近代小说中，常讴歌女子的胜利与独立，诚然与以前不一样了。不只公园可以并肩往来，而且敢向男子提出条件，独来独往地开谈判，下戒严令，形形色色，大有春花初放，将要炫耀万年！但是，我们再往深追寻一步，自然小说家是不肯告我们说的，我们找到她们并没取得自由，并没真实解放，因为掠索这种生活，同时保持天赋的人权，其结果必至装潢，天知道装潢里边，是不是有真的自由！是不是有真的解放！

世间最伟大的，莫过慈母，她牺牲一切，从孕育以至长大，总是为着你，生怕你有残缺，罪恶与苦痛。一方面是女子的天性，另一方面是最艰难最高尚的工作。而今的小说家，给女子穿上军装，披上法衣，这不是解放，乃是禁锢，这不是提高，乃是降低！世间有一个普遍的原则："要尊重自然。"这推翻自然，将价值颠倒的思想，我们是不能苟同的。

现在，按照小说家的创作与倾向，我们不特没有真的小说，便连像的小说也没有了！女子却任人刻画，而最奇怪的，在这一点上，却不去争自由与争解放！实际上，不只中国如此，为人崇拜的欧美，更如此。我不怕人以良母贤妻来非难，世间没有为子的责母过良，为夫的责妻过贤哩！要是涉及自身，恐怕每个都忧虑不及吧？

否认自我

艺术的世界是无尽的。在人的前面，他与自然一样，常守着极庄严的沉静。

有许多人，未曾走到艺术的门前，便中途停止了。又有许多人，脚方踏到他的门内，便转背逃走了。因为艺术的沉静是最美的表现，他只肯给否认自我者启露出来。

否认自我，不是否认个性。个性是神圣的，否认是枉然的。否认自我，是要摔脱利害，成败等观念，做到为艺术的艺术，即是把真美当作惟一的目的去工作。这种态度并不与人生冲突，谁能说真美不是人生的归宿？我们在艺术世界内所看到的真的作品，成为奋斗者的赞助，苦痛者的挚友，没有一件不是从这种情形产出的。

否认自我后，紧跟着一个条件是诚。诚于思想，诚于行为，使作品中反映出艺人整个的灵魂，流露出没有做作的情绪，装腔的姿态，正如米该郎的《达维德》①，赤裸裸地站在佛罗朗斯旧宫前，任人来永久观看。

这不是说教，其中有他的理由！从别一种观点出发，艺术作品是艺人与现实神秘的结合。如果将创造作无中生有去解释，没有半个艺人配得起这个头衔！作者们所要表现的人物，都是从他的周近抽出来的；只要肯留心名人的作品，便会证实了这个意念。那末，我要问：不否认自我，那能刻画他人？不诚于思想与行为，那能去进入复杂的现实内？不能接近现实，中间横隔的铁墙，便是自我的存在。——艺术永远守着极庄严的沉静。

在千八百一十年，乐圣悲多汶②写给碧地纳说："较之智慧与哲

① 即米开朗琪罗的作表作之一《大卫》。——编者注

② 即德国作曲家路德维希·范·贝多芬（ludwig van Beethoven，1770—1827）。——编者注

学，音乐是更高的意义。谁能懂了我音乐的启示，谁可逃脱他后边拖带的苦痛。”那时候，他已聋了，他坐在艺术世界的塔顶，俯瞰着在沉静前面转过脸的人们。

冬与春

冷酷与迟滞的冬，现在快走了。郊外深睡的大地，渐已觉醒，每踏到她柔嫩的皮肤上，感到生的跳动，好像眼前另展开一种无尽的世界。这种奇妙的心情，仿佛见到久违的爱友，虽然仍披着青灰色的衣裳，但那种和悦的颜色，微笑的黄花，都表现着无尽的情谊。

冬尽春来之时，最易缭乱人心。人性中天赋的倾向，在此时变得分外模糊。一方有不能避免的苦痛，使人想到冬的无情，他方面有意外的狂欢，渴望着美的柔春。这里，不只刚与柔，悲与乐的综合，也是生之谜中的一个特殊现象。中国艺术的一部分，即以此说明。

真正伟大的艺术家，是不肯胡思乱想的，他要表现一切的现实，启示出无尽的理想。他不肯趋于极端，自以超乎人外，他要找寻相称与均匀。正如庄子说：“覆杯水于坳堂之上，则以芥为之舟。置杯焉则胶，水浅而舟大也。”芥与杯都可为舟的，艺术家之所能在量水以作取舍，使之相称与均匀。

所以，一个真的艺术家，绝不去创造奇怪的人生。他尊重平凡的事实，取安然的态度。因为有天马似的天才，却没有怪诞的人生。更因为艺术家遵守自然的原则，正如同在春冬中一样的。

历来受了“红颜多薄命”的暗示，中国传统的画家，总喜欢绘一位旧式工愁的女子，依着苍褐的假山，痴望旷空的银月。照例尚有一两株古松，干枝劲直，雄立在她的眼前。我们不去追究他的技术，只从立意上看，拿松月石来陪衬美人，不只是要装点，而要以无限衬出有限，以苦痛衬出快乐，以冬衬出春，中国多少文艺作品，不是这个思想的说明。

在中国艺人心目中，冬与春是因人存在，不能独立的。只翻诗词中，形容春与冬的字，没有不是从人性词汇中取出的。所以，中国描写自然的作品，只能感到自然之幻觉，却看不到自然的面目。这里，我们捉住中国艺术的一个特点："人性传统的写实。"

艺人应有的态度

艺术上的理论，也可说只有一个，也可说是无尽的。无论那一个时代，取极相反的两种派别来研究，他们的目的是在美，但他们的主张却各自不同，几有水火不相容之势。只要留心一点文艺上的消息，我们便看到这种现象，又使人可笑可叹的。

更可奇怪的，要强人信从他的理论，也要大家走他的路子。不如是，加一种模糊的罪名，什么反革命呀，什么反道德呀，什么反时代呀，只要轻轻加一个反字，便可断送了你的一切！要从对方着眼，又分明不是为了艺术，而却是为了某种特殊的作用，古今中外，大家都一样，谁也不能比谁高明到多少。

我们应当常存同情与自尊的心，在艺术上更该努力去做。我们相信无论那一个艺术家，都是向前走的。即使他走错了，他仍能返到较好的路子，趋美避丑，是个个艺术家的本能。为什么不让杂花并开，而却专门检讨别人哩？为什么强别人以从己？武力可以杀人，武力却湮没不了真理，世间只是一个裁判者：时间。

同情与自尊是艺术家的基本修养方式。不只是站在艺人间，应当如此，即对艺术的构成，更该如此。因为艺术作品是艺人人格的变形，而伟大的人格，却只有由此养成，一种是对人，处处要站在诚挚的爱上，能够兼容并包；别一种是对己，要毅然自立，不为波浪而动摇。我们不相信这种条件下努力成的作品不是人类最好的作品。

我们不能容忍艺术上的独裁，时时口中要如此，迫人也要如此。除遇神以外，谁是一个不会错误的？谁有权利取人自由，而迫大家走自己的路子？救济这种偏激之病，惟有任自然，时间自会淘汰与判别的。这不是取消批评，不使说明作品成因与价值，乃是要人在同情自尊之下去认识他人。

这个理论虽平凡，却是艺人应持的态度，生怕也是最难做到的。

创作欲

在某种时候，当客观的各种条件成熟时，艺术家的心灵为创作欲占据住。其力的坚强，较诸爱情更为狂热。他能使艺术家忘寝废食，专心凝志去实现他这种创作的欲望。艺术史上，我们会看到许多有趣的逸事，不是在这种情形下产生的么？

假如艺人不加思考地开始工作，我们敢断定他要失败，不会掠住心之所感，而即刻实现在具体的物质之上。因为这种心理状态，是一种情感的作用，不能当作创作的实力，他时常在幻变着，他缺少那种坚强的固定性。初次献身于艺术的少年，心气勃勃，更能感到这种状态。

这种事实，并非没有例外。但也能将创作欲实现出之故，并非为了创作欲的本身，乃是由于下列的两种原因：一、作品的对象，久已在设计与构思之中；二、作者下意识内，潜伏着作品的典型。因之，创作欲只好看作一种媒介，一件锁匙，一种机缘罢了。有许多人认为是天才，这是一种模糊的解释，凡是伟大与不朽的作品，都是洒了无尽的心血，费了许多的辛苦，然后产出的。不是要否认天才，实因天才是稀有的。

创作欲与艺术的修养，常是成反比的。即是说艺术修养更深的人，他看到创作分外变的艰辛。在强不可止的情绪前，艺人开始疑虑。经过多次的思维，作者截然分作两半：同时要创作，同时要批评。每一笔彩色，一个韵脚，一个音符，都从迎拒的两种情绪下生出，几像初嫁的新妇，时时在履冰临渊的。

在别人的意见前没有一个艺人不维护他的作品的。没有一个艺人却在自己之前，满足他的作品的。这种矛盾的现象，来自艺人的个性，作品成为个性的实现，致使他人不得了解。这种理由，可以说明“艺人相轻”与“艺人孤独”的构成。从别一方面观察，艺人的理想过高，创作欲与批评力又过深，结果所制的作品，永远不会满足的。文西的《若共得》① 是绘画中的杰作，但他却不满足，永无完成的一日。米该郎的诗不能不算文艺复兴的结晶，但他举而焚之，不使流传在人间。他们是旷古的艺人，他们苛刻的律己，并非是矫情戾俗，实因艺人修养不同，艺术的理想提高了。这样情形下，创作欲等于零，因为艺术成了神的变形，艺人只有敬重与恐惧的情绪，而竭力摆脱浪漫与自我的思想。

这里产出的作品，没有“我要如何”的色彩：却有“我当如何”的动因。艺人的创作是被动的，迫使的。我们竟可说是反创作欲的。米该郎的《摩西》，巴尔扎克的小说，几乎完全如是而形成的。他们的美不是新的，乃是真的；不是奇突的，乃是平凡的。我们试想：真与美交相融合，表现出极平凡的事实，那能兴致一来，一挥而就的？

只有天真与无知的小儿，始随兴而发，他们的动作，只随着盲目的冲动。当一个儿童画树不成，他可马上改变为人。在他的意识中，人与树是截然不同的，在他的制作上，却是相等的。他不认识客观人与树，他只感到创作的要求，在他胡乱涂画后，他已忘了要表现的一切！这种天真与大胆，使人非常敬爱，为着有美满的和谐

---

① 可能是指达·芬奇的未完成作品《圣耶若姆》。——编者注

而不能分离开。现在的艺人，没有儿童的天真，却有儿童的大胆，这实是艺术的不幸！他们做了创作欲的牺牲！

批评

常人的心目中，作者与批评者，处于极相反的地位。他们认批评为检讨与指摘，他们又看作赞扬与恭维。于是，批评不特失掉了艺术的价值，反变成仇恨与表彰的工具，这是艺术的损失，可是在而今的文坛上，如何能避免这种不幸哩？

批评是摆脱成见，从艺术的意识上去说明作家与作品的关系。纵使艺术与科学如何不同，毕竟有许多相似的地方。太纳说的好："可以将人看作一个高等动物，他之产生哲学与诗，犹蚕之作茧，蜂之酿蜜一样的。"

蚕作茧，蜂酿蜜都是有他必需的条件，缺一而不可的。艺术作品亦是如此。有奥古斯丁的各种生活条件，才有那不朽的《忏悔录》；有纳兰性德的各种生活条件，始有凄艳的《饮水词》，非敢完全否认天才，实因天才稀有，他的运用多出在低能者批评家之笔下，作为巧妙的遁词罢了。

"文人相轻"，"党同伐异"，却是阻碍批评发达的大原因。真实的批评，不能有情感的分子杂乱其间，他不纯是艺术的，也不纯是科学的，他是介乎艺术与科学之间，他需要艺术家的直觉与科学家的方法。比如站在伟大作品之前，我们要有敏锐的直觉，一眼抓住他整个的美，同时又要说明这个美的形成，即是作家与作品的关系。至于指摘小疵与盲目倡扬之流，只好看作巧言的鹦鹉，天晓得："巧言鹦鹉毒于蛇！"

太史公说："盖钟子期死，伯牙终身不复鼓琴。"从这个故事内，我们看到：不只钟子期了解伯牙的志趣与生活，而且他们互有同一的美，两个灵魂共向上进展，渐次化而为一。如是的批评家与作家，非惟相反，实是相成。他们才做到“我身子里有你，你身子里有我”，为着同是以真美为归宿，而真美是旷百世而不变的。

中国新文学的批评，仍是脱胎自旧有的伦理，妯娌们忌恨式的批评固不足取，隐恶扬善的介绍更不足道。我奇怪墓志式的文字，仍然充满了新生的文学，此种巧言徒使有心的鬼不能安卧在棺中，为避免听着名不符实的赞扬耳。诗云：“巧言如簧，颜之厚矣。”便是孔子，在他的仁学上也坦然地说：“巧言令色，鲜矣仁。”由此我们知道一多部分批评家，实是“某也厚我，我也厚某”，互相借重而已。

只看批评是科学与艺术的综合，便知他的重要。大家不肯用眼睛精细地去分析，却只用耳朵传述流行的成见，结果批评名流易，批评青年却难了。批评的领域是很宽阔的，他的需要亦很简单，只不过几位勇毅苦干的工人来建设艺术的科学批评。

三种阶段

“不以一己之利为利，而使天下得其利。”这种光明磊落的态度，不只行为上应以此为准则，而艺术上更应视为圭臬了。古今中外，能够成为万世的作者，便在这两句话上下死工夫。他们也许是笨拙的，可是，伟大的作品即是由此形成，因为艺术是一座耸入天云的高山，只要你诚恳地向他说话，你一定会得到他的回声。

大抵一个伟大的作家，一定要经过三种阶段，每段上遗留着他奋斗的血痕。起首他有一个缥缈的理想，高如天云，深如大海，可是常在他眼前幻变，他觉着看到别人不能见的东西，于是他自己变作这个理想，自觉超出一切之外。世间是丑的，人类是低能的，而他自己却独居高楼，闲观时波上飘去的那些庸人。其次，从这种高傲的孤独中，他发现自己也和别人一样，他怀疑自己，他更怀疑他的理想，这时候，情感与理智都是无用的，惟一的生路，便是看他如你应用他的意志。倘如他能苦其心志，永远为着他的信念，经过相当的时候，他便复返到人间而入到第三阶段内，他才明白：所谓理想者，便是我们日常平凡的生活，只是不是某甲某乙，却是全人的而已。

这三阶段是不能跳级的，须要一步一步走去，直到各种条件成熟为止。当真的艺人上到这条路上，他已完全失掉了选择的自由，他成了艺术的工具，他毁灭了自己的意志，他仍然是超人的，所以作品表现出另一种生气；他却又是普通的，所以极寻常的行动亦为他吸收进去。也是为此，伟大作家笔下的草木鸟兽，别开生面，《楚辞》与《诗经》中有多少好的证例。然而在艺术上与宗教中一样，信神者比比，有几个能成为圣人？

这三阶段走完后所发现的东西是绝对的美，而美的表现，必至“不以一己之利为利，而使天下得其利”。假如再往下深究，即我们发现艺术与伦理同出一源，只是两种表现法不同，那是一个很难解决的问题，只好留给专门的人们。

庸人

庸人不是没知识的人民，庸人也不是未成年的学者，庸人是没有个性，介乎两可之间，发折中的判断而不自知的。

社会上的名流是有不少的庸人。因为名流的成功，常是投庸人的嗜好与时代的彩色。所以有许多的名人，在各样的生涯内，揭开面目，却是些聪明似的庸人，他们没有意见，只有传述，没有判断，只有盲从，他们盲从社会上最有声望的人们。

庸人的对敌，是那些怀有天才的少年。因为庸人的惯技是因袭与持中，他最憎恶创造与极端！谁曾见过历史上，有一个庸人能够识天才于儿童之中？拉飞儿说：“认识一个天才，等于一个天才。”所以畏首畏尾，惟中是从者，必定是个庸人。

庸人必定不是愚人，庸人亦有所长，具某种特别的本领。但是，这无甚重要的关系，因为庸人没有理智，亦没有意志。或者，他的理智与意志都为利害所规范，常是以自己为准则的。所以，他遇着一个生人时，他不会观察行为与思想，他所能的，只是盘诘身世与履历。

庸人没有直觉，他脑中却贮藏着许多的偶像，许多的模型，因之，见一人，遇一物，他偷偷地去对照，像警察捕捉嫌疑犯，怀中常带些相片！然后合那一个，便是下一个机械的判断。如果庸人读一文学作品，他的批评总是在语句上，他开口便说：这像某某名人的！

庸人可以相信某种思想，但他否认由思想推出的结果，他说列宁是伟大的，但布尔扎维克太极端了；他说莫索里尼是伟大的，但法西斯蒂太封建了。在一个行为上，他可采用两种极相矛盾的原则。

凡是有热情的人，都不是庸人，因为有爱的缘故。所以辗转在热爱（广义的）中者，不得其归宿，即会苦痛，皈依与自杀。可是，在这些人中，谁曾见过一个庸人哩？不只他做不到，他反讥笑他们的偏执。

庸人的身上，不会流着同情的热血。

庸人的生活，没有所谓悲剧的。他把生活变作达目的的手段，而这个目的的目的，是虚荣。

庸人的语言，没有直陈词，只有假设词，所以，他习用的连接词是：似乎，假如，倘使……

庸人的行为，有时会谦虚，但这是随机应变，内心中却完全是骄傲与忌恨。

庸人的眼睛，像一只捕鼠的饿猫，他只瞧着名人的颜色，时代的机会。

庸人的脑筋，像报纸上的广告，什么钱多，什么时髦，他会登出来。

庸人没有美的情感，更没有宗教的情感，他会赞他的仇人，如其仇人成为名流。

庸人的著述是常相对的，没有绝对的，照例前面有一篇序文，是出自名流手中的。

庸人感不到狂喜与狂乐，大苦与大悲。他觉着实有与虚无是相等的。因之，庸人常是洪福齐天，寿终正寝的。

论偶然*

我们每天盼望报纸与信件，并不是期待实利的事件，常常在满足一种心理，看到那些意外与奇妙的事实，纵使与我们直接无关，我们亦感到一种满足。人类生活，像沙漠中的商旅大队，净化了那些艰辛惨苦的事件，被动地趋向一条长而无尽的途路，将动人神魄之而不可测者，我们用“偶然”来诠注。我们说“这是偶然的”，因为偶然是“命运”的具体化，希腊深知这种复杂的现象，他不探讨问题如何发生，而只将既发生的现象，加以有力的叙述，外形清楚，实质含混，他留下不朽的悲剧作品，却不能说偶然事实的原因。

所谓偶然，并非没有原因的。事实上，没有原因的事实，无论是那种生活中，绝对不能产生的。“月晕而风，础润而雨”，我们不愿或不能说出推移与相因，我们随惰性习惯，委诸命运，视为偶然，这只是在复杂现象中，我们认识不够，不能举出精确的原因，将理智问题化为一种信仰，所以人只相信耳闻的流言，却不相信眼睛的观察，这不特是一种悲哀，而且是一种危险。

倘如观察日常生活的细事，真是“无巧不成话”，许多事件是偶然的。倘如追问偶然的含意，即我们只能说，在确定的现象中，偶然是我们现在没有预料到的。所以偶然可以形容想不到的事件，

---

① ＊原载《民主时代》1947年第2期。

却绝对不能说明这事件的产生。但是，那些大胆与杰出者，忠于自心，在人类生活奇幻连续的巨变中，视为超自然者，具有意志，主宰一切。对人类，偶然是超自然者意志的表现，若就其本身论，偶然并非是偶然的，为此，古史中充满许多神奇的史事，那只是古人知识幼稚，用神意诠注，给不确定的事实一种确定的价值，我们不当鄙弃他，而应当予以一种理解。

事实上，因为经验与认识的积累，学说与思想的进步，对于偶然事件，我们有种不能自止的倾向，便是说要用知识来分析他理解他。人类的历史，并非是命运支配的偶然的事件，倘如知识愈发达，则预测愈精密，推而至极，偶然变为一个主观的问题，有一天，也许他会不存在的。

碧脱朗①要建立“偶然的定律”以予以其客观性。他说：“偶然是一种机械作用……蒸汽升结为泡，形成浓云，风吹，降暴风雨，正因为是盲目的。雨降河涨，泛滥田间，稼禾得以滋养。”这种现象显示偶然有必然进行的程序，类似有种定律。这样，在宇宙复杂的事物中，逐渐为知识所控制，可是偶然仍然存在，他虽非实体却含有客观的性质。

偶然是无秩序的。无秩序不是一种微妙的现象，而是纵横交错的结构，他是独立的。偶然是不能预计的。假使没有偏见习惯作梗，即理智在扫除怀疑，确定惟一而不能相反的解释。我们不妨这样说：偶然是反理智的。例如赌博，在忽然确定范围中，使理智失其作用，赌博的工具愈复杂，理智失掉作用愈深，偶然的结果，便说明了他的命运，而赌者竭其机智与偶然搏斗，享受那种斗争幻变的情绪，实质是一种无可奈何的浪费，异常可悯的。

偶然有他自己的特质，他与秩序不并立，因为秩序是理智的产

① 即法国数学家、经济学家约瑟夫·贝特朗（Joseph Bertrand，1822—1900）。——编者注

物。柏格森[1]解释偶然是“近乎紊乱”，紊乱是主观的，实质上有两类不同的典型：一类是机械的，一类是意志的。所谓偶然，乃是由机械中得到了意志，或由意志中得到了机械。

在生活上，我们常遇到许多事实，外形上含有意志，却又不能预测的。我们由家中出去，路遇许多不相识者，视为一种常业，未有印象，这是一种偶然，却并不注意的。倘如我们路上遇同事与邻居，并无特殊意义，这亦是一种偶然，却已含有许微的意识。倘如在一罕去之地，遇梦中所思之人，继后又在不同的地方，多次相遇，这也是一种偶然，而却非常动人的。他动人，因为意想不到，结果却又像故意的。便是说不知中含有预知，无意中演成有意了。

人类精神是反紊乱的，将忽然性的事实，分作两部分：一部分类似应有的，减轻偶然的因素；另一部分，意志变为玩具，充满矛盾，形成过度的偶然。偶然与秩序相违，不能见容于定律与理智。历史上的忽然现象，近乎定律者淘汰，近乎理智者保存。

我们注意偶然，他与我们的欲望不能分离。一种偶然的事件，常能搅乱深心的期待。当生活起了巨变时，如疏散与逃难中，偶然的传闻，不相干的动作，都可使人失眠。期待是个人的，对于忽然的事件，每个人仅有一种模糊的直觉，施以一种大略的计算。模糊直觉是不确定的表现，而不确定又是一种徘徊的情绪，空泛难描述，到他实现时，不是折扣，便是错误的。便是凯撒[2]，握有实力，于纪元前49年1月7日渡河南下时，他说：“我们把骰子投下去了！”以此来卜将来的凶吉。

偶然之于事实，犹波浪之于大海，他是生活上必然的现象。自

---

① 即法国哲学家亨利·柏格森（Henri Bergson，1859—1941）。——编者注

② 即古罗马统帅、政治家盖乌斯·尤利乌斯·恺撒（Gaius Julius Caesar，前100—前44），又译盖乌斯·儒略·凯撒

然与物理界的偶然较易体察，独到社会与精神生活中，即这种偶然含有不可估计的重要，又是非常难以说明。历史上重视偶然，要看偶然事件所激起的反应，给以一种解释。偶然有时是机会的，他赞助事实的发展；有时是实际的，他确定事实，便是说偶然的重要在结果而不在原因。

许多思想家，如巴斯加尔①，解释大事由于细因，古鲁巴②的鼻子再短一点，世界局面要改变；克仑威尔③毁灭基督教，倾覆王室，罗马危急，但膀胱石小病使之寿终正寝，和平复现，王室复位。这些小因大果的证例，不是偶然的事件，无论原因如何细小，那仍然是一种理智的说明，只不过不相称罢了。

偶然所以能成立，由于定律与理智的关系。定律与理智是两种本质相同的秩序，偶然的重要，便在对此两种秩序所生的反应。研究事实发生正常的原因，始知偶然产生的结果，偶然无定律，问题不在探讨偶然的定律，而在树立偶然与秩序的关系。从赞同与反对上，都可确定偶然在结果上的价值；从社会与个人上，都能体验到偶然的威力。灾荒瘟疫之于地方，可能使社会起重大的变更，旅途与集会，可能解决一个人终身的大事。于是偶然事件发生，有的故步自封，有的孤注一掷，外貌虽然不同，实质同受偶然的愚弄。

---

① 即法国科学家、思想家、散文作家布莱士·帕斯卡尔（Blaise Pascal，1623—1662）。——编者注

② 即古埃及托勒密王朝末代女王克里奥帕特拉七世（Cleopatra Ⅶ，前69—前30）。——编者注

③ 即英国政治家奥利弗·克伦威尔（Oliver Cromwell，1599—1658）。——编者注

关于《献给自然的女儿》*

亲爱的自然女儿：

我们无时不在相会着，但总没有个写信的机会。前几天，虹哥寄来他的一本书，就是献给你的那本诗集。我看过后，便有个亲密的暗示：给你写信的时候到了。

你知道，我亲爱的自然女儿，我现在是在一个工厂里做工。我们的主人，他很想把我们也变作一架钱机器，在那里不断地工作。因此，时间很少，不得做我想做的工作。而且，我是虹哥的小弟弟，他很知道我的程度，我又说不出很中肯的话来。好在你向来是一个沉默的人，你是不会笑话我的。并且，我还知道这封信，你是很喜欢的，因为是虹哥的小弟弟写给你的。

当然，我给你写这封信之后，不得不向你说："我的信，是想试试解释虹哥献给你的这本书。"

向来，在我们中国，很少人注意到"人类生活的态度。"自古迄今，有那么多的典籍，却很少看到人类两字。目前似乎有人来谈，但他们没有说明人类生活取如何的态度？怎样才可使人类的生活进步？怎样才算作人类生活？……反而他们在这上边穿上了好多神秘的衣裳，即使有一二人来揭破，但随着又便盖上，我深为

---

* 原载《长虹周刊》1928 年 10 月 13 日第 4 期。

惋惜。

你不看么？我们那么些汹涌澎湃的识者中，谁曾有个归根结底的说明。这是假英雄名义的偶像，在古城中塑起千万。确乎，这便是我们的“先驱者”。

虹哥的这本诗，便是一个穿破一切神秘的匕首。他以最高的诚意，来做一个归根结底的说明。

虽然，他在写文章和作诗的时候，把他们分出来，某篇是科学的，某一首是艺术的。但是在这本诗集内，并没有科学与艺术的分别，我也不知道该叫作什么。

在法兰西大革命的时候，有位死在断头台上的诗人叫安德列·舍尼埃，虹哥的诗有好多和他有同样的感觉，如：

所以我画了一个大圆，

我将停在圆的中心点

不知道怎么，我总要联想起安德列的诗：

Souvent mon vol,

armé des ailes de Buffon,

Franchit avec Lucréce,

au flambeau de Newton,

La ceinture d'azur sur le globe étendue. ①

有人把长虹唤作“诗人”与“作家”，也有人唤作“玄虚者”（记不清楚了，是我在友人处，看到新出的《贡献》上，一位识者的批评，是光与热与微雨并举的，归在玄虚一类）。其实，都错了。长虹和我一般，都是最平常的工人，不过他以笔工作，我以手工作罢了。

我所以敢于断定他是平常人，因为他没有出色的生活。他不能

① 我经常盗窃，武装以布封之翼，与鲁克列斯一起跳跃，向着那牛顿的火焰，天空的腰带在展开的地球上方。——编者译

像古人飞檐走壁，也不能像今人指手画脚。如其，我们承认写的东西是作者很忠实的自白，再如其承认他不是听人谈尼采①而偷窃来的，则他的这本书，在我看来，自然也是很平常的了。

本来，在长虹的见识上，有两个很重要的观念：一要使人类是动的，一要人类有行为的自由。

因此，在他的思想上，在他的工作上，处处想用尽他所有的力量而使他的计划进行。他用的工具，便是科学与艺术，一种建设在他认定是不破的真理上，一种便是建设在海阔的情感上，甚至，有时两种一齐出没，以至使我分辨不出来，如他的这本诗便是。

无如人类的命运，总是排演着他的悲剧。想见爱而不得爱，想做而不得做，人与世间的冲突，物与人的冲突，在他的这本诗内，便可找到这些苦痛，忿怒的叫喊。至于在别人眼中，那我可不知道了。也许会使人“笑的掉了牙”吧！

没有人不是在玫瑰花残了之后，而才追思他的爱情的余味的；没有人不是在夭亡之后，而才被尊为天才与完人的。因为世间绝没有笑嘻嘻地活下去的人。苦痛太多了。正该如此，惟其如此，才给平常人们留下一块开垦不尽而终身工作的地方。

长虹本来是个总善于知足的人。比如他有一根纸烟，世界于他便会改变一点；我们的几个小弟弟乱写乱译的东西，他也高兴，说：“那很好，就这么多做多写下去。”因为他只懂得伏起他那瘦的脊背而负这重任，老实说，这本诗集，便是这重任压折下的呼声。

毕竟，他是我们山西的个乡下人。所以他还要有这种工作的计划（因为山西北方的商人与农人，总是无论到如何地步，还有个“重来”的观念）。

要造一只人类船。

---

① 即德国哲学家、诗人弗里德里希·威廉·尼采（Friedrich Wilhelm Nietasche，1844—1900）。——编者注

通行海陆空。

可是，要知道，在他造成的时候，他已疲倦了，讨厌了，憎恶了，他要以他未灭的残力来毁坏这只船。

因为虹哥给我寄来这本书，所以在我做工完时，就在试验室内写给你，和你乱谈谈。你看，也没有信纸，就在试验用的纸写给你。

深知道，我只懂的我和虹哥有好的感情。他的思想和他的这本书，虽然我乱谈，其间自然是难免不对的地方。你很了解他，你当然有相当的判断，不过这是虹哥的小弟弟一封乱写的信罢了。

即祝

展开你的洁臂，抚吻尽世间的婴孩。

小弟弟已燃

1928. 3. 27

读琴心女士《明知是……》之后*

当我看见琴心女士的这篇文章《明知是得罪人的话》的题目时，我以为是关于其他问题。及至往下看时，知是批评培良先生的《评〈玉君〉》的文章。唉！这个标题，真使我莫名其妙。如果琴心女士批评的中肯，那么我想培良先生必很感激，如果不中肯，那么于培良先生无损。是非自有人判别，何得罪之有？此真稍读过一两本Principles of Criticism① 的，决不至有这种标题吧！比如Brandes② 同 Ibsen③ 是好友，但 Brandes 对 Ibsen 的批评，常有苛刻的地方，也不见得是得罪？琴心女士，你太客气了。

琴心女士说："批评一篇文章，全捧当然不对，全骂也不大合宜……"这是琴心女士对批评文章所持的态度。在我以为琴心女士的全捧不对，全骂不对的半捧半骂似乎更不妥当。Mathaw Arnold④说："批评"是把"世间之所思最好的东西去学习或传布的无偏私

---

* 原载《京报副刊》1925 年第 106—134 期。

① 意即批评原则/理论。——编者注

② 即丹麦文艺批评家、文学史家乔治·布兰代斯（Georg Brandes，1842—1927）。——编者注

③ 即挪威戏剧家、诗人亨利克·约翰·易卜生（Henrik Johan Ibsen，1828—1906）。——编者注

④ 即英国诗人、评论家马修·阿诺德（Mathaw Arnold，1822—1888）。——编者注

的企图”，我始终不信“捧”和“骂”能够夹在批评内的。如是，则半捧半骂，自不能成立了。或者琴心女士是不捧不骂，但我于她的文章内发见了不是这个。

我读到“现代社可以即时将《玉君》绝版”一句时，愈使我莫名其妙。《玉君》自有《玉君》的价值，即使《玉君》果真无聊浅薄，现代社能否绝版，我想琴心女士是不能预知的。我固然知道这是琴心女士的愤激之言，但是在批评文字中我想不需要这个。琴心女士，你以为何如？

琴心女士不满意培良先生处，是在没有用和平的语气，轻轻地把他所见到的写出来。我以为这也不必，只要他批评的对，那么用和平也好，激烈也未尝不可。这与他批评文的本身，没有什么大关系的。再说琴心女士在她自己的文章里，也看不出和平的态度！

可是琴心女士也有她的好处，就是她的赤裸裸的态度。这种态度在现在假面时代，是不可多得的，至少这篇文章我读了后，知道琴心女士是大胆无畏的一个人。

4 月 11 日

回忆鲁迅先生*

我是在1924年冬天黄昏的时候去看鲁迅先生的。那时，我刚20岁。鲁迅当时住在北京宫门口西三条胡同二十一号。经过敲门探问，我们被接到了鲁迅的工作室内。房间并不宽大，却很整洁。靠近窗子是床铺，窗外是后园。《野草》和《秋夜》中说："在我的后园，可以看见墙外有两株树，一株是枣树，还有一株也是枣树。"（《鲁迅全集》二157页）。他的桌子整洁而宽大，不摆书籍与稿件，只有些文具、时钟、烟盘。他经常吸的是极普通的哈德门香烟。

鲁迅先生瘦而不高，平头，穿蓝布长褂，皮鞋，衣服很素净；精神很饱满，眼光锐利，像常常在战斗。去看他的人，多是青年，很随便，自己找坐处，说话也不拘束。鲁迅常说笑话，自己却不笑。他对青年非常热忱。

我见鲁迅先生的那年（1924年冬到1925年冬），正是鲁迅写《野草》的那年。《野草》是他著作中重要的作品之一，却不大好懂。他在《题辞》中说："当我沉默的时候，我觉得充实；我将开口，同时感到空虚。"他觉着"依然在沙漠中走来走去"。在1925

---

* 原载《山花》1972第1期。《山花》是1972年山西大学中文系出版的综合性内部刊物。《山花》试刊第1期主要刊载了当时中文系师生纪念鲁迅先生逝世三十六周年的文章和文艺习作。

年的元旦日，鲁迅“因为惊奇青年的消沉写了《希望》”。这是一篇深刻而热情的作品。他问：“世上的青年也多衰老了么？”鲁迅有不断革命的精神，所以他爱屈原《离骚》上的诗：“路漫漫其修远兮，吾将上下而求索。”

鲁迅对青年总是有深厚的希望。他在《秋夜》中说那细小的粉红花：“……梦见春的到来，梦见秋的到来，梦见瘦的诗人将眼泪擦在他最末的花瓣上，告诉她秋虽然来，冬虽然来，而此后接着还是春，蝴蝶乱飞，蜜蜂都唱起春词来了。她于是一笑。……”（《鲁迅全集》二 157 页）

鲁迅在《一觉》中也说：“是的，青年的魂灵屹立在我眼前，他们已经粗暴了，或者将要粗暴了。然而我爱这些流血和隐痛的魂灵。因为他使我觉得在人间，是在人间活着。”（《鲁迅全集》二 211 页）

鲁迅不空谈理论，而是要实践，这是最可宝贵的。记得在 1925 年初，北京一家报纸的副刊编辑，征问青年必读书。那时，我问过鲁迅先生；问后，他抬起头来，沉默好久，说“除线装书和印度书外，都可读。不过在平时，我没有留心过”。后来，他回答这家报纸的征问时，在当时的情况下谈了他的感想：

我看中国书时，总觉得就沉静下去，与实人生离开，读外国书——但除了印度——时，往往就与人生接触，想做点事。

中国书虽有劝人入世的话，也多是僵尸的乐观；外国书即使是颓唐和厌世的，但却是活人的颓唐和厌世。

前边所举，是当时的情况，现在情形当然不同了。

鲁迅先生的经验十分丰富，也是十分可宝贵的。因为事无大小，只要是经验，总得付出惊人的代价。他在《经验》一文中说：“古人所传授下来的经验，有些实在是极可宝贵的，因为他曾费去许多牺牲，而留给后人很大的益处。”又说：“所以一切经验，是只有活人才能有的。”（《鲁迅全集》四，412—413 页）

“凡事总须研究，才会明白。”前边所举事例，说明鲁迅多么热爱青年。1925年，他作《希望》，为了唤醒青年，不要消沉；他作《一觉》之后，感到当时军阀的专横。此后不能在北京住了，他不得不离开北京，也不写《野草》那样的作品了。时代在变化，鲁迅也在变化。他飞跃地前进，从十字街头，走向战斗的道路，毛主席指引的革命道路。

毛主席给予鲁迅以崇高的评价。

毛主席在《新民主主义论》中曾这样说：“而鲁迅，就是这个文化新军的最伟大和最英勇的旗手。鲁迅是中国文化革命的主将，他不但是伟大的文学家，而且是伟大的思想家和伟大的革命家。鲁迅的骨头是最硬的，他没有丝毫的奴颜和媚骨。这是殖民地半殖民地人民最可宝贵的性格。鲁迅是在文化战线上，代表全民族的大多数，向着敌人冲锋陷阵的最正确、最勇敢、最坚决、最忠实、最热忱的空前的民族英雄。鲁迅的方向，就是中华民族新文化的方向。”（《毛泽东选集》二卷669页）

鲁迅的学术文章，十分深刻犀利。他有强烈的造反精神。如《朝花夕拾》中，对“二十四孝”竭力抨击；揭露“卧冰求鲤”、“郭巨埋儿”等倡导的“孝”，不只不近人情，而且凶残无道。鲁迅从收集的许多资料中，发现一条真理：“礼教吃人。”

鲁迅于1918年写的《狂人日记》中说：“古来时常吃人，我也还记得，可是不甚清楚。我翻开历史一查，这历史没有年代，歪歪斜斜的每叶上都写着‘仁义道德’，我横竖睡不着，仔细看了半夜，才从字缝里看出字来，满本都写着两个字是‘吃人’！……”

“我也是人，他们想要吃我了！”（《鲁迅全集》一，12页）

“有了四千年吃人履历的我，当初虽然不知道，现在明白，难见真的人！”

“没有吃过人的孩子，或者还有！救救孩子……”（《鲁迅全集》一，19页）

鲁迅从祖国的古籍中，一方面把封建道德，归结到“礼教吃人”，必须予以破坏，救出没有吃过人的孩子；另一方面，鲁迅对发扬伟大祖国文化的遗产，如历代图画、版画、史地佚书、古逸小说，都有很大的成就。

从研究六朝文学出发，鲁迅研究佛经，接触到梁代范缜（公元445？—515？）的《神灭论》。范缜是我国的唯物主义者和无神论者。鲁迅最初的唯物知识是从范缜那里学来的。但是更重要的，自从1927年后，鲁迅的革命实践，不但扩大，而且深入了。因为俄国伟大的十月革命的成功，给鲁迅很大的鼓舞；同时，由于中国共产党的领导，他看清自己要走的道路；他接触到许多优秀青年，给他光和热，使他有力量同黑暗搏斗。为此，每当斗争的时候，鲁迅总是站在党的立场，站在党性和党的政策的立场。1926年3月间，他说“世界的进步，当然大抵是从流血得来”；（《鲁迅全集》三，192页）又如鲁迅回答“世界社”的意见中：“我赞成世界语，是因为可以由此联合世界的一切人，尤其是被压迫的人们。”（《鲁迅全集》七，706页）

鲁迅“代表全民族的大多数”，他以犀利的笔锋，揭露托匪们的罪恶，英勇地维护了毛主席的革命路线。当毛主席领导工农红军胜利抵达陕北时，鲁迅立即去贺电说：“在你们身上，寄托着中国与人类的希望。”

鲁迅的思想、文章的来源，有许多是来自外国的。鲁迅重视弱小国家的作品，如东欧和北欧国家，《域外小说集》反映了这种精神。他对俄国果戈理的作品、日本厨川白村的批评，都很喜欢。在《中俄文字之交》的一文中，结尾时说：“在现在，英国的肖、法国的罗兰，也都成为苏联的朋友了。这，也是当我们中国和苏联在历来的‘文字之交’的途中，扩大而与世结成‘文字之交’的开始，这是我们应该祝贺的。”（《文学月报》，第一卷，350页）

我觉着：鲁迅伟大的精神，有如一座高山，风雨吹荡他，云雾包围他。但是，人们在那里呼吸时，比别处更自由、更有力。纯洁的大气，洗刷思想的污浊。鲁迅先生就是这样一座高山，屹立在钱塘江畔，他的侧影，耸入无垠的天空。

我们不能生活在高山顶上。但是，我们要努力攀登这座高山，清洗我们思想中的污浊，加速脉管中的流血，认识我们的责任，增强斗争的实力。在毛主席和党的领导下，我们要发奋图强，艰苦奋斗，学习鲁迅先生的精神，建设我们伟大的社会主义祖国。

1972. 10. 19

回忆罗曼·罗兰谈鲁迅*

1925年冬，我辞别了鲁迅先生，去法国做一个勤工俭学生。那时我法国之行的决定很大程度上是受先生思想影响的。鲁迅先生认为线装书是有毒的，在书籍中除过印度和中国书外，其他书都是可读的。于是读洋书就成了我青年时代的理想。

到法国后我在里昂一家人造丝工厂做工，几年后，又转到瑞士学习。那时，总渴望着见一次罗曼·罗兰先生，谈谈中国、谈谈中国的现实，谈谈我们这个时代有关青年的问题。

我记得是1929年11月的一天，我应约去访问罗曼·罗兰先生。他住在“西劳故宫”① 附近的新村，位于虹河入列芒湖口②，法国同瑞士交界的地方。“西劳故宫”是瑞士历史上的古迹，争取日内瓦市自由的英雄波尼瓦③就曾被囚居在这里。波尼瓦因为反对

---

* 原载《晋阳学刊》1981年第5期。

① 即位于瑞士日内瓦湖畔的西庸古堡（Castle of Chillon），又译锡隆堡。——编者注

② 虹河即罗纳河（Rhone River），列芒湖即日内瓦湖（Lac de Genève），又译莱芒湖。——编者注

③ 即瑞士日内瓦独立主义者费朗索瓦·博尼瓦（François Bonivard，1493—1570）。——编者注

查理斯三世[1]被捕后囚于此宫之古堡中，于是该堡成为市民运动中争取自由的纪念地之一。诗人拜伦[2]曾歌颂过这位英雄人物，罗兰先生正住在这古堡附近的富尔嘉别墅。他选择这个地方来创作，也许有深意吧！

这座别墅建筑在郁郁葱葱的树林中，风吹着沙沙作响的落叶声中又夹着鸡犬之声，幽静中有不少生活的情趣。

一进入庭院，满院里充满了初冬的阳光，使人享有一种温暖的宁静。屋后的高山，衬托得这座别墅更宁静了，房舍、树木、连周围的气氛，都静得和山一样。我立刻想起我们中国的古话“仁者乐山”。有作家良心的罗兰，是可以当得起“仁者”这个称号的。

最后，我终于看到那位瘦骨嶙嶙，身材细高而充满激情的罗兰先生迎面走来，他正像一座耸入云霄的青峰，峙立在我的身旁。

罗兰先生坐在堆满书籍的接待室内接见了我。那间接待室并不考究，到处是一种舒适的、随便的、带点散漫的气派。罗兰先生谈话时细长的手指不停地抚摩着一只他很喜爱的猫。我原来多少有些紧张的心情，立刻松弛了。我和他无拘无束地谈了起来，说了许多问题。

罗兰很有兴趣地谈了许多有关中国的情况。罗兰谈话的大意是：中国是个伟大的国家，因为她拥有古老的文化，她爱好和平。可惜欧洲人不了解中国的情况，更不了解中国现实的情况。托尔斯泰晚年，十分追悔没有很好地了解中国，没有多接近中国人。但他和中国人仅有的两次通讯，已反映出他的精神。一次是和居留在德国的陈季同的通讯，另一次是和中国的学者辜鸿铭，但这两位给他的影响是很有限的。当时他正在研究托尔斯泰，所以一说就说到他

---

① 应是指西班牙国王（1516—1556）、神圣罗马帝国皇帝（1519—1556）查理一世（Carlos I，1500—1558），亦称查理五世。——编者注

② 即英国诗人乔治·戈登·拜伦（George Gordon Byron，1788—1824）。——编者注

熟悉的题目上去了。

罗兰先生接着又说："我也有托尔斯泰晚年的心情。前几年，敬隐渔先生将鲁迅先生的《阿Q正传》译为法文，我才开始接触到现代的中国。鲁迅的阿Q，是很生动感人的形象。阿Q的苦痛的脸，深刻地留在我心上。可惜许多欧洲人是不会理解阿Q的，当然，更不会理解鲁迅创造阿Q的心。我很想念中国，但恐怕我也不会到中国了。"

查理·波得莱尔*

一

于1821年4月9日，查理·波得莱尔①生于巴黎。便是在这个城中，他诅咒，他惊赏，他痛恨；也便是在此地，于1867年8月31日死去。

“我憎恶那些遗嘱，我憎恶那些坟墓。”他享年四十六岁。

他的父亲约瑟夫·法兰梭·波得莱尔生在1759年，系法国西北部农家的子弟。那时候，家道小康，积有点血汗的资财，约瑟夫的父母，便决定牺牲了他们生活上物质的幸福，以使他们的儿子成一个名人。因为，约瑟夫曾受过完善的教育，为人精明能干，到后来竟至成为国会的秘书。当时正在法国大革命的潮流之中，为着他是平民家庭出身，为着他活泼的野心，想要去出风头，他便接受了

---

* 原载《中法大学月刊》1933年第2期。

内边引的各书，关于《恶之华》，系巴黎 Alphense Lemeire 书局出版，1917；《信札集》系 Mercure de France 出版，1915。研究如此伟大的诗人，错误自不少，明者纠正，不特作者感激，亦爱好真理的好现象也。——作者自注

① 即法国诗人查理·波德莱尔（Charles Baudelaire，1821—1862），又译夏尔·波德莱尔。——编者注

革命的洗礼，结识了一时的名人，如爱尔维西雨士[1]，共道尔齐[2]等。可是他虽野心怒发，却很明白进退，所以身居革命党中的贵官，思想上却不如他友人们那样顽强与偏执。生性喜爱艺术，特是后期古典派的绘画；在另一方面，谨守着18世纪的遗风，讲仪礼，谈交际，种种世故，他做的真是无微不至。这些特质，在他儿子查理的身上，将会遗留下不磨灭的痕迹。在1819年，约瑟夫举行他第二次结婚的典礼。那时候，他已六十岁了，而他的娇妻仅只二十六岁。这种年龄的相差，很可说明诗人查理神经上一部分不平衡的理由。这是一个又敏感，又生动的女子，她的一生只充满了些温柔与虔诚的情感。诗人波得莱尔在他的遗稿上说："我母亲是一位迷信者，应该怕她而同时使她喜悦。"

在1793年，她生在英伦，小名叫加哈利纳[3]。她充分吸收了英国的空气，她的血管内交流着英国民族的血球。所以，在查理会说话的时候，他便说英法两国的语言。这种特殊的环境给予他的影响是很大的。

在1827年2月10日，查理的生父去世了。次年，他母亲再嫁给吴比克[4]将军。七岁的查理，成为继子，从此便碰在生活的刑具上。吴比克将军是一位正人，可是，不论如何，他总是一个丘八。他爱纪律，爱服从，因而他想将军队里的纪律，也应用在家庭生活当中。这种思想当然与浪漫不羁的查理的天性是相冲突的。因而，他们的生活，逐渐背道而驰，始而误会，继而怨恨，终而决裂。这并非吴比克将军的过错，一个天才出世，在他儿童时期是很难为人

① 即法国哲学家克洛德·阿德里安·爱尔维修（Claude - Adrien Helvétius，1715—1771）。——编者注

② 即法国哲学家、数学家马奎斯·孔多塞（Condordet M. J. A. N. de，1743—1794）。——编者注

③ 原名卡罗琳·杜法伊斯（Caroline Defayis）。

④ 即雅克·欧比克（Jacques Aupick）将军。

认识的。多少的伟人，不是在他死后，人们才还给他相当的价值？因为能够认识一个天才者，总要他首先是一个天才。

二

在波得莱尔儿童时代与成年时代之中，便是到他二十一岁，截至1842年为止，他将来放荡，奇突与可怜的生涯完全铸定了。始而学于里昂公学，继而学于路易第一公学，特别聪明，长于拉丁文（在这一点上，他确做了伯纳斯派的先驱者）。公学完结后，随着他的继父，一直到法国的南边。那时候，他开始作诗，可是浪漫的行为亦从此而肇始了。从十七岁起，有五年之久，常是辗转在家庭冲突之中，过着一种漂泊的生活。他住在巴黎的拉丁区中，周旋于名流与文人之间，加纳尔瓦①巴尔扎克②，买那儿③，拉杜石④与里士洛⑤等。他虽然写作些东西，却不肯发表，家中所给他的微款，却完全应用在装饰与放纵生活之上。于是吴比克将军下了动员令，要将他的继子送到印度去。这次旅行，他只到毛利士岛⑥上，为期仅六个月（自1841年5月至1842年2月），波得莱尔仍返到巴黎。这时候的他，并不很使人同情，他自信是一个有能为者，不肯工作，却喜欢修饰。那种风行一代的“浮华”，尤其在衣服上，他便成为惟一的倡导者。他憎恶家庭，特是憎恶他的继父；他爱女子，

---

① 即法国诗人、散文家钱拉·德·奈瓦尔（Gérard de Nerval，1808—1855）。——编者注

② 即法国小说家奥诺雷·德·巴尔扎克（Honoré de Balzac，1799—1850）。——编者注

③ 即法国诗人路易·梅纳尔（Louis Ménard）。——编者注

④ 即法国诗人亚森特·德·拉杜什（Hyacinthe de Latouche，1785—1851）。——编者注

⑤ 即法国诗人勒孔特·德·李斯勒（Leconte de Lisle，1818—1894）。——编者注

⑥ 即毛里求斯（Mauritius）。——编者注

特是爱那“黑的女神”。

《恶之华》即于此时开放了。

三

从1842年到1864年春，波得莱尔的生活变得分外丰富，同时亦分外复杂了。他自己觉着已到成年的时候，应当宣布他独立的生活。住在巴黎比卯但（Pimodan）旅馆之中，步拜伦的后尘，一切的行动，宛如那些王公大人。可是，他的资产不够他挥霍，不久，便须转过方向，而走另一条道路。这时候，他创作《恶之华》，他结识了高纪野①与圣背夫②，他们具有特别的友情，这在文人当中是很稀有的。他也曾拜访过浪漫派领袖的嚣俄③了，却是对他没有深的同情。

便是在这种开创的时代，苦痛慢慢地走来，像一条巨蛇，摇首摆尾地绕着他的咽喉，一直到死为止。起始他结识了一位“黑的女神”，叫日纳·杜瓦尔④，他爱她，他可怜她，同时他为她苦痛。次之，他没有钱，却负了重大的债务。自从同他继父决裂后，母亲亦随之断绝了。纵使有个监督者，安塞尔⑤先生，亦到了爱莫能助的地步，至多给他一点相当的费用，当然不能供他任意地挥霍，又何况他那样的性格，足难忍受这种镣链的。终于，他害病，他的身体渐次衰弱，使他不能工作。因此，在他的生活，患难像是按下铁印，而他永不能翻身了。

---

① 即法国诗人泰奥菲尔·戈蒂耶（Théophile Gautier，1811—1872）。——编者注

② 即法国文学评论家查尔斯·奥古斯汀·圣伯夫（Charles Augustin Saint－Beuve，1804—1869）。——编者注

③ 即法国作家维克多·雨果（Victor Hugo，1802—1885）。——编者注

④ 即让娜·杜瓦尔（Jeanne Duval），又译让娜·迪瓦尔。

⑤ 即纳西斯·安塞勒（Narcisse Ancelle）律师。

虽然如是，波得莱尔却去奋斗。他工作，他作诗，但是不肯刊行。反之，他却做艺术与文学的批评。在1848年，革命将他卷在狂激的潮中，他同普罗东①结连起来，在2月里，夹杂在群众的当中，由军械商店内，夺得一支步枪，放了两声，其目的，为着要“枪毙吴比克将军”。然而这种行为是与他的本质相冲突的，他深深的信仰与需要，绝对不能建设在这种盲目的破坏之上。因为他是一个诗人，有他自己的宇宙与人生，尤其是时代不同，远非浪漫派的初期了。

自本年7月后，他刊行关于爱得加尔包②的译品。他序中说：

> 在1846年至1847年，我看到包的几点短简残篇，我深为他所感动。他的诗歌与小说，我曾经也如他的想过，只是散乱与宽泛，没有如他那样好的结构。因为他能做到完善的顶点。

一直到诗人死时，他对包的敬仰几如天神。1855年，在《两世界》杂志上，发表了一十八首《恶之华》，在1857年收集起来，刊行问世，曾引起些假道德者的反抗，谓这是有伤风化的，作者因而问罪。也是在同年，佛罗贝尔刊行《波哇利夫人》③；米失勒刊行《文艺复兴与近代》④；太纳刊行他的《随笔》⑤。这是自1848

① 即法国政治家、经济学家皮埃尔-约瑟夫·蒲鲁东（Pierre-Joseph Proudhon，1809—1865）。——编者注

② 即美国诗人、小说家、批评家爱伦·坡（Edgar Allan Poe，1809—1849）。——编者注

③ 即法国作家福楼拜的《包法利夫人》。——编者注

④ 即法国历史学家儒勒·米什莱（Jules Michele，1798—1874）的《法国史》（作者于此书中首次以“文艺复兴”一词概括16世纪时“对世界与人类的探索”）。——编者注

⑤ 太纳，即法国哲学家、史学家、文学评论家伊波利特·丹纳（Hippolyte Taine，1828—1893），又译泰纳。其1857年出版的著作有《19世纪法国哲学家研究》，而此处所例举的《随笔》当是指其1858年出版的《评论集》。——编者注

年之后，法国文坛上，繁花盛开的时期。即于是时，吴比克将军死了，波得莱尔与其母亲修好，心理上为之一变，纵然生活在苦痛之中，他却能伴着慈母，朴实地住在洪伏洛①。

从1852年到1857年，波得莱尔的内心生活上，起了一种不可捉摸的波纹，便是他对沙把纪野夫人②的爱情。这位美丽的女子，走到诗人生活的当中，那样纯洁，那样久远，恐怕波得莱尔一生爱的幸福，只有这位女子所给予吧！于1860年，他刊行《人工的天堂》；1861年，《恶之华》再版。因为身体衰弱，债积如山，巴黎成为一座人间的地狱，他憎恶，他想逃走。

在1864年春，他离开巴黎逃到孛留塞尔③城。

四

波得莱尔所以要去比国的名城，乃是幻想着那里有诗人的美梦，可以遇着些人们了解他，非如巴黎人徒然使他苦痛。可是他错了！那时比国人的宗教与政治思想，对他浪漫艺人的个人主义是极相冲突的。他做了几次讲演，大致说起来，完全没有成功。不只不成功，苦闷，患难与疾病反而交相压迫在他的身上。在孛留塞尔住了十个月，疾病逐渐加增起来，竟至一贫如洗，没有钱去医治买药。只有哈普士④与马拉西⑤对他忠实一点，但是他们与他一样，都是生活在苦痛之中。离开憎恶的比国，回到母亲的身旁，可是又能怎样？母亲亦是穷的，没方法救治这个病儿。纵使我们看到他那

---

① 即法国诺曼底大区昂日地区的首府翁弗勒（Honfleur）。——编者注

② 即Mme Sabatier，又译萨巴蒂埃夫人。——编者注

③ 即比利时首都布鲁塞尔（Bruxelles）。——编者注

④ 即比利时画家弗利希安·罗普斯（Félicien Rops，1833—1898）。——编者注

⑤ 即波德莱尔《恶之华》的出版商奥古斯特·普雷－马拉西斯（Auguste Poulet－Malassis）。——编者注

样奋斗，那样反抗，其结果是徒然的。他如负重伤的猛龙一样，挣扎，咆哮，而灰色的死已走来，他死在地上，闭着他含怒的眼睛。便是在1866年5月，同着两个朋友，他们去参观纳姆尔的圣路教堂①去，在路上，急症忽来，波得莱尔落在不省人事之中。同年7月，将他移到巴黎的病院中。次年8月31日急病加重，便与人世永别了！他逃脱罪恶的人间而走入和平的天国。9月2日，人们将他葬在巴黎蒙巴尔纳士的坟中②。

五

如果我们只看到波得莱尔外表的生活，在那样堕落之中，也如拜伦一样，实在平凡的很。他既没有沙多布里扬③到美洲探险的勇敢，想发现一块新地，又没有卢骚④那样的浪漫，徒步旅行，漂泊在妇人的身旁，具有特殊的风味。便是论到他的不幸与患难，在他朋友们与敌人们的眼内，实难以引起特殊的同情。同家庭的决裂，负债的苦痛，没钱来养“黑的爱神”，这些几乎是任何人都在生活中所遇到的。

可是，如其要真正认识一个伟人，估量他的价值，我们决不能将这些外表的生活作为惟一的准则。一个人的本质，尤其是谈到一个如波得莱尔这样的诗人，我们应该摔脱了人们对他的传述与附会，看清楚他心理的构成，强倔本性的需要，按照他内心生活的表现与演进，然后给予他本来的面目。

---

① 即位于比利时中南部的那慕尔省的首府那慕尔（Namur）的圣卢普（Saint - Loup）教堂。——编者注

② 即法国巴黎的蒙帕纳斯公墓（Lenox Montparnasse）。——编者注

③ 即法国作家弗朗索瓦·勒内·德·夏多布里昂（François - René de Chateaubriand，1786—1848）。——编者注

④ 即法国启蒙思想家、哲学家让·雅克·卢梭（Jean - Jacques Rousseau，1712—1778）。——编者注

若肯精心地读过他的遗著，他的信札（特是写给他母亲的信札），我们便可看到他那种不可撼摇的伟大。他是曾苦痛过的，然而他也曾奋斗过的。我们难以赞同那些爱好物质的人们，以为波得莱尔的奋斗没有外形的结果，便断定他是个低能儿。实在，波得莱尔的奋斗，没有形之外表，——我很知道他曾梦想过进到“法国学会”，继续拉可岱尔①的位置，只有维尼对他表同情，但他很知进退，不久便取消了！——他的奋斗，是在他自己的内心，因为具有特别敏锐的感觉，特别生动的想象与特别温柔的心情，所以在紊乱之中，他追寻秩序；在罪恶之中，他搜寻道德；在残缺之中，赞美完善；在不安之中，摸索和平，他想找一条新的生路，好上升去，以达到他理想上的幻梦。然而，疾病与贫穷，交相涌来，在他的面前竖立起不可超越的篱笆。于是，他向天呐喊，一直到死时为止。这是他内心的悲剧而与生俱来的，如圣奥古斯丁，如巴斯加尔，他们是一母所生的兄弟，他们都在这条崎岖的路上打滚。因而，在他的意识上，精神上，以及灵魂上，由那种敏锐的感觉，倾斜的情感，他内心的生活表现的分外沉痛与可怜。也便是为什么这个外形平庸生活的诗人，他会创造出奇突的《恶之华》来。

六

一个伟大的艺术作品是同艺人的生活不相分离的，如果《恶之华》是人类智慧的结晶，在思想上，在艺术上，他占有不磨灭的位置，那么，我们对作者的生活应当致最高的敬意。我们所以要敬重他的理由，因为作者是一位诗人，他的作品是人类苦痛的一部分的代表。

---

① 即法国天主教教士、法兰西学院院士让·巴蒂斯特·亨利·多米尼克·拉科代尔（Jean－Baptist Henri Dominique Lacordaire，1802—1861）。——编者注

波得莱尔是一个“人”，因为他曾赤裸裸启露出他的优点与弱点来，而特别是在爱情之上。他有稀世的天才，他同时亦有可歌可泣的弱点，但是不装潢于技巧之中，将自己的弱点坦然无畏地揭示在人的面前，这种诚恳的态度，不是他的伟大么？在这种伟大之上，让我们首先看看他的爱情。

七

对于波得莱尔，爱情在他生活上是苦痛的，快乐的山泉，永远是滔滔不绝而汲不尽的。他曾爱过，他也曾被爱过。

在《近代心理》一书之中，法国的批评家补尔惹①曾谈到《恶之华》的爱情观，他用这句话来形容：《恶之华》所表现的爱情是“神秘的，自由的而尤其是分析的”。这种看法，实是捉住了波得莱尔的深髓，可是有一层要注意的：这三种特质，竟可说是伟大诗人的本质，惟在他的爱情生活之上，却非同时表现出这三种现象。

当他的爱情开始之时，他是从自由方面着手。他所求于爱情的东西，不只是要得到精神的平衡，使他不安的心有所寄托，而他竭尽全力，向爱情所索讨的东西，乃是官感的刺激。这样，方可以满足他的好奇心。持执这种危险的态度，在变化莫测的爱情前面，确然是没有好结果的。所以到后来，于失望之中，波得莱尔向爱情追索的东西，仅只是些幻想与遗忘。

在这样方式中的爱情，其结果必至苦闷，疲倦，失望与自杀的地步。倘使一个人，处到这种不幸的情境之中，具有道德的强力，高尚的理想，同时不忘情于他的职责，那么“反应”必自然地产生出来，惟一的缘故，乃是他看清楚自己没有为人所爱。可是如其一

① 即法国小说家、文学评论家保罗·布尔热（Paul Bourget，1852—1935）。——编者注

个人找到他真实的爱情，他会将全部生命敬献在爱的脚下，将一切都可去牺牲，以至于肉的快乐，不只是哲人们可以如斯，即那些放欲纵情之流，亦能做到这种地步，因为他们的官感虽然破坏，而情感却立在那儿不动的。证据是不难找出来的，当美丽的青春远逝之后，多少人不是咀嚼着情感上的孤独么？

波得莱尔具有很高的智慧，他常想用他的智慧规范他的行为与灵魂，尤其是在爱情之上。因此之故，他曾感到不少的苦痛，这在那些智慧晶明者，大都向这条路上做工夫。但是，波得莱尔奋斗的结果却正相反，假使进一步追求他失败的理由，我们看到他的智慧太自我化了。所以他在爱情上的错误，不是来自滥用情感，不是专贪无节制的肉乐（自然在另一方面看来，这剩余的发泄，不能辞咎的），乃是来自他强烈的自我中心思想与那种过度的分析。

八

倘如波得莱尔在爱情上只追寻官感的满足，其害尚不很重大，因为他深心的情绪会集中在较为久远，较为永固的对象之上，他会自然地憎恶起这种粗陋的爱情来。在这样的情况之下，晶明的智慧，不惟可统治住他的心情，而且还可统治住他的官感，正如那些伟大的灵魂一样，便利用这种方法去完成他们的天职。但是波得莱尔不是如此。

自从他来到世间，他既没有好的遗传，又没有受过真实的教育，于是，感觉敏锐，想象丰富的他，在爱情生活上，他所希冀的便是奇遇与刺激。我们深知道浪漫派后期的人物，如加纳尔瓦，如佐治桑得①，他们常将肉感与文学混合在一齐，不如是，似乎生活是无意义的。在另一方面，为着要守着他们自己的思想，他们须守

① 即法国女小说家乔治·桑（George Sand，1804—1876）。——编者注

着自由的心情，但是他们却忘了他们的感觉与脑筋已为这种浪漫的爱侵袭住了。再进一步，感觉的对象常是不能固定的，他需要新的满足，生活因之亦落在变化之中。正如变化的方式有限，他们不得不追寻技巧，再加上智慧失了作用，想象起而代之，一切的生活，思想与行为完全伏处在感觉指导之下，超出范围以外，这是多么危险呵！并非要否认爱情（外则，爱情是个事实，否认是枉然的），却只要能够保持住理智，情感与感觉的平衡！在自我中心的爱情之中，情感常是自由的，浪漫的！波得莱尔便是最好榜样。对他，爱情成为一种游戏，他不看重对象，却只看重自己。在女子身上，一切的举动，容貌与装饰都是为他自己而存在的。这样，为何他不蔑视女子而诅咒爱情哩？为何他不苦闷与疲倦而怨憎人生无意义哩？为何他不找寻酒精与鸦片而求一时的刺激与麻醉哩？我们知道波得莱尔是从这里边走过的。

九

将自己作为最后的归宿，作为世界的中心，随着自我所欲，把生活变为达目的的手段，于是超出社会之外，因为社会是一个深不堪测的火宅；同时，以势所必至，亦超越过自然法则之外，因为这些厌烦的东西，足以碍窒个性的发展；禁锢在自我的园中，想象结构成奇异难以揣摩的美梦；这便是浪漫派个人主义的特征，将后起的少年们一起卷在里面，特别是自1830年之后。这种浪漫派的个人主义是很适合于少年们不定的心理的，但是他亦带来不可医救的创痛，原来将生活安置在这种方式之下，其结果必倾向于罪恶。纵使波得莱尔，以其卓越的智慧，伟大的灵魂，不至于一败涂地，然而在他的心理上，这种绝对的自我中心主义，没有不将他的意志破坏与毁灭的。我们自当给予同情，深晓得这是浪漫的余毒，可是在波得莱尔本身，难以摆脱他的一部分责任。

谁要读过诗人缪塞[①]《世纪少年的忏悔》第二章，当晓得这个很分明的理由。自从法国大革命之后，有两种潜力侵袭到少年们的血管内：一方面对社会失了信仰；他方面无力量来反抗。这两种潜力所结合而生的产儿，便是那绝对的悲观。住在象牙塔内的维尼，考古的买利买[②]，游于意大利的司但达尔[③]，都是带了这种彩色，将这个悲观表现到使人畏惧的地步，波得莱尔又何能例外哩？他承继了这种不幸的产业，对人类只是一种憎恶，创造力几乎丧失殆尽，蛰伏在自我之中，固为自我是一个人到途穷路尽之时，最后逋逃的地方，这实是有点可怜，但是时代的形成，谁能够逃出时间之外哩？

还不只如是。更坏的是失掉了想象的幻梦，他将无一处可逃走，即是说灵的自我屈服了，到了那失望的绝顶，把爱情比作宗教的人们，这时候亦发现了自己的错误。缪塞说："将爱情与光荣同宗教相并论，那是古人们的幻想！"因之，他们找寻刺激，便自己麻醉，始而酒精，继而妓女。在波得莱尔爱妓女之上，还有另一种需要，他爱妓女，乃是爱他对女子蔑视的心绪，这种思想，常常流露在他的遗著之中："女子不明白分开灵和肉……殴打女子是必须的。"也如尼采一样，在说："你去找女子么？你不要忘了带上皮鞭"。

十

一个自我中心的人，常是一个无情的分析者。实在说来，所谓

---

① 即法国诗人阿尔弗莱·德·缪塞（Alfreed de Musset，1810—1857）。——编者注

② 即法国小说家普罗斯佩·梅里美（Prosper Mérimée，1803—1870）。——编者注

③ 即法国小说家司汤达（Stendhal，1783—1842），又译斯丹达尔。

苦痛与快乐，都不过是一种感觉而已。波得莱尔是爱分析的，他用自我来分析自我。于是将他完整的本身显然截为两半：这一面，自我要享乐，要苦痛；而那一面却要观察与理论。愈是智慧晶明的人，他分析的判断愈为真确，同时对他自己变得更为无情。当其发现了自己的弱点，特是无力来反抗，怀疑与摧残交相袭来，其苦痛真是不可言喻了。我们不能忘了波得莱尔是一个大批评家，他不是一个普通的心理学者，在这种精细冷酷的分析中，他呐喊地说：

我是牺牲者，又是刽子手。

在这种苦痛中，他所得到的只是一个空虚，只是一个孤独，他需要爱。

十一

自 1842 年 2 月，波得莱尔回到巴黎之后，他便找到一个爱人。同时，因为这个女子，他的生活渐渐沉沦到苦痛的深渊。

这是一位“黑的爱神”，她叫做杜瓦尔。自 1840 年之后，杜瓦尔女士在巴黎的小剧院中做一个副角色，她既没有天才，又没有姿容，惟一见长的地方，只是固有的黑颜色。按着可靠的证据，他们的认识约是如此：有一天晚上，波得莱尔看着些带有醉意的人们戏弄她，那时她急不可脱，波得莱尔跑来，挽着她的臂膀，送她回到家内。此后，杜瓦尔便成为他的情人，而苦痛的种子亦撒下了。

她有很美丽的头发，青蓝而柔长，爱好俏皮，而生性却很残酷。认识杜瓦尔的人说：“漂亮的头发是这个愚蠢与残酷的动物惟一的美丽。”她很爱吃酒，到后来，须将她送到病院之中。

波得莱尔忍负着她给他的苦痛，从她身上，他所得的，只是些堕落的情感。如其要寻求波得莱尔所以爱她的原因，也如吸鸦片烟的人一样，始而好奇，继而成为习惯，于是意志破坏而不能摆脱了。这位“黑的爱神”是来自远方的，从她身上，波得莱尔可看到远远的异域。她美的头发，身上的奇香，都足以解决波得莱尔的渴望：

秋天微温的晚上，深闭着我的眼睛，
我呼吸了你的热奶上的香味，
我瞧着幸福的海岸
延长在迟滞太阳火光的照耀之中。
你的香味领着我去向那美妙的地方，
我看到一个海岸充满了桅杆与风帆。

波得莱尔的伟大处是在他的私德，杜瓦尔使他苦痛，他依然爱护她，设法找寻金钱供她来挥霍。波得莱尔的天才，是在他能将苦痛掠住用诗表现出来。这位“黑的爱神”时时“躺在沙发上，靠近炉旁，详静地睡个久永”。这不是人的爱情，这是地狱的爱情：

我爱你等于爱一条冥路，
呵，苦痛的瓶子，呵，伟大的沉静。
不纯洁的女子，烦闷使你的灵魂残酷。

这诗是美的，我们译不出他的万一。《恶之华》中最美的诗，生怕是他感到创伤最沉痛的时候。坐在这位“黑的爱神”之旁，波得莱尔像是住在坟墓之中。

十二

波得莱尔虽住在爱情的地狱之中，他的爱却是不能毁灭的，因为杜瓦尔没有给他理想的满足。倘如他要碰着一位美的女子，他必去为她牺牲，我们知道一位伟大的诗人，美是他惟一的灵魂：

……我很美，我命令你；
为着对我的爱情，你只爱美；
我是守护的天使，诗神与圣母！

在《波得莱尔生活》一书上，克莱扑[1]说："在朋友的家中，波得莱尔碰着玛琍夫人[2]，这真是一个美的模型。有一天他向玛琍宣布爱情，她说她已有爱人了，可是他坚执地请求再看到她。"这个证据，足以证明波得莱尔所求于爱情者，乃是美。如果得到他理想上的人物，他是容易满足的，只要看看她便够了。这里是波得莱尔写给她的信，我们可看到他的灵魂：

我死了，你把我重生下来。呵，你不晓得我欠你的是什么？在你如天使的一顾之中，我曾吸尽了不明白的快乐；在一切最完善与最美妙之中，你的眼睛启发我的灵魂去求幸福。从此后，你是我惟一的皇后，美与情欲。你是我自己的一部分，而这部分是灵的本质所构成的。

玛琍，因你的缘故，我将来必然健壮与伟大。如伯脱拉克一样，我将使我的罗莱不朽。[3] 你须是守护我的天使，我的诗神及我的圣母，好将我送到美的路上。

十三

在爱情之中，伟大的诗人们常是走着厄运的。波得莱尔亦非例外。他爱杜瓦尔，他所得到的是痛恨；他爱玛琍夫人，他所得到的是空虚。《恶之华》的一大部分便是表现这种压榨下的不幸的呼声：

我的心仅只是一块赤红而永冻的山石。

---

① 即最早的波德莱尔传记的作者法国作家欧仁·克莱普（Eugéne Crépet，1874—1952）。——编者注

② 即玛丽·多布伦夫人（Mme Marie Daubrun）。——编者注

③ 伯脱拉克，即意大利诗人、学者弗兰契斯科·彼特拉克（Francesco Petrarca，1304—1374）。罗莱（Loure），一译劳拉，是彼特拉克抒情诗集《歌集》中的女主人公。——编者注

虽然如是，他们忍受苦痛的毅力却非庸俗者所可望及。他们摆脱利害，追寻理想，并非是他们的弱点，反之，这却是他们伟大的地方。久而辗转在阴暗途中的波得莱尔，女神为他而再生了，那是沙把纪野夫人。

她长的很高，却非常相称，她有一双柔细而可爱的洁手，白如脱皮的葱根；她像丝绢的头发，金栗色的，形成些灿烂的波纹；她脸上的条纹，分外和谐，表现出活泼与灵动的神气；口小而常是微笑着，像在那儿偷颂美的胜利；她的精神很清明，天资超绝，在当时，她确是第一流的人物。有些人也曾非难过她的行为，在说她被一个富商来供给，这确是事实，但是没有多大重要的；在她的沙龙中，所往来的人们足以使她名垂千古，如大仲马，诗人高纪野，缪塞，佛罗贝尔以及雕刻家克莱幸日①，这位著名的雕刻家将她做模型，雕刻成一件著名的作品《被蛇咬的妇人》，陈设在1848年的展览会中。

她的厅堂，她的美容，因她而产生的艺术作品，都使她立刻成名。在利嘉米野夫人②之后，在碧尔锐稍公主③之后，沙把纪野夫人成为一代文人惟一的中心了。诗人高纪野在《恶之华》的序言中说：

> 由她的眼睛与微笑，她鼓舞这种舌战，或者讽刺，或者赞许，她亦参与其间；同时辩论变的非常起劲。

是在比卯但寓所中，波得莱尔碰着她。她给波得莱尔留下的第一印象是不能磨灭的。自从许久以来，《恶之华》的作者在访寻他的诗神，现在，因杜瓦尔的反应，他在沙把纪野夫人身上，发现了灵和

---

① 即法国雕塑家奥古斯特·克莱辛格（Auguste Clésinger，1814—1883）。——编者注

② 即朱利埃特·雷卡米埃夫人（Mme Juliete Récamier，1777—1849）。——编者注

③ 即法国公主玛蒂尔达·波拿巴（Mathilde Laetitia Wilhelmine Bonaparte，1820—1904）。——编者注

肉的美。他愿伏处在这位天神的脚下，做一个永久的爱的乞讨者。

波得莱尔对于他爱情的偶像常是神秘的，竟可说几等于宗教的。有五年之久，他给爱写匿名的诗与信。在1852年12月9日，诗人将字体变过，写给爱这封短篇：

> 深的情感具有不可破毁的廉贞，不去署名，那不是这种难以屈服的廉贞的表证么？

又，在1852年5月3日，从凡尔赛，他给她这首新诗：

> 充满快愉的天使，你认识苦痛么？……
> 充满美德的天使，你认识怨憎么？……
> 充满健康的天使，你认识发热么？……
> 充满美丽的天使，你认识皱纹么？……

过了六日之后，他又给她这封可怜的匿名信：

> 像孩子与病人，我是一个自我中心者。当我苦痛的时候，我想念我所亲爱的人们。普通说来，我在诗上想念你，当诗作好后，我不能禁止住这种欲望，好使诗中的对象者所看到。但同时，我自己藏匿起来，有如那些深怕得到至极讽刺的人们。

纵使波得莱尔隐匿起他的名字，沙把纪野夫人是明白的。有一天晚上，从宴会中出来，波得莱尔送她回去，这是个最好的机会，他们互相交换深心中隐伏的秘密：

> 一次，孤独，可爱与温柔的女人
> 你的洁臂放在我的臂上，
> 依靠在我灵魂黑暗的深心……
> 做一个美的女人是一件苦痛的职业，
> 这是疯狂与冷酷舞女的平凡工作，
> 她倒在机械的微笑之中。

时间走着，波得莱尔生活在爱的神秘之中。于1857年8月18日，他写给她说：

……你不只是一个梦想与钟爱的影子，你是我迷信的偶像，当我将事做错时，我自己说：“天呀！假如她要知道时！”可是，当我做了些好事时，我自说：“呵，这才对得起她呀！”

沙把纪野夫人接受了他的爱，同时另一幕变形的悲剧也开始了。波得莱尔虽是害病，但他的心却是纯洁的。因为在他的爱上，他有很高的理想。他所以憧憬这位丽妇者，一半自因她的美貌，而那一半却因他沉溺于自己的想象之中。所以当他将爱得到之时，同时他发现了她不是一位诗神，自然更不是一位圣母！她所有者，只不过是个比较普通女子少微漂亮的女子罢了！现在波得莱尔明白，他落在烦闷之中，他写给她说：

有几日，你是一位天神，这是何等合适，优美而不可破坏呵！现在你只是一个女子。

这种错误是来自他的想象与分析。他常想将想象变为事实，从那上面，去建筑他象牙的宝塔。自然，这是舒适的，同时亦是不可能的。毕竟，波得莱尔是一位伟大的天才，也如爱杜瓦尔一样，他会从苦痛上，用他的血去织绣成美的女红：

呵，有死的人们，我很美，像石块的幻梦。

十四

不懂波得莱尔的豪华与时髦，是难以了解诗人的思想与行为的。促他走到此路，形成一种奇突的生活，其原因很多，如他父母给他的遗传与社会的环境，使他逃脱不开。

他父亲的身上，常时保持着18世纪的幽魂，习染着假古典派的余俗。我们在前说过，诗人的父亲，常爱讲礼貌，重仪表；至于他母亲，因为受了英国上流阶级的教育，贪那种形式的体面，使得波得莱尔的天性养成，自然地迎合豪华与时髦的风尚。

介乎1840年与1842年之间，波得莱尔正在海上，于路易菲利扑①统治之下，乌司曼子爵②决定重新改造巴黎。巴黎是法国的灵魂，他们要给他穿一套豪丽的服装，以矜骄国家的富有与粉饰大革命后的太平。将大路凿通；建设起美的桥梁；市政厅重修过门面；设立起高等师范；剧院，咖啡店，游艺场不知道添了多少，黑而阴暗的巴黎，一变而为光亮与浮华的城市了。

物质生活的改变，常是以经济生活为标准。所以促成这种豪华的原因，纯由铁路勃兴与工业进展的结果。杰出而雄心远大的乡人，将田园抛开，移到都市之中，他们逐渐成为暴发户。一切的娱乐，他不容贵族们专有，他们也想使别人听到自家的音乐，看到自家妇女的服装；离奇百出，斗角钩心，生活日趋于淫奢，因为赚钱容易。这种小资产者的生活表现，常引起贵族们的反感。

带有贵族风味的艺人们，如波得莱尔之流，是不肯与这些后起的暴发户相并立的。虽然，这些小资产家有钱，他们却逃不过讥笑，被艺人们视为庸碌与平凡。因而身着绫罗，却不知美之所在。他们常听到这些含讥带讪的话："暴发的小子们，你们没有智慧，又没有灵魂，你们虽然有的是金子，却是买不来那个'美'的！我瞧不起你们呀！"

自然，在这种环境之下，《恶之华》的作者是容易沉醉在里边的。我们要看清楚：他是一个十足的个人主义者；他要保持他的高贵，他不能不爱他的独立；因而他憎恶这个小资产的世界！在两个时代冲突的时候，豪华与时髦，常为社会特殊的现象，波得莱尔便是好的证例。

---

① 即法国国王路易·菲利浦（Luris－Philippe de France，1773—1850），1830—1848年在位。——编者注

② 即法国的城市规划专家尤金·奥斯曼（Eugene Hausmann，1809—1891），但他所主持的巴黎改造是在拿破仑三世（1852—1870）时代。——编者注

十五

为要将豪华与时髦表现到尽善至美，波得莱尔须先讲究他的服装。在诗人的眼中，装饰是一种艺术，因为美和自我结连起来，而自身遂变为一种艺术作品了。

论到波得莱尔的服装，在当时的社会上，却是很著名的。衣上的每道条纹，没有不经过精心聚神的考虑。一年之中，常是黑色的衣服；外衣阔大而华美；一只保养精细的手常捏着衣的背面；长的背心，上有十二个扣子，由下而上紧闭着，只留下最后的一个，以显示出内边洁白的衬衫；黑的领带，两端宽大，用心构成一个大结，上边没有一条皱纹，宛如雕刻成似的。裤子直垂到鞋上，因为是活在革命之后了。

服装是波得莱尔的灵魂。自1846年以后，他的经济渐次拮据，衣服便不能像以先那样讲究了。可是要与常人相较，他还是高他们一筹哩。

波得莱尔是特别爱护他的两手的。他病了，到友人的家中，第一件要做的事，即是去洗手。海脓①说："看到他的洁手与保护的指甲，波得莱尔表现一种孩童的快活。将手在窗前摆动，像是在那儿玩弄阳光。"

十六

如其只能看到波得莱尔外表的形式，我们将误会了他的伟大。他这种苦心的修饰，实是向着一种理想去进展。将服装作为完美的

① 即法国作家欧内斯特·雷诺（Ernest Raynaud），其传记作品《夏尔·波德莱尔》1922年在巴黎出版。——编者注

表现，没有不与内心生活相对照的。高纪野在《恶之华》的序言中说：

> 他度量他的语言，只用些选择过的言辞；有些字用种特别的发音，像是要人注意他特别给予的神秘的重要。

他这种放荡不羁的行为是来自他的天性的。在另一方面，此种悠久的浸渍，逐渐变为自我中心，而超出现实生活之外。因而，他与世隔绝，落在孤独之中。在他最苦痛之时，他的这种色彩表现的愈激烈，惟其激烈，他的服装变为更奇幻与迷离。摔开世间的成见，进一步探讨他内心思想的构成，我们会发现他禁欲的思想。这似乎有些矛盾，实际上却是他的本质。

于冲动，快活和苦痛的前面，波得莱尔保持着他坚强的意志，因为他要做一个不可撼动的人物。惟其如此，他的豪华与时髦将他引入浪漫派的个人主义之中，外来的一切，丑与恶，善与美，对他都是相等的。实质上，浪漫派的英雄没有不与社会相冲突的；为着他们自以为超出一切之外，他们形成些例外的人物了。他们反抗一切，诅咒一切，破坏一切。便是在死的前面，他们依然守着这种奇突的尊严。

在这种态度之下，他们是不能持久的，波得莱尔并非例外。失掉了美的幻想，给以永久的苦痛，为要解脱这种镣链，只有走到自杀的路上。我们晓得在1845年6月30日，波得莱尔曾想过自杀。可是，他虽接受了沙多布里扬，拜伦与普德①的余毒，毕竟能够自树一帜，与他们不同。他能在人生的路上，另辟一径，正如维尼一样：“只有沉静是伟大的……”

应当承认波得莱尔的人生哲学是悲观的。只是他的悲观与诗人维尼不同。波得莱尔拥有哲人的想象，却没有哲人的思想。酷爱波

---

① 或指俄国诗人亚历山大·谢尔盖耶维奇·普希金（Александр Сергеевич Пушкин，1799—1837）。——编者注

得莱尔者，或引以为憾，实际上，这是无关重要的。一个伟大的诗人，只由他的冲动，如其冲动是真的，他便可达到哲学的领域之中。黑智儿①不是说过么，“灵魂的情欲，内心的情感，如能永久，当其不变之时，方可作为诗歌思想的材料。”

所以，海脓说到波得莱尔时，他大胆地宣布：“按着波得莱尔，真的文明不是煤气，蒸汽与旋转的桌子，真的文明，乃是在减少原罪的形迹。”

这儿，我们可看到波得莱尔内心的演进：以自我毁灭的自杀是可耻的。如其人生是苦痛，倘能特立独行，不像风中的芦苇，那却正表现出人生的伟大。这种奋斗的精神，便是维尼不及他的地方，亦是波得莱尔摔脱浪漫派的精神表证。对于维尼，到处是空的，说出去，没有回声。在他的《娘死》之中，他说：“呻吟，哭泣，祈祷却是一样可耻的”！

波得莱尔是拒绝这个咒言的。他要前进，他要将自身作为最艺术化，最理想化的结晶。他的这种豪华，是“要在落魄之中，表现最后大勇的行为”。

十七

波得莱尔能够掠有桂冠，成为近代伟大的诗人，其代价是来自他最深的苦痛。苦痛是一切伟大艺术作品的母亲，任何艺人不得逃脱这个公例。在穷与病之中，他竭其伟力，始而辗转，继而奋斗，终而歌咏。立在艺术的观点上，他胜利了；立在他个人幸福之上，他却倒于苦痛的深渊之中。

诗人的思想与行为是不以庸人的生活法则为准绳的，他有自己

---

① 即德国哲学家弗里德里希·黑格尔（Georg Wilhelm Friedrich Hegel，1770—1831）。——编者注

的逻辑。一个真的诗人，常是为人所蔑视，而为他人訾议，讥以狂妄，咒以魔鬼。因为在诗人的意识之上，常自信为真理的预言者，其作品超出时代之外，而其实生活却寓于时代之中，因是而起来剧烈的冲突，形成一种不可解的哑谜。波得莱尔便是如此。他具有超绝的理想，使他向上进展；他却为穷与病缚束，若蝇之落于蛛网；他压榨在苦痛之下，放声呐喊，像“……一条蛇在棍端起舞”。

十八

克莱扑写的说：“同着三万佛郎的债务，波得莱尔走到文艺生活中。事实是难以避免的，这个债务每日往大扩展，因为他的财产只够生活，而他的作品，因纯粹艺术的关系，不能出售很多。”

是的，他总其所有的财产，只不过七万五千佛郎，不到两年，他已耗费了一半有余。他的继父委托安塞尔来监督，意在不使之落于患难之中，但习以成性的他，实难挽回了。

债务成为他苦痛惟一的原因，于 1843 年，波得莱尔写给他母亲说：“这天夜里，或须逃开我住的地方，住在一个难以寻觅的小旅馆中，——大约要两日的光景，直到人们为我弥补此事为止，——因为在我原住之处，为人巡逻与稽查，我动也不得动。我没有带钱逃出来，理由很简单，我没有钱。”

自从他住到巴黎，无时不受经济压迫。他是高傲的，他蔑视物质，他讽刺那些暴发户不懂艺术的情趣。但是，事实不允许他这种任情的行为，他须低头，他须忍受，以至他须恭敬地屈服。在 1853 年 4 月 24 日，他写给“文支协社”的社长说：“自然，六十个佛郎对我是很有用处的，既然我拒绝向你乞讨的意念抵不住向你接受的愿望。可是，如果我们的经济不允许提前给我这个数目时，便是再少一点，我都高兴地去接受。”

这种穷苦的惨状，这种忍受侮辱的深痛，在他敏锐的神经上，无一不刻着深的条纹。自从他小的时候，他便深信他诗人的天才，而时时却缚束于微许的物质之中，其苦痛真不可以言喻了。不只如此，他肉体上亦受剧烈的打击，他的病，便是因此而来的。“你要从这个可怕的网罗中把我救出，”他向她母亲说，“自从昨天早晨，我住在拘留所中。”

在这种阴暗的生活之中，波得莱尔想逃脱，飞到辽远的法兰西岛之上，一种神秘的力量抓住他，从《恶之华》的 CXXVI 中，我们可看出：“一天早上，我们走开，脑中充满了热炎……”

他虽如是的去想，他却不能去做。一个真的诗人，在他的思想与行为走到极端之处，常是相冲突的。在他的爱情上，正如在他的经济上，他同样受着压抑，黑美神像一条镣链，缚住他的两足，使他不得前进。杜瓦尔不惟给他负担，经济日形拮据，而且妨碍他工作，使之不得生产：“为着安静，为着避免那个女子不可支持的苦痛，我须在夜间工作。”

他爱她真是伟大的。他向他继父说：“你苛刻地待遇我，纯是为了一个可怜的女子，自从许久以来，我爱她完全是由于义务。”

他同杜瓦尔的生活，渐渐走到失望之中。这个奇僻的女子，是波得莱尔永生的创伤，到他不能忍着的时候，他叹息失掉的好梦：“少年时代的一切幻梦都消失了，给我所留下的，仅只是一个永久的苦痛。”

苦痛是传染的。他带病的神经与无力的反抗，都是很好的证据。他的本质，也如其他伟人一样，常是徘徊在阴暗的路中，失望与孤独交相压迫，一切都成为乏味：“我自己常问：干这些，干那些，有何好处哩？这才是真正的烦闷的精神。”

在 1859 年，他惟一的希望是要逃脱巴黎。他想到洪伏洛去，那里有他的慈母，那里可休息他的残躯，促他走此路的原因，乃是要完成他的工作，要使他母亲感受到一点幸福。在 1860 年 3 月 26 日，他写给母亲说：“如其你明白我同那种思想生活着：怕在我死之前，没有完成我的作品；怕在你死之前，没有使你幸福。只有同你，我能温慰地去生活，没有欺诈，没有谎言。”

十九

在这样凄惨的情形之下，自杀为何不产生哩？在1845年，此种思想已种在他的心内，他说：“因为对别人无用，对自己危险，我要自杀去。”

但是，他不敢去实行。并非他在怕死，别有其他的原因。我们知道狂热阴暗的继特时代①，早已过去了。他虽受了浪漫派的影响，他却非浪漫派的典型。其次，他是有信仰的人，他曾讴歌魔鬼与罪恶，而实质上，他相信一个真的主宰存在着，能够将理想寄写在此奇妙的信心中，失望虽来，他是绝不能久永的。最后，他是一个诗人，便是说他的行为常不履行他思想的逻辑的。当他在意志确定之时，他的想象会为他幻变出另一个世界。

如卢骚一样，他们到无法振作之时，在自身之外，寻找安慰。卢骚所得到的：自然。波得莱尔所得到的，却是母爱。在另一点上，波得莱尔是个个人主义者，一切都是以他自己为准则的：“我是独自一个，没有朋友，没有情人，没有狗，没有猫，向谁去诉苦哩？我只有我父亲的一张肖像，而他却常是默默无言。”

二十

永久的奋斗之中，永久的逃脱，只有完结了现在的生活，方可归于清净。在1862年，波得莱尔已感到他的命运，他明白在残躯之上，渐渐地酿成歇斯得里病了。他在日记上写的说：“同着欣慰

---

① 即哥特时代。——编者注

与恐惧，我营养我的歇斯得里。”

对他，巴黎成为一所不可停居的地方，他须逃开。但他不回到慈母的身旁，而却跑到孛留塞尔。在他的意思，是想做几次公开的讲演，使他成名；更想找觅一个书局，使他的全集出版。

然而，成见云集的比国，是难以欢迎这个伟大的诗人的。他的两种希望，复变为两个泡影。他将比国恨到骨髓里边，他咒骂比国人吃的太好，比国人身体笨重，以至比国的房屋亦成为笑柄，因为屋顶上没有烟囱。

他苦痛，他沉闷。

在1866年1月18日，他已病了，病状已沉重。2月5日，他向安斯利纳①说，医生证明他的歇斯得里。可是，他为生活所迫，须仍然工作。他想回到巴黎，他却又憎恶它。他写给他的朋友安塞尔说：“一切近代卑污，使我可怕。你们国家学会会员，可怕的。你们的自由党，可怕的。道德，可怕的。罪恶，可怕的。时式文体，可怕的。进步，可怕的！”

在前边，我们述及他死的情形，此处从略。于1866年8月31日早上11时，他完结了这个苦痛的旅程：“忍住吧，我的心，要睡着你粗陋的长眠。”

二十一

在探讨一个伟人的生活之时，有一个观点不能忘掉的，便是要看他对于社会的态度，他对于人生的意义。凡是伟大的作品，没有不以社会为准则，含有深奥的真谛。否则，他的伟大，只是暂时的，偶然的，像一个虚影，既没有实质又没有灵魂。

---

① 即法国作家、善本收藏家查尔斯·阿塞里诺（Charles Asselineau，1820—1874）。——编者注

在我们研究波得莱尔，亦当取此种态度。在前边，我们曾经述及他是一个个人主义者，对于当时社会，他所采取的态度，似乎只是憎恨。大致上说，活像是对的，但是不能看作定论。在他的思想上，言论上，常表现一种憎恶与讥刺，尤其是对于德莫克拉西派①。因为他们赞美庸俗，讴歌进步，而这两种实质常与他的本性相冲突。在他的日记上，他写的说："为何那些德莫克拉西们不爱猫哩？这很容易猜中。因为猫是美的，他启示出奢华，私有权与逸乐的思想。"

将他放到当时，这种思想是不足使我们惊奇的。正如罗南②，佛罗贝尔，高纪野等一样，波得莱尔憎恨资产式的法国。浪漫的社会主义，大革命的乌托邦，也处处引起他们的反感。他们并不寻找一个确定的政府，他们既非奥尔力颜③派，七月的王政使他们乏味；又非拿破仑党，二次的王政亦使他们憎恶。他们惟一的倾向，是要做德莫拉克西的劲敌，他们憎恨人民的选举权，他们又攻击义务教育。他们蔑视群众，因为群众是庸俗的。在他们的思想上，一个强有力的政府，不是建设在群众的数目之上，而却要看个人的特质。可是社会进化论，却是当时的主潮，他们不能见容于当时的社会，退而洁身自好，隐藏于艺术帐幕之下，去提倡为艺术的艺术。

波得莱尔便是如此。他诅咒近代的社会，因为在他眼中，这个社会，日日走到自杀的路上。"世界是完了！""我们要毁灭在我们信为生存之下！"这种思想常常表现在他的遗著之中。

---

① 即 democracy，意为人民、民主，通常特指古希腊民主时代（前 11 世纪—前 9 世纪）。——编者注

② 即法国哲学家、历史学家和宗教学家欧内斯特·勒南（Ernest Renan，1823—1892）。——编者注

③ 即 Orléans，指法国的奥尔良王朝，又称七月王朝（1830—1848）。——编者注

二十二

波得莱尔憎恨近代的德莫克拉西，有他深的原因。一种主义，也如一种制度一样，当他到自信完美之时，不肯去反省，不肯去改革，不肯去演进，其危险真不知伊于胡底。那时候，只有强有力的人们，发现了破绽，敢于正面地去攻击，一直到底，事实将必为之作证。

在社会前面，波得莱尔的态度即如是。对与否，我们不去估价，我们的要求，是想说明这种态度的由来。

倘如要追求这种态度的形成，其实我们所见到的，是他对群众的憎恶。在波得莱尔的眼内，丑陋是可憎的，但比丑陋更可憎的东西是庸俗；而在社会上，所代表庸俗者，在诗人看来，便是他人讴歌的群众。所以，身处于社会之间，他却要划出一块净地，去建设象牙的宝塔。至于社会的进化与否，他是漠不相关的。其次，须要记住他是一个惟美的诗人，他常是缺乏社会与历史的智识，他批评一切的标准，多率将事实摆脱而以审美为其立足点。在他的思想上，过去是最美的，最伟大的。即此，凡是属于现在的一切，不问其本质如何，一律处之以磔刑。最后，因为他是一个艺人，他的作品当时不为人赏识，他便孤独起来。因而在孤独之中，个人主义的色彩愈形浓厚，个性的反抗更为强烈，同时他与群众的冲突愈难避免。他破坏，他报复，他被人目为“捣乱分子”。

有了这些原因作为背景，在行为上，在思想上，波得莱尔没有不对社会发生强烈的反应的。他的反应具有两种形式：一方面是向极端的个人主义去进展，便是说他要信仰艺术，他方面竭力追逐理想主义，以其超脱现代。可是这两种主义，如其走到极端处，都不能见容于社会的。浪漫主义一部分的毁灭，便是缘此而来。将自身作为不易的法则，同时去追逐高不可及的理想的幻影，势必自行破产，历史上，有几个跳出这个律例哩？

二十三

到 1848 年，波得莱尔成为革命党的激烈分子了。他革命的使命，不在改变政治，为人们谋利益，乃是要复仇。自从小的时候，受不起他继父的纪律，他与他结下不解的怨仇。在波得莱尔看来，吴比克将军是一切权力的象征，他要去破坏权力，首先他要打倒吴比克将军。

关于波得莱尔参加革命的工作，比尉松①曾写的说："在 1848 年 2 月 24 日晚上，于补绥（Buci）十字街头，我碰着他，那时候，他正夹杂在方才劫夺军火铺的群众当中。他带着一支放两响的快枪，又光亮又新鲜。同时，他还带着一个很新的黄皮的子弹盒子。我叫他，他来到我身边，将他的内心冲动隐藏起来，他向我说：'我方才开枪来。'我微笑，看着他的军器而说：'不是打共和党吧？'他不答，他喊的很高，却常是那一句话：'应当打死吴比克将军'。"

这段历史，倘若追寻他的根源，分析他的心理，我们得到那时候他的一部分生活。在 1848 年 2 月 27 日与 28 日，他曾主办过一份革命日报，叫《民众的救星》，虽只出了两号，却已证明他那时的倾向。他以诗人的热情，亦想步拜伦的后尘。思想上，他虽在复仇，以期打死他的继父；肉感上，在他的心目中，却是手中火药的气味，较之妇女的脂粉更有诗意，更为芳香。切勿在他身上，去追寻言行合一的逻辑。我们应当承认，那时候，他却具有群众的热忱，他将奥地利看作"三头的魔鬼"；他欢呼教皇庇约第九②的自由主义，他要皈依那些修士，以投到群众的怀中："你们救主耶稣

---

① 法国作家于勒·毕松（Jules Buisson）。

② 即罗马教皇庇护九世（Pius Ⅸ，1846—1878 在位）。

也是我们的。”这些都是他很诚恳，很狂热的证据。

促成他革命的原因，还该归结到他处的环境之中。波得莱尔住在拉丁区，他的朋友，十有九都卷入革命的潮流，他不能漠不关心，视为一种儿戏。其次，1848 年的革命，不只限于社会与政治，在文艺上，他给予很重大的影响。在他的遗著上，他写的说："1848 年，我的沉醉。这种沉醉具有何种本质哩？复仇的趣味。破坏的快乐。文学的沉醉。读物的回忆。”

二十四

果真波得莱尔成为健强的革命分子么？还慢着！他结识了不少的革命分子，《工人之歌》的作者丢本①是他的契友，他曾说："这首歌曲是苦痛与忧闷的呐喊。”但是他的本质，自始至终是一个贵族的个人主义者。如其站在理论上看他，他太保守了；如其站在思想上看他，他太悲观了。这种保守与悲观的脾气没有不与当代的潮流——革命与进展——相冲突的。在他 1848 年的行为之上，虽不敢怀疑他的忠诚，但是亦不敢坚信他的信心，他的思想是矛盾的，他的行为是矛盾的，随他诗人的豪兴，他的生活放在偶然的反应之中，所以三年之后，他可去办一个反革命的报纸，叫《忱都豪日报》（*Journal de Chateauroux*）。

因他朋友般洛哇的建议，他去主编这个保守党的报纸。他去时，带着一个女优，假充是他的娇妻。董事们要为他洗尘，陈设着一桌美馔，他坐在当间，一言不发，似乎在保持他编辑的尊严。一位座客忍不住了，向他说：

——波得莱尔先生，你不说一句话吗？

他答道：

① 即法国工人诗人彼埃尔·杜邦（Pierre Dupont）。——编者注

——先生们，我没有一句话可说，我不是来此地做你们智慧的奴隶么?

次日，他放荡不羁地写出些出人意外的言论。不只如此，人们发现了他所带来的女子，不是他合法的妇人，乃是他的姘头。这种败俗的行为，是不能为人们所原谅的。于是保守党决议将诗人辞掉，当开会之时，一个录士向波得莱尔说：

——先生，你欺骗我们，波得莱尔夫人不是你的妻子，乃是你的姘头。

波得莱尔以敬重的神色来回答：

——先生，诗人的姘头较之录士的妇人，有时更有特出的地方。从此后，波得莱尔脱离了政治生涯。

二十五

《恶之华》作者的晚年，竟可说是完全牺牲在穷与病的苦痛之间，如其他不晓得牺牲的意义，不惟他支撑不住这种重任，而且他的牺牲是无意识的，至于他伟大的精神更难表现出来了。

他忍受苦痛，大无畏地去牺牲，这种色彩是来自他的宗教。但是，他的宗教不像歌德的宗教，因为在歌德眼中，宇宙与自我是可给他以满足的。他的宗教，也不像嚣俄的宗教，因为在嚣俄眼中，宗教是情人的一只素手，会使他去详静地睡眠。他的宗教，更不像维尼的宗教，因为在维尼的眼中，寂寞的寂寞，虚无的虚无都足以窒碍他的苦痛的。波得莱尔的宗教，别具一形式，他不是外形的，乃是内心的；他不是想象的，乃是实践的。

在普通人的心目中，波得莱尔成为一个不可思议的人物，便是说他是那些不道德者之中更不道德的人。人们还举许多的证例，如在1857年《恶之华》出版后，为人控告，说这书有伤风化。我尊重他人的意见，但是要诚恳地追寻他的内容，深怕别人倒是太清高了！《恶之华》之中，有一种道德存在着，正如古士地纳[①]所说："像一面忠实的镜子，你反照出时代的精神与带病的国家。"那么，现在要问：波得莱尔具体的宗教是那一种哩？

当波得莱尔来到人间之时，他便是一个公教的信徒。他父亲虽带有法国18世纪哲学的风味，但她母亲却是很虔诚的。他儿时的教育，自非完全宗教化，但一大部分却含有公教的成分。便是他死后，亦是按照公教仪礼来行葬，这虽不足证明他是个信徒，但在他生与死中间，他是同公教发生过深的接触的。

可是在他成年生活之中，有许多地方很难令人来推许，不惟如是，他还要攻击教会，做一个无神论者。克拉代尔[②]说："他既不信上帝，亦不信魔鬼。"

这种肯定是不能说明他的思想的。自从他的遗著，日记，信札集刊行之后，我们看到他的思想不是如此。便是使人畏惧的《恶之华》渐渐为人推重，比诸但丁的《神曲》。有一次，他母亲责备他不该反对那位修士，他写信给她说："那个修士不知道这一本书（指《恶之华》）却是来自公教思想的。"

并非波得莱尔夸大，他的这些奇花实是艳开在公教的意识之中。对他，不只诗歌须要以公教思想来营养，始可开出根深叶茂的硕花，便是一切的文明，亦须立在这个原则之上。他曾为文明下过一个定义："真的文明是在能够减少原罪的遗迹。"

二十六

波得莱尔所以能够走到这个结论之上，乃是因苦痛的经验。从苦痛上，他去想那人类的罪恶与命运。他的思想，常时表现在他的

---

① 法国诗人、小说家马奎斯·德·居斯蒂纳侯爵（Marquis de Custine，1790—1857）。——编者注

② 即法国作家雷欧·克莱岱尔（Léon Cladel，1834—1892）——编者注

作品之中，如其要将他归纳起来，我们会听到这种呼声："我苦痛，我是个不幸者，虽是因人与人生的错误，但是，亦由我自取，因为我怯弱，我沦落。论到肉的爱，他只给我留下些空虚与憎恶。可是在我的深心，介乎患难之间，我感到一种不可言的伟大。我相信我的天才，在我的天才中，我重发现向善的进展，一种狂力向着一种新的生命。如何能够解释这个矛盾：一方面向恶，而他方面向善哩？我像一个原子，悬挂在这两个深渊之间。"

波得莱尔的生活，有如一个实验室，爱情，疾病，穷困的各样苦痛，他都经验过。也如巴斯加尔一样，他要将宝贵的经验启示给昏睡的人们："谁要贪快乐，即是说爱现在，谁便是山坡上打滚的人，他想掠住微草细木，却反将他们拔起，而一齐沉落下去了。"

这种苦痛将他置在轮转不止的路上，或者完全死去，或者用力奋斗，以求最后的归宿。

曾在人的爱情中追求他的归宿，他的结论："女子只是一个具有最诱惑形式的魔鬼。"他在惟美中寻找过他的归宿，但是他看不到一个坚固的基础，以使美独立。在他的理智上，他深信归宿是存在着；因为一切的存在都是有目的的。在他的遗著上，他又说："没有东西存在而无目的的，所以我的存在有一个目的，那一个哩？我不知道。"

不，他知道，他比任何人都明白。须在自身上求，天助自助者，波得莱尔是明白这个公开的秘密。到那苦极的时候，像那些灵魂伟大者们，他跪在物主的脚下，他去祈祷。他说："祈祷是力的贮蓄池。"

从祈祷中，他会发现一切肉欲的缚束。不如是，他是得不到热爱的。

"第一件事，须要取消了一切刺激肉感的东西。"这是他自己规定下的路程。

我们不要错认了波得莱尔，我们亦不当苛责他浪漫的生活。一个人有他自己的环境，时代与本质，同时他生活形式的反映自亦不同。世间绝没有一个公约的表尺，去绳准那些不同的，丰富的灵魂，只要站在忠实诚恳之上，一切都是伟大的。所以波得莱尔不是一个圣人，也不是一个皈依者，他是一个在罪恶中落魄的完人。他倒下，他奋斗，他站起来；他又倒下，竭其希望，他去苦痛，他去祈祷。《恶之华》即是如此而形成的。

二十七

当我们展开《恶之华》之时，第一首便是《祝福》，兹截取内中的一节，作为我们这篇文字的结论：

祝福呵，我的上帝，
给我们渎神者一种苦痛，
如那圣的医药，
如至善至纯的元素
准备着健强，在圣的逸乐之上。

歌德与法国*

历史上，有幕不可遗忘的剧，便是前世纪法德两国最大伟人的相遇：拿破仑与歌德。这出剧是象征的，因为两个民族相异的天才彻底地认识了他们的不同，可是又击中了他们深心相似的秘密。拿破仑皇帝向诗人说："歌德先生，你是一个人。"——"你是一个人"之一语，我很清楚人们曾辩论过他的意义。有些人，想在那句话上，只看到是赞扬歌德美的仪表。对于他们，这句名贵的赞言，却等于"何等身材！何等相貌！"但是，不是如此！拿破仑赞扬歌德，乃是因为他是一个人类的天才，他是一种庄严澎湃之力，在这种力上，各个民族，会发现他自己的伟大。歌德"是一个人"，这便是为何法国敬仰他。所以"歌德与法国"一题，再没有比他更丰富而动人的。

外则，巴氏①精深广博地研究过"歌德与法国"，我们如来重

---

* 原载《中法大学月刊》1935年第5期。本文为毛豪讲，阎宗临译。

瑞士伏利堡（Friburg）大学于歌德的百年纪念日，特请本大学法国文学教授毛豪（Pierre Moreau）先生演讲《歌德与法国》。先生博识精深，著述丰富，举其要者：*Bossuet et L'éloquence sacréc au dix - septième siècle*；*Chateaubriand*；*Le victcrieux vingtième siècle*，新近将出版的 *Le classicisme des romantiques.* ——译者注

① 译者在此标注"Fernand Baideusperger"。——编者注

新研究，那是枉然的。我们只加添些新的材料，来谈谈法国人爱歌德的是什么，他们为何爱歌德。

应当承认，法国人所以爱歌德的，常不是歌德本人，尤其是在初期的时候。法国人所以爱歌德的，乃是从他身上所形成的思想。一个诗人能够深入到别种民族的文学与想象之中，同时不失掉他真实的相貌与特质，那是很稀有的。自从1774年12月，歌德的名字，在《百科日报》上，为着介绍《克拉维戈》①，第一次落在法国读者眼前，后期的风尚与趣味，将歌德形成些冲突与不求甚解的影像，因为人们起始看歌德，只是一个维特，只是一个浮士德。

维特，便是说在18世纪的暴风雨中，一个叛逆，野心与失望的灵魂，他是那些躁急与热情少年们的朋友，因为他们曾梦想着一个较好的世界，正如这位炮队的官长，拿破仑，兴奋地读他，到后来成为名将，掠有光荣，而将他，带到埃及。多少小说家，用他们自己的体式来写维特，如嘉本尼②一直至纳继野③；多少敏感底诗人们，将他们的音韵与角色，转相分赠与夏绿蒂与维特；多少善感的梦想者，追逐着，如莱格外④于1798年写的说：

> 扁柏在她的面前，手中持着维特。

在1801年2月，补尔惹的法国图书上说："只就维特一名，已唤起一众温柔与惨痛的感觉。"这正是时髦的时候，少年们穿上维特的衣服与革履，可是要想将这种时髦做到尽善尽美，须要人们像

---

① 即歌德1774年所作悲剧《克拉维戈》(*Clavigo*)。——编者注

② 即法国政治家、地质学家、植物学家Louis Ramond de Carbonnières(1755—1827)。——编者注

③ 即法国小说家、诗人查理·诺迪埃（Charles Nodier，1780—1844），又译夏尔·诺迪埃。——编者注

④ 即法国诗人Gabrie Marie Legouvé（1764—1812）。——编者注

维特一样地自杀去。那么，人们可以了解，在这种发热与痉挛的事实之前，那些冷静与明哲者之反抗，如买力买的讥刺，缪塞以一种轻灵的姿势，将这种高蹈的丧衣掷开而返到《七日谈》① 去：

同着纳瓦尔皇后

我以维特来安慰

不久，以同样的热狂，人们注意到《浮士德》，只是少微模糊与缥缈一点。因为对于《浮士德》，他们只看到些梦魇，中世纪的彩节与邪术。我们不要笑这种愚直的影像，将一本书约纳成一个人物，一幕戏剧，正如将之全部刻印在石板之上，集聚画册之中，这是何等容易的！对于群众，马克利脱②的纺纱车，便是全部《浮士德》；米宁的舞蹈与追悔橘子树开花的地方，便是全部《威廉·麦斯特》③。当其一首诗词译出了个人的情绪，用了一种较易的韵脚，而在普通群众的想象中，那个真实的人物，仅只留下一首诗词了。都莱王与乌奈王对于歌德在法国的光荣，较之哀克漫或白利芷给予他的光荣更大。④

我很知道将一个伟人弄成一首诗词，是件很无奈的事情。以为懂了古饶或者米西奈⑤，用不着去研究歌德了，这种态度是可痛恨

---

① 即法国作家玛格丽特·德·纳瓦尔（Marguerite de Navarre，1492—1549）的《七日谈》（*The Heptameron*）（由72个故事组成）。——编者注

② 即歌德诗剧《浮士德》的女主人公玛格丽特（Marguerite）。——编者注

③ 即歌德小说《威廉·麦斯特》（*Wilhelm Meister*）中的《迷娘曲》（*Mignon*）。——编者注

④ 都莱王（Roi de Thulé）、乌奈王（Roi des Aunes）均是《浮士德》中的人物；哀克漫，即歌德的助手、《歌德谈话录》的作者爱克曼（J. P. Eckermann，1792—1854）；白利芷，即法国作曲家艾克托尔·路易·柏辽兹（Hector Louis Berlioz，1803—1869），作有歌剧《浮士德的沉沦》。——编者注

⑤ 古饶，即法国作曲家查理·古诺（Charles Gounod，1818—1893），1859年创作歌剧《浮士德》；米西奈，即法国作曲家儒勒·马斯内（Jules ÉMassenet，1842—1912），1892年创作歌剧《维特》。——编者注

的。作者歌德，名已传遍法国，我们可以轻视这首蓝色花之诗么？自从1818年，拉杜石将《魔王》① 译成法文，多少法国浪漫派的文人，于晚霞将落的时候，在那里寻找魔鬼！自从西奈多来②明白他后，追随着德国的诗人而歌："一天夏夜在湍急河岸之旁，多少人们梦想着做一个渔人！"

在法国某种时期的人们，梦想着夏绿蒂的牛油面包，将他割开，分散给那些孩子们。他们咀嚼那块带有诗意的面包，启露出美的牙齿。他们以这种敏感，将那浪漫朴实熏香起来。如果加纳尔瓦在郊外，听到水泉之旁洗衣妇们谈话与歌唱的声音，他会联想到他所亲爱的小说。这个敏感歌德的影子是少许平凡点，但却是很动人的。

自然，更为感动的是那个无感觉的歌德，有多少人们曾在这上面想象过。人们将歌德构成的特色，有时竟像诗人的半身像，为安日而③所雕成，那么名贵，那么壮丽，但是在不朽的伟力之间，却少微冷酷一点。在岱司向④办的《国际与法国研究》⑤ 杂志刊出高郎特的未婚妻后，伊非若尼⑥于"杜利得山崖之上"表现出人生最

---

① 即歌德叙事诗《魔王》(*Erlkönig*, also called Der *Erlkönig*)。——编者注

② 即法国诗人查理－朱利安·利乌·德·谢内多莱（Charles－Julien Lioult de Chênedollé, 1769—1833)。——编者注

③ 即法国雕塑家皮埃尔·让·大卫（Pierre－Jean David, 1788—1856），为与法国画家雅克·让·大卫（Jacques－Louis David, 1748—1825）相区别，又称昂热的大卫（David d'Angers)。——编者注

④ 即法国诗人爱弥尔·德·德尚（Émile de Deschamps, 1791—1871)。——编者注

⑤ 即《国际与法国研究》(*Etudes française et étrangères*, 1828)。——编者注

⑥ 伊非若尼，即古希腊神话传说中的阿伽门农和克吕泰涅斯特拉之长女伊菲革涅亚（Iphigénie)；"杜利得山崖之上"则源于歌德剧作《伊菲格涅亚在奥利斯》(*Iphigénie en Tauride*, also name *Iphigenia in Tauris*)。——编者注

高的概念。正如巴来士①所说，引起了对于人生堕落如是纯洁的叹息，人们相信偶像教又复兴了。有些人——便是《浮士德》的译者加纳尔瓦——找到这个歌德太古典派，太庄严了。尚有些人，在这个无感觉伟大的德国人之上，有种残酷存在。因为他开始说，行为为首，他们却相信他以武力来结束，可是，他们错了，他们忘了盲目与卑劣的武力是破坏的，没有不与和谐，丰满，服从精神律的行为不相冲突的。

我们要承认：歌德的一部分难以进到法国天才之中，或者竟可说完全没有进去。在这一方面，没有再比史达暖夫人②的判断更耐人玩味的。她以美的膀臂与尊严的姿势，长吁短叹地排除开一切关于歌德的解释，因为鲁兵松③要想使她明白歌德最难懂的东西。然而，《威廉·麦斯特》、《亲和力》④ 与第二部《浮士德》仅只是为几个歌德派中杰出分子所享受。虽然人们曾经精细地研究过《赫尔曼与窦绿苔》⑤，在法国的影响，但是他没有在法国形成一个派别。这种情形，自然是使人惊奇的，但是法国的文字不允许将体式混合，以弄出笑话来。因而这些作品，都超出群众生活以外。

可是，介乎德国的天才与法国的精神之间，那些介绍者逐渐增加起来。这是那些逐放者，到歌德故乡的旅人们；这是那些瑞士的文人，因为他们生活在文学坦路的十字街心。歌德在法国的光荣，瑞士曾给予最高的赞助，如在1775年的西奈而或者岱维东一直到

---

① 即法国小说家、散文家奥古斯特·莫里斯·巴雷斯（Auguste - Maurice Barrès，1862—1923）。——编者注

② 即法国作家斯塔尔夫人（Madame de Staël，1766—1817），原名安娜·路易斯·热尔曼娜·内克（Anne Louise Germaine de Necke）。——编者注

③ 即以日记闻名的英国作家、律师享利·克莱布·罗宾逊（Henry Crabb Robinson，1775—1867）。——编者注

④ 即歌德剧作《威廉·麦斯特》（*Wilhelm Meister*）与小说《亲和力》（*Les Affinités électives*）。——编者注

⑤ 即歌德叙事诗《赫尔曼与窦绿苔》（*Hermann et Dorothée*）。——编者注

史达暖夫人。

固然有时候法国爱歌德是因瑞士，但是他也直接爱过他，法国爱歌德，因为歌德爱法国。在1827年7月，歌德说：“对于法国人们，我是没有任何挂念的。他们在世界上，站的位置很高，在这个国度里，精神是不会窒息的。”法国爱歌德，因为他曾吸收了拉丁，希腊，地中海不朽的空气。法国爱歌德，因为他曾生活在怨恨的时期，他却遗忘了这种怨恨，便是说，在暴风雨之间，于艺术上，他找到了和平，即是那人类纯洁的宝库，高纪野说：

在横蛮的炮声中，
歌德做了西方的天神，
艺术呼吸了清鲜的苍苔。

人们爱歌德，还因为他从18世纪出来，带有18世纪的色彩。这位老人，迎接少年作者与新的时代。他明白后起的人们将做何事，从远处追随着，超过国界，到国外的灵魂之中，以唤起一种诗的波纹。

不只是人们爱他，人们还要向他请求些教训，纵使这些教训常是各异的。在他的作品中，冷静者要求精明；自我者寻找“自我”的方式；守旧者，却回还这句名言：“不要损伤，不要破坏。”这句话对巴来士是多么珍贵呵！可是有两种特色，大家都来赞赏，因为他们看到了欧罗巴真实的高贵。

第一种特色是他普通的性质。拉马尔丁①在他的文学史中，看到“服而德②与歌德，是同一个人物”。那些享乐者，博识家以一种不同的趣味，自相诧异，游散在歌德的灵的世界之中。在修院内，罗南研究歌德的作品；太纳指出19世纪最大的思想家是“黑智儿与歌德”。

---

① 即法国诗人、作家阿尔封斯·德·拉马丁（Alphonse de Lamartine，1790—1869）。——编者注

② 即法国哲学家、史学家、文学家伏尔泰（Voltaire，1694—1778）。

第二种特色是他的平衡。在歌德本人，他像是一位行为与梦想分离不开的人物，他像是强有力的导师，在弟子们的灵魂上，创造出些英雄的想象。巴来士说："要当心错认了他的伟大。较之任何人，他善于启发伟大艺术的坦路。为着要产生卓绝的美，他给我们指出秘密，便是说完善我们的灵魂。歌德不停止地工作，以发展……他的生活较之他的作品，对我们更为有益。"

普通与平衡的精神，这是歌德的特色。但是对于这两种精神，我们可用绝顶的紊乱与深深的欲情来对峙。实际上，巴来士的思想完全建设在拜伦与歌德之上，始而由于天才的破坏与天才的保守，即是说超绝的紊乱与超绝的秩序。继而歌德与巴斯加尔的相对，宛如大理石的雕像与花岗岩的雕像，一个以其无尽的好奇拥吻世界，别个以一种难以医治的不安，深入在无比的深涧。巴来士又说："谁要懂了这两个人物，将达到人类最高之顶点。"我从没有听过比这句话更有力，更强硬而更丰富的。

一个世纪过了，在法国感到伟人的消失。当歌德死了后，全世界觉着丢失了精神的领袖。一种不安侵袭了人们的灵魂。桂奈①曾疑问谁将继歌德而起，以完成这种使命。当巴尔比野②接到歌德死的消息，那时候，他住在罗马，伟大诗人的回忆，侵占了他的想象，趁着一种冲动，他作出如是深痛，配得起歌德尊严的诗来：

呵！歌德，呵，伟大的老人，日耳曼的王公。

经过一世纪，我愿意复听到这种呐喊，这位日耳曼的王公。智慧如是高贵，爱人类在一切之上，对于我们的世界，是何等急切必须呵，法国对他的友情，当向这位不朽的"伟大老人"重新申述出来。

---

① 即法国历史学家爱德加·基内（Edgar Quinet，1803—1875）。——编者注

② 即法国剧作家、诗人享利·奥古斯特·巴比耶（Henri Auguste Barbier，1805—1882）。——编者注

下编
XIABIAN

《大雾》序*

向培良**

我常有一种信念，以为学术之所以存在于人间，端在于维持一种人与人之间的关系。因为既生而为人，便不能不存在于此人间世，而人间世之所以能成立，不在于有你，也不在于有我。我的信念是：就在自觉到人必须有“类”才能存在，于此便有了人和动物的分野，便有了艺术。则艺术者，正可以称之为人和动物之分野的标志。

为什么呢？就在于艺术和实物有一最大的分别：艺术者，不可占有，但可分享。而实物呢，则已和弥子瑕的余桃一样，只有在含有感情的时候是有价值的。在这一点，我对于艺术的理想是常浅近的。我以为艺术者，就在于打破人与人之间竞争实物的痛苦与穷途，而代之以人人都可感觉的“分享”。艺术既和布帛菽米一样普遍，则我以为包含于艺术之中的真理，也不应该是艰深奇古的理论。所以我不独于上层建筑第二的高深的理论不甚理解，我是对于欣赏趣味，个性，以及情绪的逋逃薮之类的学说也不甚明了，甚至于我怀疑托尔斯泰情绪的传达之说。因为，我——假定一种狂妄的

---

* 原载《大雾》（单行本）中国文化服务社广西分社 1942 年 1 月出版。

** 向培良（1905—1959），笔名培、漱美、漱年、姜蕴、蕴良等，现代作家。

说法，我是艺术家——凭什么权利要把“我”的情绪传达给别人呢？我只觉得一种卑之无甚高论的说法——我孤独的时候需要朋友，我笑的时候需要同调，我哭的时候需要友情。这就是说，我不能单独地生存，必须有和我同样的人和我同样生活，而我们必须寻找一种可以互相沟通之道。

就在这里，我觉得有艺术的根本义，因为人和人之间的融会了解，不能恃之于实物。实物者，其对于人的关系，是严格受制于物质报酬渐减律的。你所要求于物质的愈多，则物质之所能予你的兴感愈少。所以，我们才必须跳到另一生活之中；这一生活，就是我们必须生活于别人的灵魂中。于是我们有了艺术，有了志士仁人之成仁取义，有了母爱，有了愚夫愚妇之矢志不移，有了夸父逐日，有了死生不渝的情谊。这一切，都在于不满足于个人生活之孤独，而企图生活于另一生活中。

这难道是我的妄想，我的呓语么？我将证之以古先圣哲的言行。

惟其不忍独养其身，伯夷叔齐这才采薇作歌罢。“以暴易暴兮，不知其非矣！”则夷齐又何曾为自己着想呢。此后千年，梁鸿有《五噫歌》。他在决意归隐之先，还说“民之劬劳，辽辽未央”。而我们更是要生活在这个世间，不能像夷梁那样退隐起来，则我们更不能不以一种迫不得已的心情，勉力地生活于人与人之间。从孔子的“知其不可而为之”，许行的“贤者与民并耕”，以至于终生在泥泞里辗转而困以死的人，如《大雾》里面所写的旺儿与李二，其根本的精神是一样的：努力地生活，努力地改善生活，而却并不是为自己。正因为是这样，在生活里，各各可以达到其最高的目的，即其情绪之所以能自安的根着处。故无论其所成就是相去天壤，俱都可以无愧地说：“我已经生活过了。”于是这些物质世界所给我们的狭隘拘束，所给我们的纷争离析，所给我们的痛苦罪恶，才得以超逾。这样，人间世才值得生活下去，而艺术于以完成。

艺术者，并非别的东西，就是一种扩大的生活，一种沟通人与人之间的生活，一种企图打破时间与空间之限制的生活。我们这一帮——十多年前的狂飙旧友——主要以实生活为艺术的基础，惶苦地肃严地生活下去。这上面所写的，则说明这一意见。其实呢，不独是从生活里创造艺术，也从艺术里创造生活。生活之与艺术，正如土地之于豆类植物。土地营养着豆，使之开出美丽的花来，而豆则又反而使土地更肥沃。

艺术基于生活，因为惟有在生活里尝过甘苦的人，才能有所倾吐，才能有扩大生活之企图。生活，原不是一种容易的过程，是有着无数痛苦的白日和痛苦的夜晚的。而企图从事艺术者，是更应该深深地探讨到生活之底里的，则痛苦之吟味，是从事艺术之最迫切的经历罢。“故人穷则呼天，疾痛惨怛则呼父母。”因为穷苦，深深地感到，这才“呼”而发为艺术罢。每一个艺术家都是感到更深更大的痛苦的。但席勒曾经说过，孤立的事件，无论怎样悲哀，都不能成为悲剧。他的意思是说，只有能构成人与人之间的关系的，才能成为悲剧（艺术）。其实又何止这样，悲哀痛苦之情，只有在人和人之间有了关联才能存在。为自私自利所隔离而孤立起来的精神，是既无悲哀，亦无痛苦的：愧然一身而已。

照这样说来，就知道一个艺术家要以怎么样的生活态度自处了。所以经狂飙社的时代起，我们这一群就有着坚定的信念，至今不变。这信念，作者是从他的《大雾》表现出来了。我们在创作的态度上反对趣味的欣赏，在生活的态度上反对猎奇式的追逐，反对为忏悔录预拟材料。更其深更其苦地生活到人间世的核心，更其苦更其迫切地把生活里所不能完成的到艺术里去完成。

在那时候，首先介绍过来的艺术理论是托尔斯泰的。其著作博大精深，颇艰涩难读，故不大为一般人所知，而厨川氏采取心理分析学，颇有自成一家言的意图，但年寿不永，草创未就，只能给初学者一些启示而已。我以为从五四以来，直到北伐以前，为我国艺术之主潮的，不外人道主义和个人主义的醒觉。个人主义，表现为对传统的攻击；人道主义，表现为对社会的改革。而那时候，还流行着一种泛然主义——因为没有更恰当的名字，姑且这样用着——的思想。表面上不成体系，卢骚，拜伦，克鲁泡特金，甚至于尼采，都极受崇拜，把他们的意见，东一片段西一片段拉过来，夸张地挥扬着。理论上的肤浅零乱，是应该受原谅的。因为这都是一些青年，他们没有多读书，也没有书给他们读，他们的知识学力是不够的。但在他们之中，却流泛着某种真诚的东西，光明的向上的东西，全然无愧于青春的纯真和上进，这在当时，是和春风一样扫过了大地，浸渍在每一个青年人心头的。

《大雾》的后半段，就是描写这个时代的，对家庭反抗，对婚姻反抗，对学校反抗，几乎对社会的一切都有反抗。但是，我们必须注意，这种反抗，与欧洲之起于宗教的或社会阶层的反抗有着本质上的不同。第一，这种反抗并没有一个集中的目标，故不能表现什么显著的成绩或力量在那里，更要紧的就是在这种反抗中的含有无限的爱，爱家庭，爱旧式婚姻的对方，爱学校，简直可以说是贪婪地爱一切，只要有些微一点可以把捉的东西，便迫切依附上去，真诚地爱着。这种爱，显然有些稚气，很容易给人利用了。这就是从那个时代起青年们苦难的最大原因。于是有的毫无代价地牺牲了——这种牺牲的数目极其大，想起来是非常凄惨的——或者又退回那个可恨而又可爱的老家，或者被利用而堕落，或者，永远带着受伤的心挣扎下去。《大雾》里所写，五成婚后离家的情景，过来人听了，想来未有不凄然欲涕的罢。

在那个时代，摆在各人的思想里是一个旗帜鲜明的新和旧之对立，但在事实上，这个新和旧却经常淆混，尤其是当时为众望之所归的领导者们，却全然不曾教给青年们什么是新的，而在情感上——天啊，我们的民族几乎是太重情感的民族了，假如这是罪过，则我们情愿担当这个罪过而入地狱罢——我们又是如何热爱那个古老昏暗贫困无知的家啊。于是几几乎成为一种盲目的反抗，一种剜着自己的肉那样痛楚的反抗了。

作者是那时代的过来人，正如前论所说，他时时在梦寐中看见书中的几个人，其实他自己也曾是那中间的一个，或者有似那中间的某一个；他也恰是那个除了黑面冷煤炭之外，什么都不出产的穷山里的人。他们和五成或石君一样，怀着渺远的前途和切肤的饥饿走出来。他爱那个时代，留恋那个时代，故写来又真挚又痛切，但他也对那个时代作正确的批评。

这不仅只是一部怀旧之作，这是想正确表现出一个时代的作品。就笔者个人的见闻，则还没有见过更亲切彰明地表现那时代的作品，虽然那个时代非常庞大，而作者又几乎花了三分之一的篇幅去描写前一代的凄苦，因而所能容纳的并不很多，但我们已经看见非常绚烂的一斑了，正和五成、石君、慰梅等人，在终篇时并没有表现出什么成就来，那个时代，也是没有什么结果的时代，也有不少的人像石青那样悄然陨落，隐没到家庭里，寺庙里，永远找不到的角落里，以至于终古沉默的坟墓里，但——那是一个多真诚的时代啊！这将为我国艺术树立不拔的基础，因为艺术和生活，在那种真诚里，是合而为一，是互相助长了。

但是，从那以后，艺术并没有如所预期地发展起来，那原因是很显明的。但在这里我只想提到一点。太缺乏技术上的基础而眩惑于西洋表面的东西，又加以一些专门贩卖 secouahand（二手——编者注）的货色者之推波助澜，流而忘返，失去自己民族的立场。这情形，又与太集中于殖民地文化之根据地的上海互为因果。艺术是必须在自己的土地里生根的。

但这样的时候也快终止了，抗战给了一个最伟大的新的动力，则集蓄于前一时代的精力必然会发扬出来，单就《大雾》而论，就有两点可以提来说，五成他们父母的一代之描写，在结构上虽或失之略松懈，但却是极精彩的一段，可以给后来的作者以新的启发，像那样的人物，到如今还大量地生活在地底下，农民们是艰苦的，几乎是必然失败的，但却永远不会失去信心和奋斗之力的精神，必然要在我们的艺术里表彰出来，那是失败里的成功，痛苦里的欢乐，黑暗里的光明，保障着我们民族之向上的进展，惟有分享他们的精神，我国的艺术才能更其深更其广。作者在这一方面，为文艺展开了一广大的园地。

其次，石青是一个典型的女性，她的经历几乎令读者感到刺心的痛楚，然而我国几千年来，却有无数像石青这样的女性，彻底牺牲了自己，为一个值得或全不值得的人生存着。这样的女性，比契诃夫所写“可爱的人”更深沉可悲。假如就功利的眼光来看，则这种行为是愚笨可笑。但，艺术不是为什么功利的，人生不是为什么物质成就的。孤臣孝子、志士仁人，以及匹夫匹妇，呕心泣血去做一件必然不可能的事，他们精神自会积累而扩展，而竟然做成功。这岂不是我国文化之伟大的精髓么！我国最伟大的诗人唱道：“折疏麻兮瑶华，将以遗兮离居。老冉冉兮既极，不寖近兮愈疏。”我国民族之最后的根茎，原是植于人和人之间的联系之上的。

作者近年已潜心于学术，或者没有从前那样多的精力来从事文艺罢。但文艺者，一与之结缘，便终身不置，则我们很可以预期着将来有更多的作品来满足我们的。我和作者是总角交，永远怀着深挚的友谊，故拉杂叙述所见，为《大雾》作序。

亲如兄弟

——高长虹与阎宗临

廖久明 *

20 世纪 20 年代，一群贫穷而不安于现状的孩子离开家乡闯荡社会。为了在冷酷的现实面前生存发展，他们只能抱团取暖，从而结下了兄弟般的友情，这是狂飙社成员的主要情况，高长虹与阎宗临的友谊便是其代表。

一、大将与副将

山西盂县人高长虹是狂飙社的发起人和主要负责人。当他被父亲赶出家门后，发现周围的人是那么冷漠：“我出来便遇见了朋友，当他们和我很客气地握手的时候，我听见他们的肚子里在冷笑了。我想找到什么呢？在这些同我一样一无所有的化子中间？我这样问着时，我看见我已经弃绝了他们走了。女人，人类，都给我以同样的拒绝。”①

也许正因为高长虹有过这么一段不堪回首的经历，所以在认识穷学生阎宗临（山西五台人）后便格外热情，不但于1925 年2 月8

* 廖久明（1966—），文学博士，四川郭沫若研究中心主任、乐山师范学院文学与新闻学院教授，主要从事中国现当代文学研究。

① 《幻想与做梦·生命在什么地方》，《高长虹全集》第 1 卷，中央编译出版社，2010 年，第 82 页。

日、3月9日、6月16日、9月5日（见《鲁迅日记》）带阎宗临去见鲁迅，还经常在一起散步谈心。高长虹和阎宗临的作品分别留下了他们散步谈心的文字。

> 想起去年夏天的一夜，同小弟弟坐在河沿的树上，谈论未来的军国大事，我做大将，小弟弟做副将。于是，大将副将要吃烟了，没有洋火。对面门里出来个小女孩子，惊异地看着我们。我们开始说话了：向她讨火。她知道我们也是人，便答说“不敢”，跑回去了。我们在绝望中看见她二次又跑了出来，并且拿了火来，说是偷的。于是，大将同副将感谢地笑了。①

> 在1925年1月16日，我同虹哥出西直门外。那时候，我们装上一盒红狮子烟，做野外的旅行。他走着，用脚把田间的土沙无意的一踢，笑的向我说：“假如我们有钱时，《长虹周刊》马上便出来了。”因为有钱便可出周刊。这是个事实。我这么闷的想。②

高长虹的文字出自《步月》，发表在1926年3月7日的《弦上》周刊第4期上。高长虹在《弦上》发表的文章大多是随写随发，3月1日《鲁迅日记》如此写道：“以一法国来信转寄长虹。”由此可知《步月》当是在得到阎宗临来信后所写。

查《鲁迅日记》，高长虹出现在1924年12月24日日记后再次出现在日记中的时间是1925年2月8日：“午后长虹、春台、阎宗临来。”在这段时间里，高长虹曾回家过年。高长虹曾如此叙述他最初几次拜访鲁迅的情况：“在一个大风的晚上我带了几份《狂飙》，初次去访鲁迅。这次鲁迅的精神特别奋发，态度特别诚恳，

---

① 《步月》，《高长虹全集》第3卷，中央编译出版社，2010年，第88页。
② 已燃：《读了〈长虹周刊〉之后》，《长虹周刊》第18期（1929年2月9日）。

言谈特别坦率，虽思想不同，然使我想象到亚拉籍夫与绥惠略夫会面时情形之仿佛。我走时，鲁迅谓我可常来谈谈，我问以每日何时在家而去。此后大概有三四次会面，鲁迅都还是同样好的态度，我那时以为已走入一新的世界，即向来所没有看见过的实际世界了。”① 由此可以推断，高长虹回到北京后会立即拜访鲁迅。阎宗临在文章中说自己与高长虹出西直门外的时间是1925年1月16日，意味着高长虹此时已回北京，《鲁迅日记》记载高长虹与阎宗临一道前往鲁迅寓所的时间却是2月8日。可以肯定的是，高长虹1月16日回到北京后不可能直到2月8日才去拜访鲁迅。剩下的可能便是，高长虹回到北京后的前几次拜访没有记入鲁迅日记。不过，相对于这种可能，笔者更愿意相信以下可能：阎宗临所说的“1925年1月16日”是农历——这天正好是该年公历2月8日。

1925年12月5日，阎宗临孤身一人从上海前往法国。在这之前的11月上旬，高长虹陪同阎宗临回到太原。他们在太原住了两三天后，高长虹送走了阎宗临。在阎宗临走的那一天，保定开火打伤南下的火车，次日保定又开火。高长虹本来以为阎宗临到了石家庄后便会给自己写信，8天后仍未接到来信，高长虹为此非常担心：“他被人误认作侦探抓去了么？他触在不知何处来的飞弹上了吗？他死在他的愤怒中了么？”高长虹本计划在太原住两个礼拜，由于火车不通，只得继续住下去。在这期间，百无聊赖的高长虹写作了《游离》，“直抒他的所见所闻，所思所想”②。在这部“笔记”中，高长虹非常真实地记下了与阎宗临分别时的感人情景。

> 我看见他在车上流出眼泪来。我连忙又跳上车去，握住他的手。他放声哭了。眼泪在我的眼中跳跃着，我强制着竭力安慰他。他说：“你赶快回北京去吧！并且你赶快

---

① 《走到出版界·1925，北京出版界形势指掌图》，《高长虹全集》第2卷，中央编译出版社，2010年，第195页。

② 董大中：《鲁迅与高长虹》，河北人民出版社，1999年，第210页。

到法国去吧!”那不正像是刚才所看见的景象吗?

车开行了，我才跳下来。在那些送行者中，我迟疑地退在后面，我让我的眼泪自由地流淌。走着，走着，出了车站，我再也不能够往回走了。我迟疑地向着旁边的旷场中走去，我的眼泪自由地流淌着，我听见Z在后面叫我的声音。突然有人抱住了我，是F，我放声哭了，正像我在车上所看见的景象。

我回到Z的屋里，他给我买了酒来，我喝了。我不知道我喝了多少，到我知道我在睡着时，是下午三点多钟。

于是小弟弟又走上京奉车了，于是他不愿意他们送他行。

阎宗临回北京后，与向培良、郑效洵及另一人一起共同给高长虹写了一封信，劝高长虹赶快回北京。为此，高长虹在《游离》中如此写道:“小弟弟，去吧!回来时给我们带回一点礼物来，好奉送那赐福于我们的祖国!大西洋上有我的游踪在浮浪着时，那便是我们聚会的时候呵!”

高长虹在《游离》中还抄录了一封他给阎宗临的信，现将与阎宗临有关的部分摘抄如下。

亲爱的弟弟:

接到P(按:向培良)和H(按:郑效洵)的信，知道你已经从北京走了。现在也许你已经坐在太平洋的船上，因为他们的来信路上耽误得很久，我应该寄信给你到那里去呢?

我的照片，你偷去了，这在我很幸福，我幻想也许我的生命也一并被你偷去，带他到那我所久欲去而不得的一块迷恋人的地方。

你已经看见过V了吗?他还是那样的精神，他说话的时候还是常把他那拇指要挑起的吗？他得到爱人了没有，还是明年决定走了再到法国去呢？

你的旅行生活如何？自然你现在所储蓄的痛苦已经很多，你自然不会有忘掉的时候，可是在旅行中，你至少还不能得到一些爽气吗？况且，太平洋的水，尤其可以把所有一切都形容得像芥子一样的微小的呵！

H说你走时，不让他们知道，他因为没有能够送你行，很苦，你还要到天津给他寄信呢！你的不安定的心，你的这种反常的行动，我听得已经战栗了。可是你终不应该这样对待H，我怕他是不能够经受太多的打击的呢！他来信说，东安楼自我走后，他们只去了一次，三层楼已关门了！这在他便有无限的悲哀，我也觉着有什么秘意在里边似的——我又知道，你到北京后，也没有同他们惠顾我们的东安楼一次！

…………

可是，小弟弟，前面的世界是很敞亮的，你也不要太悲哀吧！到了你的目的地后，你只可用全力于你的工作，我明年也决意要去了，让我放开大声说一句话吧：十年后的时代是我们的！

你带去的那一点可怜的旅费，怕只够三个月用。你把那边的情形告诉我好了，这是不会阻止你的兴致的！①

二、天涯若比邻

阎宗临到法国后，虽然与仍在中国的高长虹远隔万里，他们的

① 《游离·游离》，《高长虹全集》第2卷，中央编译出版社，2010年，第398—420页。

心却是连在一起的。

高长虹回到北京后，1926 年 2 月 8 日在与朋友闲谈时决定出版《弦上》周刊，当天便给向培良写信报告《弦上》周刊诞生过程。在这封信中，高长虹还谈到了阎宗临的巴黎来信：“小弟弟已从巴黎有信来，我特别报告你：小弟弟已到巴黎了。他问你同你的棍，我希望你能够回答他！”① 第二天，高长虹专门给阎宗临去信，内云：“我们的《弦上》并且放大了，寄到巴黎伴你的孤寂的心！勿流泪，勿灰心，前进呵！”② 在这封信中，高长虹称阎宗临为“爱读《弦上》的小弟弟”，由此可知阎宗临十分“爱读”高长虹发表在《莽原》周刊上的系列杂文《弦上》。3 月 1 日，鲁迅将阎宗临从法国寄来的信转寄高长虹：“以一法国来信转寄长虹。”（《鲁迅日记》）3 月 7 日，高长虹作散文《步月》，回忆 1925 年夏天与小弟弟阎宗临相聚的情景。4 月上旬，从来信中得知阎宗临买到了一本英译《苏菲亚传》并且自己 8 日后可以收到的第二天，高长虹作《关于苏菲亚》，叙述自己对苏菲亚的了解过程。6 月，高长虹作《给 K》，其中谈到了给阎宗临寄款事：“燃款寄起，甚好。B（按：高沐鸿）怕我受穷，嘱卖稿供我嚼咬，钱到手时，可再寄燃一部去。”③ 在目前能够看见的最后一期《弦上》周刊上，发表了黄鹏基署名 Q 的文章，其中谈到了阎宗临在巴黎的情况：“小弟弟，恐怕是最爱读《弦上》而在最远的人了，他近有信来，说近来在 Paris（巴黎）又认识了 Marie TaTa。”④

尽管接下来的上海《狂飙》周刊第 1—17 期（1926 年 10 月 10

---

① 《寄到西城》，《高长虹全集》第 3 卷，中央编译出版社，2010 年，第 77 页。

② 《寄到巴黎》，《高长虹全集》第 3 卷，中央编译出版社，2010 年，第 78 页。

③ 《给 K》，《高长虹全集》第 3 卷，中央编译出版社，2010 年，第 141 页。

④ Q：《我们的消息》，《弦上》第 24 期（1926 年 8 月 1 日）。

日—1927年1月30日）和《世界》周刊第2—9期（1928年1月1日出版的第1期和1928年3月4日出版的第10期已佚）等狂飙刊物上没有出现与阎宗临有关的信息，根据阎宗临发表在《长虹周刊》上的两篇文章和一则通信却可以知道，阎宗临与高长虹一直保持着友好关系，哪怕在高长虹与鲁迅发生冲突以后。1928年1月，高长虹的诗集《献给自然的女儿》出版；3月27日，阎宗临完工后在实验室作《关于〈献给自然的女儿〉》。在这篇文章中，阎宗临高度评价"虹哥"的《献给自然的女儿》"是一个穿破一切神秘的匕首"，以最高的诚意对"人类生活的态度"做一个归根结底的说明；认为高长虹在见识上"有两个很重要的观念"："1，要使人类是动的；2，要人类有行为的自由"。阎宗临在这篇文章中还如此写道："如其，我们承认写的东西是作者很忠实的自白，再如其承认他不是听人谈尼采而偷窃来的，则他的这本书，在我看来，自然也是很平常了。"① 看看周作人在《素朴一下子——呈常燕生君——》和高长虹在《天才一下子》的相关文字便会知道，阎宗临这句话是针对一年多前周作人将高长虹与尼采联系起来这件事的："长虹中了听人家谈尼采之毒，自己以为是天才，别人都应该恭维他：这正适合酋长思想之表现，或者从前敷衍他的人们（按：指鲁迅）也应当分一点责任"②；"且不管这些，无论如何，我自己不自命天才，是可以证明的事。不料有岂明者，偏说我自命天才，证据则是我'听人谈过尼采'，而且是从文字上看来的"③。由此可知，在高长虹与周氏兄弟冲突这件事上，阎宗临是站在"虹哥"这一边的。

---

① 《关于〈献给自然的女儿〉》，《长虹周刊》第4期（1928年11月3日）

② 周作人：《素朴一下子——呈常燕生君——》，《语丝》第115期（1927年1月22日）。

③ 《走到出版界·"天才"一下子》，《高长虹全集》第2卷，中央编译出版社，2010年，第295页。

1928年10月13日，高长虹计划4年之久的个人刊物《长虹周刊》终于出版；12月29日，阎宗临读过5期《长虹周刊》后写作《读了〈长虹周刊〉之后》。在这篇文章中，阎宗临对《长虹周刊》及其作品的评价之高令人咂舌：“在国内，如有几个人很能了解那篇《母亲的故事》，那《长虹周刊》在当时，还不会遭 *Rouge et Noir*（按：《红与黑》）的命运，让我说句狂飙的话罢：这一篇文章确是启示出人类的福音，一切，都装在里边。不要再坐在公园的凳子上，思索你们的未来，还是多睁开你的眼才好，睁开些，再睁开些！有谁不感觉到周身的空气是多么沉闷啊，他窒息了我们的呼吸，在过去，在现在，怕的还在未来！我又不说《长虹周刊》便是修身，齐家，治国，平天下的经典，我是说在你们走着这条不平而又无尽的路上，敢不敢整起你们的力量，尽力地改变改变你们周身的闷气？”① 第二天，阎宗临还给高长虹写信一封，在简要评价《长虹周刊》前5期作品的同时介绍了自己的写作情况：“我也存的些诗和小说。近来写了一节《曼纳夫》，我自己以为比较好一点。”② 1929年2月16日，高长虹在回信开头如此写道：“你的诗和小说，可选几篇最好的寄我看看。你是有生活的，你缺乏的只是文字。近来看你的信，文字上还不很熟练，所以你仍须努力。一般的青年作者，初出来时，发表便是一个难关。这在你是没有的。不过，我却总有些标准高，所以，仍须你写出好的作品。”③ 在现存的22期《长虹周刊》中，我们未能看见阎宗临作品。既有可能是阎宗临未寄，更有可能是高长虹未收到——高长虹回信后一个月左右便离开上海，直到1930年2月离开中国前都行踪不定。

---

① 《读了〈长虹周刊〉之后》，《长虹周刊》第18期（1929年2月9日）。

② 《通信十一则》，《长虹周刊》第18期（1929年2月9日）。

③ 《通讯九则》，《高长虹全集》第3卷，中央编译出版社，2010年，第467—468页。

三、情寄《大雾》

《大雾》是一部中篇小说，考察一下它的写作原因、内容和保管、出版情况便会发现，这一切都凝聚着阎宗临对高长虹的深情。

关于《大雾》的写作原因，阎宗临1942年1月26日在《后记》中如此写道：

> 十八年前，寄寓在北平一个报社，认识了几位研究文学的朋友，看他们的创作，读翻译的著述，使我感到深厚的兴趣。那时候，我以为文学是黑暗社会的匕首，它能使不安者宁静，烦恼者快乐，因而跟着他们，我也来研究文学。
>
> 继后在里昂做工三年，受了许多事实的教训，逐渐发现自己没有创作的能力。这并不是自馁，实因一个作家，须要有严肃的生活，渊博的学问，以及颖脱的资质。我既不能具备这些条件，遂决心抛弃了文学，研究历史，不觉已快十三年了。
>
> 但是，我永远怀念着这一段幻梦的生活，他具有一种魔力，要我不断地回想与分析，由分析而烦闷，因烦闷而眷恋。我眷恋他，因为眷恋我自己已逝的生命！总想找一个宁静的机会，把他记录出来，分别赠给几位朋友。在九年前，与佩云在海程上时，居然实现了我的这个愿望。①

这些满怀深情的文字告诉我们，阎宗临写作《大雾》是为了记录自己18年前的“一段幻梦的生活”。现在我们便来考证阎宗临寄寓在北平报社时认识的“几位研究文学的朋友”到底有哪些人？

---

① 阎宗临：《大雾·后记》，任茂棠、行龙、李书吉编《阎宗临先生诞辰百周年纪念文集》，山西人民出版社，2004年，第211页。

首先看看阎宗临的经历。阎宗临1924年从崞县中学毕业后到北京，曾到梁漱溟在曹州办的重华书院（亦称曲阜大学预科），不久便回北京到朝阳大学就读；景梅九办的《国风日报》复刊后到报社做校对，与“给《学汇》负着一点责任”① 的高长虹相识；1924年12月初搬到宣外魏染胡同国风日报社——北京《狂飙》周刊第1—13期的发行者为“国风日报社狂飙周刊部（宣外魏染胡同）”；1925年2月8日首次出现在《鲁迅日记》中：“午后长虹、春台、阎宗临来”；1925年7月带着华林的信到河南彰德府找到景梅九希望出国勤工俭学并得到热心人士资助；1925年11月上旬在高长虹陪同下回到太原，三五天后离开太原；回北京后不久前往上海，1925年12月5日前往法国。②

其次看看这段时间阎宗临可能与哪些狂飙社成员有过交往。1924—1925年为狂飙社的太原时期和北京前期，太原时期的成员有高长虹、高沐鸿（劣者）、高歌、段复生（沸声）、藉雨农、荫雨（荫宇、宇）等，北京前期的成员有向培良、阎宗临（已燃）、高远征、王绪琴（欲擒）、吕蕴儒、云坞等。③ 由于阎宗临是从崞县到北京的，所以在太原时期的狂飙社成员中，阎宗临只可能与此时已到北京的高长虹、高歌有过交往；在北京时期的狂飙社成员中，高远征在太原，王绪琴在开封，阎宗临不可能与他们交往。由此可知，阎宗临所说的“几位研究文学的朋友”应为狂飙社成员高长虹、高歌、向培良、吕蕴儒、云坞等以及国风日报社的其他成员。

---

① 《我的悲哀》，《高长虹全集》第3卷，中央编译出版社，2010年，第39页。

② 肖飞：《从山村走出来的学者——阎宗临》，任茂棠、行龙、李书吉编《阎宗临先生诞辰百周年纪念文集》，山西人民出版社，2004年，第113—114页；廖久明：《一群被惊醒的人——狂飙社研究》，武汉出版社，2011年，第84页。

③ 廖久明：《一群被惊醒的人——狂飙社研究》，武汉出版社，2011年，第3页。

现在来考证阎宗临与哪些“朋友”的关系最密切。除高长虹外，高歌应该是阎宗临最早结识的狂飙社成员——他们相识于国风日报社，不过没有多久他们便分别了：“1925 年初与吕蕴儒、向培良到河南开封筹办《豫报副刊》（5 月 18 日创刊）。1925 年 8 月《豫报副刊》停刊后回老家照顾病重的母亲。高长虹到上海开展狂飙运动后，于 1926 年 5 月初到北京接编《弦上》周刊。”① 向培良的情况为：“1925 年 2 月与高长虹长谈后加入狂飙社……4 月 14 日，‘晚培良以赴汴来别，赠以《山野掇拾》一本及一支铅笔’（《鲁迅日记》）。《豫报副刊》停刊前后离开开封，10 月中旬回到北京，与高长虹等人筹办《狂飙》不定期刊。”吕蕴儒的情况为：“在北京《狂飙》周刊发表《爱神战胜了》（第 14 期）、《某君日记》（第 16 期）两篇文章；第 14 期起周刊的发行处为‘北京中老胡同十五号吕蕴儒转’。曾与高歌、向培良等到河南创办《豫报副刊》，4 月 22 日：‘上午得吕琦信，附高歌及培良笺，十八日开封发’（《鲁迅日记》），鲁迅 4 月 23 日给三人的回信发表在 1925 年 5 月 6 日《豫报副刊》。”云坞的情况为：“《鲁迅日记》1924 年 12 月 20 日载：‘午后云五、长虹、高歌来。’云五，《全集》注‘未详’。按，此人为‘贫民艺术团’最早成员（按：当为‘平民艺术团’），名叫张蕴吾，1924 年冬到京，跟高长虹等人住在一起，曾有小说《村人李成》（按：第 3 期）、《往那儿逃走》（按：第 4 期）在《狂飙》发表，署名‘云坞’。1926 年夏仍在北京。其余不详。”② 除这些狂飙社成员外，阎宗临还应该与国风日报社的其他成员有过交往，不过仅为《国风日报》校对的阎宗临，不可能与那些有名望的人成为“朋友”，与他身份类似的人则不多。综合以上分析可以知道，在阎

① 廖久明：《一群被惊醒的人——狂飙社研究》，武汉出版社，2011 年，第 55—56 页。

② 廖久明：《一群被惊醒的人——狂飙社研究》，武汉出版社，2011 年，第80—87 页。

宗临所说的“几位研究文学的朋友”中，最亲密的朋友应该是高长虹。

阎宗临的《大雾》写作于1934年秋，此时他正与结识不久的恋人梁佩云乘船前往瑞士，热恋中的阎宗临却念念不忘以高长虹为主的“几位研究文学的朋友”当与自己前一段时间的经历有关。1933年夏天，阎宗临以优异成绩取得了瑞士国家文学硕士学位。这年适逢恩师岱梧教授当选为伏利堡大学校长，学校要开设中国文化讲座，岱梧教授遂聘阎宗临担任讲席，并给予一年休假期和往返船票，让他回国探亲。9月，阎宗临回到阔别10年的故乡山西五台，探亲之后返回北京。1934年受聘于北京中法大学服尔德学院任教授，讲课一学期，并在《中法大学月刊》上发表了《巴斯加尔的生活》、《关于波特莱尔的研究》等论文。这年阎宗临刚满30岁，已经是年轻的教授了。1934年秋天，阎宗临重返伏利堡大学任中国近代思想史教授，同时准备博士学位的考试。① 就在阎宗临回国探亲那一年，国内已经有两年没有任何消息的高长虹突然在张申府（曾加入狂飙社）主办的《大公报》副刊《世界思潮》第36期（1933年5月4日）发表了《民自为战》的通讯，提倡在日本进袭热河正急的情况下“民自为战”。② 阎宗临回国后，熟悉狂飙社历史的人难免会在这位“小弟弟”面前谈起曾经名噪一时的高长虹。高长虹1932年在德国研究马克思主义期间，曾到瑞士找在那里读大学的阎宗临资助他治病。③ 在人们谈起高长虹时，阎宗临难免会想起高长虹当时落魄潦倒的情景并进而想起狂飙社时期的情景。

---

① 肖飞：《从山村走出来的学者——阎宗临》，任茂棠、行龙、李书吉编《阎宗临先生诞辰百周年纪念文集》，山西人民出版社，2004年，第113—114页。

② 《民自为战》，《高长虹全集》第3卷，中央编译出版社，2010年，第563页。

③ 廖久明：《高长虹年谱》，人民出版社，2011年，第291页。

关于狂飙社成员的情况，笔者曾有如下概括："狂飙社成员中除常燕生、张申府等少数几人在五四时期便已成名外，多数是在五四新文学直接哺育下走上文学道路的，他们可以看作被五四新文化运动'惊醒'的人。"在他们被"惊醒"后，却发现周围是"绝无窗户而万难破毁"的"铁屋子"，但是他们"没有睁着眼睛等死，而是呼唤着同伴，用自己的血肉之躯一次又一次地向'铁屋子'撞去"①。"铁屋子"是那么万难破毁，他们想出去的心情又是那么迫切，所以他们焦躁万分，于是不断攻击社会，攻击他人，最终在将"铁屋子"撞出一些印痕的同时更将自己撞得伤痕累累。对这些情况，阎宗临是熟悉的，所以他1934年11月3日在为《大雾》写的《自识》中如此写道："书中数人的生活，当时辗转在大雾之中，没有光，没有热，时时在阴暗中挣扎。他们忧积愁心，终身羁绊在生活的铁柱之上，绝不求人们的同情与太息，因为生活原是如此，何能责之过苛，而望之太奢哩？"② 可以肯定地说，如果生活不是那么严酷，高长虹取得的成就不会比阎宗临差。

尽管阎宗临在《大雾》中希望写出"几个熟悉的面孔"，并且阎宗临的求学经历"与书中所写邓五成的求学经历完全吻合"③，石君与高长虹或者其他狂飙社成员的经历却有很大不同。很明显，阎宗临并不打算一一对应地写出那"几个熟悉的面孔"，而是对他们进行综合加工，以便描写一群年轻人如何在冷酷的现实面前抱团取暖。不过根据以下文字可以知道，石君确实有高长虹的影子：

正在沉思各种神秘问题时，有人放在他面前一个纸

① 廖久明：《一群被惊醒的人——狂飙社研究》，武汉出版社，2011年，第37—38页。

② 阎宗临：《大雾·自识》，任茂棠、行龙、李书吉编《阎宗临先生诞辰百周年纪念文集》，山西人民出版社，2004年，第161页。

③ 韩石山：《大雾中的人生——读〈大雾〉》，任茂棠、行龙、李书吉编《阎宗临先生诞辰百周年纪念文集》，山西人民出版社，2004年，第67页。

包。他打开，内边是几本新书和杂志，系他朋友石君寄来的。自从放假以来，生活的刑具，使他失了孩子的天真，他不敢向他朋友说知，他自己咬住牙的忍受。这几本书，像是枯禾得雨，他觉着又回到学校内，他看到石君的微笑，石青的温厚，他觉有这样的朋友，也便够了。

无心中翻开一页，正碰到这几句话：

“我是一只骆驼，我的使命是负重，走那千里无草的莽原。”他像得了至宝，他觉着一切都在狂动，从这几句话上，去建设他的生活，长大，成熟，奉献给期待他的人们。①

尽管石君和邓五成的交往情况与高长虹和阎宗临不同，石君对邓五成的鼓励、帮助等友谊则很容易让人将高长虹与阎宗临联系起来；“我是一只骆驼，我的使命是负重，走那千里无草的莽原”则有可能来自高长虹的“我是一只骆驼，我的快乐只有负重”②。

《大雾》完成于1934年11月，出版于1942年，这其间的经历也可看出阎宗临对该书稿的重视并进而看出他对该段“文艺生活”的重视。抗战爆发后，阎宗临决定回国，他将自己在欧洲多年收集的图书资料装成五大箱运往上海，这批资料后来毁于战火。《大雾》没有被毁，说明它应该是被阎宗临随身带回祖国的。回国后，阎宗临辗转于太原、汉口、桂林等地，在那朝不保夕的战时，有多少重要的东西需要带在身边，阎宗临却将《大雾》书稿带在身边，由此可知该书稿对他的重视程度。在说到《大雾》出版原因时，阎宗临如此写道：“将九年前写的《大雾》印行，不敢存丝毫的奢望，只

① 阎宗临：《大雾》，任茂棠、行龙、李书吉编《阎宗临先生诞辰百周年纪念文集》，山西人民出版社，2004年，第176页。

② 《精神与爱的女神·精神的宣言》，《高长虹全集》第1卷，中央编译出版社，2010年，第3页。

是纪念已经结束了的一段文艺生活。"① 读着这样的文字，不得不承认阎宗临确实非常怀念这段"文艺生活"。

高长虹于1954年春离我们远去了，阎宗临于1978年10月5日也离我们远去了，他们不但给我们留下了相濡以沫的故事，并且给我们留下了很大遗憾：要是阎宗临能活到改革开放以后，凭借他与高长虹的关系，他一定愿意写出自己与高长虹之间的感人故事，我们不但能够据此了解北京前期狂飙社的情况，还能对当时的文坛有更多了解。遗憾的是，这一切仅仅是假设。

① 阎宗临：《大雾·后记》，任茂棠、行龙、李书吉编《阎宗临先生诞辰百周年纪念文集》，山西人民出版社，2004年，第211页。

大雾里的人生*

——读阎宗临先生的《大雾》

韩石山

一

纵向的时间，如同一道横向的墙垣，隔断的不光是昔与今，还有旧与新。于是这一段段的时间，便成了一道道的台阶，循着它们，可以一阶一阶地走向幽暗，也可以一阶一阶地走向明媚，全看你把这些台阶怎样排列：从眼下算起往下排列，还是从眼下算起往上排列？往下往上，只是一个意念，却关系到你的历史观，不是全部，也可以是对某一历史时期的成见。你是悲观的，就往下排列，你是乐观的，就往上排列。因为是往后看，悲观和乐观又打了个颠倒。你对现状是乐观的，对过往的历史就是悲观的，哪怕只是一点点的不屑。你对现状是悲观的，对过往的历史就是乐观的，哪怕只是一点点的欣赏。

说了这么多，只是要说一句话，我对中国新文学运动初期的那批人物和他们的作品，有一种嗜痂似的偏爱。这纵向的时间，在我面前筑起的是一道道向上的台阶。不回避忧伤，不嫌弃粗糙，循着这些台阶一步步地走过去，我看到的是草莽间的晨露，是朝晖似的

---

* 原载《小说评论》2004 年第 6 期。

明亮。

这也就是为什么，阎守诚学长，一位我在校时的高年级同学，把他尊翁的两部旧作寄给我，我看了会那样的感激又那样的欣喜。感激是因为他的信任，欣喜是因为我的偏嗜。至于他认为他的尊翁是我的老师，我现在是一名作家，评论一两部作品不是什么难事，则是次而又次的理由。我不是个有多强的社会责任感的人。

阎宗临先生，守诚学长的尊翁，我在山西大学历史系上学时，已不再担任系主任，年高德劭学问又好，早已转任历史研究所的所长了。听说还给四五年级兼着课。我没那个福分，入学后只上了半年课，“文化大革命”就闹腾起来了，此后一天课也没上过。纵然如此，他的经历，他的学识，他对文学的那份情怀，他在世界文化史上的造诣，我还是知道的，还是衷心敬仰的。当年最让我折服的是，那么年轻的时候，就跟鲁迅先生有过交往。后来才知道，他还是中国一个著名文学社团狂飙社的成员。虽说我没看过他写的史学著作，也不知道他写过什么文学作品。

现在看到了，一下子就是两本。一本是散文集，叫《波动》，1935 年北平传信书局出版；一本是小说，叫《大雾》，1942 年中国文化服务社广西分社出版。这两个年份都没有多大意义，而它们的写作却像传奇一样的动人，像诗歌一样的优美。

这就要说到阎先生的经历。

1924 年秋天，年仅二十岁的阎宗临来到北京，结识了其时已颇有文名的山西同乡高长虹，参加了狂飙社的活动，是该社最年轻的成员。第二年春天，与鲁迅相识。1925 年底，经山西名流景梅九帮助，以勤工俭学的名义赴法国留学。抵法后，一面做工一面在中法大学读书，积攒下足够的学费后，1929 年赴瑞士伏利堡文学院注册学习。1933 年获该校文学硕士学位，留校任教并准假一年回国探亲。回国后，先赴山西探望双亲，第二年在北京中法大学服尔德学院讲课一学期。同年秋偕未婚妻梁佩云返回瑞士，担任中国近代思想史教席，同时准备博士学位的考试，两年后获得博士学位。1937年抗战爆发后，与新婚妻子一起回国效力，历任广西大学、中山大学、山西大学教授。1978 年去世，享年七十五岁。

可以说，从 1925 年底赴法留学起，这位狂飙社的小伙计，便疏远了文学，放弃了写作。多年的潜心攻读，一个又一个学位的获得，成就了他在世界文化思想史上的功业，却难以割舍他对文学的那份眷恋。一个最为明显的标志，该是刚到瑞士，便去拜访了其时也在瑞士的罗曼·罗兰。写作的冲动，想来不会没有，繁重的学业，这里那里的奔波，这冲动只好化作轻轻的叹息，消逝在异国的图书馆与林荫道上了。

然而，奇妙的事情发生了。这黄土高原上长大的读书郎，这奔走在欧陆大地上的年轻学者，一旦坐进轮船的舱室里，卸去了学业的重负，松弛了疲惫的身心，船舷外涌动的波涛，必然就激起了心底的文学的涟漪，这便有了 1933 年回国途中完成的散文集《波动》。晨昏间站在甲板上凝神远眺，海雾中影影绰绰会看见年轻时的自己与伙伴们的身影，勾起的岂止是一时的想象的激情？这便有了 1934 年返回瑞士船上所写的中篇小说《大雾》。

上世纪二三十年代，轮船经印度洋，往来于法国马赛和中国的上海之间，大约要一个月的时间。这段时间，足够一个勤勉的人，完成一本不太厚的著作。

一个早年投身文学活动的青年，从事史学研究之后，终于在他三十岁时，了却了早年的心愿。和《波动》相比，《大雾》更能体现作者的理想和追求。

这是一部身世之作，也是一部缅怀之作。

二

当我烦闷时，有几个熟悉的面孔，浮在心头，向我讨索，使我惆怅。及到船上，依栏俯视银波，他们迫我更甚，不堪其扰，放胆记录出来，名为《大雾》，此后的心境也许少微有点宁帖吧？

书中数人的生活，常时辗转于大雾之中，没有光，没有热，时时在阴暗中挣扎。他们忧积愁心，终生羁绊在生活的铁柱之上，绝不求人间的同情与太息。因为生活原是如此，何能责之过苛，而望之太奢哩？

谨以此纪念为生活牺牲的几个朋友。

这几句话，是阎宗临先生写在书前的《自识》，排在向培良的《序》之后，也就是我们通常所说的《自序》吧。全篇就这么多。落款是：宗临一九三四年，十一，三日，米兰旅舍。

且让我们由此切入，走进阎宗临先生的文学世界。

前面提到阎先生是狂飙社的成员。这里有必要说说狂飙社。这是中国现代文学史上的一个不容忽视的文学团体，他的领军人物是高长虹。

狂飙社的创立与发展大致是这样的。1924 年 9 月，高长虹在太原创办《狂飙》月刊，出了三期。同年秋，高长虹与弟弟高歌来到北京，依附景梅九的《国风日报》办了《狂飙》周刊。1925 年 3 月 1 日，发表《本刊宣言》，正式提出了以反抗旧传统、宣传进步的科学文艺为主要内容的“狂飙运动”。同年 3 月 22 日，《狂飙》周刊出至十七期停刊。4 月，与鲁迅、荆有麟、章衣萍等人，合作创办《莽原》周刊。年底出版《狂飙》不定期刊。1926 年初，出版袖珍刊物《弦上》周刊。同年秋到上海，重振旗鼓，出版新的《狂飙》周刊，同时与三家出版社合作出版三套狂飙丛书。10 月，与鲁迅发生冲突，仍继续推进狂飙运动。1927 年 1 月，《狂飙》周刊出至第十七期因经费不足停刊。1928 年 4 月，在上海成立狂飙出版部、狂飙演剧部，出版《狂飙出版部》、《狂飙小剧部》。年底狂飙运动的机关刊物《狂飙运动》出版。以高长虹为领军人物的狂飙运动，一直持续到1930年高出国为止。据《中国现代文学社团流派辞典》介绍，先后参加狂飙社活动的人员，除高长虹、高歌兄弟外，还有向培良、尚钺、黄鹏基、柯仲平、高沐鸿、高远征、郑效洵、李逸之、袁学易、张申府、陈德荣、张稼夫、朱谦之、任白涛、阎宗临、鲁彦等。

把阎宗临排在较后位置是有道理的。1924年冬，阎宗临在北京，结识高长虹等狂飙社人士时，不过20岁。郑效洵晚年曾说："我和已然是当时社中最年轻的人。"已然也作已燃，是阎当年的笔名。

这样的年龄，几乎注定只会是狂飙社里的小伙计，不会成就什么大事业。历史像是一位睿智的老人，早就看出了高长虹性格中的缺陷，知道他这样风风火火地干下去，在中国是不会有什么好结果的。预先便作了一个聪明的安排。以便多少年后，有人能赓续狂飙社的事业，给它一个不能说多么完美，却可说是一个意味深长的终结。

高长虹的业绩是光辉的，命运却十分悲惨。20年代初期的那几年，他在中国文化界可说是声名显赫一时，人们认为他的杂文堪与鲁迅、周作人媲美。1926年与鲁迅闹翻后，备受攻击，以致在文坛无法立足，只好远走欧洲。抗战开始后回到国内，奔赴延安，又不容于当道。抗战胜利后，随解放军部队来到东北，暂住沈阳，直到建国初，忽然不见踪影。至今死于何年，葬身何处，仍是个悬案。

自从高长虹与鲁迅闹翻后，狂飙社的人物也就风流云散，难成气候了。也是因为这个原因，此后狂飙社的旧人，也就很少再谈这段往事。这也就是为什么，狂飙社的大将向培良，在将近十年之后，读到阎宗临的这个中篇小说，为之写序时会那样的激动了。在《序》中他说：

照这样说来，就知道一个艺术家要以怎么样的生活态度自处了。所以经狂飙社的时代起，我们这一群就有着坚定的信念，至今不变。这信念，作者是从他的《大雾》表现出来了。我们在创作的态度上反对趣味的欣赏，在生活的态度上反对猎奇式的追逐，反对为忏悔录预拟材料。更其深更其苦地生活到人间世的核心，更其苦更其迫切地把生活里不能完成的到艺术里去完成。

明白了这个大的文学背景，也就可以更深切地了解阎先生为什么要写这样一部作品，也就可以更深切地了解《大雾》里面的生存与搏击，更深切地了解那一茬文化人的胸襟与志趣。

所以名为《大雾》，作者在《后记》中是这样解释的：

写完后，道遇洛桑，列芒湖为大雾笼罩，不辨咫尺。我想生活也似大雾，他虽弥漫了我们，他的本身却是可爱的，不允许任意玩弄的，正如雾中的列芒湖，阳光一照，仍然会呈现出他秀丽的姿态。在此，我们所能努力者，只有修养自己的内心，准备与环绕我们的大雾来搏斗。因此将这部没有组织的记录，题为《大雾》。

三

全书四万多字。

故事的发生地，以时间的推演，分别是朴卫村、县城、北京。时间不长，当在20世纪的前几年。前面所写的一段邓家的发家史，可说是全篇的引子。

这个朴卫村，没有明确指出是何省何县，只说“北地的山谷内，层峦环列，中有个朴卫村，那里没有显贵的望族，却有些驯良的顺民”。又说，“煤窑是他们生活的来源”，“他们只知道以生命与石炭来搏击，日日隐藏在不见天日的黑洞内，去断送他们的时光”。据肖飞《山村走出来的学者———阎宗临》一文中说，阎先生的家乡“山西省五台县中座村，位于五台山南麓，滹沱河畔，依山傍水，是一个小小的山村。这里民风淳朴，土地贫瘠，村民多以土法掘煤为副业”。据此我们有理由认为，这个朴卫村，就是中座村。也即是说，这部小说带有自传的成分。

再一个证据就是，阎先生求学的经历，与书中所写邓五成的求学经历完全吻合。这样我们也就可以知道，书中的县城，就是阎先生上中学时的崞县。此县后来改称原平县，现为县级市。

且让我们随着作者的笔触，领略书中的人世沧桑。

村中一户人家，父亲邓旺儿，妻李氏，有一子名五成。邓旺儿和他的连襟李二，都在本村财主余五金的煤窑上做工。在一次塌顶事故中，李二丧命，旺儿由此受到刺激，一定要摆脱这种生活，过上宽裕的日子，还要让他的儿子上学读书。几年后，旺儿终于实现了这一理想，盘下五金破产的小店，开了一间自己的杂货铺，并取代余五金当了朴卫村的村长。这还不算，旺儿“心中最为得意处，是五成住到中学内。他并不盼望五成名震海内，只想房后可贴一张报单，他已满足了”。

正当旺儿事业发达的时候，祸从天降，先是投了大资挖掘的煤窑让水淹了，连带的铺子也濒于破产，虽有三十亩山地，却遇上从光绪三年以来没有见过的大旱，几乎颗粒无收。“在这苦难之下，旺儿如何禁得住打击，他疯了”。挨到这年七月，便撒手归天。

苦难的生活，把旺儿的妻子“磨炼成一个有骨气的女子。她并不哭泣，她也不叹息，她只想把土地变卖，将铺子拆算，清理了一切债务，好使她丈夫不落个欠人的名誉。她痛定思痛，自有几分难受，但想及五成的将来，她觉着还是幸福的人”。于是母子两人有了这样一段对话：

母亲抚着儿子的头，含泪说：“五成，不要难受，除过死的都是活的，如你父亲丢了煤窑，也要去活呀！我们的债务，卖上十亩地便够了！比起你姨姨来，我们还是财主哩！是你父亲量小，不肯放开，实说吧，肯活便会活呀。”

五成扯着母亲的手说：“妈妈，你只要不盼着我马上赚钱，我自有方法生活的。虽说才住了一年半的中学，我还是要继续下去。”

于是五成来到县城念书。

县城有个青年女子名叫石青，与母亲与弟弟一起生活。母亲死后，姐弟俩相依为命。伯父为了霸占家产，给石青介绍了个婆家，催促石青完婚，这样他就可以独占弟弟的家业了。弟弟石君上中学了，为了弟弟的学费，石青在教师段慰梅的帮助下，去了本县东镇的一所小学教书。上了中学的石青，和五成住在一个宿舍里，两人成了要好的朋友。石青经常接到姐姐的信，五成由此更加了解石青。在东镇小学，石青受到一个年轻男教师的纠缠，无奈之下，只好辞了职又回到县城。弟弟领上五成来家中看望。石青由弟弟的信上，早已知道了这个年轻人。弟弟一声“姐姐，我们来了”之后，五成便进了院里：

石青的眼前，站着一个十七八岁的青年：散乱的头发，覆在高额上，从清利的眼内，放出果敢坚忍的光芒。脸上反照着两种色彩，一种是来自敦厚的遗传，一种来自自强不息的努力。他不肯说话，却没有冷酷的神气。他瘦弱的身体，常在那里摇动，似一株晚风间摆动的杞柳，含着不屈不挠的精神。石青觉着似曾相识的，却想不起在何时何地！

两人由此互相喜欢，却难说就是无猜的恋情。

此时五成遇上了一个人生的难题。小的时候，父母就给他定下一个媳妇，裹着小脚，比他还要大两岁。母亲看着儿子一天天大了，逼着他早点结婚，且定下了日子。知道届时儿子不会回来，便骑了毛驴去学校，将儿子硬拽回村里。三月二十四日是成亲的日子，五成拗不过母亲，只有从命。成亲的第二天就赶回学校。村里的人都认为不吉祥，母亲也只有自叹命苦。

五成到了石青家里，见了石君，这时段慰梅来了，说她的朋友真晶来信，要她带两三个朋友到北京，他正在办一个报纸副刊，极需帮手，大家一起来做一番事业。五成和石青姐弟都很兴奋，一致同意去北京。五成回家，告知母亲，母亲虽说不愿意，知道拦不住儿子，只好勉强答应叮嘱他年下回来，一定要去看望他的岳父。

在北京的一年，“他们没有找到光明，也没有辟开新路，他们每天只在灰尘中打滚”。副刊停版了，真晶不能在京久居，此前慰梅已去了西北，他也要到西北去寻找慰梅。真晶要拉上五成同去，一心要把五成磨炼成一个强有力的青年。夜半时分，在西车站告别，五成对石青和石君说：“我们要走了。我们虽无荆轲的雄心，但在这种情形下走开，也够使人感慨了。”石青笑着说：“几日前五成的新诗，正好做了你们的写真：北风兮飕飕，穷途无归兮田畴，大地任飘游。”

北京城内，仍是石青和石君姐弟相依为命，石青还是原先的心志，犹如一个雕刻家，视弟弟为自己的作品，一心将这件作品雕刻得更其完美。只是这时的石君，已不是当年在小县城上中学时的小弟弟了。石君有了女朋友，逛公园，写情书，几乎荒废了学业。她痛苦，她困惑，却不能不面对这冷酷的现实。她哀求，她责备，甚至搬出母亲的牌位，感化这个不争气的弟弟。石君终于幡然悔悟，一心向学，以第六名的成绩考上一所大学，离开姐姐走了。十二年的苦心抚养，终于功成正果，她欣慰，她自豪，之后却是莫名的失落，难以忍受的痛苦。这时她才意识到，“石君是另外一个人，他们截然不同，几乎还有相反的地方。他们的关系，像雕刻家和他的作品，作品完成，虽充满了他的生命，同时亦宣布他脱离”。占有的逃脱，是人间最大的悲哀。

为弟弟牺牲几近十二年的石青，一旦解脱了贴身的重任，身心恍惚，像一个断线的风筝，常是飘摇不定。她承认自己生来是为弟弟的，如今弟弟走了，她不知该如何自处。经不住这精神的折磨，她几乎发疯了。对镜自怜，倍感伤情，街头游走，不知何去何从。只有好朋友段慰梅知道她的内心的凄苦，却不知道她这些年来心之所系。这些年，她心里一直在恋着五成，却不愿意跟五成说明。无意间在段慰梅家得知五成来信问及她的处境，蓦然挑开了她情感的帷帘。回到住处，“她拿起笔来，想给五成写一封信，有不断奇离的情绪阻止她的手，她想说出深心的需要，她又觉着年岁已老，不愿误了可爱的五成。她想起这种本能的要求，似乎和她的行为有冲突，不觉脸上泛起一股血潮，用手急忙遮住，像是怕人看出她的心理”。理智告诉她，纵使五成满足了她的要求，她也不会幸福，因为她即刻就会发现，五成与别人一样，她不会爱他的。“并非石青是超人，乃是她的爱情，基建在灵和肉的混合，官感上得到灵的追求，灵的进展上得到肉的享乐。她自己说不出，而她却是感到的”。

于是悲剧便发生了。在慰梅处过夜的第二天早上，她还没有起床，五成从西北回来了。慌乱中她披上衣服，逃到慰梅的梳洗屋内。待她再出来时，这才看清，五成长高了，戴着绒帽，披着老羊毛外衣，两颊发红，表现出忍耐与胜利的神气。他依然不肯说话，不时流露出天真的微笑。两天后，五成来到慰梅家，说是石青留下一封信，人却不知所之。信是这样写的：

> 五成弟弟：除过君儿外，你便是我的弟弟。为了看你，我留到现在，而今目的已达，我要走了。要到什么地方，你将会明白。拿别人的一首词抄来送你，幸勿笑姐之迂拙：真好佛天，真好修行坐，趁光阴，莫错过，前途不畏虎狼恶。一担行李，一程风，一程雪。取还真经，普度众生活。离别。
>
> 慰梅看完，只说：“真奇怪！……”五成接住问：“你知道她为何走开？”慰梅回答：“怕她也不知道吧！”

从这日起，北京再没有石青的踪迹。小说到此戛然而止。

四

前面我们说了，这部小说有自传的成分。然而，五成并不是书中的主要人物。不是作者写作时背离了初衷，作者原先的设想，要写的就不是自己。诚如《自识》中所说，他所以要写此书，乃是为了“纪念为生活牺牲的几个朋友”。也就是说，他是要以自己的经历，将年轻时遇见的几个朋友一一写出。这一主旨，在1942年写的《后记》中，说的就更为明确了。不光确认了先前的主旨，还说明了与这些人是怎样成为朋友，又是怎样的朋友：

> 十八年前，寄寓在北平一个报社，认识了几位研究文学的朋友，看他们的创作，读翻译的著述，使我感到深厚的兴趣。那时候，我以为文学是黑暗社会的匕首，它能使不安者宁静，烦恼者快乐，因而跟着他们，我也来研究文学。

书中的主要人物，应当是石青、石君姐弟。对于这一对姐弟之间感情的描写，是相当成功的。不是一味的关爱，也不是一味的督责，还有逐渐加深的隔膜，最后的断裂。有一节特别动人。就是石青发现弟弟因恋爱而荒废了学业，内心很是痛苦，却无法对人言说。且看作者是怎样写的，顺便也领略一下作者简洁蕴藉的文字风格。下面是在公园里的一段：

> 可是，自从一月以来，石君每晚回家，总在七八点以后，石青也不愿问他，却感到深的不安。这天，中央公园开放，她感到烦恼，像是魂不附身，她无目的地出去，信步进到公园里。从人挤人的走廊内，站在含苞牡丹的前面，她觉着噪杂，想找个较清静的地方。她没精神地穿过花房，踏着木桥，向着水榭前走，眼前开着许多丁香，好像到了另一个世界。正在玩味她的心绪的演进，忽然看到

石君跟在一个少女的后面，向山那边去了。他们舒服的情态，像是花间升沉的双蝶。这时候石青发呆地站住，眼中放出一股黑气，软的便坐在椅上，只觉着发冷发抖。把一块纱手绢覆在脸上，竭力克制自己的情绪，她想：石青也大了，难道我和他住一辈子不成，她尽力扭自己说：“我太自私了。”

再看当天晚上回到家中的一段：

在石青把信送去后，已快十二点了。她回到家中，推开门子，室中空空洞洞的，她有点害怕。她看不见弟弟，她不知道他那里去了。桌上放着本《楚辞》，书包搁在桌上，吃了饭的碗筷，依旧放在锅内。石青坐卧不安，不知如何才好，她相信石青不会不辞而别。她坐在灯下，看着地上的布鞋。她觉得特别大。她拿起来，颠倒去看。她奇怪石君长的太快了。她自己说：现在他不是孩子，他是青年，他有独来独往的能力，不能再像以前干涉他。一切都完了，真的，一切都完了！

轻松、跳跃、简洁而有蕴含，是作者文字的最大的长处。推想其来由，既得之当初的习染，也有出国后文学上的训练。哪怕仅是阅读上的感悟，毕竟已不是20世纪之初的简朴。尤其是性心理分析手段的采用，几十年后重读，仍让你感到作者体察的入微，功力的深厚。

据此也不必说这就是多么成功的小说。文学写作，不光需要多少年的执著，也需要不间断地演练。毕竟有十年的时间不再动笔，生涩处还是随处可见，至少结构上没有精心的设计。若是一部长篇的开头，可说精彩之极，可惜的是我们没有看到后面的完成。若就是一部完整的中篇，它的开头又显得过分的漫长。前后比例的失当，无论如何都是完整性的欠缺。最动人的该是五成从西北回来后，石青与他之间的情感的纠葛，既有情与爱的交融，也有灵与肉的冲突。多么好的演员，多么好的舞台，正要演出一场声情并茂的大戏，而幕布却倏地降落。

所以这样匆匆结束，推其原委，我想，该是他和梁小姐乘坐的轮船已到了马赛。

这篇评论，前前后后写了半年。原本是守诚学长最早的安排，交稿时却成了一个可怜的孙山。为阎先生策划的书，已送到出版社了，这篇文章仍未写完。直到出版社的编辑说她已开始整理书稿，这才强使自己坐下来，用两天时间完成了全文的后半部分。且不说令人敬重的阎先生了，先就对不起守诚学长的嘱托。

鲁迅与阎宗临*

董大中　郭汾阳　毛俊峰

“我是在1924年冬天黄昏的时候去看鲁迅先生的。那时，我刚刚20岁。”① 这是阎宗临48年后为纪念鲁迅逝世36周年写的《回忆鲁迅先生》一文的第一句话。查《鲁迅日记》，阎宗临的头一次造访，是1925年2月8日，这一天午后，“长虹、春台、阎宗临来”。阎宗临所说“1924年冬天”是否就是2月8日呢？这以后，阎宗临在《鲁迅日记》上还有几次记录：

3月9日夜，荆有麟之后，“阎宗临，长虹来并赠《精神与爱的女神》二本，赠以《苦征》各一本”。《精神与爱的女神》是高长虹的首部诗集，刚好由北京贫民艺术团编辑、永华印刷厂印行出版。《苦征》则是鲁迅翻译的日本文艺理论家厨川白村的文艺论文集《苦闷的象征》，刚好也是出版了单行本（北大新潮社代售，《未名丛刊》之一），阎、高得鲁迅馈赠。但这两本珍贵的鲁迅签名本大概都没有保存下来吧。

6月16日夜，又继荆有麟之后，“长虹、已燃来”。已燃，是阎宗临原名，又为已然，他字琼琳，又为宗临。

---

* 节选自《鲁迅与山西》（北岳文艺出版社，1998年版）、《阎宗临先生诞辰百周年纪念文集》（上编）。

① 阎宗临：《回忆鲁迅先生》，《山花》1972年第1期。

9月5日，“已燃、长虹来”。这是《鲁迅日记》所记阎宗临1925年的四次造访。

阎宗临，山西五台县人。1924年夏入京求学，同时考上梁漱溟在山东曹州办的重华书院和北京的朝阳大学法律系。但阎对梁氏的佛学体悟以及中西文化说不感兴趣，听课不久，就放弃重华书院而奔就朝阳大学，住在北京西城皮库胡同的大方公寓。那时阎宗临志在文史，每天步行至海运仓朝阳大学读书，恰先后住在北京宣外椿树胡同盂县会馆、沙滩银闸公寓的山西才子高长虹揭橥“狂飙运动”，以其为中心凝聚了一批京城有志于文学的青年，继北大向培良、黄鹏基、尚钺以及从山西奔来的高长虹弟高歌等之后，阎宗临也被卷入“狂飙”的漩涡。同高长虹的结识，使阎宗临参加进狂飙社，由此，更步入了鲁迅的宅屋，那个20岁刚出头的山西后生，亲聆了鲁迅的宏论，亦目睹了鲁迅的生活和工作，阎宗临后来动情地回忆初见时的鲁迅：

> ……瘦而不高，平头，穿蓝布长褂，皮鞋，衣服很素净。精神很饱满。眼光锐利，像常常在战斗。去看他的人，多是青年，很随便，自己找坐处，说话也不拘束。鲁迅常说笑话，自己却不笑。他对青年非常热忱。

又回忆谈话的环境：宫门口西三条胡同二十一号鲁迅的工作室，“房间并不宽大，却很整洁。靠近窗子是床铺，窗外是后园。……他的桌子洁净而宽大，不摆书籍与稿件，只有些文具、时钟、烟盘。他经常吸的是极普通的哈德门香烟”。

阎宗临细致观察，对鲁迅充满敬意。他四次会见鲁迅，有一些谈话，可惜后来他只回忆了《京报副刊》“青年必读书”争论时的一段对话。阎征询鲁迅对“青年必读书”的意见，“问后，他抬起头来，沉默好久，说：‘除线装书和印度书外，都可读。不过在平时，我没有留心过。’”鲁迅的回答，竟影响定型了阎宗临后来的学问方向和兴致。不读“线装书和印度书”，因为它们“与实人生离开”，从“人的发现”的视野角度出发，鲁迅就倡导“读外国书”，因为读后“往往就与人生接触，想做点事”，阎宗临虽说尚不至于能深刻领悟鲁迅这貌似偏激的谈话，但也既有不喜欢梁漱溟文化路向说在前，又得狂飙社同仁宗旨“强的文艺”的砥砺和熏染在后，及聆鲁迅醍醐灌顶，“狂飙精神”的赛先生（科学）、婀小姐（艺术）既为“狂飙”同仁所尊崇。而赛先生、婀小姐的故土在欧洲，狂飙社既然致力于“介绍欧洲较进步的科学艺术到中国来”，阎宗临遂有旅欧留学志愿。他后来回忆1925年冬辞别鲁迅留学法国，这一“决定很大程度上是受先生思想影响的”，“读洋书就成了我青年时代的理想”。①

阎宗临欲西天取经，奈穷困潦倒，遂经高长虹介绍，在景梅九的《国风日报·学汇》任校对。时《学汇》为旅法安那其主义者之据点，因而阎宗临得以结识旅法归国的一些无政府主义倾向的文学家和艺术家，如曾与景梅九妻妹热恋的华林，代为介绍赴法留学，景梅九又慨然相助。在出入鲁迅寓所之后，1925年11月，阎由高长虹陪返太原，为赴法留学筹集资金。这年年底买舟东渡赴法，《鲁迅日记》也就消失了阎宗临的身影。

阎宗临抵法，与鲁迅仍有通信。

《鲁迅日记》1926年3月1日“以一法国来信转寄长虹”，想即阎宗临转鲁迅交高长虹之信。7月21日“得已然信，六月二十九日法国发”，则是阎宗临寄鲁迅的信。8月17日“上午分寄……阎宗临书籍”，想即阎来信索书，鲁迅应请寄书之事，惜事皆不详。

阎宗临法国勤工俭学，白天务工，夜里入夜校补习法文，余暇仍与国内狂飙社同仁互通音信。1926年2月，高长虹在《弦上》兴奋地报告同仁，“小弟弟已从巴黎有信来”，并当即发信给“爱读《弦上》的小弟弟”：“我们的《弦上》并且放大了，寄到巴黎

① 阎宗临：《回忆罗曼·罗兰谈鲁迅》，《晋阳学刊》1981年第5期。

伴你的孤寂的心！勿流泪，勿灰心，前进啊！"① 这对孤身一人在异乡苦做苦读的"虹哥的小弟弟"阎宗临来说，不啻是最大的心灵慰藉。1927年，阎宗临由巴黎迁里昂，先在一家化工厂做工，后竟被解雇。走投无路之际恰遇同乡忻州人石光彦，由石介绍进一家人造丝厂勤工俭学，后因工作勤恳升为实验室助理员。

1926年10月后，高长虹的《狂飙》周刊公开了他与鲁迅的冲突，远在法国的阎宗临虽不晓其间经由，但"深知道，我只懂得我和虹哥有好的感情"的"小弟弟"，也不由停止了与鲁迅的通信，在感慨"向来在我们中国，很少人注意到'人类生活的态度'。自古迄今，有那么多的典籍，却很少看到人类的两字"，譬如"人类生活取如何的态度？怎样才可使人类的生活进步？怎样才算做人类生活？……"阎"深为惋惜"的是"我们那么些汹涌澎湃的识者中，有谁曾有个归根结底的说明。这是假英雄名义的偶像，在古城中塑起千万。确乎，这便是我们的'先驱者"'②。也就意有所指了。

自称"虹哥的小弟弟"的阎宗临受高长虹影响颇深，两人自京城相识后，相互友好，有些场景始终记忆犹新，如两人往鲁迅寓所前的"1925年1月16日，我同虹哥出西直门外。那时候，我们装上一盒红狮子烟，做野外的旅行。他……笑的向我说：'假如我们有钱时，《长虹周刊》马上便出来了"'；又如"在北河沿于半夜里我们在柳树上的谈话"③，"谈论未来的军国大事，我做大将，小弟做副将……"④ 当真的《长虹周刊》出刊时，远在法国的阎宗临依然感慨于"有谁不感觉到周身的空气是多么沉闷啊，他窒息了我

① 高长虹：《弦上》1926年第1期。

② 阎宗临：《关于〈献给自然的女儿〉》，《长虹周刊》1928年第4期。

③ 阎宗临：《读了〈长虹周刊〉之后》，《长虹周刊》第18期。

④ 高长虹：《步月》《弦上》，1926年第4期（《高长虹文集》（下卷），山西盂县政协编，第74页）。

们的呼吸，在过去，在现在，怕的还在未来!”于是对《长虹周刊》及高长虹冀望颇高，谓之为“启示出人类的福音”和有似“巴尔扎克以文坛上的拿破仑打出的时候”①。那时，阎也写了《曼纳夫》等诗和小说。

1929 年，阎宗临考入瑞士伏利堡大学文学院，专攻世界古代史、中世纪史。1933 年，高长虹旅欧穷困潦倒，曾向“小弟弟”求援，数年后，由阎资助旅费返国参加抗战。这期间，阎已获硕士学位，且被聘为中国文化讲座讲席。1933 年秋至 1934 年秋，阎宗临归国，在北京中法大学服尔德学院代课，后返回瑞士获博士学位。阎宗临受鲁迅影响，研究西方文化与历史，旅欧 13 年，刻苦攻读，不涉舞厅等文娱场所，终以《杜赫德的著作及其研究》获瑞士国家文学博士学位。他还研究巴斯加尔、波特莱尔、歌德等西方文化巨子，考研中西交通及文化交流，并拜见了曾与鲁迅有文字之交、推荐译刊《阿 Q 正传》于法国文坛的法国大文豪罗曼·罗兰。阎宗临足履欧土，“那时，总渴望着见一次罗曼·罗兰先生，谈谈中国，谈谈中国的现实，谈谈我们这个时代有关青年的问题”②，大约也有谈谈鲁迅的想法，后来终于在法瑞交界的“西劳故宫”一座城堡的别墅里见到了法国大文豪罗曼·罗兰。阎宗临会见罗曼·罗兰是在 1929 年 11 月，时阎译出罗曼·罗兰的《米开朗琪罗传》，罗曼·罗兰为阎的中译本欣然作序，会见中两人还语及鲁迅。

先是罗曼·罗兰饶有兴致地谈起阎宗临的祖国——中国的情况，那个“拥有古老的文化”又“爱好和平”的东方古国，继说到托尔斯泰，他和辜鸿铭、陈季同的通信以及托翁晚年追悔未能很好了解中国的遗憾，罗曼·罗兰说他也有托翁晚年的心情，所以十分倾慕中国博大精深的文化传统，并且十分关注中国文坛的情况。

---

① 阎宗临:《读了〈长虹周刊〉之后》,《长虹周刊》第 18 期。

② 阎宗临:《回忆罗曼·罗兰谈鲁迅》,《晋阳学刊》1981 年第 5 期。

话题就绕到鲁迅及其作品。说到翻译《阿Q正传》及《约翰·克利斯朵夫》的敬隐渔（时侨居巴黎），罗曼·罗兰说他是读了《阿Q正传》“才开始接触到现代的中国”，并说“阿Q的苦痛的脸，深刻地留在我心上”。罗曼·罗兰又不无遗憾地感慨隔着重洋两地人民的阅读障碍，“许多欧洲人是不会理解阿Q的，当然，更不会理解鲁迅创造阿Q的心”，言下颇“想念中国”又为空间的阻隔相唏嘘。可惜的是阎宗临1937年返国参加抗战，罗曼·罗兰的序言连同《米开朗琪罗传》中译本俱毁于战火，今只有傅雷译本。敬隐渔（1901—1931）、阎宗临、傅雷皆与罗曼·罗兰有交往，也是中法文学交流史上的一段佳话。

抗战硝烟中阎宗临归国，此后执掌教鞭于山西大学，广西大学、桂林师院、中山大学、山西师院及山西大学，成为享有盛名的历史学家和教育家，除世界史、欧洲文化史、中西交通史、山西地方史等方面的著述外，他早年从事文学创作的作品集，只有中篇的《大雾》和散文《波动》、《夜烟》（皆“孤星丛书”）这三个册子。狂飙社中，以文学始而史学终，尚钺、阎宗临是两个例子。

也许，不再从事文学创作，阎宗临有关鲁迅的回忆也只留下一篇，再写作的年代又正是“左”倾思潮猖獗的“浩劫”时期，所以，《回忆鲁迅先生》这篇回忆也就尽量免提他、高长虹等与鲁迅具体的交往了。不过，从20岁时的阎宗临，直到近70岁老叟的阎宗临，他一直“觉着：鲁迅伟大的精神，有如一座高山，风雨吹荡他，云雾包围他。但是，人们在那里呼吸时，比别处更自由、更有力。纯洁的大气，洗刷思想的污浊。鲁迅先生就是这样一座高山，屹立在钱塘江畔，他的侧影，耸入无垠的天空”。

一位罗曼·罗兰教导过的中国留学生*

——记父亲 1929 年到 1937 年留学伏利堡天主教大学

阎守和

引言

在 1929 年，罗曼·罗兰委托瑞士伏利堡天主教大学找一位中国留学生为他解释鲁迅的作品，以满足他了解中国的强烈愿望。这位被选中的学生就是我的父亲阎宗临。他 1929 年进入伏利堡天主教大学攻读文学硕士，有幸得到了文学院的德·穆南克（Marc de Munnynck）教授的推荐，他结识了比自己年长 40 多岁的法国大文豪罗曼·罗兰。从 1929 年到 1937 年，在他得到博士学位回中国的 8 年间，和罗兰大师有过断续相处的际遇。父亲从来都没有忘记过他和罗兰先生的相处，也从来都没有忘记罗兰对他悉心教导的那段往事。

1971 年，我在胸部大手术后，回到父母身边养病。那时，母亲要我和父亲谈他在欧洲的留学际遇。她认为这是让父亲从当时不愉快的现实中解脱出来，改变他痛苦的精神状态的好方法。

我记得很清楚，在许多往事中，父亲讲得最多的是他和罗曼·罗兰相识的际遇。敏锐和深刻是罗曼·罗兰观察问题的特点，

---

① 刊载于《鲁迅研究月刊》2010 年第 9 期。

同时他也是一位幽默和有人情味的长者。父亲总括这段相处的感受说，罗兰是位严格的教授，也是很会关爱青年人的好祖父。

我是一名生物化学工作者。科学工作是无止境的，越做越会想做得更多更好。我在做实验、写论文、写综述，最后还用英文写自己的科学专著，直到2009年那本专著在伦敦出版。紧张、漫长、奋斗的科学生涯已把我推到了退休的年龄，我也开始写回忆录了。罗兰大师对父亲的教导和关爱，自然是我最想要写的内容。

我于1984年到欧洲，1988年得到鲁文天主教大学的博士学位后，留在该校在生物化学领域的不同实验室工作至今。欧洲的生活帮助我加深了我对父亲的理解，也使我愿意把他没有完成的事做好。特别是我愿意告诉法国人民，我父亲始终没有忘记罗兰先生对他的关爱和帮助。我也感谢伏利堡天主教大学把为罗兰先生工作的珍贵际遇交给了他。我也想说，我们中国人永远都尊敬爱护和帮助过自己的人。

一、我父亲和罗曼·罗兰的相识

1. 罗曼·罗兰想通过鲁迅的作品了解中国

据父亲说，罗兰先生想了解中国很大程度是受俄国大文豪托尔斯泰（Tolstoi）的影响。然而，他想通过鲁迅来了解中国却是来自一个偶然的机会。1926年，名叫敬隐渔（JIN Yin－Yu，1901—1931）的中国青年，把鲁迅的《阿Q正传》译成法文（*La véritable histoire de Ah－Q*），从里昂寄给罗兰先生，希望得到他的帮助，使译作在巴黎发表。这是罗兰先生第一次接触鲁迅的作品。他立刻被阿Q那张痛苦的脸深深吸引，产生了要通过鲁迅了解中国的强烈愿望。在罗兰先生的帮助下，《阿Q正传》的第一部法文译稿，于1926年5月15日的第41期《欧罗巴》杂志上发表了。

1922年，罗兰先生为了保护自己的独立性，也为了不受干扰，搬到瑞士西南部沃德州（canton de Vaudois）的维廉威（Villeneuve）城居住。这座小城邻近法国，罗兰居住的奥尔嘉别墅（Villa Olga）则在虹河入莱芒湖附近。（罗兰在法国中部他的故乡克拉姆西山村小镇有另一所住房。）他的父亲带着女儿和他在一起住。此时的罗兰先生决定要实现他了解中国的愿望。于是，就近请伏利堡天主教大学推荐一位能为他讲《阿Q正传》并回答提问的人。我的父亲有幸被大学推荐并被罗兰先生聘用。

2. 父亲第一次见到罗曼·罗兰

那是1929年11月下旬，一个阳光灿烂的星期六早上。父亲很早从伏利堡乘火车到洛桑，再换车沿莱蒙湖到维廉威城，找到罗兰先生家已是十点左右。正在别墅庭院里散步，身材瘦高的罗兰先生停在父亲面前。

罗兰先生伸出手说："早上好！我想，你大概就是我要等的那位中国年轻人吧。我叫罗曼，你呢？"父亲回答："罗兰先生好，是的，我姓阎名叫宗临。"

罗兰先生接着说："我能叫你临吧，这对我比较容易些。而你，可以叫我罗曼。"

"很好，罗兰先生。"父亲随即回答。

这时，罗兰先生转过头笑着问，"你不认为叫我罗曼比叫我罗兰先生更容易些吗？"然后，用一只手抱起他的猫，又做了个手势，说："跟我来。"

父亲跟在后面，有些腼腆地回答："是的，罗曼。"进入了小客厅兼书房，父亲看见里面到处都堆满了书和报。罗曼说："随便坐，我们就在这里工作。"摆在父亲眼前的是中文、英文和法文的《阿Q正传》，这时的父亲已经不再紧张了。

3. 罗曼·罗兰惊喜父亲来自鲁迅身边

罗曼要父亲先介绍自己的简历。他吃惊地问："啊，你是农民的儿子。在中国农民的孩子是不是都能上学?”“不，不是的，极少的农民的孩子能有我这样的好运气。”父亲回答。罗曼又问:“你为什么要来欧洲，为什么要选择来法语国家留学?”当父亲回答，他来欧洲和到法国都是受鲁迅先生的影响时。这时的罗曼更为吃惊，也更加兴奋地问:“你认识他?你见过鲁迅?说说他。”父亲回答自己到北京考大学，常跟年长的同乡去鲁迅家，不仅认识他，还和他有过不少交谈，至今还写信给他。鲁迅鼓励青年人到法国留学，目的是要我们在国外的体验中寻求中国的前途。罗曼要父亲详细介绍鲁迅的音容笑貌，鲁迅怎样和年轻人接近，父亲回答了罗曼所有的问题。此时，一切都变得很简单，很自然了。罗曼很兴奋，也很满意地说，不敢想象他竟然会有如此好运气，找到一位来自鲁迅身边，并和鲁迅还有联系的年轻人为他讲鲁迅的作品。他连说了好几个不可思议，“真的是不可思议!”

罗曼当即就对父亲说他被录用了，又讲了工作要求和报酬，还问父亲是否满意。出乎意料的父亲连说很满意，还说在法国打工从来没有得到这么多的报酬，开始该有试用期，等你对工作满意再拿这么多钱。罗曼笑着回答说:“说谢谢吧，这是我的事。”

二、翻译《阿Q正传》时父亲受到的教导

《阿Q正传》英文版(*The True Story of Ah－Q*)，是1925年美籍华人梁社乾先生(George Kin Leung)翻译的，他曾把译作寄鲁迅审校过，得到鲁迅的同意，出版后寄2本给鲁迅。敬隐渔先生译法文版，也写信告知过鲁迅。

罗曼先生第一次要父亲做的工作是讲该书的题目，只讲这4个字。父亲看着眼前的罗曼，流露出不理解的表情，心想一次只讲4个字，要多少时间才能讲完这篇作品。罗曼好像能知道父亲的想法，解释说，无论读什么都要先读懂题目。如果你对一篇文章或一

本书做了个摘要，题目就是摘要的摘要。果然，罗曼就《阿Q正传》的题目，提出了父亲从来没有想过的问题。

1. 为什么鲁迅要给他的小说主人起名为阿Q

父亲听到他的问题，立刻就呆住了，结结巴巴地说，“对不起，我不知道这是为什么。在中国从来没人提出过这样的问题，请让我写信去问鲁迅先生。”“难道你不愿意自己想想，给我一个回答吗?”罗曼说。“那是我自己的猜想，不是鲁迅先生的回答，这完全不同。”父亲为自己第一个问题就答不出而懊恼，低下了头。罗曼却很高兴地说：“临，说说你的猜想，一个聪明的读者应该能猜出作者的思想。我喜欢聪明的读者，年轻人勇敢点，大胆讲你的猜想，我愿意听。”

父亲想了想说：“我认为英文的26个字母中，只有P和Q像当时中国男人拖着一根辫子的光头。如果哥哥叫P，弟弟就该叫Q，也许是这样吧。”罗曼连连说了很多个对和好：“鲁迅是在讲阿Q只是变了名字，他的头脑和头脑里的东西并没有变。看来不该只想了解阿Q痛苦的脸，更该了解的是他的头脑。”罗曼还笑着说，“年轻人，你也能算个聪明的读者，我很满意。”他的鼓励使父亲从懊恼的心情中解脱了出来。

罗曼见父亲不那么紧张了，便说关于起名字的事，他想问在这方面中国人和欧洲人有什么区别。他见父亲有些不理解他的问题，又陷入了思考，便主动再解释，欧洲人的名字多来自《圣经》，中国人的名字是不是来自佛经或者受佛经的影响。他想知道东西方这两种有代表性的宗教，对人社会生活影响的深度。他使问题变得简单明确了，好回答多了。父亲说：“中国人的名字不是来自佛经，是表达家长对子女的祝愿。”罗曼又问：“中国人，特别像鲁迅这样的文人有很多的名字，是不是他们的家长对他们有很多祝愿?”父亲又解释了大名、小名和笔名，字、号的区别。说大名和小名是家长起的，其他如笔名、字和号都是自己起的，多半是文人、绅士等的自我表达。父亲还说他在《鲁迅日记》里有个笔名是已然（或已燃），就是他自己给自己起的名字，表示他已经觉悟并积极行动起来了。父亲反问欧洲人的名字来自《圣经》，是不是要表示他们对《圣经》或圣人的敬重。罗曼想了想说，可以这样理解，也不完全是这样，好像更是历史和习惯的表现。

父亲解释中国人的命名多用3个字，中国的一些大家族，都有族谱，由族长决定每一辈人按顺序用一个共同的字来表达。这样家长给自己的孩子起名字时，只能取另一个字。换句话说，从这些大家族中人的名字能说明他们在家族中的辈分。罗曼说欧洲人的辈分是用数词和形容词来表达的。例如约翰的儿子，可以起名为小约翰。费力普国王的儿子可以起名为费力普二世等等。他们找到了法国和中国起名的共同点在于出家人如和尚、尼姑、修女、神父他们都只有名字而不用姓了。他们一老一小常是这样在比较中认识东西方两种社会的差别。

2. 为什么鲁迅在小说题目中要用“正传”二两字

罗曼就小说题目提出的第二个问题是为什么要用正传两字，这两字代表什么。这个问题虽然也没有意料到，却不难回答。父亲就自己所知说明了传记主要类别。解释了正传、外传和小传等，以及传记和故事的区别。父亲说阿Q是很多人的综合代表，鲁迅很可能是为了强调阿Q存在的真实性，才特意用正传字样。因为中文里正有正式和真正的含意。随后，父亲又用中国构字法说“人”和“专”两个字合在一起就变成了“传”字，它意味着对某人的专门记载。父亲没有意料到他的附加解释引起了罗曼极大的兴趣。

第一次只就题目的4个字进行了工作，罗曼知道父亲没有消除对工作进度的担心。他说：“年轻人，你比我的时间多得多，我都不嫌慢，你急什么。如果我们俩分开做今天的工作，谁都不知道要多少时间才能做完。”一星期后，穆南克教授讲完课把父亲留下。他说罗曼·罗兰很满意父亲的工作，谢谢他推荐了一位很有见解，来自鲁迅身边的中国年轻人。罗曼·罗兰告知他录用了父亲。穆南克教授要父亲努力做好罗兰先生交给他的每一件事。

在以后的工作中，罗曼很多次表示了他对中国构字法的赞赏。例如，他发现一和二的区别是只差一画时，他要父亲写三。当他知道三比二也多一画时，直说太对了，中文的构字很科学。他又要父亲从一写到十。然后自己用中文写“1866”他的出生年代，说自己的运气很好，因为这四个字都不难写，并解释“八”是不同方向的两个“一”，“六”字要先写个“一”，下面放个“八”，上面加个“点”。罗曼让父亲用中文读他的出生日，又要父亲写下“十”、“百”和“千”三字。罗曼说“十”字和“千”字都很好写，它们都像十字架，只是“千”字代表十字架上有耶稣，“十”字没有。面对父亲迷茫的表情，罗曼补充说耶稣在十字架上受苦难时，他的头不是直的像中国的“千”字。他的解释让父亲听到了一种全新的学习方法。父亲不仅佩服罗曼极敏锐的观察和想象力，还体会到天主教在欧洲的影响，确实要比佛教在中国的影响大得多。

一次，罗曼用很幽默的方式来表达他对待中国文字的兴趣。他要父亲把“大”字写在整张纸上，他看了又看后，站起来两腿叉开，两手向两边伸平，摆着这个姿势，得意地笑着说：“临，你看我是大罗曼。”父亲蹲在他面前，把他原来向前的脚尖挪向两边，再伸出大拇指高兴地说，“现在你是真正的大罗曼了。”这时两人都很愉快。

谈到文字，罗兰先生又很自然地问中文的语言与文字的关系。他说：“中国的语言和文字间的关系远不如欧洲紧密。欧洲是拼音文字，会说就很容易也会写。中文的说和写完全不同。”他想知道要学会多少字，才能自己看书。当他听到回答是三千以上时，摇头叹气地说：“我的上帝啊，我这辈子也达不到。”父亲很诚恳地对他说：“我在你身边学到了很多意想不到的知识，我很愿意继续帮你工作，我会努力做好你的助手。”后来罗曼真的满足了父亲的要求，他说：“你帮我了解鲁迅的阿Q，我帮你了解罗曼的米开朗琪罗。”在《阿Q正传》工作结束后，大约1931年罗兰先生不仅断续指导父亲翻译《米开朗琪罗传》，还大约在1936年主动提出为父亲的中译本写序。这段时间，父亲则继续为他讲鲁迅的其他作品，介绍鲁迅塑造的其他中国人。就这样，他们在一起断续工作到1937年父亲得到瑞士国家博士学位返回中国。告别时，罗曼说他也要在1938年的夏天搬回法国中部的克拉姆西镇。他把故乡的地址留给父亲，叮嘱不要忘记把由他写序言的中文版《米开朗琪罗传》寄给他。

3. 阿Q表达了中国社会什么样的伦理道德

罗曼不懂为什么阿Q受了欺负，只要说“哦，这是儿子在打老子”，为什么阿Q总要把他自己当成老子，把欺负他的人当成儿子？父亲回答说，中国伦理道德的核心是忠孝，老子打儿子是管教，是无可非议的。但儿子打老子则是不孝，这是大逆不道的。阿Q把打他的人看成是儿子，把自己看成是老子，完全是愚蠢的自我安慰。拉着父亲介绍了鲁迅弃医从文的经历。罗曼感慨地说，贫困愚昧是不可分割的一对双胞胎，它像鸦片一样是害人的毒品。他很理解鲁迅弃医学文是要唤起民众，使他们摆脱麻木愚蠢和想象中的精神安慰。罗曼断定，鲁迅是位观察力敏锐、战斗性强、文学造诣很高的作家。他说从表面上看鲁迅用他深邃而强劲的笔法刻画出的阿Q有一副既可爱又可怜的脸，再透过表面现象看本质，又会认识到那是一张既可悲又可恨的脸，也是一张应该唤醒和改造的脸。

当父亲向罗曼介绍了鲁迅笔下的农村妇女祥林嫂的苦难经历时，罗曼对这位鲁迅笔下的普通中国妇女特别同情，很感兴趣。他提出了两个问题。第一，他不懂她有什么罪（她的儿子被狼咬死了和她的丈夫病死了都是她的罪吗?），为什么要她向庙里捐门槛赎罪？他说天主教认为赎罪是向上帝忏悔，祈祷能得到上帝的宽恕。父亲很坦诚地说，当时很多的寺庙都利用民众无知搜刮民财，这是中国社会的阴暗面。罗曼的第二个问题是，为什么一个可怜的女人生前被两个男人占有，她死后还要锯成两半，分给占有她的每个男人？如果一个男人占有很多女人，他死了要不要也被锯开平分？父亲回答，中国社会男女不平等，男人是不被平分的。

鲁迅先生积极支持的“五四运动”就是“反帝、反封建，主张民主、科学的社会变革”。罗兰先生非常感慨地说：“鲁迅真是一个伟大的作家，我越是了解他，就会越想见到他，想和他讨论许多问题，可惜没有机会。”父亲告知他要回国收集作博士论文的资料，并在中法大学任教一年，他愿意把为罗曼的工作的情形转告鲁迅。

三、罗曼·罗兰要父亲对比在鲁迅身边和在他身边的感受

差不多在 1931 年的秋天，父亲结束了在罗曼身边的《阿 Q 正传》工作后，对罗曼说自己是个幸运的青年，不仅有机会幸运地接受过鲁迅的教导，还能有幸在瑞士在您家里在您亲自指导下工作。“我真有好运气，你给了我很多学习的机会。”

罗曼越是赞美鲁迅，就越是遗憾自己没有机会和鲁迅见面。他对我父亲重复说：“是的临，你是个幸福的男孩，有很多好运气。我也是，我是个幸福的老人，有幸能得到你这样一个来自鲁迅身边的年轻人，给我解释他的作品。我认为我们俩都应该感谢上帝。为此干杯！”

这时的罗曼提出要父亲把他和鲁迅做一个对比，说说鲁迅和罗曼之间的异同。父亲没有想过他会提这样的问题，很为难地说，这是一个很大的题目，自己也不知道该从何说起。罗曼笑得很开心，他说：“是的，这对其他人来说是个很重要也很好的题目，够他们去认真研究了。而我只要你从一个年轻学生和两个不同的作家老头子接触中感受到的不同影响说起。我们两个老头是完全一样，还是有些地方一样，有些地方不同。请你大胆讲，因为我不愿意放过我

的好运气。”他还说，“天晓得我会不会再有机会找到一个来自鲁迅身边的人为我工作。我如果现在不借机多提点问题，可就变成了天下最笨的人了，你懂吗?”

父亲想了一下回答：“好，我完全懂了，我愿意尽可能好地试着回答你的问题。你们俩都像一块磁铁，我好像一见到你们就被吸住了。但是再细想你们俩吸引我的方法并不完全相同。鲁迅像老师，他吸引我是因为他讲了许多我不懂的道理，我每次从他那里出来都觉得自己有了新的进步，还想再去。而你，罗曼像老师也像个祖父，我说你像老师因为你总是不断地向我提问题，提那些我从未想过，也不知道该如何回答的问题。我说你像祖父因为你很慈祥地分析问题，讲述你的看法，让我觉得你像祖父。我在你提的问题中懂得了更多的内容，我越是回想，就越会感到你的想法充满了智慧和哲理。”

父亲又进一步总结说：“去鲁迅那里我刚刚中学毕业，是跟着比自己年长的人去受教育的，即使鲁迅提问也轮不到我来回答，除非他指名问我。到你这里，我是来工作的，我不再感到自己完全是个学生。我的工作是回答你向我提的问题，你总是要我自己回答问题，不许我写信问了鲁迅以后再来答复。这样我得到的收获，至少有一部分，是自己的劳动果实。”

罗曼听后说：“讲得很好，一个好作家应该是一块好磁铁，他的作品能吸引人。一个好读者应该是块好铁，他在磁铁的作用下也能变成磁铁，再吸引别的铁。”罗曼问父亲还有什么想法。父亲说：“从感觉上来分析，自己每次去鲁迅那里都是高高兴兴的跟着比自己年纪大些的人去，也不要做些什么预备，回来也是高高兴兴的感觉到自己有提高。但是每次到你这里我都会做很多猜想，你会问什么，我该怎样回答。回到学校里我常会一次、又一次地想你提的问题，检查自己的回答。我觉得好像自己在你面前比在鲁迅面前长大了许多。”罗曼很高兴地问：“你离开中国几年了?”父亲回答：“我是1925年12月5日离开中国，1926年1月8日到达法国马赛的，至今都快五年了。”

听完了父亲的话，罗曼接着说：“临，这五年里你学了法语，为了生活你又打过工，现在你进大学读书，是该长大了。”他还说以后有什么要罗曼帮助的事都可以直接说，他很愿意尽力。在这种情况下，父亲倾诉了他几个月来的心愿，即有没有可能在罗曼的指导下试着把一部他的著作翻成中文。父亲解释这样做是为了学好法文。罗曼很高兴地回答说：“好主意。你帮我了解了鲁迅的阿Q，我帮你了解罗曼的米开朗琪罗。”罗曼·罗兰向父亲建议试着从翻译他的《米开朗琪罗传》开始。

两位作家间的最后一项对比是罗曼自己提出的。那是在1937年，父亲最后一次如约去罗曼·罗兰家。父亲送了自己的肖相照片给罗兰，作为对这位文豪追随的回忆和感谢。父亲让罗兰先生看了誊写好的《米开朗琪罗传》全部译稿和罗兰写的序言的译文。罗曼听父亲说已在上海联系好了出版事宜，非常高兴。父亲在离开罗曼家时，告诉他鲁迅先生于1936年10月19日在上海因肺结核病医治无效去世，享年55岁。罗曼连说了好几次太可惜了，这是中国的损失，也是世界的损失。接着罗曼对父亲说，“临，你又帮我找到了一条我们两个老头子一样的地方。我也被肺结核病困扰，我从小就被这个坏蛋折磨着。”父亲听了罗曼这样的话，呆在那里不知道该怎样回答才好。两个人相对无言沉默了很久，像是在为鲁迅致哀。

四、罗曼·罗兰指导父亲译《米开朗琪罗传》并亲自为译作写序

罗曼·罗兰认为父亲应该向中国先介绍《米开朗琪罗传》（*Michelangelo Buonarroti 1475—1564*）这本书。罗曼说，相比之

下，此书不太长，适合父亲的要求。他允许父亲继续到他家里，并愿意解答父亲的问题。父亲提出他会把自己的问题写好先寄来，最多三五个月左右来一次，每次来的时候父亲都会为罗曼介绍一个鲁迅小说中的人物。父亲还提出以后罗曼不必再付车费和工钱了。他讲了自己因为学习成绩优秀，特别是拉丁文考试成绩突出，得到校长岱梧（Dévaud）主教的固定资助。罗曼连忙摇手说，你这样说可是会引起我的嫉妒心，为什么你只接受校长的帮助，不让我也给你点帮助？这是我的问题，你只要管好工作！

事实上，《米开朗琪罗传》的翻译工作远比父亲想象的难度大。父亲说，他了解米开朗琪罗可是比罗兰先生了解阿 Q 笨得多。他常常是每个字都认得，好像懂了，又觉得不敢确定中文该写什么好。父亲决定放下翻译工作，先去了解米开朗琪罗和意大利的文艺复兴运动。他告诉了罗曼·罗兰这些真实情况，说他至少需要用几个月的时间来完成翻译前的准备工作。罗曼·罗兰很高兴父亲所做的决定，他说不必急。

当父亲第一次向罗曼出示一些译稿和问题时已是 1931 年的秋天。父亲刚跨进门，罗曼就伸出手来，用拉丁文向他说："年轻人，一年不见了，日子过得如何?"父亲呆了一下，连忙也用拉丁文回答："先生，托你的福，一切都很顺利。"两个人很高兴地进到书房工作。父亲带着誊写得很工整的问题和很少的一部分书稿去罗曼·罗兰家。罗曼指着书稿的封面说："啊，这简直不可思议，我变得什么都不懂了，这些整齐的小方块图就是米开朗琪罗和罗曼。"接着他感慨地说，"我大概只会写'米'字，因为它在我的头脑里是和英国的国旗图案相似的。"他画了一个"米"字以后，很高兴地让父亲为他校正。

父亲又向他重复了"传"字是由"人"字"专"两个字组成的，意思是对某人的专门研究。父亲提醒罗曼他在翻译鲁迅的《阿 Q 正传》时介绍过这个字。罗曼·罗兰想起了这件事，他问父亲说："鲁迅对阿Q用正传，我的米开朗琪罗是不是也要用正传？"父亲说了他不用正传的原因有两条。第一，鲁迅的阿Q是一个虚构的人，他集中了很多人的共同点，所以鲁迅要用正传来表示他的真实性。而米开朗琪罗是真实的世界著名人物，不需要再加正字。第二，法语和中文不同，翻译加个正字会给读者画蛇添足的感觉。父亲把这个成语解释给罗曼听，罗曼很快就懂得了这样做是很有道理的。父亲的小楷写得很工整，使这位法国大文豪赞叹不已。

父亲翻译《米开朗琪罗传》进展缓慢，第二次去罗曼家是1932年，与第一次相距一年之后，罗曼表扬了父亲法语的进步。父亲向罗曼介绍了鲁迅的作品《故乡》，特别介绍的是鲁迅儿时的朋友润土。

这次父亲告诉罗曼自己要回中国，问有没有什么事要他在中国办理。就是这次在罗曼家，父亲得到了罗兰和甘地1931年的合影照片。罗曼希望父亲把他的敬意带给鲁迅，把他对鲁迅的阿Q的理解也带去。

1932年，一次在讨论《米开朗琪罗传》译稿之后，父亲对罗曼说，岱梧校长提供资助让他回中国收集博士论文资料，同时还得到了在中法大学任教一年的机会。罗兰先生很高兴，要父亲转告鲁迅，他最佩服的两个亚洲名人，第一个是甘地，第二个就要算鲁迅。他曾亲自到印度去拜访过甘地，和甘地在一起讨论过很多问题。遗憾的是他没有机会到中国会见鲁迅并和他讨论问题，只能托父亲转达他的敬意，以及他对鲁迅的阿Q的理解。罗兰先生还特意把1931年甘地到他家时的合影照片交给父亲，并介绍了照片上的另外两人；甘地的秘书Slade女士和罗曼的姐姐Madeline。Slade女士是甘地的养女，原为英国人，后通过罗兰先生了解了甘地，并追随甘地入了印度籍，取印度名为Mirabehn Gandhi。父亲在照片的背面记下了得到这张照片的时间是1932年，同时还有一行法文记录：Gandhi dans le studis de Romain Rolland et miss Slade. 意为：甘地和史拉德小姐在罗曼·罗兰的沙龙。

这张罗兰先生1931年会见甘地的照片，自1932年起一直伴随父亲，直到他1937年离开瑞士回到中国。在中国，这张照片和父亲一起经历了八年抗日战争、四年内战，以及其后的各种天灾人祸。如今，照片虽然已发黄了，但还是完好无缺，算来已快80年了。当时记在照片上的那一行父亲的亲笔法文小字，成了这段刻骨铭心往事的真实历史见证，伴随了父亲的一生。

1934年的秋天，父亲重返瑞士。他在写作博士论文的同时，恢复了和罗曼·罗兰的联系。父亲继续为罗曼介绍鲁迅的作品。罗曼也总是愿意为父亲解决翻译中的理解问题。当父亲译稿过半时，罗曼·罗兰还很高兴地提出他要亲自为父亲的中译书写一篇不长的序言，这篇序言完成的时间大约是1936年前后。

1936年，父亲终于完成了《米开朗琪罗传》的翻译和那篇无价的罗曼·罗兰亲笔序言的翻译。父亲最后一次如约去罗曼·罗兰家是1937年，父亲给这位文豪送去自己的半身肖像，让他看了誊写好的《米开朗琪罗传》书稿，并告知已在上海联系好了出版之事。这天午饭时，33岁的父亲向这位长辈说自己即将结婚，他要娶的是位比自己小五岁的中国姑娘，婚后可能会回中国，也有可能留在瑞士。他已经得到了伏利堡大学的教授职位。罗曼·罗兰希望父亲慎重选择今后的出路，他说这是个只能由他自己决定的问题。他很希望尽早得到中文版的《米开朗琪罗传》。父亲回答，他会把《米开朗琪罗传》书稿先寄回上海出版，请罗曼放心。罗曼告诉父亲，他打算于1938年夏天离开瑞士的奥尔嘉别墅，留给父亲他的永久联系地址，那是他的故乡法国中部的克拉姆西镇。

五、父亲的遗憾唤起我们找寻罗曼序言的希望

罗曼·罗兰不知道父亲在他指导下翻译的《米开朗琪罗传》

中文书稿毁于日本侵略军对上海的野蛮轰炸。战火毁掉了父亲寄到出版社的书稿，也炸沉了装满父亲欧洲十年收集的全部资料和《米开朗琪罗传》翻译过程中的记录。做事一向谨慎的父亲，没有逃过战时的天灾人祸，至使父亲失去了重译此书的可能。这是父亲终身最大的遗憾！

1944 年的 12 月 30 日，世界人民的文学大师最终被尿毒症夺去了生命，享年 78 岁。父亲说他多方打听才知道这位从小肺结核病缠身的文学大师从 1942 年起到 1943 年又受心脏病困扰，他的直接死因是一次尿毒症的危机。罗曼·罗兰去世的消息传来，父亲悲痛万分。父亲最后悔的是没有想到再抄一份罗曼·罗兰亲自写的序言，他对不起罗曼。父亲说他常常会猜想，他相信罗曼·罗兰去世前一直都希望收到他亲自指导的《米开朗琪罗传》的中译本。谁也算不清，谁也忘不了那场日本鬼子的毁灭暴行给人类文明带来了多少灾难，多少无可弥补的灾难！

父亲寄厚望于罗曼为他写的序言还有手稿留存，或许在什么地方，或许在什么图书馆里。他对我多次强调说，一定要找到这篇序言，这不仅是要实现罗曼·罗兰出版它的愿望，更是因为这篇序言传达了他对中国的友好深情。

1963 年 8 月 26 日，鲁迅夫人许广平先生以人大代表身份来太原视察。父亲向她出示了罗曼和甘地的照片，讲述了罗曼·罗兰对鲁迅的深情。许先生嘱咐将有关情况写成文章发表，并赠给父亲她亲笔签名的《鲁迅回忆录》一书。不幸的是在种种磨难下，已经成为历史学教授的弟弟守诚，只找到了《回忆罗曼·罗兰谈鲁迅》。那是一篇没有写完的手稿，守诚将它发表在山西的《晋阳学刊》1981 年第 5 期上。那张罗曼·罗兰赠送的他和甘地的照片，除了 20 世纪 50 年代初曾在山西大学展览过以外，一直为守诚弟弟珍藏着，直到 2009 年，第一次刊登在中国华侨出版社出版的《三代人留欧际遇》一书中我写的这段历史的中文回忆录里。

尽管罗曼·罗兰的《米开朗琪罗传》早已被后来的人译成中文了，也已经再版了无数次，但我相信没有任何人的译稿能和父亲的译稿相比，因为父亲是在罗曼·罗兰的亲自许可、亲自指导下翻译的，更有他亲自写的序言。不难理解父亲对不起罗曼·罗兰的自责是何等沉重，何等的无可奈何。如今父亲的遗憾早已是不可挽救的了，因为我们的父亲已经在1978年去世了。

与此同时，我们产生了弥补父亲遗憾的希望，就是要找到罗曼·罗兰为父亲的《米开朗琪罗传》中译本写的法文序言。我们相信罗兰先生写的序言一定有存底，一定会留在他的档案中。档案在巴黎法国国家图书馆由专门机构保管，想查阅档案的人要经严格的审批。我们陈述的理由得到具体工作人员的同情，但没有得到批准证。我们很希望那些爱罗兰先生，又有可能查阅档案资料的人帮助我们把这份在1936年前后罗兰先生写的珍贵史料找出来，在法国或瑞士公开发表。我们会把它译成中文，这是使罗曼·罗兰的遗憾得到弥补的可行途径，这也是让中国人民了解罗兰先生的最好途径。不言而喻，我们希望父亲对罗曼·罗兰的承诺得以实现。

我收集了我们全家人的回忆，把这些回忆的一朵朵小花，编成一个心灵的花环献给大文豪罗曼·罗兰，为了答谢他给予父亲的所有慈爱和教导；也献给瑞士伏利堡天主教大学，感谢他们给过父亲为罗曼·罗兰工作的如此珍贵的际遇。我本人和我的全体家人，和所有的中国人一样，我们永远也不会忘记那些爱护和帮助过我们的人。

2010年5月，写在第2次去伏利堡寻父亲踪迹前

阎宗临、作家鲁迅和罗曼·罗兰

[瑞士] 梅兰 *

阎守和女士，鲁汶大学退休生物化学研究者，她刚写了一份关于父亲阎宗临上世纪 30 年代在瑞士认识罗曼·罗兰，教他中文，成为他的翻译的回忆，这是一段极其动人的历史。

1929 年从上海来到瑞士伏利堡大学文学院的一位中国学生和罗兰幸遇在离学校 50 公里的维廉威城的罗兰住所。罗兰很友善地接待了这位来做中文著作翻译的年轻人。

相当长的时间以来，罗兰感到自己已进入研究亚洲的恰当时机，这自然是研究印度和中国。当时，他已写了有关甘地的评述。他和他的编辑 Emil Roniger，筹划在瑞士和德国创办 *Weltbibliothek* 刊物。敬隐渔已经出版了他的《约翰·克利斯托夫》(*Jea – Christophe*) 译作。罗兰主张不仅要有勇敢的过客，而更要有强有力的对抗者，他要和来自欧洲以外的全世界反殖民主义革命者一起抵抗。敬隐渔也译了著名作家鲁迅的《阿 Q 正传》，他联系罗兰希望得到帮助。罗兰找了法国的编辑，组织了这篇译作在《欧罗巴》(*Europe*) 杂志 1926 年 5 月 15 日的刊载。

---

* 梅兰 (Jean – Pierre Meylan)，瑞士人，文学博士，巴塞尔大学兼职教授，研究罗曼·罗兰在瑞士期间的专家，本文发表于 2010 年 7 月 25 日出版的法国罗曼·罗兰学会会刊——《柏赫威》。——编者注

鲁迅已经是作家和教授，是拥护孙逸仙革命的年轻人发起五四运动的协同创始者。因此，他反帝反封建的行动引起了罗兰的注意。鲁迅在学生革命中起着政治角色的作用，鲁迅和学生们一起攻击蒋介石 1927 年的反共行为。鲁迅的一些政治姿态和反法西斯斗争的罗兰很相似。鉴于 18 世纪的哲学是攻击教堂，这和鲁迅的阿 Q 抨击寺庙、揭示寺庙是迷信的悲惨的根源相似。《阿 Q 正传》描述了一个低三下四的无赖、瘸腿的粗人，像欧洲人说的科拉斯・布勒尼翁（Colas Breugnon）式的中国人。这个乡下佬生活在社会下层，他在他不明白的突然到来的革命中被枪毙，结束了一生。

罗兰想知道更多可以解开这些谜题的中国哲学，他向伏利堡大学要求为他派出一位当时尽可能好的行家。在此时期，伏利堡大学只是一所年轻的、不算大的双语宗教学校，借助于天主教的可以世界各种文化的优势而有国际联系，大学开始面向社会。如今依然如此，大学欢迎有实习或其他要求的欧洲各国和其他大陆来的学生。和所有的读者一样，按罗兰的哲学，小说主人公阿 Q 的名字使他困惑。这个 Q 字母代表什么？伏利堡大学的德・穆南克（Marc de Munnynck）教授委派阎宗临到维廉威城，在那里这个学生和罗兰间建立了相互信任的关系，罗兰成了一种类型的学生家长和导师。在这个学生的学生翻译了鲁迅著作后，罗兰给他的学生上了文化和文明课。罗兰还把这种关系变成了按时间付报酬的形式，帮助他的学生，直到 1937 年阎宗临结束了他的博士论文重回上海。罗曼指导他，鼓励他把自己的《米开朗琪罗传》（*Michelangelo*）翻译成中文。阎宗临把自己的肖像送给罗兰，而罗兰给了他的学生那张享誉全球的著名的罗曼・罗兰和甘地在维廉威城摄于 1931 年的照片。这张照片在阎宗临、阎守和女士的父亲，一生中都起着极其重要的作用。

阎守和在 1971 年才收集了她父亲的回忆，这距她父亲 1978 年去世不久。她引述的他的回忆，常是逐字逐句的。罗兰向她父亲提的那些问题，《阿Q正传》的原文解释、中国人起名字方式，等等，所有的问题都足够明细，让人领会到罗兰对语言和文化有巨大的和真正的兴趣。罗兰所有的话都铭刻在阎宗临的头脑里，伴随着他在20世纪的中国经历的所有磨难、悲苦。

对阎宗临来说，翻译《米开朗琪罗传》是很困难的，他这样告述罗兰。译稿最终没有印成书，因为“坏运气”——阎宗临在上海遇到轰炸，以及政治上的混乱，这就像安德列·马尔罗在其小说《人类的命运》中所描写的那样。① 1937年8月14日，日本进攻中国，轰炸摧毁了所有阎宗临的行李，包括有关罗兰的文件。例外被保存下来的只有那张罗兰和甘地的著名照片。阎女士说，她父亲成功地保存了这张珍贵的纪念品，即使是在毛泽东的“文化大革命”，那时罗兰被视作资产阶级。这张照片就这样经历了20世纪历史的大部分时间，又回到维泽莱（Vézelay）②（罗兰身边）！

为了了解罗兰对中国的重要性评价，需要重温作家罗兰在1925年为《约翰·克利斯朵夫》（*Jea – Christophe*）中译本写的充满激情、夸张的序文：

> 约翰·克利斯朵夫告中国的弟兄们：
>
> 我不认欧洲也不认亚洲，
>
> 我只知世间有两种族群，
>
> 一个灵魂上升，一个灵魂下降。
>
> ……
>
> 我追随前者，

---

① 即法国小说家、评论家安德列·马尔罗（André Malraux，1901—1976）1933年发表的小说《人类的命运》（*La Cenelition Humaine*）。

② 罗兰先生离开瑞士回到法国后一直住在维泽莱（Vézelay）。他的墓地亦在此，靠近9世纪建的同名哥特式罗马教堂。因此，维泽莱被用为罗兰身边的代词。——编者注

他们都是我的朋友、同盟、弟兄。
我的祖国主张人类自由，
伟大的民族都是他的部属。

罗曼·罗兰

——阎宗临的导师和家长*

［瑞士］柯莱特·吉荷尔德

前言

作家罗曼·罗兰和阎宗临相遇是一个巧合。为了能更好地理解这个巧合的发生，需要先说明一下罗曼·罗兰在瑞士的情况。罗曼·罗兰（1866—1944）是法国的大文豪。他以小说《约翰·克利斯托夫》获得了1915年的诺贝尔文学奖。1922年他从法国故乡搬到瑞士的新城镇定居。新城镇位于洛桑郊区，距伏利堡50公里。他在这里一直住到1938年才返回故土。应该说，罗曼·罗兰在把家搬到瑞士时，并没有想到自己将会和中国有什么交流。

1. 在瑞士，罗曼·罗兰发现了中国，成为亲华作家

罗曼·罗兰受到俄国大文豪托尔斯泰（1828—1910）的影响才变得亲华的。其实，在1880年前后，许多用法文描述的俄罗斯历史和思想著作被出版，它们在法国的知识界里有极大影响。1928年罗兰出版了《托尔斯泰传》，传记使得这两位文学伟人成了朋友。罗兰在写这本传记时，感受到了托尔斯泰对中国的极大兴趣。如他所写："总之，是中国，托尔斯泰想得最多……托尔斯泰表达了很

---

* 本文为瑞士伏利堡大学文学院历史系柯莱特·吉荷尔德（Colette Girard）的博士论文《瑞士伏利堡天主教大学的中国留学生（20世纪）》中的一部分，经作者同意，收入本文集。文章由比利时鲁汶大学阎守和博士翻译。

多他对中国人的爱慕和赞赏……”

托尔斯泰珍惜自由、热爱和平、反对武力。他认为人民的自由之路是从亚洲开始延伸至欧洲的。托尔斯泰对中国的这种激情感染了罗兰。1929 年罗兰在杂志里写了他与托翁相同的感觉：“托尔斯泰感到遗憾的是，他对中国知道得太少。对此，他常深表遗憾。他说，世上所有的文明，中国的思想离我最远……”罗兰住在瑞士期间，遇到过几个中国学生，其中之一就是阎宗临。源于和中国学生们的接触，罗兰称中国人为“中国兄弟们”。就是这样，罗兰发现了中国，成为亲华作家。

2. 阎宗临是受罗曼·罗兰赞赏的中国年轻人

阎守诚教授和阎守和博士是阎宗临（1905—1978）的儿子和女儿。他们对阎宗临和罗曼·罗兰的关系做了很详细的介绍。一方面，阎守诚教授编写的《阎宗临传》一书中，引用了许多伏利堡大学的档案材料。另一方面，阎守和博士的回忆录里，非常真实地记述了从 1929 年到 1937 年阎宗临为罗兰解译鲁迅著作，与此同时，罗曼·罗兰为阎宗临讲解中国文明、中国文化的情况，这是很珍贵的史料。她是在父亲 1978 年去世前不久，即 1971 年收集到的父亲的回忆，回忆录的题目为《一位罗曼·罗兰教导过的中国留学生——记父亲 1929 年到 1937 年留学伏利堡天主教大学》。

阎守和用编年方法写作，基本上是引用父亲的原话，介绍了罗曼·罗兰向她父亲提出的问题。可以看出，罗兰和阎宗临师生俩对语言知识有相同的兴趣。不要忘记，这时的罗兰正在发掘亚洲文化，即印度和中国文化。罗兰于 1924 年出版了他对甘地的评论。甘地于 1931 年来瑞士拜访了罗兰。按阎博士的介绍，“此时的罗兰先生决定要实现他了解中国的愿望，于是，就近请伏利堡天主教大学为他推荐一位能讲《阿 Q 正传》并回答提问的人。我的父亲有幸被大学推荐，并为罗兰先生聘用”。应该说，这个机会来自敬隐渔先生离法返回中国，罗曼·罗兰需要找个能接替他的人。

由于米南克教授的介绍，1929 年 11 月下旬的一个周六，阎宗临第一次到新城镇罗兰家中。阎宗临 22 岁，罗曼·罗兰 63 岁。此前，阎宗临在 1929 年 9 月 28 日给罗兰的信中表明过："您，亲爱的先生，您是中国伟大的朋友。如您给我们同胞敬隐渔先生的信中所说，您愿意帮助我们。"

从他俩第一次见面起，罗曼·罗兰就对阎宗临感兴趣。他把阎的情况写在日记里："阎出生在山西省五台县的贫苦农家，他还是个孩子的时候就要帮家里种地、下煤窑背煤，为住在寺庙里的老师做背水等工作换取免费读书的权利。"1922 年，阎的家庭把接受包办婚姻作为准许他离家外出读书的条件。他在婚后第 10 天就离家出走。阎靠借钱和做工得以中学毕业，于 1924 年到北京继续学习。他先考入了梁漱溟（1893—1988）办的曲阜大学预科，但他没有在那里读书，因为那里的教学过于偏重佛教思想。他又考上北京的朝阳大学，因为太贵读不起。1924 年阎宗临找到了在《国风日报》做校对的工作，解决了食宿问题。期间，结识了狂飙社的负责人高长虹（1898—1954），他俩很快成了朋友。由于高长虹的关系阎认识了鲁迅和郁达夫。鲁迅 1925 年和 1926 年的日记里有阎 5 次拜访他的记录。

阎宗临于 1925 年 12 月 5 日从上海离开中国，赴法"勤工俭学"。1926 年的 1 月 8 日船到马赛港，随即转车到巴黎，不久又回到里昂。他没有钱就读里昂的中法大学，于是，在一家尼龙厂工作，同时上夜校，学法文。直到 1928 年，他得到撒赫里神父的帮助，到中法友好的天主教组织里工作，阎也因此来到瑞士。在瑞士，他先是在圣－米歇尔学院学习法语，1929 年得到圣－宇思丹的助学金，成为伏利堡天主教大学文学和古代及中世纪史的硕士生。

罗曼·罗兰有了研究中国文明和鲁迅著作的计划，给阎宗临认识这位大作家提供了机会。罗曼·罗兰很喜欢前来为他工作的中国学生，决定雇用他，给他资助。罗曼·罗兰在他的日记里记载，他曾在1929年12月8日写信通知米南克教授，说他很满意伏利堡大学介绍来为他工作的中国年轻人。

3. 阎宗临和罗曼·罗兰间的真实故事，提升了中国文学在法语世界的地位

在1929—1931年间，罗曼·罗兰要求阎宗临一字一句地解释阿Q的动人故事。罗曼·罗兰要找出鲁迅真实的观点，他要比较敬隐渔的法译稿，以及梁社乾的英译稿，并找出它们与鲁迅的原文有什么区别。罗兰相信把原文和原文的译稿做比较，是了解原作思想的最好途径。从1921年12月4日到1922年2月12日，鲁迅用巴人的名字在《晨报》上分期发表《阿Q正传》。小说写的是1919年五四运动后革命的继续。鲁迅常用讽刺的手法写作以唤起中国社会。鲁迅用乡土语言，即白话文写《狂人日记》，描写“黄包车夫、卖豆浆小贩”之类“引车卖浆”之流。这些文章在1918年的《新青年》杂志上发表。鲁迅用了与传统传记完全不同的手段来写作，他写那些不重要的和没有名气的人。鲁迅选择写的是小人物，是在社会里不上等级的人。

罗兰对阎的亲热表现在他按法国习惯，用第二人称，也就是“临”来称呼阎。这种情况发生在阎宗临解释他自己是怎样认识鲁迅时，也发生在阎猜想鲁迅为什么用《阿Q正传》四个字作题目时。因为罗曼·罗兰发现敬隐渔没有译出鲁迅的真意，而由于阎宗临的帮助，才使他发掘出了《阿Q正传》题目的重要内容。

阎宗临向罗兰解释中国有不同类别的传记，他并认真分析了“正传”的含义。鲁迅认为给一个没有身份、不属于任何类别的人写传是很困难的事。尽管在五四运动的影响下，他可以用白话文写作，但是写传记是要遵守传统的固定规律的。鲁迅说：“我不是阿Q，他的传记写的也不是那个特指的人，那么自传的标准在那里呢?”鲁迅自己又回答了这个提问：“我选择有益的词，作故事的题目，如选《阿Q正传》这个题目，可能会和传统观念有抵触，但我不能不这样做。”为什么传统的传记只写那些高贵的人？传统的传记写法都是从姓甚名谁、哪里人氏开始。鲁迅总是选用有深意的词作短篇小说的题目。什么是鲁迅坚持采用的合适语言？阿Q这个名字的含意是什么？阎从来也没有想过Q在中文里有什么特殊含意。罗兰不同于任何其他读者，他指明要阎说清楚，小说主人公名叫阿Q，鲁迅为什么要用这个单音节Q字。稍后，阎提出他想写信去问鲁迅。但是罗兰的回答却是：“临，说说你的猜想，一个聪明的读者应该能猜出作者的思想。”阎想了一下回答说，“英文的26个字母中，只有P和Q像当时中国男人拖着一根辫子的光头。如果哥哥叫P，弟弟就该叫Q，也许是这样吧。”罗曼·罗兰连连说了很多个对和好：“鲁迅是在讲阿Q只是变了名字，他的头脑和头脑里的东西并没有变。看来不该只想了解阿Q痛苦的脸，更该了解的是他的头脑。”按阎宗临的女儿说，此时他的父亲得到了罗兰的鼓励：罗曼还笑着说：“年轻人，你也能算个聪明的读者，我很满意。”他的鼓励使父亲从懊恼的心情中解脱了出来。

我们不知道该怎样理解和判断鲁迅何以选择了阿Q这个名字。阿Q没有姓，名字也不是中文字，阿Q就像是一个没有家的遗腹子。鲁迅说：“我并不知道阿Q姓什么。有一回他似乎是姓赵，但第二日便模糊了。”“我又不知道阿Q的名字是怎么写的。他活着的时候，人都叫他阿Quei，死了以后便没有一个再叫阿Quei了……生怕注意字母还未通行，只好用了“洋字”，照英国流行的拼法写他为阿Quei，略作阿Q。”罗兰的想法更清楚地解释了鲁迅的意图。阎宗临继续为罗兰解释鲁迅的思想，他把罗兰引入了中国文明。他向罗兰讲中文是方块字的拼合，需要认识3000个中国字才可能读中文书，这使罗曼·罗兰失去学中文的勇气。

4. 阎宗临在罗兰指导下译《米开朗琪罗传》

1931年，罗兰对阎宗临说：“临，这五年里你学了法语，为了生活又打过工。现在你上大学读书，你是该长大了。……你帮我了解鲁迅的阿 Q，我愿意帮你了解罗曼的米开朗琪罗。”在罗兰说此话前，他的日记里记有收到 1929 年 9 月 28 日阎写的信，信中说：“我没有征得您的同意，就已经试着把您的杰作《米开朗琪罗传》译成中文了。我正在修改我的译稿，那是我在里昂工厂工作的时候完成的第二稿。”罗兰在日记中说：“阎说他用了两年半的时间，把我的《米开朗琪罗传》翻译成中文了。他的书写非常细心，我看了他修改的第三稿……现在他还想翻译我的《圣·路易》，我建议他还是先译我的《约翰·克利斯托夫》选段。我对他说，克利斯托夫对他的同胞们来说，很可能会起强壮剂的作用。”

可以说罗兰接受阎译他的《米开朗琪罗传》是件没有风险的事，因为阎在里昂就开始译他的这本传记了。按阎宗临女儿的说法，罗兰再次让阎做这件工作，很可能是要提高译文的水平。“罗曼·罗兰认为父亲应该向中国先介绍《米开朗琪罗传》这本书。罗曼说，相比之下，此书不太长，适合父亲的要求。他允许父亲继续到他家来，并愿意解答父亲的问题。父亲提出他会把自己的问题写好先寄来，三五个月左右来一次。每次来的时候父亲都会为罗曼介绍一个鲁迅小说中的人物。”当阎宗临向罗兰出示《米开朗琪传》的一部分中文书稿时，罗兰说：“啊，这简直不可思议，我变得什么都不懂了，这些整齐的小方块图就是米开朗琪罗和罗曼。接着他感慨地说：“我大概只会写‘米’字，因为它在我的头脑里是和英国的国旗图案相似的。”

罗曼·罗兰想起了在《阿 Q 正传》里，鲁迅用经“正传”，他问阎为什么不对米开朗琪罗也用“正传”。父亲说，“‘传’字是由‘人’和‘专’两个字组成的，意思是对某人的专门研究。”父亲又说，鲁迅对阿 Q 用正传，是因为阿 Q 虽然是个虚构的人物，但他集中了很多人的特点，是为了强调阿 Q 存在的真实性。而罗兰的米开朗琪罗是真实的世界名人，不需要再加正字。

阎宗临在此后与罗曼·罗兰接触的两年多时间里，为其介绍了鲁迅短篇小说《祝福》、《孔乙己》、《故乡》里的人物祥林嫂、孔乙己和闰土。1932年阎宗临对罗曼·罗兰说，他取得文学硕士学位后，要回到北平工作一年，目的是为博士论文找资料和在北平的中法大学教书。罗曼·罗兰希望阎为他带去对鲁迅的问候。1934年，阎返回瑞士，重新和罗兰取得联系。阎除了继续《米开朗琪罗传》的翻译外，还教授中国文化课，并于传播中国文明的同时进行文学创作。“1936年，父亲终于完成了《米开朗琪罗传》的翻译和那篇无价的曼罗·罗兰亲笔序言的翻译。父亲最后一次如约去罗曼·罗兰家是1937年，父亲给这位文豪送去自己的半身肖像，让他看了誊写好的《米开朗琪罗传》书稿，并告知已在上海联系好了出版之事。”

1937年阎宗临获得博士学位，博士论文的题目是《对杜赫德著作〈中华帝国志〉的研究》。这年的夏天，他携妻子和他的书籍作品返回上海。不幸的是中日战争爆发了，上海的出版社被日军炸毁，阎的手稿随之被毁。

在米歇尔·罗女士的文章里，对罗曼·罗兰和阎宗临的合作有不长的回忆，她的文章没有登在《圣·宇思丹》的季刊里，很可能在罗曼·罗兰留在瑞士的遗档里，被专门研究罗曼·罗兰在瑞士的梅兰博士发现。梅兰博士还写道：出于种种原因，罗兰于1938年6月离开瑞士。

二次世界大战结束了，随着阎宗临和罗曼·罗兰的先后去世，他们建立的这种独特的中法文化交流活动停止了。停止的原因有时是学术的，有时是政治的，有时又是……

后语

1938年9月9日，阎宗临从湖南湘潭给伏利堡大学校长、他的导师和教父岱梧主教的法文回信中有下面的一段话：“我最亲爱的教父，请代我向伟大的诗人和小说家问候。我一直对他保有最大的尊敬。他完全有资格得到欧洲和全世界人民的尊重。”很可能罗兰在离开瑞士前，通过岱梧主教对阎表达了他的关心。可以想象《米开朗琪罗传》中译本的被毁，始终都是阎宗临心头无法解脱的伤痛。

2013 年 2 月，我出席了在巴黎召开的以“古今东方幻觉认识论”为主题的国际研讨会。我在这次大会上讲演的题目是《阎宗临是怎样运用超自然手法表达文学作品中的梦与幻、爱与恨、生与死、友情与爱情的复杂幻觉的》。此次大会宣讲论文 39 篇，涉及的中国古代文人有李贺、孙思邈，近代人有丰子恺、周作人、莫言、阎宗临。为了写好这篇论文，我把阎宗临的几篇散文译成了法文，瑞士的教授们非常赞赏地说：阎宗临的文学作品有明显的鲁迅风格。是的，还有谁能像阎宗临那样受到过法、中两大文豪罗兰和鲁迅的亲自培育呢?!

访问罗曼·罗兰的故乡*

阎守诚

一

今年5月23日至26日，我和姐姐守和一起访问了伟大作家罗曼·罗兰的故乡——法国中部的克拉姆西（Làmecy）市。克拉姆西是一座风景秀丽、宁静而舒适的小市镇，位于连接塞纳河与卢瓦河的运河边上，罗兰的作品里常常描写到这里迷人的风光。

这次访问的缘起，是我们的父亲阎宗临青年时代与罗曼·罗兰有过一段特殊的际遇。父亲1904年出生于山西省五台县一个山村里的普通农民家庭，1924年中学毕业后来到北京。由于爱好文学，在《国风报社》做校对时加入了文学社团“狂飙社”，并在高长虹的带领下多次拜访鲁迅。1925年，父亲赴法勤工俭学。在法国做了五年工后，稍有积蓄，从1929年至1937年在瑞士伏利堡大学学习，获得文学硕士和博士学位，并留校任教。在此期间曾与罗兰有过长达七年的断断续续的接触，受到罗兰的帮助和关爱。父亲曾经在罗兰的指导下，翻译过他的《米开朗琪罗传》，罗兰为这个译本写了

---

* 原载《博览群书》2011年第10期。
作者于2011年4—6月访问罗曼·罗兰故乡。——编者注

序言。1937年，抗日战争爆发，父亲与母亲梁佩云一道匆匆回国，共赴国难。行前将书籍资料装成五大箱寄往上海，但由于“八一三”日军炮击闸北一带，运往上海的图书资料全部毁于战火，其中包括《米开朗琪罗传》的译稿和罗曼·罗兰所写的序言。回国后，父亲先后在广西大学、桂林师范学院、无锡国专、中山大学等高校教授世界史。新中国成立后，回到山西大学任教，直至1978年10月逝世。

父亲为人善良、平和、低调，是一个很少谈自己过去的人，所以在上世纪“文化大革命”之前，我只知道父亲见过鲁迅，并不知道他在鲁迅和罗兰这两位东西方的文化巨人之间起过一点桥梁作用。1972年，山西大学中文系的工农兵学员办了一个名为《山花》的铅印刊物，为纪念鲁迅逝世三十六周年，他们从《鲁迅日记》的记载中，知道父亲认识鲁迅，于是向父亲约稿。父亲写了一篇简短的《回忆鲁迅先生》，主要是写1924年冬天一次他去看望鲁迅的情况。当时，鲁迅住在宫门口西三条二十一号。谈话中，父亲问鲁迅，青年应该读什么书？“他抬起头来，沉默好久，说‘除线装书和印度书外，都可读。不过在平时，我没有留心过’。”① 后来，鲁迅也曾公开讲过：“我看中国书时，总觉得就沉静下去，与实人生离开。读外国书——但除了印度——时，往往就与人生接触，想做点事。”② 看来这是鲁迅一贯的思想。鲁迅这些要读外国书的思想，对父亲后来出国勤工俭学是有触动的。

但是，这篇回忆文章写得很简略，和《鲁迅全集》第14卷《日记》的记载相比就可以看得出来。据《日记》所记，父亲曾多次去鲁迅那里，父亲出国后和鲁迅也有联系，1926年8月17日鲁迅还给他寄过书。父亲的这篇回忆文章略去了许多具体的人和事，

---

① 阎宗临：《回忆鲁迅先生》，《山花》1972年第1期。

② 《鲁迅全集》第2卷，第12页。

只写了极简单的经过和主要的思想。我想，这和父亲一贯的不愿多谈自己的处世原则有关，也和当时的政治环境有关。可惜的是，我也没有私下问过他有关的情况，现在回想起来，已经后悔莫及了。

1964年8月，鲁迅夫人许广平以人大代表身份到太原视察工作，父亲到宾馆看望她，他们当年在北京就认识。父亲谈及在瑞士留学期间与罗曼·罗兰的交往，以及罗兰对鲁迅先生著作的评论，许广平希望父亲写点这方面的文章，并且签名赠送给父亲她写的《鲁迅回忆录》。父亲去世后，我在他的笔记本上发现了题为《回忆罗曼·罗兰谈鲁迅》的草稿，写得也很简略，大概一千字左右。① 这是父亲一贯的风格。其中写到见罗兰的情况，以及罗兰曾对父亲说："前几年，敬隐渔先生将鲁迅先生的《阿Q正传》译为法文，我才开始接触到现代的中国。鲁迅的阿Q是生动感人的形象。阿Q苦痛的脸，深刻地留在我心上。可惜许多欧洲人是不会理解阿Q的，当然，更不会理解鲁迅创造阿Q的心。我很想念中国，但恐怕我也不会去中国了。" 这些话，表达了罗兰对鲁迅的敬重和对中国的向往。父亲与罗兰交往的详情，我并不清楚，也没有问过，一直以为不过是一次慕名的拜访。所幸父亲曾和姐姐守和谈起过这方面的情况。我才知道自己想得不对，父亲与罗兰交往的情况远比这篇短文中的内容丰富得多。

二

姐姐在1971年因胸部大手术后，回到父母身边养病。当时是"文化大革命"期间，父亲精神状态不好，很痛苦。母亲要她多陪父亲散步聊天，多聊一些愉快的往事，这是让父亲从不愉快的现实中解脱出来的好方法。在许多往事中，父亲和罗曼·罗兰的际遇给

---

① 《晋阳学刊》1981年第5期。

姐姐留下了深刻的印象。姐姐是一名生物化学工作者，1966 年北京大学生物系研究生毕业。1984 年到欧洲，1988 年得到博士学位后留在比利时新鲁汶大学工作。退休后，她开始撰写自己的回忆录，① 其中记述了父亲讲的这一段珍贵的经历。

据父亲说，罗兰想了解中国很大程度是受俄国大文豪托尔斯泰的影响。然而，他想通过鲁迅来了解中国却是因为读了《阿 Q 正传》的法文译本之后。罗兰为了保护自己的独立性，也为了不受干扰，1922 年到 1940 年搬到瑞士西南部的沃德州（canton de Vaudois）维廉威（Villeneuve）小城居住。这座小城邻近法国，罗兰居住的奥尔嘉别墅（Villa Olga）在虹河（L'Hongrin，中文地图译名罗纳河）入莱蒙湖（Léman，即日内瓦湖）附近。这里距离伏利堡市很近，坐火车只有一个小时的路程。所以，罗兰委托伏利堡天主教大学推荐一位能为他讲《阿 Q 正传》并回答提问的人，父亲很幸运地被大学推荐去做这一工作。

父亲是 1929 年 11 月下旬，一个阳光灿烂的星期六早上到罗兰那里的。罗兰仔细询问了父亲的经历，当他知道父亲见过鲁迅，感到非常惊喜，他不敢想象竟然会有如此好的运气，找到一个来自鲁迅身边的年轻人，于是当即决定录用父亲，并讲了工作要求和报酬。第一次工作，仅就《阿 Q 正传》这个题目罗兰就提了许多问题。如，为什么鲁迅给他的小说主人取名阿 Q？中国人取名的原则与西方人有什么不同？为什么题目要用“正传”？阿 Q 表达了中国社会什么样的伦理道德？父亲都照自己的理解做了细致的回答。以后，罗兰还就这篇小说的内容和父亲讨论过多次。在结束了《阿 Q 正传》的工作后，父亲在罗兰的指导下，用两年多的时间翻译了他的《米开朗琪罗传》。罗兰还赠送给父亲一张他和甘地会面的照片。

---

① 阎守和：《培养爱子成才的苦乐年华——三代人留欧际遇》，中国华侨出版社 2009 年出版。

父亲在这张照片的背面记下得到照片的时间是1932年，还有一行法文记录："甘地与史拉德小姐在罗曼·罗兰的沙龙。"这张照片一直为父亲珍藏，至今犹存。

关于父亲与罗兰交往的情况，姐姐还写了一篇回忆文章《一位罗曼·罗兰教导过的中国留学生——记我父亲1929—1937年留学瑞士伏利堡天主教大学》①。当法国罗曼·罗兰学会主席马丁娜·列日（Martine Liegeois）太太看到这篇文章的法文文稿后，很快给姐姐回信说："Jacgues Leomy 先生来了，你请他转给罗兰学会的那篇非常感人的文章，我会负责转给那些有可能知道你父亲和罗兰友谊的专家教授。"在回信的同时，马丁娜还寄给姐姐罗兰学会的会刊，热情邀请姐姐参加学会的年会。

马丁娜将姐姐的文章转给了巴塞尔大学教授梅兰博士（Jean - Pierre Meylan）。梅兰博士是专门研究罗兰在瑞士期间的专家，读了姐姐的文章后，很感兴趣，认为"这是一段极其动人的历史"。他到伏利堡大学查阅了父亲的档案材料，并进行了调查了解，写了一篇题为《阎宗临、作家鲁迅和罗曼·罗兰》的文章，发表在2010年7月25日出版的罗曼·罗兰学会会刊上。

梅兰博士在这篇文章中分析了罗兰想通过鲁迅了解中国的原因。他写道：

> 相当长的时间以来，罗兰感到自己已进入研究亚洲的恰当时机，这自然是研究印度和中国。当时，他已写了有关甘地的评述……罗兰主张不仅要有勇敢的过客，更要有强有力的对抗者，他要和来自欧洲以外的全世界反殖民主义革命者一起抵抗。
>
> 鲁迅已经是作家和教授，是拥护孙逸仙革命的年轻人发起五四运动的协同创始者，因此，他反帝反封建的行动

① 《鲁迅研究月刊》2010年第9期。

引起了罗兰的注意。鲁迅在学生革命中起着政治角色的作用，鲁迅和学生们一起攻击蒋介石1927年的反共行为。鲁迅的一些政治姿态和反法西斯斗争的罗兰很相似。

正是出于对鲁迅的尊重和认同以及了解中国的需要，罗兰提出了自己的要求：

> 罗兰想知道更多可以解开这些谜题的中国哲学，他向伏利堡大学要求为他派出一位尽可能好的行家。在此时期，伏利堡大学只是一所年轻的、不算大的双语宗教学校，借助于天主教可以总合世界各种文化的优势而有国际联系。

也就是在这样的背景下，父亲有了认识罗兰的机遇。梅兰认为：

> 罗兰很友善地接待了这位来做中文著作翻译的年轻人。
>
> 在那里这个学生和罗兰间建立了相互信任的关系，罗兰成了这个学生的一种类型的学生家长和导师。

在瑞士伏利堡大学历史系，有一位博士生柯莱特．吉荷尔德(Colette Girard)，她的博士论文题目是《在伏利堡天主教大学的中国留学生》。其中，父亲是她关注的主要对象，关注并对而父亲与罗兰的关系自然也引起她的注意与兴趣。她通过法国国家图书馆管理罗兰档案的负责人白赫纳德·杜查特勒（Bernard Duchatelet）阅读了罗兰档案。档案中保存了父亲写给罗兰的三封信，罗兰的《日记》中也有关于父亲的记载，她把这些内容翻译成了中文。我看到了她的译稿，由于她尚未取得发表的授权，这里只能讲大概的意思。

罗兰《日记》里多次写到父亲，详细记载了父亲的出身和经历，按照西方人的习惯，这说明罗兰录用过父亲并和父亲很熟悉。《日记》也提到父亲曾带一位中国同学去向罗兰咨询：怎样面对他们的祖国，怎样面对他们自己的命运和生活，希望在罗兰的指导下得到对生活新的看法。罗兰感到他们都极其善良、单纯和严肃。《日记》还记载了父亲翻译《米开朗琪罗传》的事。经过两年多，当罗兰看到翻译的第三稿时，赞扬父亲的书写非常精美仔细。当父亲提出还想翻译《圣路易》时，罗兰却鼓励他选择《约翰·克利斯托夫》片断来翻译，罗兰认为克利斯托夫这样一位英雄，他的精神很可能会成为给中国同胞的滋补品。从《日记》看，罗兰对父亲的印象很好，他写道：阎宗临这样的年轻人让我和我的妹妹都很感动。我爱这样的年轻人，他们虽不说任何话，却敢于触及社会底部残酷的现实，面对这样的现实，他们不诉苦也不怕命运的嘲弄。他们能保持镇静，继续他们的前进旅程，没有丝毫的动摇。罗兰《日记》关于父亲的记载，使父亲与罗兰际遇的这段尘封已久的历史得到证实。

三

据姐姐的回忆，父亲晚年，对罗兰的指导与关爱，深深感念；对《米开朗琪罗传》未能出版，有负罗兰的期望，非常遗憾。父亲非常伤感地说：我可能再没有机会去欧洲了。最近我准备为父亲写本传记。姐姐很支持，邀请我到欧洲去看看父亲当年学习、工作的地方，查找一些资料。还有，就是去为罗兰扫墓，代替父亲表达感激之意，为父亲弥补内心的遗憾。

我们从 4 月到 6 月两个月的欧洲之行，期间，先去了瑞士巴塞尔市，拜会了梅兰博士。梅兰虽然年事已高，但性格开朗，平和而幽默，热情地接待了我们，亲自开车带我们游览了市容，到巴塞尔大学图书馆看了珍藏的罗兰 1940 年以后的部分手记、有关文献和最早的《圣经》。梅兰博士还赠送我们一张他在查阅资料时发现的罗兰送给父亲的照片的复印件。这张照片也是罗兰和甘地会面时拍的，只是和1932年罗兰送给父亲的那张拍照的角度略有不同。梅兰博士在这个复印件背后，写了一段话：

> 甘地于1931年12月在瑞士的维廉威市访问罗曼·罗兰时的二人合影。这张照片曾广为流行发表于世界各地。罗曼·罗兰在阎宗临离开瑞士到上海之前把这张照片送给了阎宗临，嘱他以此照片向上海的出版社表明罗兰同意出《米开朗琪罗传》的中译本。
>
> 巴塞尔（Bâle），2011年4月13日，让－皮埃尔·梅兰（Jean－Pierre Meylan）博士，赠于巴塞尔大学图书馆。

罗兰在不同的时间送给父亲两张他和甘地会面的照片，我想，这大概表达了他对和甘地会面的重视。罗兰对父亲说过：在亚洲人里，他最敬重的就是甘地和鲁迅。这也表达了他对鲁迅和中国的向往吧！

我们在父亲曾经读书与工作的伏利堡大学住了五天，就住在父亲当年读书时住的圣·尤斯汀学生宿舍，这里现在仍然接待各国的留学生。伏利堡市优美的环境让我们陶醉，也使我们深深感到父母当年在国家与民族遭受危难时，毅然离开这里回到苦难深重的祖国是多么令人赞叹。记得父亲在世时，我曾问过他："当年你在伏利堡大学已经当教授了，又和妈妈刚结婚，校长岱梧教授一再挽留你，你为什么一定要回国呢?"父亲回答得很简单，他说："国家有难，我怎么能不回去呢?"

姐姐已经是第三次来到伏利堡大学，收集到不少有关父亲的材料。我们见到了柯莱特和她的导师。我们赠送给伏利堡大学父亲的著作和有关资料，作为父亲对母校的回报，这些书籍和资料对柯莱特写论文很有帮助。柯莱特也让我们看了她在巴黎图书馆查到的罗兰《日记》中有关父亲的材料。柯莱特是一位文静、朴实、又很有书卷气的女孩。她曾在北京外国语学院学了两年中文，到过中国的许多地方。在读博士的同时，她还在日内瓦大学中文系学习。她的汉语讲得很好，而且她就是伏利堡人，从小生长在这里，让我们倍感亲切。因为父亲在这里住了八年，我们从小就知道这座外国小城——伏利堡。在伏利堡，柯莱特一直陪着我们到各处参观，并带我们去维廉威看了罗兰曾经居住的奥尔嘉别墅。这幢别墅数易其主，现在是私人房产，已不让游客进去，但门口还有“罗曼·罗兰故居”的标识。

我们到克拉姆西是由罗曼·罗兰学会主席马丁娜接待的，她为我们预订好了旅馆。我们到克拉姆西后，马丁娜和她的助手让·拉科斯特（Jean Lacoste）先带我们去参观离我们住的旅馆不远的罗兰父亲的住宅，罗兰于1866年1月29日出生在这里。罗兰的父亲是一位公证人，是当地颇受尊重的人士之一。罗兰父系祖先在法国大革命时期是激进的革命分子，罗兰深受父系思想的影响。母亲庄重而富有文化修养，是虔诚的天主教徒，罗兰从童年时代起，母亲就教他弹钢琴，在母亲的教育熏陶下，罗兰有深厚的艺术修养和演奏钢琴的高超水平。为了使罗兰受到更好的教育，在他十五岁时，罗兰父亲决定举家迁往巴黎。

罗兰父亲的故居现在已改为罗曼·罗兰历史和艺术博物馆，其中陈列的内容包括当地出土的高卢—罗马时期的文物，运河上用过的木筏，这一地区的瓷器、各种艺术品及名画，名画中有一部分是由法国前总统密特朗赠送的。只有罗兰出生的房间是有关罗兰的专题展室，展题是“罗兰，故乡的骄子”。展室内外，陈列着罗兰家族的谱系，书橱中有罗兰各个时期的著作，有1916年罗兰获得诺贝尔文学奖的奖章和证书。展室中央放着那张罗兰和甘地会见时的书桌，桌上还有那台旧的打字机，这些都是从瑞士运回来的原物。展室的墙边，放着一张红丝绒的沙发，沙发上有三副耳机，参观的人可以通过按键，选择听到罗兰讲话的声音或用钢琴演奏的音乐，仿佛罗兰依然在这间屋里。紧靠博物馆的一条街，就被命名为“罗曼·罗兰街”，表达了故乡人民对他的敬重和怀念。

在克拉姆西的三天，马丁娜还带我们去参观了罗兰 1940—1944 年居住的小市镇维内热（Wezeklay）。1937 年罗兰在这里买了一幢房子，一楼是客厅、餐厅和厨房，二楼是罗兰的工作室和罗兰夫妇的卧室，三楼是罗兰夫人的母亲和保姆的卧室。罗兰在这里逝世后，罗兰夫人将这幢房子和房内的东西全部捐赠给巴黎大学。后来巴黎大学管理处与维内热市共同决定在罗兰故居建立了泽乌（Zervos）博物馆，主要陈列现代绘画作品，其中还有三幅毕加索的画。罗兰的卧室和工作室还大致保持了原状。马丁娜送给我们一张罗兰故居的画片，并在画片背面题词：罗兰学会主席马丁娜非常荣幸你们来参观罗兰的故居。2011 年 5 月 25 日。署名是：马丁娜和她对你们的友谊。

在和马丁娜的接触过程中，深感她的干练与热情。我们只知道她原来在巴黎工作，退休后，她和她的先生一起回到柏赫威村居住。马丁娜从小就生活在这个村里，这个村庄也是罗兰祖父居住的地方，所以马丁娜和罗兰是真正的乡亲。由于她热心公益，有很强的组织能力，因此被推举为学会主席。这个学会还设有一位秘书，负责具体事务；一位财务，管理经济。正式会员有 350 人左右，加上联系的人就有近 700 人。参加学会的有专家、学者，也有热爱罗兰的人。马丁娜说，柏赫威就有不少参加学会的村民，这一点和我们国内学会大概有所不同。国内的学会是纯粹的学术团体，而罗曼·罗兰学会既是学术团体，也是热爱罗兰的群众团体，她有更广泛的群众基础。学会每年要开一两次年会，每两月出一期会刊，会刊的名称就叫《柏赫威》。学会的一切活动，都由会员义务承担，如会刊的编辑、排版、撰稿都不付报酬。虽然会刊的出版由巴黎大学资助，花费最多的还是会刊的邮寄费，大约 1000 欧元。马丁娜的先生自然是承担义务最多的会员，每期会刊出版，他都要开车去巴黎运回来，再加以分发。我们出去参观，也都是先生开车，令我们很感动。

马丁娜带我们到柏赫威村，看了罗兰祖父的故居。故居离马丁娜的家不远。在前往故居的路上，碰到一位年老的妇人，马丁娜向我们介绍，她的名字叫菲赫楠德（Fernade），她的父亲卡塞特（Grasset）是罗兰的好朋友。纳粹时期，卡塞特被捕，罗兰利用国际红十字会的关系，把他救出来。后来，罗兰祖父的故居就由卡塞特购买了。罗兰晚年回到维内热居住时，常来柏赫威看望老朋友卡塞特和祖父的故居，因为罗兰在童年时代，他的父亲常带他来祖父家里，罗兰对这幢房子很有感情。菲赫楠德九岁左右，常在家里见到罗兰，罗兰总是对她很亲切，给她留下了深刻而美好的印象。现在故居就由她的弟弟居住。菲赫楠德陪同我们去看了故居，并告诉我们，门口拱形钢架上盘绕的葡萄树是罗兰亲手种植的。我们在这里有幸碰到一个亲自见过罗兰的人，真不容易，也是一种缘分吧！

我们此行最重要的内容就是为罗兰扫墓。罗兰去世后就葬在柏赫威村的公用墓园，后来，罗兰夫人也与罗兰合葬在这里。罗兰夫妇的墓在公用墓园的一个靠墙的角落里，非常简朴，没有任何装饰，就是平躺着的一块大理石的墓碑，碑上刻着罗兰夫妇的姓名。墓碑经历了六十多年的风雨，已经很陈旧，落满了尘土。墓碑前方与墙之间，有一株粉红色的玫瑰花，是马丁娜亲手种植的。我们在墓前献上了两盆花，姐姐用法语致悼词。她回顾了罗兰对父亲的关爱和教导，也告诉罗兰父亲晚年的遭遇和对他的感激，告诉罗兰父亲对《米开朗琪罗传》未能出版的遗憾。姐姐说："我和弟弟来到您的墓前，代表我们的父母和全家向您献花要。按照中国人的传统，这白色的菊花，代表着我们的哀悼和思念，这红色的西竹花代表着我们的感谢与祝愿。"姐姐还对马丁娜和让·拉科斯特帮助我们实现了为罗兰扫墓的愿望表示感谢，对梅兰博士为父亲与罗兰关系所做的研究和提供的资料表示感谢。姐姐最后说："感谢所有帮助过我们的人，祝愿您和夫人在天堂里生活得幸福、快乐！"姐姐的悼词受到在墓旁的马丁娜和让·拉科斯特的赞扬，他们对姐姐说：“您的讲话很让我们感动。”

在罗兰的墓地，我也很感动。我在大学时，就读过《约翰·克利斯托夫》，在我心目中，罗兰是一位光芒四射的文学巨匠。当时，想不到父亲和他还有这样一段温暖的际遇；更想不到半个世纪后，我会来为他扫墓献花。罗兰墓地的简朴、平凡，也出乎我的意料。在这个公用墓园里，有许多墓地都比罗兰的漂亮、豪华，如果不是马丁娜带我们来，我们很难找到偏处一隅的罗兰墓地。罗兰就这样安安静静地躺在故乡的怀抱里，躺在乡亲们的身旁，倾听着他熟悉的运河的涛声。我想，这简朴里有他高尚的品格，平凡里有他伟大的精神，这大概就是罗曼·罗兰的魅力所在吧！

附录

FULU

朴围村*

本文作者（现在山西师范学院工作）已搁笔多年。现在，由于“百花齐放”的鼓舞，重新拿起笔整理旧作。《朴围村》（背景是辛亥革命前后几年）是作者写的中篇《大雾》中的一部分，也可以独立成篇，特发表于此。

——编者

一

北地的山谷内，层山环列，中有个朴围村。那里七十多户人家，没有显贵的望族，却都是驯良的顺民。他们永住在没有景色的荒山内，血管里没有外来的杂物，不敢有半点奢望与幻想。他们自奉俭约，早纳税，早娶亲，忍受住一切生活的苦痛。有时候，从食

---

* 原载《火花》1957 年第 9 期。《火花》1957 年第 9 期刊载了阎宗临先生的《朴围村》。诚如《火花》编者所说，作者“由于‘百花齐放’的鼓舞，重新拿起笔整理旧作”。《朴围村》是阎宗临先生在旧作《大雾》的基础上修改撰写的。因此，在内容上与《大雾》有部分的重叠之处。但伴随着新中国的成立，马列主义、毛泽东思想成为指导思想，影响着国家的发展和人们的价值观。与《大雾》相比，《朴围村》在一定程度上反映了阎宗临先生在那个时代背景下的思想转变。所以我们把《朴围村》也编入书中，期望能够更加全面地反映阎宗临先生的文学创作。——编者注

盐上和油灯内节省一点钱财，以期多买几亩山地，早给孩子定亲。看不见的传统魔力，将他们的思想与生活，吸引在这种土地内，便是再有第二次的滔天洪水，亦难将他们冲散的。

煤窑是他们生活的来源。每年到秋尽冬初之时，他们开始这种极危险的工作。拿上自己宝贵的生命，在阴暗的活地狱内，寻找他们的生存。这是他们父传子、子传孙唯一的方法，他们不愿另开一条新路，他们更不愿去改良，他们只知道以生命与石炭来搏击，日日隐藏在不见天日的黑洞内，去断送他们的生命。

这种机械的、非人的生活，习惯已久，他们认为是分所当然的。他们不特不晓得工作八小时的圣律，便是劳工神圣的称呼，亦是闻所未闻。他们生活极为简单，不敢有任何奢望，更不敢希望人与人的平等。他们只知道忠诚的工作，却不清楚是为了什么！有一天，在太阳西落的时候，邓旺儿从煤窑中出来，两腿酸痛，像是抽筋的一样，他向窑主讨乞半天的息工，窑主瞪起黑红的眼睛，充满了怒意说："看你的胎子，你要有福气，你不会生到这个村内的。"

旺儿沉默地看了他一眼，背上他的炭篓，仍然进到窑内，并不以此为侮辱，等候夜神来到的解放。

二

旺儿是如此改变他的生活。

已是第二次鸡叫了，窗上渐渐现出银灰色。在悠长的冬夜，从怒吼的北风中，传来长而悲哀的叫喊："旺儿，旺儿。"他从熟睡中醒来，急忙顺口厌烦地回答："我去呀。"他机械地穿上铁似的衣服，听着屋后椿树枯枝的凄声，夹着驮炭的铃子，那样沉闷，那样规律，使他感到一种疲倦。炉火中发出的焦炭蓝焰，在暗色中飘动，借着这点微光，旺儿去烧他的妻预备的红粥。

旺儿机械地吃着，往炕的西头一看，安睡着他的妻和五成。母子两个盖着一张破被，又蒙上穿着的衣服，仿佛像一个墓堆，这个思想使他一惊，将碗丢下，迅速地收拾起绳索与篓子，轻轻地拉开房门，踏着月色走了。

破晓时天上还留着几颗疏星，空气变得分外晶明，冷风比铁针更为尖锐地刺在背上。他迅速地走着，不加思虑，仿佛有人在后边推他，不能自止。要到那命运注定不愿去的地方。他喘着，吐出的气像是奇幻的夜烟。

旺儿到了窑上，炭火周近已围坐着六七个人。他们正谈如何挖顶、焦炭起价，以及最近村里发生的事情。他也参加在里边，可是一言不发，只把塌下的来烧着的炭又推上去。当他们看着李二摇摇摆摆走来时，年青的又拿李二来开心："李二，迟了，舍不得你老婆!"李二从远处问："什么?"大家哄的笑了。这种不含恶意的玩笑，是他们友谊的一种表现，他们喜欢李二的老实，更喜欢他有个很能干、很贤惠的老婆。

三

旺儿瘦而高，受了生活的磨炼，不肯多言，经常是缄默的。休息的时候，蹲在那里，吸着烟，低头凝思。喷出的烟飘散在他的眼前，宛如他脑中的思想。他想的永远是那两个问题：如何致富，如何给儿子定亲。他又不敢比刘金财主，纵使刘金的财产不够一脚去踢!

旺儿的女人，果断，有办法，便是在二寸布的鞋面上，亦要打算。自从结婚后，不到三年便生下五成，真可说是出师大捷。旺儿所需要的女子正是这种类型。他从未想过她的姿态如何大方，她的语言如何干脆，他只盼少生点疾病，多省点油米，共同努力治家，好实现他的梦想。他们不像夫妇却像朋友，不懂爱情却得到爱情的果实。因之，在几年间的努力，忍受住生活的苦痛，买了三亩山地，给五成定了一个大三岁的老婆。

在一个雪花纷飞的早晨，旺儿从神秘的窑口中出来，闭着一只眼睛，背着炭很费力地向前走，像一条精疲力竭的毛驴。有时他自己这样想：“生到哪里，活到哪里。活的总要受苦，受苦就是畜生。我是个畜生吗?”每逢想到这里，他感到厌倦与无可奈何！有时，他激动地向自己发怒说：“我是一个蠢货，到我也有二十亩山地时，我把这个炭篓子踢到沟内！”可是，这个希望比秋云更为缥缈，刚要凝视，而它的形式早已幻变了。

四

煤窑的生活是危险的，虽无刀山箭树，却常引起恐惧的情绪。这是一个幽暗的老鼠洞，永远不见天日，双足浸在水中。真是拿上无限宝贵的生命，换一点极低的物质，维持不死的余生。因此，到窑主克扣他们时，他们总是说这几句剜心的话：“不要再折扣了，四块石头夹一块肉，我们拿血和肉换这点东西！”为此，有个人写着说：“煤窑之难，难于入地狱。”

这天是冬至。照例驮炭的较少，息窑较早。李二和他老婆到旺儿家里过节。旺儿家与李二嫂虽是一母所生，性格却完全不同。李二嫂沉默寡言，爱清静；旺儿家却蹦蹦跳跳，爱热闹。她们的丈夫都是朴实忠厚，几年来患难的锻炼，互相帮助，产生了真挚的情谊，便是那上万两黄金也难买到的！

干净的铺着席的炕上，摆着油灯，李二嫂给五成缝过年的棉袄，五成在旁边数钱，旺儿和李二喝酒吃菜，那样斯文，那样亲热。旺儿家在地下忙来忙去，安排一切，不时发出笑声。室内本来很热，加上这种快活，每个人脸上都出了汗。旺儿家不时地说：“你姨夫，多吃些。”

不知道多久才算吃完这一顿饭！

好景不长，谁能独具慧眼，识破自己的命运呢？

冬至后不久的一个早晨，旺儿从窑里出来，放下炭，向周近一瞧，五成尚未将早饭送来，拿上篓子正要进去再背一次，忽然里边的人涌出来，纷纷呐喊："顶塌了，把李二压在底下，怕没有希望了。"全场的人，集聚在窑口，霎时空气紧张、不安，形成一种紊乱状态。旺儿放下篓子，就往窑内走，想尽最后的努力，几个有经验的人，物伤其类，随着进去，遇着两个砍手说："顶已停止走动，唉，李二完了！抬到风眼旁边。"

旺儿腿软地出了窑口，在躁动中看见五成送饭来，他机械地说："回去吧！窑上出事了，你姨夫没希望啦。"父子再不说一句话，沉默地走着，不时抬起绝望的眼睛，望着永远沉默的高天。他情不自禁地说："天呀！天呀！"旺儿感到裂肤的苦痛，他悲痛李二残酷的遭遇，联想到自己可能发生的不幸，看着随他走的五成，自己追问："如果我压死，这个孩子将怎样？他妈又怎样？即使我侥幸不死，又谁能保证孩子不死于其中哩？"这种错综复杂的情绪，表现在脸上，宛像马武的脸谱，涂着各样颜色在冷风中抽动。当走进到村口时，迎头传来断肠的哭声，李二嫂散发拍手，且喊且呼哭下来了。旺儿看到她，反而变得冷静与有力，急忙迎上去，扶着她，又往那"伤心的窑上"去。

便是受了这次刺激，旺儿决心要抛弃煤窑的生活。他想开个杂货小铺，把儿子改成一个商人。自然，他们是不会不死的，但是不死于煤窑之中，却是很有把握的。

五

近几天来，朴围村的老少，异口同声地说："纵使是铁打的两只眼睛，也要为李二嫂落几滴同情的眼泪！"的确，生活的惩罚，是不按人的强弱，李二嫂的下落着实太可怜了！

一间矮而破烂的小屋子，孤立在五道庙的背后，在那里，李二嫂荏苒地消磨了五年的光阴。窗上糊着的麻纸，贴着各种各样的剪花，经久变得苍黄。室内陈设的东西，分外简朴，分外整洁，地方虽小，却觉着分外宽大。她整天在家工作，使这个室内充满了一种安静的气氛。每到羊群快回来时，炉上烤上食物，预备好碗筷，坐在窗前，手里做着针线，从玻璃内不时地瞭望她的丈夫，她感到一种不可形容的愉快。日日坐在这个窗前，愁闷烟消云散，一切无所希求，她感到非常满足。

如今，也是在这个窗前，李二嫂凝视着横陈的尸体，盖着麻纸，旁边点着一盏油灯。她出神，她不明白：如何昨日还活着，有说有笑，到今天却躺在那里便死了。她不明白为什么会有死，更不明白死是个什么东西！她只知道死就是叫他不应，不出气了！她想揭开纸看他，她感到苦痛与恐惧，这种复杂的情绪使她觉着落日变色，西风易调，房屋也在转动。她觉着一切都完了，腿不能自止地发抖，心上却烧得要命，忘却了生活在滴水成冰的深冬。

旺儿在德玉成内找到刘金，恳求地说："财主，想点办法吧，不为活的还为死的呀！这种情形，才叫石人眼里下泪的，做点好事，把死者入土为安！"刘金长得肥胖高大，虽说粗暴，却是粗中有细。到他计算人时，总爱摸着他的猫须，敲着桌子，沉默地盘算。他粗声地问："多少？"旺儿说："至少要三十元。"刘金拿起他的烟袋，在地上走来走去，装着烟，慢慢地吸着。室内那样沉静，只有在炉上的壶水沸腾的声音。最后说："好吧，我告柜上就照三十元取货，利钱三分，手续以后再办。"

朴围村的习俗是敦厚的。无论哪家有事，总要着人去吊丧，烧钱，向生者致唁、死者告别。这天下午，村人三三两两，络绎前来，有的着实悲痛，有的只是做个样子。那些年青的出去后，还妄论一场。有的说："李二是该死的，几天来，总是和常人两样，好像跟上鬼似的！"有的又说："顶老早就走动，叫他小心，他总是大意，满不在乎!”另外一个接着说：“可不是，那天夜里，五道庙后沟嚎得很厉害，顶已响动，我往后一退喊他，他叫了一声已压在顶下了!”他们边走边议论，看到刘金肩上搭着烟袋，迎头走来，他们绕着走别一条路了。

刘金转过五道庙，走进小院内，潇洒地推开破门，向死者致敬后，他锐利的眼光放射到李二嫂苍白的脸上，在死的沉静中，他说：“老二家，不要难过，天要打谁，谁能逃脱呢?”李二嫂像是没有听见或者她不愿听这些空言的安慰，因为这些空言，使受痛者并不觉到同情，相反的，却感到一种残酷。旺儿从旁插着说：“李二家谢谢你的帮助。”刘金摸着他那几根稀疏的胡须，摇摆出去了。

第二天早晨，浓雾漫了大地，旺儿约了几个熟人，把死者埋在西坡上。旺儿家伴着李二嫂大声哭泣，她们嗓子已哑了。天冷得很，西北风夹着雪花吹来，墓前烧了冥锭的余灰，乘风飞扬，与雪花相搅成一团，宛像一群黑白相间的蝴蝶。经过多少人的劝说，李二嫂始从冷地上站起来，人们扶着她往回走，走了几步，回头向后又看了一眼新墓，她觉着一切都完了。

六

刘金是朴围村第一流的人物，是德玉成的财东，他整天在这个铺子内，克扣计算村里的穷人。在义和团以前，德玉成经营典当事业，村人对他没有好感，却也不敢开罪他。当时流行着两句话：“德玉成，石头也要变成金!”这是恭维，也是讽刺。到义和团以后，德玉成改营杂货，仍然保存着当铺的作风，就是说：心要狠!全村的人都觉着一个最大的幸福，便是一生能同德玉成没有往来。当时也有两句流行的话：“进到德玉成，身子短三寸!”刘金所以敢于这样做，不只是因为有钱，而且因为有势。经常到理屈词穷的时候，刘金粗声喊着说：“怎么?就差二指宽的一贴!”每年的腊月，德玉成的面孔变得非常凶恶，朴围村每个穷人，都认识到他的威严。

李二死了一年后，时间冲淡了伤痕，李二嫂好像有了活的理由，这是由于她姐姐旺儿家的帮助，也由于她思想上起了变化，她总是爱说："走的看！"这一年寂寞深长的岁月，像大病了后复原的时期，朴围村的一切蒙罩了一层淡黄的颜色。她的行动无形中受了限制，因为她是寡妇。为了还德玉成的利钱，她做了一对鞋，卖给吴忙，结果吹来许多无根的谣言。

李二嫂因为没有想到个好办法，欠德玉成的债务，无法还清，所住的几间破屋有住不成的危险。她和旺儿商酌的结果，只能走走内线，几天来，德玉成讨债的作风，实在恶劣，不只是残酷，而是罪恶！

西北风卷着尘沙漫天飞扬，李二嫂绕着五道庙的背后向刘金家中走来，神态瑟缩，不敢抬头，忘掉了刺骨的冷风，她速向前走，喘着气比西北风更为强烈。她不怨天尤人，更不怨恨死者，她觉着五年夫妇的生活，留下无限的温暖，每天吃着粗饭，共同盖一张印花破被，也够使她留恋了。往日的艰难困苦，现在变成了无尽的幸福，她留恋着过去，因为那上边刻着她生命的痕迹。

走到大门前，突然停住了，手托着门框，喘着气，心上簇拥起复杂的情绪，既感到羞愧，又感到恐惧，她想退回去。忽然听见里边关门的声音，她将风吹散的头发往后一掠，又抖散襟上的灰尘，怯弱的心转而强硬，两腿软困，却大踏步地进去，敛回全力，凝住神，她咳嗽了一声，温和而有力地说："财主在家吗？"接着推开门，含笑地站在火炉的旁边。

刘金家穿着葱绿色的棉袄，深蓝色的厚裤，青底紫花的鞋。她叉开两条粗腿，夹着脸盆在那儿揉面。从她微笑的眼内，流露出同情与骄矜的两种情绪，使人感到有钱人的幸福，也使人感到有钱人的残酷。她笑着说："你快坐上炕来，他不久就回来了。"说完后，像蛤蟆似的把腿一收，将面盆推开，她盯住眼地看这个挤出人间以外的李二嫂。

忽然刘金家咯咯笑了，摆出狐狸似的面孔，凑到李二嫂耳边说："亲人，你又没有一男半女，守什么？只误了你开花的时期！人家说你嫁吴忙呀，你到底怎样？我说你不要再耽误了。"李二嫂低头不语，无聊地摸弄炉上的火钩。

李二嫂没有结果地回来，推开自己的房门，炉中冒出缭绕的蓝焰，微笑着，似在安慰她。她觉着室内分外宁帖，比平常阔大。回想起刘金家的话，脸觉着有点发热。心上浮起吴忙的影子，粗手、厚笨的嘴唇、健壮的膀臂，一种神秘的情绪搅动了沉闷的心。她空虚，她迷离，她含着微笑的热泪，无可奈何的动作着，准备她的午饭。

七

李二嫂没有粉刷的墙上，虽然贴着蓝纸黑字的"万事亨通"，实际上她的生活并不顺利的。父母早已去世，姐姐生活困难，实在自顾不暇；一个健壮结实的弟弟崔武，那年外出交差，到了省城，起初还有信息，以后便没有着落了。西村关于崔武的传述，层出不穷，有的说他在战争中牺牲了，有的说他跟上革命党过了黄河，有的又说他跟上洋人到边塞外面去了。传述虽然这么多，却没有一件证实。自从李二死后，李二嫂唯一的希望，便寄托在弟弟身上。万一崔武真是活着，回家走一趟，自己也有个做主商量的人。可是这个希望是多么渺茫呵！

元宵节后不久，李二嫂演了一幕悲剧。自从李二结婚后，刘金便看上了李二嫂的那对小脚，每逢碰着李二，便开玩笑地说："李二，好福气！"质朴的李二觉着刺耳，却回答不上来，只是苦笑。有钱人不允许穷人有一点好处。因为李二嫂忠厚勤谨，没有点滴间隙可入。可李二死后，刘金用三十元的借款，买来扶危济困的义名，同时也有了出入李二嫂家中的权利。

室中异常幽静，映射在窗上的春天的阳光显示出太平的景色。李二嫂仍坐在这个窗前，做她的鞋，偶然往窗外看一眼，街上行人熙攘，仍有元宵节后的意味。李二嫂经过打击，认识自己的苦命，不敢存点滴的希望。历年来经验教训她，每次希望的后边，紧跟着不可医治的失望。她机械地活着，准备度她的残年，她为此苦恼，但在那样古老的社会里，她一个可有可无的人，又有什么办法呢？

自从年节过后，刘金常来李二嫂家中。每次来后，李二嫂感到不安。也曾躲过几次，又觉着过分敏感了。这天快到做午饭的时候，刘金照常来，坐在炕边，照常吸着烟，摸着那几根猫须。李二嫂总是集中全力戒备，躲避他的视线。刘金不时掉转来看她，他觉着她很美，柔媚似水的眼睛，绯红的脸衬着朴素的衣服，分外庄严，分外诱惑。他的神态逐渐不正常了，笑脸上表现出不可抵抗的顽皮。李二嫂非常敏感，内心焦急，希望快有别人进来。她不敢抬头，不是有罪，而是怕碰着如钉的视线！便是在这种死的沉静中，窒息的气氛中，突然刘金伸出手来，大得使人可怕，推李二嫂一把并低声说："放下手里的东西吧！"李二嫂像触了电流，身上起了裂肤的变化，放声大哭："死鬼呀！……死鬼呀！……"音悲裂石，刘金像旋风似的刮走了。

从这次事情发生后，刘金不再来李二嫂家中了。他心上并不感到羞愧，相反的，他滋长着一种报复的情绪，他自然不明白世间有多少穷人，保持着磊落的人格。

八

李二嫂受了生活的磨炼，渐渐主动起来。对自己的安排，也有了模糊的主张。守不守，嫁不嫁要等三周年过了再决定。将债务还清后，才算见了天日。李二嫂视德玉成的债，宛如一条毒蛇，绕着咽喉，快使她不能出气了。然而她是一个有力的女子，她要挣扎，她要摆脱。与其说为了自己清净，将来容易脱身，毋宁说为了丈夫的尊荣。只有在这些质朴的穷人身上，我们才可看到高贵的品质。她整日养猪喂鹅，缝衣做鞋，真是节衣缩食，要从债务下解放出来。时间过得那样快，终日在疲惫之中，她觉着幸福。

是一个残春的下午，德玉成的伙计，神色还温和，向李二嫂："老二家，财主说早点还清那笔账。也知你很难，财主又说，要么，你另找一个地方！"李二嫂抬起头，慢慢地说："我比谁都急！搬出去？搬到哪里？我看看吧！"德玉成的伙计看到旺儿送水来也就再不说了。他们一同出去。

不知为什么李二嫂不能工作了。她靠着炕沿站在那儿发呆。想起元宵节后的事，刘金可鄙的面孔使她忿怒。她想抓过刘金的脸，唾他几口，可是这仅想想而已！她即忙锁着门要去旺儿家中。

李二嫂转过五道庙时，有许多人听刘金在那里高谈阔论。她有些害怕，不敢从那里走过去。忽然她看到旺儿也坐在一边，她的胆子壮起来了。当她俯首从旁边走过去时，谈话忽然停止了。鸦雀无声中，她感到有千万只眼睛，射在背上比针刺还苦痛，她盼大地裂一条缝，使她落下去。朴围村的寡妇向来理缺三分。

李二嫂坐在她姐姐面前，哭得像个泪人。她将正月里发生的事故和德玉成伙计的要债叙述后，旺儿夫妇默然无言，只有那条小黄狗在地上转来转去，摇摇尾巴，嗅嗅李二嫂的裤腿。旺儿夫妇留住李二嫂吃晚饭，旺儿说："算了，除了死的都是活的，我们要活下去！"旺儿接着说："那两间破房子，要就让他们要去，今年，我也准备丢了上窑篓子，你呢？我看不要再守了，你拿定主意再找个人家吧！"李二嫂没有说什么，却默认他的主张。点了点头说："我回去了！"她接着消失在夜色内。

九

在多少人的眼中，朴围村是一个穷困的山庄。少树木，缺河流，可以傲人的地方，只有那屹立不动、使人悲哀的石头。自从有史以来，这里从来没有出过一个举人与进士，就是写春联、看宪书的秀才与童生，多年来也竟成凤毛麟角。他们把这种不幸推在风水上，他们没有白家村的骄傲，举人的旗杆竖立在庙似的门前，威迫那永久沉默的苍天！

但是十年河东，十年河西，朴围村也起了翻天覆地的变化，打破那种死的沉闷。自从义和团以后，接着是辛亥革命，朴围村深睡在几千年习惯中，做着父子相传的梦，于今也开始觉醒了。那些土中滚的儿童，吹着哨子，荷着桃条，于夕阳西下时，在大场上且跳且叫："剃了辫子留了洋，搬了神像立学堂。"

这种变革，起初是看不见的。朴围村觉着与我无关。及至到社会中实践，奔腾澎湃，兼天涌来，没有一个地方可以逃脱。大家不自觉地卷在里边，起来倒下，倒下起来，演出惊心动魄的变更，朴围村便是其一。

是在重阳节后，天气已经冷起来，树叶已落尽了。李二嫂正在准备过两周年，她的心情也不像去年那种忧伤，她惊奇时间的威力，冲淡了她的苦痛。她正在收拾初安上的火炉，突然听到院中有嘈杂的声音，急忙开门，原来是李二嫂的弟弟崔武回来了。

自从那年县里发生问题，须要对军支差，刘金利用他在村里的力量，逼崔武离开家乡，道理是父母都去世了，姐姐们又都出嫁了，崔武身体结实，头脑伶俐，没有再比他更合适的。朴围村的人只要有一分奈何，是不愿离这条山沟的。崔武不到二十岁的青年，在威迫下也只好去了。

崔武跟着军队到省城，渡过黄河，却见了多少世面。他知道洋枪如何放，看见过火车头，不见人就能说话，听见唱戏，特别是黄昏时候，汽笛一响，一转眼全城的灯都亮了。崔武纯朴敦厚的心上，让这些新事物刻下了深深的印象。他坚信这是一种英雄人物。他觉着皇帝能推倒，天下没有办不到的事情！他从一个支差的小骡夫，逐渐结识了些军队里的朋友，身体愈来愈结实，力气愈来愈大。但是每到刮风下雨的时候，朴围村荒凉的景色，蚰蜒似的小巷，历历在目，两个姐姐的影子，不时出现在眼前，他想即时回去。现在他的希望已经实现，他脱离了部队又回到这个山谷内。

崔武是开朗的。他觉着还不满三十的姐姐，不应该这样尼姑式地活下去。李二嫂也不坚持她原来的想法了。二周年过后，崔武便与旺儿将德玉成的债务还清，抽回典契，决定姐姐改嫁。清明后的不久，她跑到丈夫的墓前，整整哭了半天。墓前的细柳，柔条下垂，春风缭乱着她的悲伤。她晓得这是最后的一次了，她眷恋墓前的春草，她更眷恋苦痛。五成站在她旁边，不时敦促："姨，回去吧！"当她扶着五成，慢慢地向旺儿家中走来时，忽然惊奇时间的飞逝。到了旺儿家内，坐着几个知心的常往来的邻居，问她："有什么要安置的？……以后还要见面呀！……这样好，时代变了！"

她们总不愿她离开，又觉得不应该留住她，他们不断地面面相觑，最后默无一言。

二更时分，李二嫂骑着毛驴，旺儿和崔武跟着，哭出村外去了。这时候满天镶着繁星，狗叫个不休。李二嫂开始她的新生活。她留给朴围村，不论是男女老少（除过刘金），很好的印象，使人敬重与怀念。

十

李二事故的教训，旺儿决心抛弃煤窑的生活。那年春天，他贩卖些杂货，背上货篓到各村游串。旺儿很聪明，又能吃苦耐劳，取利很低，深信“有志竟成”的原则。几年辛勤的经营，生意满有起色。他们一家三口，半商半农，看出是上升的，因为所卖的货物比德玉成价低，而村人又憎恶刘金的神气，他的货物出售快，周转灵，旺儿渐渐成了朴围村的新人物。

旺儿摸着底子，看出自己光明的前途，把五成送到蒙学里，他唯一的目的是学会算盘与记账，将来继承他的大业。倘使五成能够看懂《玉匣记》，那更喜出望外了。刘金不会把他看到眼内，但谈起时，他含讥带讪地说：“旺儿发达了！狗肚里爬出金狮子来！”

将临街的墙凿了个窗子，把住的房子又隔成两间，旺儿多年梦想：游商变为坐商，设立一个铺面，而今实现了，取名旺成号。在这年的年节，铺面上也贴出金头红纸的春联，放了几串鞭炮，挂出一对西瓜形的小纱灯。这对于德玉成好像是个示威。

旺儿是粗中有细的人物，他经常到蒙学里与高先生谈论，得到了许多知识，听到他五成有进步，更感到快乐，走起路来觉着腰里有力。他想：事在人为，一切都可办到的！旺儿在村里的地位提高，同崔武到省城走了一趟，见了见世面，突破了旧日的生活，他居然也做了一件青布大衣，行香接客时穿出来，看来有点不自然，旺儿却觉着非常得意，惹人重视的。

旺儿的女人，在时代与家庭的大变动中，也变成了一位出色的人物。她按照公事放足，随着文明梳盘头，她的勇敢并不亚于她的丈夫。村内的人讥笑她的大脚，她却特立独行，不顾众非，有时还理直气壮地碰几句：“大脚，怕什么？匪来的时候，总比她们小脚跑得快些呀！”

这些都是时势造出的英雄，虽然无名，其奋斗精神，的确让人重视的。

十一

几年的光景，经过许多磨折，提心吊胆，旺儿也有了三十亩山地，朴围村除刘金外，他自然是第二位了。

这年的清明节，落在多雨的三月初，每日蒙蒙细雨，使人感到不可抵抗的烦闷。他提着食匣，五成荷着锹，向坟中走去。路上非常泞滑，很吃力地走上去，心中却不断地想：关先生看下的穴地是正确的。他父子们将出水的沟疏通，墓上又加了些新土，又转到西坡上给李二烧了纸，转过头来向五成说："你姨夫睡在这里不觉已快七年了！"

当旺儿回到家中时，看见地下蹲踞几个村人，吸着兰花烟，室内烟雾弥漫，像窗外的云天。他们谈着下种，又转到米粮的行情，更转为不定的年头。他们听驮炭的说："东镇安秃子死了，只驮回一只没头的棺材。"他们又说："食盐要起价，因为盐税增加。"反转过来征求旺儿的意见，旺儿说："没有公事，怕靠不住的！"

自从朝代鼎革后，社会起了巨大的变化。昔日的纠首，而今变为村长，刘金操纵着村里的大事，实际工作和开罪事情，却须旺儿承担。旺儿辞不掉，却又不愿做，经过多次的说合，始确定轮流担任，这一年是旺儿的村长。朴围村的乡人们，经过几次的变更，涉及实际生活，他们淳朴的心上，也注意起时代的动静。

那天快到午饭的时候，天空满布一层薄云，从临街的窗外，忽然传来人马杂沓的声音，打破了村内的沉静。旺儿知道有事，急忙出去，看见一个背枪的人，牵着马，旁边走着服装整洁戴黑眼镜的先生。他们把马掠住问村长的住处，旺儿即来周旋，请到铺内，始知来自城里，执行查学与查脚的任务。门外围着看热闹的闲人们，随着有的进来，有的散了。不久，朴围村起了天翻地覆的波动。蒙学里把禁书藏起，《三字经》、《百家姓》、《论语》、《孟子》……都塞在学生的裤裆内。小脚妇女们都闭住房门，不敢出去，有的躲在后洞内。那五十岁的花姑，却在地上打转，不断地叫骂："什么年头，这些该死的秃子们，管人管到老娘的脚上来！"对面的柳婶急得叫："少说两句吧！当心人家进来的！"

办公事的倒也和气，到蒙学里坐了坐，就在那里吃了午饭，照例说了几句官话，照例嘱咐村长要认真办理，留下公事走了。王二一直送到村外。蒙学的高先生看看那一堆公事，有的要贴在五道庙墙，有的要留下参考，并说四月底要在城里开会。

这几天，旺儿家赶衣服，做袜子，准备旺儿进城。到走的那天早晨，她红了脸说："你回来时，买些鞋面、墙上挂的镜子。"旺儿无条件地答应。他出了村，爬上二梁顶时，转回头看他去年腊月里买的五亩山地，深感到幸福，腿上增加一股力量。

十二

几年来，旺儿的发展可说是一帆风顺的，但是事情总有曲折，事与愿违，好像命运从旁戏弄，故意与他为难。

旺儿虽然憎恶煤窑，摆脱背煤的生活，但他却明白开窑利厚，是发财的捷径。他将年来的积蓄投在新煤窑上，继续与人合股，他承担了大部分。从初夏动工，整个夏天用的许多人，旺成号支持着需要的钱财与货物。柜上周转不开，居然出了钱票，仿佛有孤注一掷之势。朴围村议论不一，有的以为旺儿是百发百中，有的以为是骑虎难下，而旺儿从七月十五后，信心便开始动摇了。但是，每天背出的岩石，依据有经验的人说是快接近炭层了。

八月初的一个早晨，旺儿照例到了窑上。长清笑向旺儿说："快了，你叫铺子里多买些鞭炮！"旺儿抓起一块新背出的石头，看了一看说："像这层的石头，确是快见炭了。炮买了不少，就是羊也喂肥了！"旺儿离开窑上，慢慢往回走，沿路的庄稼着实长得好，他不断地想，地里的丰收，将来窑的红股，旺成号这年的利润，他觉着今年便是转运致富的关头。以前的动摇，现在又像稳固起来。

没有人的时候，旺儿将鞭炮、香纸准备好，揭开油缸看看足够支应窑上的需要。他最喜欢听着人说："不出八月十五！"每逢窑上回来取油的时候，他总问："今天怎样?"那取油人说："快了!"旺儿又说："一见炭，就着人回来!"这几天委实是紧张得很。中秋的前两天，估计要见炭，正当要杀羊庆祝的时候，突然水淹了，几乎发生事故。这是一个致命的打击，虽然认识不一致，纵使还有开采的希望，但需要加倍的投资。旺儿心烦意乱，不知所从。他不知道到哪里好，这个中秋节对别人是快乐，对他却是苦痛。他低着头在街上走着，正好碰见刘金，刘金摸着他的猫须，带有讽刺地说："干吧，时代变了，水会退走的!"

旺儿像害了一场伤寒病。想他这样刻苦起家，胆怯而又贪婪，是禁不起这样打击的。窑上的努力，已到绝望的境地；铺上的情况虽好，却填不满这个自挖的深洞。刘金忌妒旺儿，从旁冷眼看他。德玉成收集旺成号发出的钱票，集了一个庞大的数目。在腊月最紧张的时候，德玉成的掌柜下令向旺成号袭击，要求兑现，好容易应付过去，旺成号虽不致倒闭，却大伤元气，到苟延残喘的地步。在旺儿来说，这比水淹炭窑还沉重，因为旺成号是旺儿的命根，现在有覆灭的危险。

十三

旺儿禁不住这种失败，心情沉闷，力已枯竭，没有医治他创伤的地方。每天从家中走到街上，即刻由街上回到家中，站在柜台前不断凝想一幕一幕的经历，想不到会有今天的景况，最后没理由地叹气，有时尽流两道清泪。一手经营的事业，费了如许的辛苦，而今像初春的雪堆，渐次化为水，变为气，散在缥缈的太空。他的梦想，宛如海上蜃楼那样壮丽，结果是寂然消灭。他要忘却与逃脱，不可能，他已失掉自由，望着沉默的天，只感到非常的恐惧。他想起蒙学高老师批的八字，这几年不大顺利，难道过了凶年，不会还有好的时候吗?

不只如此，自从清明以后，没有落一滴雨，许多农民不敢下种，即使种下的，也出不齐，即使稀疏地出来，在强烈的阳光下，禾苗也奄奄待毙。五道庙的前面，每天闲人愈集愈多，谈论天旱，谈论祈雨，谈论逃荒，谈论谁家存的多少粮食。偶然来个驮炭的，便问有没有哪里下雨的消息。旱的区域很宽，从光绪三年以来，未曾见过这样的年头。整个六个月的天空，高而可怕，没有一层薄云，泉水已快枯竭，树叶变色下垂，到处感到饥饿的恐怖，这个荒年将有人吃人的危险。

五成守着旺成号，不敢进货，亦没有生意。旺儿到铺子里这边，只是看看箱子，存款无几；回到家里那边，揭开瓮子，存米无多。在这种苦难的环境，旺儿禁不住刺激，渐渐精神错乱，他疯了。

十四

屋后的椿树，像一个久病的老人，没有血色，没有神气。院中几盆金盏花，无力地开着，配着这株椿树，形成一种颓废景象。旺儿病着，在院中走来走去，不停止地长吁短叹，他瘦而高的身体，在院中拖下长长的影子。头发有二寸多长，从不肯让人剪一下。脸发青紫色，像涂着一层油，绣着的条纹，刻画出两种不同的情绪：窘迫与游疑。他把两手交叉在背后，时缓时速地在院中走动，忽然坐在地上，将鞋向空中抛掷，大声发笑起来。看着这种情形，旺儿家含着不敢流出的眼泪，给他拾回鞋来，哀告他穿上，他却躺在地上打滚。旺儿家耐心地温和地劝说他，像是对待受了委屈的孩子。她要他从地上起来回去睡一睡，旺儿却瞪起眼睛，迟滞地看她，总是不肯起来，突然问：“你说，你说，咱的日子怎么过呀？”旺儿瞪着眼睛，含着游疑的神情，摇了摇头，苦痛渐次展到脸上，最后流出两道清泪。

漫长的夏日，旺儿的病一天一天加重。每到他睡着的时候，旺儿家坐在门前，边做活边想："有什么办法呢？"经过多少曲折，旺儿才同意请个医生来看病。从二十里外请来的医生，诊断了，始知这疯痰症不是短期能治好的，除服药外，还须长期静养。

每次煎药给丈夫服，旺儿家总要经过一番细心的准备，进行一次剧烈的斗争。药煎好后放在柜子内，不能使病人看着。顺着病人心意，到他心情稳定的时候，解释药的效果和病已好转，鼓励他吃。有时还须说这是最后一剂了。经过许多周折，始能完成吃药任务，而旺儿家头上的汗早不断地掉下来。

有一天吃完早饭，要吃药了，旺儿看见那个盛药的碗，突然放声大哭着向外便跑。旺儿家莫名其妙，在后边追着不断地叫喊："快拉住他！快拉住他！"村人拉住他，围了一群人。旺儿就势坐在地上，睁着可怜的眼睛说："我不回去，我不吃药，那是毒药！"他低头大哭起来。朴围村的人是可爱的，年岁较大的扶持着旺儿，后边跟着一群看热闹的孩子。有人便劝说孩子们："这有什么看头，快回去！"

旺儿把街上的石子装在口袋内，慢慢走回家中，坐在台级上不动了。他望着天上的浮云，说着一种言语，含意不明，也不知是向谁叙述。他笑着，摸摸口袋，掏出石子来，摆在面前，移来移去。突然又站起来兴奋地说："你来呀，你来呀，你看这些银子！"

旺儿家扶着他，觉着他四肢发抖，手心很冷，正像抽筋。她偷擦自己的眼泪说："是银子，是银子，咱回家吧！"

十五

旺儿进到室内，靠着炕沿，垂头凝思，突然听见有人敲门。他便扯住妻子的手害怕地说："要债的来了！怎么办？"门敲得分外紧张，旺儿两手抱着头，像鸵鸟似的藏起来。旺儿家出去，才知道敲门又是“送公事”的。

近几年，经常有送公事的。旺成号的墙背上，五道庙的墙壁上，公事几乎贴满了。村人识字的并不多，贴倒了，好像是应该的。不管倒贴与否，什么整理村范，注音字母，今天出这钱，明天出那捐，却曾把旺儿弄得手忙脚乱。旺儿是村长必须去办，却惹来村人许多怨言。当官家来了大显威风时，旺儿没奈何便生气地说：“这真是骆驼穿针眼，打死也过不去！”在他得病前，又要办什么保卫团，村人怕当兵，一齐同盟了抵抗旺儿。他曾辞过两三次村长，终于还得继任下来。有一次，旺儿因为看不懂公事，冒雨去找高先生，听了解释后，皱着眉头，慢慢地说：“怎么办？这比山里的老虎还可怕！”他又冒着雨走了。高先生不断地想：“怎么办？苛政猛于虎。”

旺儿初病了那几年，刘金担上村长的任务，官家另眼看待他。旺儿病久，五成却长大了，也认识几个字，村长这不祥的工作，便又从刘金头上转落在五成头上。这时候打斗很紧，旺儿家出去，隔门向送公事的说：“丈夫病重，儿子不在家，你留下去吧。”正在这时，旺儿却跑出来，大声说：“好讨厌，我又一下死不了！”他以为是讨债的。

送公事的眼一瞪，一脚踢开门，一个箭步扑上去，一把抓住旺儿，问他骂谁。旺儿家急得跑去哀求，同时又来了几个人劝说着，才算了结。送公事的风凉地说：“公事不是我的，你骂谁！我看你的皮子发痒吧。……”旺儿家拉她丈夫回去，她急切盼五成回来。

十六

到七月初，天仍旱，朴围村的人感到灾年的威胁。旺儿的病愈加沉重。他睡在炕上，村人与亲戚们不断地来看病，情势不好，都感到没希望了。旺儿也不叫喊，也不呻吟，瘦黄的脸上嵌着失神的眼睛，使人恐惧。五成担任着村长，同时维持着旺成号，苟延残喘。对于父亲的病，想做最后的努力，但是医生觉着束手无策，拒绝继续诊断与开方了。经旺儿家的恳求，医生最后写出个奇方，所用的药须到大药铺里买去。但是医生说这也仅是尽心而已。

为了不遗后悔，旺儿家坚决主张五成到城里买药。她把给儿子结婚用的首饰取出，要五成去当。因为她清楚丈夫死了，儿子结婚也要推迟的。

五成赶到城里，在当铺的柜台上送进首饰，又回到药铺的柜台取了药。当票与药票叠在一起，他回来了，他晓得父亲吃上这剂奇药，也不一定病会好，但是母亲的心却安稳了。

果然，旺儿吃上奇药，并未见任何效果。

过了两天，五成起床后，感到一点冷意。他走到院中，金盏花上含着晶莹的水珠，他知道夜间下雨了，虽然不多，仍然还会有几分收成。他跑到旺儿的身旁，高兴地说："下雨了，爹！下雨了！"旺儿慢慢地看着他，似有许多话说不出，却在焦唇上浮起无力的微笑。五成看到这种情形，与往日情形不同，病人脸上完全苍黄，出气十分困难，预感到时辰快到了。他沉闷地退出，觉着双腿无力，像悬在空中。他走到将要倒闭的旺成号，站在柜台前出神。忽然听到她母亲的哭声，五成知道"完了"。急忙跑回去，旺儿已经断气，旺儿家拍着两手在炕上号啕打滚。

十七

李二嫂没有改嫁给吴忙，因为世上哪有这样遂心的事！但她改嫁南庄苏林后，生活却也非常幸福，逐渐医治了昔日的创痛，心情愉快起来了。苏林是个笃实健壮的农民，力气大，一次能吃斤半莜面。他种着刘金的地，相处得很好，并不是刘金仁慈，而是苏林记者他父亲的训诫："种人家的地，就要受人家的气！"

苏林人缘很好，南庄居民不多，都和他非常亲热。为了他娶李二嫂，这家给他出钱，那家给他出力，全村的人说："好容易成立个家，总该像个样子！"苏林听了后，也没有啥，总是质朴地笑一笑。娶过来后，南庄的人都说："这才是一对好夫妇！"

在这个山沟里，南庄更为偏僻，既唱不起一台戏，也搞不起一出社火。只有两家世袭的吹鼓手，平日山沟里一般婚丧事故，都由他们来担任，逢个阴雨的时候，这吹鼓手和村人们便集聚在一个屋里，吹弹起来。苏林娶妻后，也就常在苏林家里演奏，清音嘹亮，十分动人，而这个闭塞南庄的青年妇女，每个人也都会哼出〔大得胜〕、〔山坡羊〕等调子。白家村、朴围村素来都看不起南庄，可是南庄的人也看不起他们。苏林好说："二小子敲锣鼓，自得其乐！"

刘金始终未忘情于过去的李二嫂——现在的苏林嫂，他觉着苏林种地多年，有什么力量敢反抗！从前他调戏李二嫂，那时她守寡，自然寡妇门前有三尺禁地，而且在自己村里也不好太不像样。现在不同了，他觉着只要他动，没有不到手的。有钱人总以为钱是万能的，只要肯用钱，什么都能做到！他不知道他对苏林嫂仍然估计错了。

一年秋天，苏林嫂在场上断穗，突然看着刘金走来了。她心上一跳，满脸尘土，早流着汗，现在更流得多了。因为她忘不掉改嫁前元宵节后那幕卑鄙的丑剧的。她坐在那儿继续断穗，刘金却已站在场边。刘金便问她："苏林呢?"苏林嫂很不自然地回答："就回来了！"刘金要求到："天真热，弄点水喝吧！"

苏林嫂站起来，抖了抖身上和汗巾上的谷皮，她边走边说："我回去提水壶。"刘金跟着她说："看来你比以前胖了！"苏林嫂直感到情势不对，焦急着不知如何应付这个局势。她走着，腿发软，盼苏林快些回来。正在这个时候，柳大娘却好走出来了："苏林家，怎么回来了?"苏林嫂看到是个机会，接着说："刘财主要喝水，我回去烧火。”柳大娘知道刘金的为人，隐约也听说过他图谋过李二嫂，便笑着说：“原来是刘财主，不是外人，就来我家喝点水吧，苏林家快不要烧火了！”刘金无可如何，只好走到柳大娘家里。

刘金进到柳大娘室内。苏林家帮着柳大娘烧水。柳大娘摆上碗后，笑着说：“怎么刘财主有工夫来我们这里？”刘金回答：“来收租，还商量下年的事。”刘金这次来的目的，是要与苏林谈判，一方面要苏林离开南庄，做他永久的长工，那样苏林家自会水到渠成。如这方面不能实现，即要增租，使苏林经济负担加重，搞他个家败人亡，这样，苏林家也会落在他手里的。刘金是不允许别人有许微的好处的。他凭着他的钱便在这山沟内做山大王，旺儿的遭遇就是他最得意的杰作。

刘金正想玩些手段调戏苏林家，不料苏林走进门来了，他只得和苏林呱嗒起来。苏林了解了刘金的来意，以为搬到朴围村，给他家做永久的长工是不可能的。他还没有想到刘金在图谋他的老婆，单就刘金的刻薄，他早就不能忍受了，至于不这样，就要失掉所租的土地，那也无法，只好听天由命吧。苏林就这样拒绝了刘金的要求。刘金含着怒意离开南庄，心里想：“苏林，你好不识抬举！”

十八

崔武看他二姐改嫁后，接着看到旺儿的遭遇，在朴围村住了一时，着实再住不下去了。他觉着还是在外边好，痛快，没有这样沉闷。他虽自觉是个英雄，却感到没有力量打破朴围村的铜墙铁壁，可是不住在铜墙铁壁里边，却能完全做到的。于是他拜别了两个姐姐，背上那点简单的行李又走了。朴围村的人为他可惜，长清有时怀念他说：“假如崔武讨个老婆，也许会拴住他吧？”

这年冬天，刘金确定抽回地来，不再让苏林种了。为了这件事，苏林夫妇俩商量了不知多少次，托人也说过情，刘金总是那句话："地是我的，苏林不识抬举！"苏林不种地也没有什么，只是德玉成的伙计，一次又一次地来催债，说是除过年年还了的利钱外，净欠的五十元，是他父亲留下来的债。

苏林家是有经验的，她明白刘金的意图，但是她不敢明说，她只劝苏林忍耐，总有还清的一天。这天，天气阴沉，云雾笼罩着山峰，德玉成的伙计，手里拿着鞭杆，肩上揹着钱袋，慢慢地走来。正好碰着苏林背着一桶水，他严厉地说："准备好了吧，苏林！"苏林说："没有。"要债的边走边说："没有，那不行。财主想的办法，你不听，那你就得还！"苏林说："没钱，还个什么？"要债的赶前一步，好像要和苏林说个长短，见个高低。苏林便将水桶就地一放，转身问道："你要怎样？"要债的说"还债！还不了卖东西！"苏林说："没东西！"要债的接着说："卖你老婆！"苏林听了这句话，不知哪里来的一股力，扑过去就是一拳："你妈的，老子不活了！"南庄的人急忙走来，大家劝说苏林。要债的没有受伤，却受了大辱，水也不喝，转身走了。走了好远却回头说："苏林，你等着瞧，有你的住处！"过了五天，县衙门将苏林传去拘役起来了。

快过旧历年时，苏林家整天愁苦，想起那年李二死的情况，还在眼前。曾几何时，又受到刘金的压迫，苏林被拘在县看守所，她曾去和姐姐商量，可是旺儿家景况不佳，五成未见过多少世面，也仅叹几口气。

除夕的前五日，崔武却回来了。他了解了二姐家中的情况，很清楚虽和大姐家不同，却都是刘金造成的。他问明白前后经过，就在第二天到县城去了一次，嘱咐苏林放心，总有解决的一天。

他又回到朴围村，找着刘金，想探探刘金对了结苏林事情的条件。刘金要求：除还清债外，还要赔罪。因为几十年来，德玉成的伙计才是第一次受到侮辱的，因此，苏林必须亲自上门赔罪，始能和解。崔武提出：还债是可以的（他带回的钱，虽说不够，所差无几），赔罪是不行。因为苏林已押在看守所，打了不罚，罚了不打！

他们坚持不下。刘金摸了摸猫须，站起来说："不行，看谁拖倒谁吧。"崔武脸变得发紫，压住怒火，慢慢地走出来了。

十九

过了元宵节后，崔武来看他二姐，苏林家忍住眼泪，把前后的情形，又一次详细地告了他弟弟。崔武两眉直竖起，满脸怒容，他明白姐姐受了多少委屈。刘金的霸道，使他想到如何教训他一次。他将德玉成的收据交给他姐姐说："你保存好，再有半个月，姐夫就出来了。我们已经还清了德玉成的账。万一他无赖，这就是凭据！"

这之后，崔武经常在街上站着，不大说话。有一天长清抱着他四岁的男孩，走到街上，孩子非常活泼，不断向崔武叫："武叔，糖！"崔武接过孩子来，向挑担子的买了麻糖，笑向长清说："好孩子！我快走了，不知何时回来，也许再见不到他了！"长清很奇怪，严正地说："老武，才过了年，你说这不吉利的话！"崔武把孩子交给长清，低下头去，一言未发。

崔武走到村外。虽然春光媚人，他却感到一点寒意。他看着周围静默的高山，非常熟悉，也非常亲密，想起幼年时节，这些地方，到处都有他的足迹，山的那边便是他出生的西村。他觉着这里着实好，但是无法住下去。他跑到路旁的地里，抓了一把土，包在小手巾内，他记得一个军队朋友说："久出门的人，身上经常要带家乡的土，病了时，开水冲一点，喝上会好的！"他非常闲静地动作着，眼睛却不断瞭望着山坳的那边。

崔武将衣服整理了一下，将镰刀看了一看，拿在手内摇了一摇，他坐在冰冷的石碑后。约在下午三点多钟，山坳里走下一个人来，崔武的心有点跳动，他向四周扫了一眼，跳下去，抢前走了一段，因为那边地面较宽一点。这时候刘金从城里回来，粗高身体，面上带有几分疲惫的神色。刘金突然看到崔武，心上吃了一惊，正在发呆，崔武有力而沉静地说：“站住！”刘金急问：“怎么？”崔武扑过去劈头一镰，刘金的烟袋并没有挡住，崔武跟着又是一脚，刘金倒在地上，恐惧地说：“老武，活着怎么也好说！”这是一种哀求，可是崔武突然感到后果，又上去向头上乱劈，刘金起初还喊，随着停止了。

太阳渐渐落在朴围山后，四周静默，崔武手执镰刀，没有看一眼，大踏步地走出这山区，逃走了。这是朴围村的一件奇事，村人质朴的心上永远惊悸地记着崔武。

二十

旺儿家始终是个有骨气的女子。自从丈夫死后，她一不啼哭，二不叹息，只想将铺子折算，变卖些土地，清理一切债务，好使她丈夫不落个欠债的名。她痛定思痛，自然是难受的，但想及她儿子五成，将来结婚后，生男育女，她活着还是幸福的。她看着五成蹲在地下，风吹着他剪了的头发，那样笃实，可是没有经过磨折，或者说磨折太早了，便含泪说：“五成，不要难过，除了死的都是活的。我们的债务，卖上些地便够还清了。比起你姨姨来，我们还算好哩。你父亲量小，放不开。实说吧，肯活便是会活呀。”

五成注视着母亲有力的面孔，他的愁苦好像消失了。他幻想着喂上一条驴卖炭，经常跑城里，却又觉着算不过来，因为这种职业与种地是矛盾的。他想到他舅父崔武，渺无踪影，明知永远不会回来了。他想他姨夫苏林，虽是出了狱，仍是背上篓子上窑，生活清苦，只是再不受刘家的气了。他自己估量没有他父亲的聪明，也不善于计算，在蒙学认下的几个字也早忘掉了。他伸出粗笨的手，看了看，他觉着浑身还有劲，除夏天种地外，冬天上窑，恐怕是必需的！

旺儿死后一周年后，母子俩仍住在旧院中。满院椿树的枯叶，充满秋色，旺儿家看着五成说："你父亲丢了煤窑，找来许多麻烦，看来还是有个命！"五成站起来，取过他新买的篓子，沉重地向他母亲说："今年冬天试一试，跟上姨夫背炭，也不会有什么！"旺儿家说："咱们这山沟里的人不上窑还做什么？"

这年冬天，五成和他父亲年轻时一样，背上篓子开始了煤窑的生活，在他是初次尝试，在朴围村说却是古老的规律。他觉着这是他唯一的道路。那天下午，五成从窑上疲倦地回来，旺儿家将饭准备好，问他说："怎么样？"五成无可如何地说："有一天，总要把这个篓子丢掉！"

天已快黑了，五成的话，像在无尽的荒山内的蟋蟀发出的秋声。

后记

翻箱底，翻出二十三年前写的这篇稿子，纸色苍黄，墨色变质，有许多字已模糊得认识不清了。

我想起当年写这篇文章的动机：是在暴风雨快来的大海上，晓平和我倚栏望着起伏的波涛。身在远方是爱说家乡事的，我们谈到旺儿、李二嫂……在可怕的沉静中，晓平突然说："你不应该把他们记叙出吗？"

想到这几个熟悉的面孔在阴暗中搏斗，他们忧积愁心，终身拴在生活的铁柱上，做那没有结果的斗争。当时，除过他们忍受高傲的苦痛外，着实没有更好的办法。我试将这些人物记叙出来。

今年春，我接待了来自家乡的远亲。我们又谈到早已遗忘的旺儿、李二嫂……他沉思了很久，忽然站起来眉飞色舞地说："他们没福气活到现在，村里变了，变了，好得很！"我突然感到面前站着一个巨人，像朴围村耸入云霄的山峰。

我检出这篇残稿请他读，他看完后说：“现在有许多青年，身在福中不知福，老一代的事情，应当让他们熟悉的。”为此，我决心把它发表出来，请大家指导。稿子没有题目，因为事情发生在朴围村，所以也就叫它朴围村。

一九五七年七月

青年阎宗临的文学创作生活及其他（代后记）

散木

一、开头的话

大学毕业以后，我在山西博物馆工作（后在文物局），因工作和兴趣所在，开始学习和研究地方史，其实，个中的主要动因还在于家庭（家史、鲁迅与文学史）的影响。记得在1984年年初，在当时的《山西党史研究通讯》杂志上，我写了一篇商榷的文章，那是针对党史界关于山西党史上的“无政府主义刊物《狂飙》”的评价的，由是，我成为最早提出给《狂飙》以及“狂飙社”重新评价的主张者之一，而《狂飙》以及“狂飙社”，不仅涉及中共山西党史，更是中国现代文学史，甚至是山西乃至中国晚近历史的一个话题。这个久已无人问津的文学刊物和社团，不仅曾与鲁迅有过十分密切的关系，还产生了许多重要的影响。比如山西的现代文学史，进而是山西的现代革命史，都与之相关。换言之，《狂飙》以及“狂飙社”，于文学史之外还有超出文学的历史意义。那么，看一下下列的名单，或许就会知道它的重量了。

《狂飙》以及“狂飙社”，由山西高氏兄弟（高长虹、高歌）领衔，其主要成员还有高沐鸿、常燕生、阎宗临、郑效洵、段复生等山西文学青年。此外与之相关的，还有当时中国思想界、文学界和中共党史上的重要人物：张申府、张闻天、尚钺、柯仲平、潘汉年、袁殊、欧阳山等，更与以下山西籍现代人物相关：景梅九、高君宇、石评梅、王振翼、高远征（即高仰慰，高长虹之弟，革命烈士）、张友渔、侯外庐、张稼夫、武新宇、张磐石、李逸三（李楷）、张恒寿、任行健、赵石宾、张蕴吾、郭森玉、甄华、李远青、王仙三、姚青苗、王玉堂（冈夫）等等，其中，许多人当年是因为它的影响才走上革命道路的。显然，当年我之所以提出《狂飙》以及“狂飙社”的重新评价问题，是开始意识到这一问题的重要，也是不满意当时对它研究的荒陌和粗率（其实就是到了现在也还没有完全展开来研究），于是开始涉足具体的地方史和党史的研究。

“狂飙社”成员之一的阎宗临，后来是山西大学历史系教授兼系主任，也是我在山西大学近三十年生活期间的邻居（由教授楼的“中楼”到后来的邻楼相望）。我在太原的“发小”之一，就是阎宗临的小儿子阎守扶（山西大学体育系毕业，现任首都体育学院教授）。以这样的关系，从眼见到耳闻，对阎宗临先生应该是有所了解的，尤其是大学时读了钟叔河先生的《走向世界》丛书，更进一步知道了他在传教士史上的研究成果，可惜的是在我上大学的时候，他已经逝世了。

后来，我离开了太原到南方发展，期间阎宗临的史学著作在其子女整理之下陆续再版，并且得到了社会上的广泛好评，特别是广西师大出版社的《阎宗临作品》系列，赢得了丰盛的口碑，现在守诚、守扶兄弟又要整理出版阎宗临的文学作品，并嘱我参加编辑（此前我曾先后写有《邻家的阎先生》、《读阎宗临先生的文集》、《“新儒家”的梁漱溟与阎宗临先生》以及《鲁迅与山西》一书中的阎宗临部分等）。受到如此的信任，我自是当仁不让，同时思之不禁莞尔：原来邻家的阎先生，岂能想到邻家的那个小子，如今却在整理和编辑他的文字了。

于文学，我是门外汉，不过有若云、守扶整理出来的现成文档，以及他们热情的相邀，还有韩石山先生的鼓励，我也不计粗陋，开始沉入带有阎宗临先生手泽遗温的文字，浮想联翩，将思绪回到了上世纪的二三十年代。

二、农家子弟走出了娘子关

阎宗临1904年出生在山西省五台县的一个普通农民家庭，这样的身世，如果不是他有“非分之想”，是很可能就此埋没，默默无闻的。可是他喜欢读书，由于家境不宽裕，读不到什么书，于是他往往会走30多里的山路，到邻村的表兄家去借书看。书籍，给少年阎宗临带来了一个广阔的世界，而无疑，文学成为了他的梦想。

大概是在他20岁时，即中学毕业后，以有一位老师的资助，阎宗临孑然一身赴北京求学。那时阎宗临的理想是当教师，所以他来到北京后就想投考高等师范学校，结果却没有考取，自己的生活也成了问题。后来经过朋友的劝说，他报考了梁漱溟先生当时在山东曹州开办的一所学校——重华书院（听上去似乎是旧式学校，据说后来是山东曲阜大学的预科）。北京的师范学校没有考取，投考这所“书院”，阎宗临则以第一名的成绩被录取。据说当时梁漱溟先生闻讯，还特地到旅店来看望他，并且在谈话中得知阎宗临的困境，又慷慨允诺为这个来自山西的农家子弟承担食宿费用和其他杂费。这也是阎宗临与梁漱溟结缘的开始，他们的友谊维持了整整一生，2009年出版的《梁漱溟往来书札手迹》（梁培宽编，河南大象出版社）还收有梁漱溟给阎宗临的一些书信。

重华学院的课程以儒学、佛学和印度哲学为主，这就与阎宗临的志向发生了冲突，他的兴趣是在文学、历史学，于是有了去意。其时，阎宗临又曾报考过北京的朝阳大学，而且他获悉自己被录取了，阎宗临于是向梁漱溟说明自己的意愿，梁漱溟欣然同意，阎宗临回北京了。1924 年夏，阎宗临回到北京，入住西城皮库胡同的大方公寓，但是由于失去了原来在山东求学时梁漱溟对他的经济支持，他在北京就不得不为生计奔波，这也叫做“勤工俭学”吧。好在有老乡的介绍，他在民国闻人、晋南名士景梅九（定成）主办的《国风日报》副刊——《学汇》谋得了一份校对的工作，也是在这里，他终于走上了文学的道路。

《国风日报》的报馆（一些书籍称《国风报》，大谬。当年景梅九等是鉴于梁启超开办《国风报》“提倡邪说”，才另创《国风日报》“主持正义”，以恢复真正的“国风”，由于是用白话的形式做宣传，加之注重文艺，景梅九的“人脉”又极广，给予“赞助”者，先后有李烈钧和山西的阎锡山、张瑞玑、南桂馨等）设在北京南柳巷，当时出入此处者有一些中国著名的早期无政府主义者（这个无政府主义的运动，是与当时的社会主义运动联系在一起的。此前景梅九在东京和内地进行宣传，影响远被，是他较早把日本的社会主义思想介绍到中国来的，这也就是说，世界社会主义的思潮，经过欧洲和苏俄，中转到了日本，然后再传播到了中国，其中景梅九等堪为此一思潮的“弄潮儿”），也有一些山西的老乡，不久，阎宗临就结识了该报的另一个副刊——《狂飙周刊》的主编高长虹。

高长虹是山西盂县人，曾在太原揭橥新文学运动（1924 年创刊《狂飙月刊》），曾在文庙的山西博物馆任职（书记员，巧的是后来笔者也曾在这里任职过，当年石评梅的父亲也在这里工作），他的一些文字很早就发表于北京的《学汇》。后来，北京的《狂飙周刊》在 1924 年 11 月作为《国风日报》的副刊创办（还有一个《世界语周刊》，当时中国的无政府主义运动又是主张“世界语”的，一些文人如鲁迅、周作人等，也是主张“世界语”的），渐渐的，《狂飙》（乃至“狂飙社”）为人所知，鲁迅、郁达夫等都议论到了它。那时，阎宗临是《国风日报》的校对，每天穿梭于报馆和北京海运仓的朝阳大学。结识高长虹等之后，他又出入于高长虹等居住的北京宣外椿树胡同盂县会馆、沙滩银闸公寓等，成为追随高长虹并揭橥“狂飙运动”的一位文学青年。高长虹是在1924年辞去在太原的工作的，他召集6人组成“平民艺术团”，筹备出版《狂飙月刊》，待《狂飙月刊》创刊后，为了开展“狂飙运动”来到北京。

这样，在上世纪20年代中叶，北京出现了以高长虹为中心的一批有志于文学的青年，其中，继在北大听课的向培良、黄鹏基、尚钺以及走出娘子关的山西青年高歌、常燕生等之后，年龄最小的阎宗临也被卷入了“狂飙”的漩涡之中。这是他人生的一个转折。

三、星花旧影——与鲁迅的交往过从

同高长虹的结识，不仅使阎宗临参加了“狂飙社”，并由此步入了鲁迅的宅屋。就这样，阎宗临有了一段与中国文学巨匠鲁迅的交往。

“我是在1924年冬天黄昏的时候去看鲁迅先生的。那时，我刚20岁。”（《回忆鲁迅先生》，见《山花》1972年第1期，山西大学中文系编）这是阎宗临48年后为纪念鲁迅逝世36周年写的《回忆鲁迅先生》一文的第一句话。

查《鲁迅日记》，阎宗临的头一次造访是在1925年2月8日。这一天午后，“长虹、春台、阎宗临来”。（阎宗临所说的“1924年冬天”，是否就是这年的2月8日呢？显然，后来阎宗临对于这确切的一天是记忆不起来了。）

在这以后，阎宗临在《鲁迅日记》上还有几次记录：3月9日夜，荆有麟到访之后，“阎宗临、长虹来并赠《精神与爱的女神》二本，赠以《苦征》各一本”。《精神与爱的女神》是高长虹的首部诗集，刚好由北京贫民艺术团编辑、永华印刷厂印行出版。《苦征》则是鲁迅翻译的日本文艺理论家厨川白村的文艺论文集《苦闷的象征》，刚好也是出版了单行本（北大新潮社代售，《未名丛刊》之一），阎宗临、高长虹得到了鲁迅的馈赠，不过可惜，这两本珍贵的鲁迅签名本，他们大概都没有保存下来吧。

6月16日夜，又继荆有麟到访之后，"长虹、已燃来"。"已燃"，曾是阎宗临的笔名（又为"已然"）。

9月5日，"已燃、长虹来"。以上是《鲁迅日记》所记阎宗临1925年的四次造访。

在鲁迅住处，那个20岁刚出头的山西后生，亲聆了鲁迅的宏论，亦目睹了鲁迅的生活和工作。阎宗临后来曾动情地回忆他初见时的鲁迅：瘦而不高，平头，穿蓝布长褂，皮鞋，衣服很素净；精神很饱满，眼光锐利，像常常在战斗。而去看他的人，多是青年，大家都很随便，自己找坐处，说话也不拘束。鲁迅呢，常说些笑话，自己却不笑。他对青年非常热忱。

阎宗临又回忆起当年谈话时的环境：北京西直门外宫门口西三条胡同二十一号鲁迅的工作室，"房间并不宽大，却很整洁。靠近窗子是床铺，窗外是后园。……他的桌子整洁而宽大，不摆书籍与稿件，只有些文具、时钟、烟盘。他经常吸的是极普通的哈德门香烟"。阎宗临细致观察，看得出来，他对鲁迅充满了敬意。

阎宗临四次会见鲁迅，其中谈话的内容，可惜后来他只忆及《京报副刊》"青年必读书"争论时的一段对话。那时阎宗临征询鲁迅对"青年必读书"的意见，"问后，他抬起头来，沉默好久，说：'除线装书和印度书外，都可读。不过在平时，我没有留心过"。

鲁迅的回答，竟影响和定型了阎宗临后来的问学方向和兴趣。

主张不读"线装书和印度书"，因为它们"与实人生离开"。从"人的发现"的视野角度出发，鲁迅倡导"读外国书"，因为读后"往往就与人生接触，想做点事"。阎宗临虽说尚不至于能深刻领悟鲁迅这些貌似偏激的谈话，但既然已有不喜欢梁漱溟"文化路向说”在前，又得“狂飙社”同仁“强的文艺”宗旨的砥砺和熏染在后，此时聆听了鲁迅的宏论，可谓醍醐灌顶，“狂飙精神”的“赛先生”（科学）、“婀小姐”（艺术）已为“狂飙”同仁所尊崇，而“赛先生”、“婀小姐”的故土在欧洲，“狂飙社”既然致力于“介绍欧洲较进步的科学艺术到中国来”，阎宗临遂有旅欧留学的志愿。

于是，阎宗临后来回忆说：他 1925 年冬辞别鲁迅而留学法国，这一“决定很大程度上是受先生思想影响的”，因为“读洋书就成了我青年时代的理想”。(《回忆罗曼·罗兰谈鲁迅》，《晋阳学刊》1981 年第 5 期)

四、围绕鲁迅的是非

关于阎宗临与鲁迅的交往，可惜阎宗临此后没有更多的回忆。那么，当年他在鲁迅的麾下，为之驱使，有过怎样的呐喊和喧叫呢？

果然见到了痕迹，那是阎宗临的一篇《读琴心女士〈明知是……〉之后》(《京报副刊》1925 年第 105—134 期)。

所谓“琴心女士”，是当年的一件公案。原来，1925 年 1 月，北京女师大在新年“同乐会”上演出了由北大学生欧阳兰所创作的独幕剧《父亲的归来》，但其内容几乎是完全抄袭了日本剧作家菊池宽所著的《父归》。不久，此事被《京报副刊》揭发，作为回应，除欧阳兰本人作文答辩外，还出现了署名“琴心”的一位女师大学生也作文为之辩护。又不久，又有人揭发欧阳兰抄袭了郭沫若翻译的雪莱的诗，这位“琴心”和另一位“雪纹女士”又一连写了几篇文章为之分辩。其实，所谓“琴心”女士，就是欧阳兰的女友夏雪纹（女师大学生）的别号，而那些署名“琴心”和“雪纹女士”的文字也是欧阳兰自己作的。此前孙伏园任《京报副刊》

编辑时，就曾收到过欧阳兰以“琴心”的署名投寄的一些抒情诗，当时孙还误认为那是一个新起的女作家的作品，于是用许多篇幅常予刊载，这一次终究真相大白了。

当时鲁迅闻讯曾致信向培良：“琴心”的疑案揭穿了，这人就是欧阳兰。以这样手段为自己辩护，实在可鄙；而且“听说雪纹的文章也是她做的”，于是想起孙伏园当日被红信封绿信纸所迷昏，深信一定是“一个新起来的女作家”的事来，不觉发一大笑。

阎宗临的《读琴心女士〈明知是……〉之后》是篇短文，是就“琴心”女士撰文《明知是得罪人的话》，即批评向培良的《评〈玉君〉》有感而发。《玉君》是“新潮社”作家杨振声的中篇小说，发表后有些争议，“狂飙社”成员的向培良此文对此做一评论，“琴心”女士则没来由地认为凡是批评，可分“全捧”、“全骂”、“半捧半骂”三种，而向文的见解是未用“和平的语气”说出来，这让阎宗临感到“莫名其妙”，在他以为：“只要他批评的对，那么用和平也好，激烈也未常（尝）不可。”总之是则是，非则非，骑墙则是不对的。

阎宗临的态度是鲜明的，不过他的这种文章现在还没有找出更多，这唯一发现的文章，却是说明他是维护自己的团体的。

说到这个文学团体，也就是“狂飙社”（包括此前的“莽原社”），鲁迅曾在1935年所写的《中国新文学大系·小说二集序》中说：

> 北京虽然是“五四运动”的策源地，但自从支持着《新青年》和《新潮》的人们，风流云散以来，一九二〇至二二年这三年间，倒显着寂寞荒凉的古战场的情景。《晨报副刊》，后来是《京报副刊》露出头角来了，然而都不是怎么注重文艺创作的刊物，它们在小说一方面，只绍介了有限的作家：蹇先艾，许钦文，王鲁彦，黎锦明，黄鹏基，尚钺，向培良。

一九二五年十月间，北京突然有莽原社出现，这其实不过是不满于《京报副刊》编辑者的一群，另设《莽原》周刊，却仍附《京报》发行，聊以快意的团体。奔走最力者为高长虹，中坚的小说作者也还是黄鹏基，尚钺，向培良三个；而鲁迅是被推为编辑的。但声援的很不少，在小说方面，有文炳，沅君，霁野，静农，小酩，青雨等。到十一月，《京报》要停止副刊以外的小幅了，便改为半月刊，由未名社出版，其时所绍介的新作品，是描写着乡下的沉滞的氛围气的魏金枝之作：《留下镇上的黄昏》。

但不久这莽原社内部冲突了，长虹一流，便在上海设立了狂飙社。所谓'狂飙运动'，那草案其实是早藏在长虹的衣袋里面的，常要乘机而出，先就印过几期周刊；那《宣言》，又曾在一九二五年三月间的《京报副刊》上发表，但尚未以'超人'自命，还带着并不自满的声音——'黑沉沉的暗夜，一切都熟睡了，死一般的，没有一点声音，一件动作，阒寂无聊的长夜呵！'

不过后来却日见其自以为'超越'了。然而拟尼采样的彼此都不能解的格言式的文章，终于使周刊难以存在，可记的也仍然只是小说方面的黄鹏基，尚钺——其实是向培良一个作者而已。

鲁迅上述一段话，褒贬俱见，对此无须做出更多的评论，因为相关的叙述甚多，此处不再赘言。但说"莽原社"成立于 1925 年 4 月 24 日，其主要成员有鲁迅、高长虹、黄鹏基、尚钺、向培良、韦素园、韦丛芜等，出版《莽原》周刊，并且开始由鲁迅主编，宗旨则是提倡"撕毁旧社会的假面"，注重文明批评和社会批评，即所谓"率性而言，凭心立论，忠于现世，望彼将来"，可惜后来其内部发生矛盾，遂陷入分裂，至 1927 年 12 月《莽原》（已改为半月刊）出至第2卷第24期时停刊，随即“莽原社”停止活动。所谓“莽原社”，除鲁迅外，大致由两群人组成，一是“狂飚社”的，如高长虹、高歌、向培良、尚钺、黄鹏其、王鲁彦、荆有麟等，基本上是山西人；一是“未名社”的，如韦素园、韦丛芜、台静农、李霁野、曹靖华等，大多又都是安徽霍丘人。“莽原社”，如鲁迅所曾说，“奔走最力者为高长虹”，这是指《莽原》周刊时期，在《莽原》半月刊以后，高长虹由于又编辑了《弦上》以及离京南下，“狂飚社”成员的投稿开始减少，鲁迅遂在编务上倚重“未名社”成员，又自鲁迅离京之后，全由韦素园主持编务，于是在稿件取舍问题上生出许多是非，客观地说，“狂飙社”成员的稿件多系创作和杂文，“未名社”成员则擅长于翻译。在鲁迅到了厦门之后，“莽原社”的矛盾公开化，这是因为韦素园退掉了高歌的小说，又压下了向培良的剧本，高长虹为此在上海出版的《狂飚》周刊上发表《给鲁迅先生》和《给韦素园先生》两封公开信表示抗议，由于高长虹将鲁迅卷入，其措辞又甚为激烈，导致鲁迅与“狂飙社”的决裂，此后双方都不无火气，高长虹、常燕生等且不说，如当年“创作力”最强的向培良吧，他曾这样写道：“不过鲁迅虽然骂，也不过空空然白纸黑字，并无效力，既然已不能用对付〈狂飙周刊〉的旧法，又不能叫‘青年文艺警卫团’警卫一下子，则鲁迅骂个痛快之后，也会自己感到无聊吧。前此他愤然说要停办〈莽原〉，我劝他不要学魏连殳的孤独。如今呢，谁知他反而学阿Q式的反抗。此老每于愤怒之余，便自己向下堕落，而今每况愈下，青年们真应该可怜一下子。”（《答鲁迅》，1931年8月《活跃周报》13期）鲁迅死后，向培良还在《〈狂飙周刊〉题记》中说：“（民国）十六年初，‘狂飙社’与鲁迅先生决裂，那时候，我们的思想已与鲁迅先生渐渐分离。他的性情狷急，睚眦不忘，又不肯下人，所以不知不觉中被人包围，当了偶像，渐渐失去他那温厚的热情，而成了辛辣的讽刺者和四面挥戈的不能自已的斗士。此后，鲁迅先生全部的精力消耗于攻击和防御中，琐屑争斗，猜疑自若，胸襟日益褊狭，与青年日愈远离，卒至于凄伤销铄以死。”显然，这样对待鲁迅，加之“狂飙社”的向培良、黄鹏基等转入到了另外的阵营，人们对他们的看法也就发生了歧变，正如聂绀弩在《鲁迅的褊狭与向培良的大度》一文中所讽刺的：与鲁迅对于别人的不“褊狭”相反，向培良对于鲁迅却常常是“褊狭”的，“据我所知，他是像伍子胥鞭打楚平王的尸骸一样鞭打过两次了。我不知道和‘褊狭’对立的，是不是就是大度，也不知道说别人‘褊狭’，是不是因为自己大度，如果是，向培良先生一次两次地鞭尸，莫非倒是大度的真正表现吗?”这是聂绀弩采用“以子之矛，攻子之盾”的方法，回击向培良对鲁迅的攻击，于是，“狂飙社”从此名声败落，而原来“狂飙社”的兄弟——高长虹、向培良以及他们的“小弟弟”阎宗临，也就只能解体了。

显然，让阎宗临夹在上述的文坛口水之争的当中，他又会感到“莫名其妙”，他显得格外尴尬，好在他已经身在欧洲，处在是非的圈子的外面了，所以，我们没有发现他讦击鲁迅的文章。不过，可惜的是他再也没有与鲁迅有过直接的交往了，我们也不知道他当年对此的看法，或者我们可以这样揣测：他的由文学而历史学，抑或这也是一个原因吗?

毕竟历史是残酷的，从此乃至迄今，我们发现：除了高长虹、高歌、高沐鸿这“山西三高”，以及阎宗临（历史著作）等，当年“狂飙社”、“莽原社”的作家，几乎没有再版过他们的著作。于是，阎宗临早年文学文字的再次刊布，可能就不无意义了。

五、旅欧岁月

据说青年阎宗临很早就想赴西天取经，怎奈穷困潦倒，于是在北京他由高长虹介绍，到景梅九的《国风日报》的《学汇》担任区区一个小校对。可巧，当时《学汇》正是中国旅法的“安那其”（无政府）主义者的一个据点，阎宗临在这里结识了一些旅法归国的带有一定无政府主义倾向的文学家和艺术家，比如曾与景梅九妻妹热恋的华林，就是其中之一。后来华林介绍他赴法留学，景梅九得知后也慨然相助，于是，就在阎宗临出入鲁迅寓所并聆听了鲁迅“读外国书”的教诲之后，1925 年 11 月，阎宗临由高长虹陪同返回太原，为赴法留学筹集资金，到了这年年底，他买舟东渡，慨然赴法。

“小弟弟”阎宗临的离去，让“狂飙社”众兄弟感慨不已。1925 年 12 月 8 日，向培良的《送已燃行》在鲁迅参与编辑的北京《国民新报》副刊上发表。

向培良的文章，即送行文，先记述了阎宗临去国的情景，那是十分感人的一幕：阎宗临走的那天，向培良陪同他在寓所收拾，忽然，阎宗临说：“我现在非常不想走了。”向培良安慰他说：“这也是人之常情呢。无论你有凌云壮气，到临头不免有点留恋的。但是，放勇敢些，你前途有无限的希望呢。”接着，向培良在阎宗临的日记本上写了赠别的话语：“带着伟大的希望出去的，你，同着你的炸弹回来。”

“希望”、“炸弹”，这是他们都能领会的。阎宗临笑了。不过，向培良认为那是苦涩的、勉强的。阎宗临舍不得离开“狂飙社”的这些兄长。

终于，阎宗临对向培良说：下午 4 点钟不走了，因为晚上 8 点钟还有一趟去天津的火车，他要乘晚上的车。阎宗临对向培良说：你去告诉郑效洵，就不要让他 4 点钟去车站送行了。向培良又坐了一会儿，阎宗临把他送了出来。他们站在街口，互相依偎着，抗拒着时间把他们分开。

因为离别的痛苦，阎宗临无意打扮自己，他还是平常的装束，一点也没有远行的样子，同时脸上呈现出惨白的面容，这甚至让一位碰巧遇到的友人以为他要去医院了。向培良感慨道：“毫无准备，毫无后援，仅筹得少数川资，凭着一己的境况，便冒险到法国去，为的是医治自己，然后拿健全的身体回来医治那一切。”就这样，他走了。向培良说：他是“孤独的，冒险的，无畏的，向西方走了，去寻找他自己的道路”去了。他的这一走，多么像当年的玄奘，以及去日本留学的鲁迅，而所谓“医治”，无非也是当年鲁迅所面对的语境和心情，那就是当时鲁迅对挚友许寿裳殷殷的一问：“怎样才是理想的人性？中国民族中缺乏的是什么？它的病根何在？”

这是“毅行”，为了不让自己的兄长看到自己的眼泪，看到自己的懦弱，阎宗临对向培良说谎了：那天晚上并没有8点去天津的火车。就在向培良、黄鹏基、郑效洵匆匆赶到车站时，他们才知道他们上当了，阎宗临已经提前走了。向培良回到阎宗临的寓所，发现行李已经不见了。他甚至以为阎宗临第二天还会来的，于是他苦苦等了一天、二天、三天、四天，直到第五天，等到了阎宗临从天津发来的信，向培良这才明白阎宗临的用意。什么用意——“不忍离别，所以才毅然离别了。”

这时的高长虹还在山西，自然不能来送行，原来曾计划送阎宗临赴上海的，终因“人事的牵阻”，“不能陪伴这勇敢无畏、独自去寻找前途的小弟弟到国门”了。但是向培良相信：就在他们在太原离别时，彼此也“都滴了留恋的别泪，这眼泪将永远留在他，勇敢的已燃的身畔的”。

阎宗临走了，向培良还想象着他独自上路时的寂寥，想象着他的眼泪，想象着他的一切。他们的情感无疑是炽烈的。

虽然怀念，大家又祝福着他。向培良说：“国内只是淹滞，昏迷，蒙昧的死雾，到处是黑漆漆的一团，而不安于现状的人怀着希望走了。”其实，当年鲁迅寓言的“铁屋子”就是这样，这也就是后来阎宗临写《大雾》小说的历史场景，那是让他无法忘却的一幕。向培良接着说那是怎样的“黑漆漆的一团”呢？“在国内，政局是今年红花脸杀败黑花脸，明年是黑花脸又起来杀败红花脸；青年是沉溺于叹息与玫瑰色的享乐与天鹅绒的悲哀里面去了；平民呢，平民还做着神农虞夏时的‘顺帝之则’的迷梦，在那里‘让你吃’。”

向培良想象着阎宗临的出走，忽然又昂扬了说：“但是这一大团枯干的柴草终有一日会燃烧起来，燃烧起冲天的烈焰来的。听呵，怀着炸弹者的脚步声渐渐地近来了。”于是，他热情地鼓励阎宗临：“去罢，已燃，这一块腐败之土没有什么留恋的，你的眼泪不要滴在这污秽的地上，你的脚不要沾着这里的灰土，你的头不要回顾。去罢，已燃，我们勇敢的无畏的小弟弟，去预备你的工具，把这些朽败的建筑物一齐炸倒；去预备你的镰刀，来割尽这些丑恶的荒草。去罢，已燃，不要记着你的老朋友，只是望着你新的道路，因为你记着他们时，你的脚步或者不免少有踌躇了。”

我们无法知道当阎宗临看到这火一般的文字会是怎样的激动，他一定是噙着泪，发誓“预备”好自己的“工具”，是“炸弹”或是“镰刀”，有朝一日回到祖国来“医治”百病的。为了向培良的激励，为了友人的关怀，“小弟弟”就这样上路了，他一无返顾地西去了。那正是向培良笔下的阎宗临的身影：“你看，刀光如电；你听，炮声如雷；利剑交击，骏马长驱。不久我们勇敢无畏的战士，将唱着凯歌从海洋的西边回来了。我们，留在后面的，替他填平道路，预备着欢迎罢。”

就在向培良洋溢着火热情感的文字刊布的时候，1925 年 12 月 5 日，阎宗临在上海的码头，登上了一艘“安德烈洛奔号”的法国客轮，缓缓驶离了中国。

1926 年 1 月 8 日，阎宗临在法国马赛港上岸。

来到陌生的异乡，语言不通，据说阎宗临早在旅行途中的船上就写好了一张字条，上面用英、法两种文字写着：“我要去巴黎。

车站在哪里?”当到了马赛，阎宗临人地生疏，他望着人海，踌躇良久，才将这个字条递给了一位看上去比较随和和细心的法国中年妇女，在她的指点下，阎宗临登上前往巴黎的火车，到了巴黎后，他又按照华林临行前给他的地址，寻找到华法教育会，终于找到了华林的朋友、一个在巴黎开杂货店的华人——刘守身。刘很热情，他安排阎宗临进了一家公学，开始学习法文，学习之余，阎宗临打一点零工以维持生计。

1927年年初，阎宗临前往里昂，在华林的另一个朋友、中法大学秘书——刘大悲的帮助下“勤工俭学”。这个“工”，便是在法国南部的伊诺化工厂打杂，这是一个吃苦的工作，不久，因为阎宗临的居留证是学生证而不是工人证，遭到解雇，阎宗临只好返回里昂，又费尽周折，把自己的学生居留证换成了工人证，遂在忻州老乡石光彦的介绍下，又进入一家杜比兹人造丝厂做勤杂工。阎宗临是一个细心的人，他一边认真工作，一边仔细观察化学药品的名称和配置实验的方法，又虚心向周围的人请教，慢慢地，他掌握了实验的技能，这件事被工厂的总工程师发现了，于是将他提升为实验助理员，而阎宗临的月薪也提高到了500法郎，这样他的学费和生活用费总算有了保障。

阎宗临认真和好学的精神很让许多法国人感动，甚至让杜比兹人造丝厂的老板来但动容，于是他向阎宗临介绍瑞士伏利堡大学法学院的夏立伊教授，并且通过联系，使夏立伊教授答应在学费上给阎宗临实行优惠。阎宗临可谓有福，他在法国处处遇到好人，他自己的愿望也终于可以得到实现。

在法国，阎宗临没有忘记鲁迅和高长虹他们。抵达法国后不久，他就和鲁迅有了通信。据《鲁迅日记》，1926年3月1日：“以一法国来信转寄长虹。”这大概就是阎宗临请鲁迅转交高长虹的信件。7月21日，鲁迅又记：“得已然信，六月二十九日法国发。”这是阎宗临寄给鲁迅的信。8月17日，鲁迅又记：“上午分寄……阎宗临书籍。”想来这是阎宗临来信向鲁迅索书，鲁迅应其请而寄书，可惜其事不详，后来阎宗临也未忆及。

除了鲁迅，阎宗临在法国“勤工俭学”（白天务工，夜晚在夜校补习法文）之余，仍与国内“狂飙社”的兄弟们互通音信。就在他始到法国不久，1926 年 2 月，高长虹就在《弦上》刊物上兴奋地报告说：“小弟弟已从巴黎有信来”，并当即发信给“爱读《弦上》的小弟弟”说：“我们的《弦上》并且放大了，寄到巴黎伴你的孤寂的心！勿流泪，勿灰心，前进啊！”如此火热的语言，无疑对孤身一人的“虹哥的小弟弟”阎宗临不啻是最大的心灵慰藉。这可以通过他们的书信，看的真真切切。

六、手足兄弟——与高长虹的因缘

自称是“虹哥的小弟弟”的阎宗临，很早就受到了高长虹的影响。而两人自从在京城相识之后，相互友好，其中有些场景他们始终记忆犹新，如阎宗临曾忆及两人第一次到鲁迅家里之前，“1925 年 1 月 16 日，我同虹哥出西直门外。那时候，我们装上一盒红狮子烟，做野外的旅行。他……笑的向我说：‘假如我们有钱时，《长虹周刊》马上便出来了”；又如他们一次“在北河沿于半夜里我们在柳树上的谈话”，“谈论未来的军国大事，我做大将，小弟弟做副将”，等等，都是天真烂漫、热情洋溢的话语。遗憾的是，在 1926 年 10 月之后，高长虹在《狂飙》周刊公开了他与鲁迅的冲突，那时远在法国的阎宗临虽然不清楚其间的原由，但这个“深知道我只懂的我和虹哥有好的感情”的“小弟弟”也不由停止了他与鲁迅的通信。后来，感慨于“向来在我们中国，很少人注意到‘人类生活的态度’。自古迄今，有那么多的典籍，却很少看到人类的两字”，譬如“人类生活取如何的态度？怎样才可使人类的生活进步？怎样才算做人类生活？……”对此阎宗临“深为惋惜”的是“我们那么些汹涌澎湃的识者中，有谁曾有个归根结底的说明。这是假英雄名义的偶像，在古城中塑起千万。确乎，这便是我们的‘先驱者’”。这里流露出来的意思，也就耐人寻味了。

1928 年，当真的《长虹周刊》在上海出刊时，那时远在法国的阎宗临依然感慨于“有谁不感觉到周身的空气是多么沉闷啊，他窒息了我们的呼吸，在过去，在现在，怕的还在未来!”于是，他对《长虹周刊》和高长虹冀望颇高，甚至谓之为“启示出人类的福音”和有似“巴尔扎克以文坛上的拿破仑打出的时候”。也就在那时，阎宗临自己也写出了《曼纳夫》等许多诗歌和小说。到了 1929 年的冬天，阎宗临正式成为瑞士伏利堡大学文学院的学生，主攻欧洲古代、中世纪的历史和文化，饱尝艰辛的阎宗临深知这来之不易，他发奋学习，抓紧一切可以利用的时间读书，甚至在暑假期间，同学们都外出旅游了，他却一刻都不放松，仍然一个人留在宿舍里埋头苦读。所谓天道酬勤，阎宗临的各科成绩果然都非常优秀，如拉丁文，向来有“死文字”之称，其艰辛深奥、晦涩难懂，真是不足为外人道，当时该校有一项规定：来自东方的学生可以免修拉丁文，可是谁都知道：西方历史和经典的原著，多是用当时的国际通用语——拉丁文写成的，所以阎宗临硬着头皮耐心学习这种“死文字”，经过 3 年多的刻苦学习，阎宗临终于能够熟练地掌握拉丁文了，就在他以优异的成绩通过了拉丁文考试后，教授拉丁文的老师问他：“你是从哪儿来的这股毅力?”阎宗临答：“我为了了解西方文化的灵魂。”阎宗临的优秀成绩和他的这句话让学校的众多师生瞩目，这包括了他的恩师——岱梧教授。1933 年夏，阎宗临获得了瑞士文学硕士的学位。

在这一期间，阎宗临与国内的高长虹等有一些书信（多用“已燃”的笔名），如今可以看到的，有他《关于〈献给自然的女儿〉》（《长虹周刊》1928 年第 4 期）、《读了〈长虹周刊〉之后》（《长虹周刊》1929 年第 18 期）等。

1928年3月27日，阎宗临去信对高长虹的诗集《献给自然的女儿》发表感想。信中，他假托“自然的女儿”为受信人，写自己，写“大哥哥”高长虹，写“人类生活的态度”，等等。

他自己是“一个在工厂里做工”的异乡人，而“我们的主人，他很想把我们也变作一架钱机器，在那里不断的工作”，这是阎宗临——一个异乡人打工者的自况。

至于“虹哥”，他说：“有人把长虹唤作‘诗人’与‘作家’，也有人唤作‘玄虚者’。其实，都错了。长虹和我一般，都是最平常的工人，不过他以笔工作，我以手工作罢了。”何以见得？阎宗临说：“我所以敢于断定他是平常人，因为他没有出色的生活。他不能像古人飞檐走壁，也不能像今人指手画脚。”这是说高长虹不是传奇性的人物，甚至于他的生活也乏善可陈，于是他的著作简直就是“作者很忠实的自白”罢了，有人曾非议高长虹是“偷窃”了尼采来写书的，其实，高长虹固然相似于尼采，不过在阎宗临看来却是“很平常的了”。那个时候，在中国思想界，正是西方思想汹涌而来的时代，西方哲学如柏格森、罗素、尼采等都有极大的市场，中国思想界的弄潮儿，高长虹之外，张申府、朱谦之、陈德荣等等，这些“狂飙社”外围的人都是个中的“盗火者”，而在阎宗临看来，高长虹在见识上有两个很重要的观念：“一要使人类是动的；二要人类有行为的自由。”“动”、“自由”，无疑是来自上述西方哲人的观念，高长虹取之用宏，是“在他的思想上，在他的工作上，处处想用尽他所有的力量而使他的计划进行。他用的工具，便是科学与艺术，一种建设在他认定是不破的真理上，一种便是建设在海阔的情感上，甚至，有时两种一齐出没，以至使我分辨不出来。”例子就是《献给自然的女儿》这本诗集了。

“动”和“自由”的观念，以及“工具”理性的“科学与艺术”，这就是高长虹了，这与“五四”精神的“德先生”、“赛先生”有相同处，也有扩大的不同处。高长虹还毕竟是文学艺术家，除了理性的层面，他还有情感层面的诉求。这就如同他的这本诗集，诗诞生的原因，是“吃饱了撑的”吗？抑或是“愤怒出诗人？”阎宗临写道：“无如人类的命运，总是排演着他的悲剧。想见爱而不得爱，想做而不得做，人与世间的冲突，物与人的冲突，在他的这本诗内，便可找到这些苦痛，忿怒的叫喊。”而“悲剧”，阎宗临继续写道：“没有人不是在玫瑰花残了之后，而才追思他的爱情的余味的；没有人不是在夭亡之后，而才被尊为天才和完人的。”不幸，高长虹正是如此。

说到高长虹，阎宗临不免提到他和自己之间的那份情谊。他说：“长虹本来是个总善于知足的人。比如他有一根纸烟，世界于他便会改变一点；我们的几个小弟弟乱写乱译的东西，他也高兴，说：‘那很好，就这么多做多写下去。’因为他只懂的伏起他那瘦的脊背而负这重任。”作为同是“山西的乡下人”，他们的心是相通的，特别是他们的精神承传——北方商人和农人的韧性——“重来”的观念，他们是稔熟的。

《献给自然的女儿》是高长虹寄给阎宗临的，阎宗临读它的时候，是在工厂的试验室里，这封信，就是他用试验用纸写下的。在读高长虹诗集时，阎宗临竟联想到了一位“死在断头台的”法国诗人，这两位东西方的诗人的身影，重叠在了一起，便是阎宗临的感受了。

这年12月29日，阎宗临又写了《读了〈长虹周刊〉之后》。

《长虹周刊》出刊后，阎宗临先后读了5期，终于感到自己有话要说，他写了这篇文章。也许是身在欧洲（法国），由巴尔扎克、雨果等，他联想到了办刊的高长虹（那是一个人办的刊物，从文章到封面设计）。还是阎宗临懂得高长虹，所谓“因为懂得，所以慈悲”，他竟看到了高长虹的结局——“大抵一个有力而又有思想的一个艺人，总是为人群看不见的。唯一的原故，便是因为他和他们的行为不一样。他们所需要的，只是个顺水推船，你跟上他们在后边跑，一直到你的肉体在腐化了以后，他们还不肯放手，可是‘好汉们’便是从这种漩涡中爬出来的。他不只他自己爬出为止，他还要救别人。因为在他的魄力之下，还有更深与更大的同情。”高长虹便是这“艺人”，因此他是“孤独者”，是“畸零人”，然而他是“大爱者”。或许阎宗临预测到了高长虹的命运，所谓惺惺相惜，他写下了上述这一段话。随之他感慨国内思想界的倾轧局面，他又愤愤地说：“我是中国思想的化身，我恨我自己，而我更恨的是中国人！尤其是那些被人尊称为有学问者，他们只会在井口上看那些落在里边的婴孩，太平无事的以观看那些苦难的孩子们在挣扎！”这是出于激愤的话，显然阎宗临已经得知高长虹在国内的境遇了（周作人等正在与高长虹笔战），特别是他读了高长虹的《母亲的故事》，为了它“启示出人类的福音”而不能为人所理解之时。那么，“小弟弟”的阎宗临只能这样来激励、劝慰自己的同胞，包括对高长虹的瞩望了：

> 不要坐在公园的凳子上，思索你们的未来，还是多睁开你的眼才好，睁开些，再睁开些！有谁不感觉到周身的空气是多么沉闷啊！他窒息了我们的呼吸，在过去，在现在，怕的是还在未来！我又不说《长虹周刊》便是修身、齐家、治国、平天下的经典，我是说在你们走着这条不平而又无尽的路上，敢不敢整起你们的力量，努力地改变改变你们周身的闷气？

这是阎宗临在海外响应高长虹的文学运动，那声音尽管单薄，却不无沉雄、遒劲。

12 月 30 日，阎宗临在另一封信中又对高长虹办的刊物提出了一些具体的意见，他还鼓励高长虹完成长篇小说《家庭之下》。信尾，他热情地呼喊：“来信，我的大哥哥！”

1929 年，阎宗临进入瑞士伏利堡大学文学院，其时，高长虹已经陷入人生的低谷，文学以及“走进出版界”的失败之后，他开始从事两项新的工作，即建立“行动学”和由“比较语言学”进而草创“新国际语”，这是冷门。不久，他从上海启程，东渡日本。1931 年“九一八事变”之后，据说是在 1933 年，高长虹曾孤身一人旅欧，准备研究“经济”问题（又据说期间曾在法国加入了共产党），其时他穷愁潦倒，期间他曾向“小弟弟”的阎宗临求援，可惜对此我们所知甚少。笔者少年时曾听阎夫人提及此事，因当时对高长虹毫无所知，笔者也就没有在意，更没有询问。后来又获知：就在高、阎两人于欧洲会面之后，又于数年之后，高长虹由阎宗临资助旅费而返国参加抗战，他经意大利、英国至香港，见到了潘汉年、茅盾等，又经潘汉年介绍，前往武汉，参加抗日救亡的宣传工作，再后赴重庆，并在重庆《国民公报》副刊《星期增刊》发表了茅盾约写的《一点回忆——关于鲁迅和我》，此后种种，不须多说矣。

彼时，阎宗临已获瑞士伏利堡大学的硕士学位，并且被聘为中国文化讲座讲席。1933 年秋至 1934 年秋，阎宗临休假归国，曾在北京中法大学伏尔德学院代课，后返回欧洲继续深造，终又以《杜赫德之研究》的论文获博士学位。阎宗临旅欧十三载，期间他刻苦治学，竟从不涉舞厅等文娱场所，于专业领域（中西交通及文化交流史）之外，他还广泛研究了巴斯加尔、波特莱尔、歌德等西方文化巨子，还曾拜见了曾与鲁迅有文字之交的法国文豪罗曼·罗兰。

七、人生难得的一次经历——与罗曼·罗兰的会面

阎宗临与罗曼·罗兰的邂逅和交往，守和、守诚姐弟皆有长文介绍，笔者这里只提及一笔。

罗曼·罗兰出现在欧洲“群星闪耀”的年代。阎宗临后来回忆：当他足履欧土，“那时，总渴望着见一次罗曼·罗兰先生，谈谈中国，谈谈中国的现实，谈谈我们这个时代有关青年的问题”，

大约也有谈谈鲁迅的想法，后来终于在法国、瑞士交界的名叫“西劳故宫”的一座城堡的别墅里，他见到了罗曼·罗兰。

那是一个初冬的日子，罗曼·罗兰在接待室里与阎宗临有一番长谈，谈话从托尔斯泰到辜鸿铭，从《阿Q正传》到鲁迅，他们超越了语言、时空、年龄、国籍等的界限，可以说越谈越投机。此后，阎宗临还曾多次拜访过罗曼·罗兰，并将他的著作《米开朗琪罗传》翻译成中文，罗曼·罗兰还为这个译本作了序言。

阎宗临以文字记录这段经历，是在50多年之后，那是他的一篇短文——《回忆罗曼·罗兰谈鲁迅》(《晋阳学刊》1981年第5期)。在他逝世后，山西大学历史系教师师道刚先生为之写了一个《关于阎宗临同志一则未完稿的手记》的补记。据以上的记录，阎宗临会见罗曼·罗兰是在1929年11月，先是罗曼·罗兰饶有兴致地谈起了中国的情况，说那是一个“拥有古老的文化”又“爱好和平”的东方古国，随后说到托尔斯泰以及和辜鸿铭、陈季同的通信，又提及托翁晚年追悔未能很好了解中国的遗憾。罗曼·罗兰说他也有托翁晚年的心情，所以十分倾慕中国博大精深的文化传统，并且十分关注中国文坛的情况。于是话题绕到鲁迅及其作品。两个人又谈到翻译过《阿Q正传》及《约翰·克利斯朵夫》的敬隐渔(时正侨居于巴黎)，罗曼·罗兰说他是读了这个《阿Q正传》的译本“才开始接触到现代的中国”的，并说“阿Q的苦痛的脸，深刻地留在我心上”。罗曼·罗兰又不无遗憾地感慨隔着重洋两地人民的阅读障碍：“许多欧洲人是不会理解阿Q的，当然，更不会理解鲁迅创造阿Q的心”，言下颇“想念中国”又为空间的阻隔所唏嘘。

可惜的是，阎宗临1937年返国参加抗战，罗曼·罗兰的那篇序言连同阎宗临《米开朗琪罗传》中译本，俱毁于战火，今后者只有傅雷的译本了。

八、一个学者的诞生及其他

1933 年夏，阎宗临获得一年的假期，回国探亲。翌年秋，他回到瑞士，在伏利堡大学任中国思想史教授，同时准备考取博士学位。

阎宗临博士学位的论文，是《杜赫德及其著作研究》。杜赫德（1674—1743）是法国国王路易十四的“忏悔神父”泰利埃的秘书，曾编辑过《耶稣会教士书简集》的若干卷，他利用其中的资料，又编写了四卷本的《中华帝国全志》，该书被称为“18 世纪最全面的论述中国的史料”。阎宗临的论文，即论述耶稣会教士在 17 世纪与 18 世纪来华的情况以及中国与欧洲的文化交流，当时国内学人涉足这种题材的很少，据说此前阎宗临随学校师生到罗马参观，在威尼斯与当时正在梵蒂冈学神学的于斌不期而遇，两人热切恳谈，谈到了中西宗教的“交通”，此后因回国探亲，阎宗临又遇到了于斌，其时阎宗临已获取硕士的学位，而且已经熟悉了拉丁文，于斌遂鼓励他再学习希腊文，俟将来回国到辅仁大学任教，像陈垣先生一样研究宗教史。阎宗临当时已经皈依了天主教，自是接受了这一建议，回到欧洲后，便往返意大利、英国等，查阅有关的图书和教会档案，最终将论文完成，并于 1936 年顺利通过了答辩，获得瑞士国家文学博士学位。上述的经历，也就是后来中华书局的谢方先生撰文称阎宗临是“我国最早也可能是唯一一位能用西方古典原著和中国古籍相结合讲学和写作的教授、学者”，所以有这样的推许，是因为他此前得知阎宗临校注有樊守义的《身见录》，这本书是“中国最早一部欧洲游记”，“而校注者又是我闻所未闻的一位中西文化交流史学者，他早在 1937 年游学欧洲时便在罗马图书馆发现此稿并拍照后带回国内，于 1941 年首次整理校注在报上公开发表，使史学界大开眼界。”（《记阎宗临与樊守义》）

国人对明末清初天主教中文文献的收集与整理，人称民国初年最有贡献的有三人：马相伯、英敛之、陈垣；此后，又有五位：向达、王重民、徐宗泽、方豪、阎宗临，而阎宗临是当时为数不多的能到欧洲有关图书馆访书的学者之一，他曾多次在罗马梵蒂冈图书馆查阅文献，抄录档案，这些收获，他在抗战期间以论文的形式多发表于《扫荡报》的《文史地》副刊上。由是，阎宗临的学术领域和兴趣，开端于中西交通史，后又扩至世界史，尤致力于中西文化史，当然，到了他的晚年，则因种种束缚和局限，又转移至地方史的研究和文献整理了。

评论阎宗临的学术不是本文的目的，不过，值得注意的是，阎宗临于抗战的硝烟中归国，此后相继执掌教鞭于山西大学、广西大学、桂林师院、中山大学、山西师院及山西大学，终成为享有盛名的一位历史学家和教育家，而除世界史、欧洲文化史、中西交通史、山西地方史等著述外，他早年从事文学创作的作品，则只有中篇的《大雾》和散文《波动》、《夜烟》（皆入“孤星丛书”）这三个册子了。就是这些文学创作，也都是在他那回国前后的仓促岁月中完成的，再后，他金盆洗手，彻底告别了他的文学生涯了。于是，这让人又联想到：当年的“狂飙社”成员中，以文学始而史学终，尚钺、阎宗临是其中的两个例子。

当然了，我们已无法获知当年阎宗临结束他文学生涯时的具体心境和想法，不过，所谓“失之东隅，收之桑榆”。有过文学的训练和习作，对他后来从事历史研究可谓不无裨益，这也就是说：有过上述特殊经历的阎宗临，即他从事过文学活动，并且先后沐浴在中西文学大师的身影之下，后又以学术研究为术业，勤奋地著书译书，嫁接中西文化，而其所致力研究的领域，彼时可谓凤毛麟角，经过阎宗临的刻苦钻研，其成就又所谓出类拔萃，换言之，他所研究和爬梳的，于学术固然属于“冷门”，一般人在一般情况下也不会去光顾之，恰恰由于阎宗临是经过文学的训练和体会的，于是转化为学术的文字，也就毫不枯燥，使常人感到生涩的学术，在他的笔下，正是风生水起，“那里没有半句空话，也没有任何意识形态的矫饰，有的只是个性鲜明、中西会通、见解独到的历史文化分析和论述，以及透过这些论述所折射出来的一种至深至切的对于民族前途和人类命运的关怀”（高毅）。显然，研究的立意如此，出自其内心且流淌而出的文字又是灵动的、审美的、哲理的，这也就可以理解人们为什么会接受它并欣赏它了。

于是，阎宗临大名爆起。然而，那又毕竟是短时的，所谓昙花一现。这就又要说到阎宗临的宿命，换言之，一个时代性的话题。降至今天，就是温总理根据科学大师钱学森临终的遗憾而提出的一个沉重的话题：在中国，如何才能产生大师级的人才？

守诚学长曾总结分析其父的一生学业，即一介贫寒农村青年，20 岁时走出娘子关，且未几远赴欧陆，实行勤工俭学，终至收获文学硕士、博士的学位，此后返国 40 余年，除了精彩呈现于抗战时期的著述之外，如饶宗颐先生所云，是所谓“终未能一展所学”，至于原因，守诚学长以为是“客观环境的不良影响”（家庭负担、人口繁多；战时流离之苦；不断的政治运动的冲击，等等）、“研究资料的极其贫乏”（战事与流离导致的失佚；局促内地造成的闭目塞听，等等），以及“学术思想的巨大转变”（其接受的西方教育以及研究视域和思维方法皆为舶来品，或径是其亲自在西土所接受的现代学术的观念和规则，如文化史观、多元比较、人文主义等等，这些东西，在沧海桑田的政权鼎革之后，逐渐连同西方的一切退出甚至是被逐出了中国的大陆，此之谓“别了”，于是，又继之以知识分子的思想改造〔“洗脑”〕、院校调整〔包括学科、课程、人员等的调整〕，以及在批判胡适、胡风等等之后隔断与西方学术的命脉和传承关系〔名之曰“唯心主义”等〕）。换言之，以西方为研究对象的学术园地渐已成为禁区，当年与阎宗临为同侪的学人相继淡出，雷海宗等曾以其文化史观著称于世的学者更是遭到了灭顶之灾，周一良等也以转而研究中国古代史以逃避研究西方史带来的风险，曾以挖掘和研究西方中世纪传教士史迹（业已一变而为“侵略中国的先锋”了）、中西文化史和中西文化比较的阎宗临也很难继续其业，这不独是有不时可遇的风险之虞，除了动辄得咎的环境使然，还有资料匮乏（根本不予进口，或不予引进了）、没有同仁（也就没有了研究的团队）等等带来的其心理的巨大寂寞，甚至由此他还嘱咐其6个子女，在学业选择上，不要考虑文科（尤其是历史）。这是一个让曾沐浴在鲁迅和罗曼·罗兰的阳光下、来往于东土和西土的青年才俊后来根本无法想象的宿命。

还是在上世纪的四五十年代的转折关头，阎宗临弃南方的中山大学而返回北方的故乡，这固然有水土、语言等等的考虑，或许，他还有一种要寻找“安全感”的考虑吧。彼时，一切皆已不确定了，钱穆先生离开大陆，陈寅恪先生仍暂栖广州，而阎宗临原本的去处，可以是北师大、“山大”（山东大学），而最终他选择了家乡的“山大”（山西大学，曾称山西师范学院），应该说他从此失去了学术的上升空间，尽管这可以使着他在生活上取得安逸，也可以由此享受着“乡贤名流”的对待（他得到了张友渔、赵宗复等山西政要和教育界人士的引荐和接纳），如果他留在了中山大学，难保后来陈寅恪、刘节他们的悲剧不会在他身上发生；如果去了北师大，也难保后来刘盼遂、朱启贤、马特他们的悲剧不会在他身上发生（同时在北大的阎宗临的友好王重民、向达，更是领受了匪夷所思的悲惨命运）；如果他去了山东大学，则远有华岗之案，也难保后来杨向奎、童书业、赵俪生他们的悲剧不会在他身上发生，而在山西大学，以家乡的硕学名流，他是受到了尊重的，甚至于说，在某种程度上，他是一块让“山大”增色的招牌，因而也就不可避免的，他成为了一个代表家乡高级知识分子的典型，他的一些实为虚设的职衔，以及他逝世之后的追认入党，都是因此而产生的。

北大的高毅先生曾以一篇《邂逅阎宗临》夺人眼球，而追索阎宗临这样的史学大师后来竟长年“籍籍无名”，高先生介绍有的学者认为那是由于他于沧桑鼎革之际选择回到家乡教书，“从此这位欧洲中世纪史专家，便在‘连《圣经》都见不到、不能读’的环境中默默地生活工作了28年，直至于1978年10月5日辞世”。所谓“生不逢时”，这固然是一个主要原因，而这一所谓“时”，即是经过“院系调整”、“洗脑”（知识分子思想改造运动）、“苏化”（“一边倒”）等等之后，不管是学术研究或文学创作，阎宗临只有“籍籍无名”的分了。他被边缘、乃至出局，这是时代的定势。至于说到他的回到山西，山西怎么了？它封闭吗？局促吗？那么，为何从前高长虹等却以第一波的“文学晋军”排兵而横空出世，即使此后阎宗临“弃文从学”，而其视野所及，却也包括了乡梓文献（法显、刘祁、刘郁、樊守义、徐继畬等），一如阎宗临所言：“山西并绝对不闭塞”。不过，阎宗临返乡，作为一个文化事件，却不能不说是一个导致他“籍籍无名”的行为。香港的饶宗颐先生如是说：“嗣先生回山西故里，终未能一展所学，忧悴而继以殂谢，论者深惜之。”这个“深惜之”，就是设若他留在广州，抑或去了文化中心和高校成堆的北京或上海，有众多学有所成的学者所环绕，有研究的一定氛围存在，有交流的渠道和语境，那么，阎宗临先生未必会孤单和寂寞。当然，世事不可预料，或许，这样也许他在“文化大革命”中的遭遇会更加不堪矣。

那么，还要说到山西，世间事物都是遵从辩证法的道理的。说山西的封闭、闭塞，又不能不说是事实。阎宗临返乡，终究是让他成为“此一时彼一时”的一个转折点，山西文教原本薄弱，从先前阎锡山的所谓“模范省”（正是局促于“自保”的宿命）到现代史上常年内战和外战的硝烟弥漫之地，在新生的共和国的建设事业中，“农业山西”的定位使根据地背景下各“山头”统领高等教育阵地的使命，是源源不断地输送相关人才，在这种语境下，此前阎宗临安身立命的学术，恐怕是过于奢侈了。

不过，这都是后话了。

九、“大雾”似的人生

阎宗临有限的文学创作，代表性的，是中篇小说《大雾》。《大雾》写毕，作者是于1934年11月题写了“自识”的，那是他写于意大利米兰的旅舍中的。

1935年，《大雾》分为“荒村”、“莽心”、“暗礁”三部分，分别发表在《新北辰》的第3期、第7期、第9期。在小说前的《自识》中，他写道：“书中数人的生活，当时辗转在大雾之中，没有光，没有热，时时在阴暗中挣扎。他们忧积愁心，终身羁绊在生活的铁柱之上，绝不求人们的同情与太息，因为生活原是如此，何能责之过苛，而望之太奢哩?”他还明言，小说是“纪念为生活牺牲的几位朋友”的。这是说，小说的原型人物，就是作者的友人。

在《后记》中，他还说：“我永远怀念着这一段幻梦的生活，他具有一种魔力，要我不断地回想与分析，由分析而烦闷，因烦闷而眷恋。我眷恋他，因为眷恋我自己已逝的生命!”又说：小说“写完后，道遇洛桑，列芒湖为大雾笼罩，不辨咫尺，我想生活也似大雾，他虽弥漫了我们，他的本身却是可爱的，不允许任意玩弄的，正如雾中的列芒湖，阳光一照，仍然会透出他秀丽的姿态。在此，我们所能努力者，只有修养自己的内心，准备与环绕我们的大雾来搏斗。”他提到的“列芒湖”，即日内瓦湖（徐志摩此前译为“梨梦湖”），这也就是说，这篇小说取名为《大雾》，是因为作者在欧洲旅行时看到了日内瓦湖的大雾，于是联想到自己生活曾经遇到的“大雾”，以及也曾在“大雾”中生活着的友人，遂以之为名。

《大雾》出版时，作者请向培良作序，向培良因与作者是“总角交”，且“永远怀着深挚的友谊”，因此作《〈大雾〉序》，那是一篇很好的文章。

向培良说："作者近年已潜心于学术，或者没有从前那样多的精力来从事文艺罢。但文艺者，一与之结缘，便终身不置，则我们很可以预期着将来有更多的作品来满足我们的。"那么，何为学术，何为艺术？向称后者：一种形而上的理解和解诠是——"艺术者，就在于打破人与人之间竞争实物的痛苦与穷途，而代之以人人都可感觉的'分享'。"他以为人类"竞争实物的痛苦与穷途"，是服从于这样的"边际效应"的，即"实物者，其对于人的关系，是严格受制于物质报酬渐减律的，你所要求于物质的愈多，则物质之所能予你的兴感愈少"。所以就有了"艺术"，它要"生活于别人的灵魂中"，是"志士仁人之成仁取义"、"母爱"、"愚夫愚妇之矢志不移"、"夸父逐日"、"死生不渝的情谊"等等。换言之，也即文学和艺术是出于生活和超越生活的本质要求，所谓"不满足于个人生活之孤独，而企图生活于另一生活中"，作为体验，则是作者的文学创造。

不错，如其所说，《大雾》中的人物，如旺儿、李二，"其根本的精神是一样的：努力地生活，努力地改善生活，而却并不是为自己"。在小说中，作者通过对这些人物的描写，让芸芸众生的生活哲学和逻辑、草根们的生命寄托，一一在作者的笔下呈现出来，他们是原本各有其"最高的目的"，以及其精神和情绪的"安放处"的。这对于作者而言，或许是这样的一种理念："无论其所成就是相去天壤，俱都可以无愧地说：'我已经生活过了。'于是这些物质世界所给我们的狭隘拘束，所给我们的纷争离析，所给我们的痛苦罪恶，才得以超逾。这样，人间世才值得生活下去，而艺术于以完成。"

显然，作者是兼具了文学的反映论和目的论的，这也是当年"狂飙社"同仁们的文学信仰和理念，以及创造原则，即：所谓文学抑或艺术，其为"一种扩大的生活，一种沟通人与人之间的生活，一种企图打破时间与空间之限制的生活"，这也曾叫做"实生活”。向培良说：“我们这一帮——十多年前的狂飙旧友——主要以实生活为艺术的基础，惶苦地严肃地生活下去。”然而，“生活，原不是一种容易的过程，是有着无数痛苦的白日和痛苦的夜晚的。而企图从事艺术者，是更应该深深地探讨到生活之底里的，则痛苦之吟味，是从事艺术之最迫切的经历罢”。

向培良又说道：“照这样说来，就知道一个艺术家要以怎么样的生活态度自处了。所以经狂飙社的时代起，我们这一群就有着坚定的信念，至今不变。这信念，作者是从他的《大雾》表现出来了。我们在创作的态度上反对趣味的欣赏，在生活的态度上反对猎奇式的追逐，反对为忏悔录预拟材料。更其深更其苦地生活到人间世的核心，更其苦更其迫切地把生活里所不能完成的到艺术里去完成。”因此，《大雾》就是“狂飙社”解体之后仍然带有“狂飙”色彩的作品，人们在提到“狂飙社”时，不妨看看这部作品。

向培良在序中，还总结从“五四”到“北伐”时期的文学主潮，是所谓“不外人道主义和个人主义的醒觉”，以及其所命名的“泛然主义”（自然主义?）。这些东西，所谓西学东渐，于理论是“肤浅零乱”的，于形式是“东一片段西一片段”的，但对受其影响的文学青年而言，在他们心中，“却流泛着某种真诚的东西，光明向上的东西”，而且“这在当时是和春风一样扫过了大地，浸渍在每一个青年人心头的”。其实，这也就是《大雾》的创作背景，也即作者的创作心理背景。作者的宗旨，是在描写一个时代，而那个时代的主题是“反抗”——“对家庭反抗，对婚姻反抗，对学校反抗，几乎对社会的一切都有反抗”，然而论者敏锐地发现了这种“反抗”又与西方近代历史上的“反抗”（“欧洲之起于宗教的或社会阶层的反抗”）有所不同，即它表现为“没有一个集中的目标，故不能表现什么显著的成绩或力量的那里，更要紧的就是这种反抗中的含有无限的爱，爱家庭，爱旧式婚姻的对方，爱学校，简直可以说是贪婪地爱一切，只要有些微一点可以把捉的东西，便迫切依附上去，真诚地爱着。这种爱，显然有些稚气，很容易给人利用了。这就是从那个时代起青年们苦难的最大原因。于是有的毫无代价地牺牲了——这种牺牲的数目极其大，想起来是非常凄惨的——或者又退回到那个可恨而又可爱的老家，或者被利用而堕落，或者永远带着受伤的心挣扎下去。《大雾》里所写的，五成婚后离家的情景，过来人听了，想来未有不凄然欲涕的罢。”

果然如此。所谓“新和旧之对立”，他们“经常混淆”，“于是几几乎成为一种盲目的反抗，一种剜着自己的肉那样痛楚的反抗了”。这是过渡时代的产物，也必然有着过渡时代的全部特征。这是《大雾》，读之我们兴许毫不陌生，因为读之我们可以联想到鲁迅的几篇椎心泣血的杰作——《孤独者》、《在酒楼上》、《伤逝》。

向培良又说：《大雾》的“作者是那时代的过来人”，“他时时的梦寐中看见书中的几个人，其实他自己也曾是那中间的一个，或者有似那中间的某一个；他也恰是那个除了黑面冷煤炭之外，什么都不出产的穷山里的人。他们和五成或石君一样，怀着渺远的前途和切肤的饥饿走出来。他爱那个时代，留恋那个时代，故写来又真挚又痛切，但他也对那个时代作正确的批评”。阎宗临“大雾”般的人生，当然也包含在这部作品中了，不过那是一个幕外的阴影，相信守诚写完他父亲的传记，我们会看到一个真切的“大雾”中的阎宗临了。

“非常绚烂的一斑”——五成、石君、慰梅，以及作者本人，向培良说：“这不仅只是一部怀旧之作，这是想正确表现出一个时代的作品，就笔者个人的见闻，则还没有见过更亲切彰明的地表现那时代的作品。”继之又说，这部作品虽然“在终篇时并没有表现出什么成就来”，不过，“那个时代，也是没有什么结果的时代，也有不少的人像石青那样悄然陨落，隐没到家庭里，寺庙里，永远找不到的角落里，以至于终古沉默的坟墓里，但——那是一个多真诚的时代啊！这将为我国艺术树立不拔的基础，因为艺术和生活，在那种真诚里，是合而为一，是互相助长了”。

在肯定了作品之后，向培良又分析了作品中的主要人物。他以为作者笔下的五成父母一代，在描写上结构比较松懈，却可以予后来的作者以这样的启示，即“那样的人物，到如今还大量地生活在地底下。农民们是艰苦的，几乎是必然失败的，但却永远不会失去信心和奋斗之力的精神，必然要在我们的艺术里表彰出来，那是失败是的成功，痛苦里的欢乐，黑暗里的光明”，它“保障着我们民族之向上的进展，惟有分享他们的精神，我国的艺术才能更其深更其广”，而“作者在这一方面，为文艺展开了一广大的园地”。

在《大雾》中，读者印象较深的一个人物——石青，堪称是一典型的女性，向培良称之为是较契诃夫所写“可爱的人”、“更深沉可悲”的人物，“她的经历几乎令读者感到刺心的痛楚，然而我国几千年来，却有无数像石青这样的女性，彻底牺牲了自己，为一个值得或全不值得的人生存着”。

《大雾》的背景是20世纪初的山西五台“朴卫村”（作者故乡是五台中座村，显然是代指）、“县城”（原称崞县，现为原平）以及北京城。至于主人公，是两个家庭的邓五成及其父母、女青年石青及其弟弟等。“朴卫村”是典型的北方的农业社会的村庄，由于有煤窑，又有了农业社会之外的喜剧和悲剧，然而不管是山西抑或北京，“传统魔力”是无处不在的，这里既有“中国的旧式大家庭，没有不是慢性的毒药”，也有城市学校的“新旧杂陈”，活动在这片天地中的人物，“顺民”或“弄潮儿”，都逃不脱“大雾”的生活，于是我们看到一队队的“大雾”之人：旺儿夫妇和五成、李二和李二嫂——特别是精明的邓旺儿（由矿工而商人），“祥林嫂”似的李二嫂，以及为富不仁的余五金（财主、商人，“善人”）和“德玉成”，等等，他们穿梭于小说中，最终降伏于“平庸的生活，才是真生活”的格言中，这是他们咀嚼人生得来的体会，有似于鲁迅笔下“铁屋子”里的芸芸众生。

《大雾》最初发表于天主教刊物的《新北辰》上，1942 年曾在抗战时期的文化名城桂林出版过单行本，在动乱的环境中，发行量不大，于是影响也就有限。到了 1957 年 7 月，《大雾》的部分章节以《朴围村》为篇名，作者做了一些修改，再次发表于山西文学刊物《火花》（1957 年第 9 期）上，显然，那是因为《大雾》的主题以及题材，有合乎“阶级斗争”的一面，换言之，这样的一部作品，较之那些新作品，从内容到语言，从人物描写和情节描写，更耐看，更爱看。

《朴围村》即《大雾》的第一部分《荒村》。《火花》编辑在刊出时加注云：“本文作者（现在山西师范学院工作）已搁笔多年。现在，由于‘百花齐放’的鼓舞，重新拿起笔整理了旧作。《朴围村》（背景是辛亥革命前后几年）是作者写的中篇《大雾》中的一部分，也可以独立成篇，特发表于此。”可惜的是，编辑没有具体说明为什么此时要发表这篇“旧作”，以及发表前后的经过。至于作者自己，则在发表时加写了一段《后记》，他回忆了原作在创作时的一些具体细节，从而难得地留下了一段十分珍贵的“创作谈”。

阎宗临从箱底翻出旧作，看着那“纸色苍黄，墨色变质”的文字，“我想起当年写这篇文章的动机：是在暴风雨快来的大海上，晓平和我依栏望着起伏的波涛。身在远方是爱说家乡事的，我们谈到旺儿，李二嫂……在可怕的沉静中，晓平突然说：‘你不应该把他们记叙出吗?’想到这几个熟悉的面孔，在阴暗中搏斗，他们忧积愁心，终身拴在生活的铁柱上，做那没有结果的斗争。当时，除过他们忍受高傲的苦痛外，着实没有更好的办法。我试将这些人物记叙出来。”

《大雾》创作的“动机”，或者是原由吧，是作者当年远洋渡海，在行程中的闲聊中，由“晓平”（不知是不是梁佩云女士即阎夫人的别称）的一句话所激出的，而那“动机”，就是《大雾》发表时的《自识》所云。作者又说：“今年春，我接待了来自家乡的远亲。我们又谈到早已遗忘的旺儿、李二嫂……他沉思了很久，忽然站起来眉飞色舞地说：‘他们没福气活到现在，村里变了，变了，好得很！’我突然感到面前站着一个巨人，像朴围村耸入云霄的山峰。我检出这篇残稿请他读，他看完后说：‘现在有许多青年，身在福中不知福，老一代的事情，应当让他们熟悉的。’为此，我决心把它发表出来，请大家指导。”

是了，这就是《朴围村》发表的缘故了。那曾是作者慨于身边同胞们的悲苦命运，以文学的名义来揭示“实生活”，兼又为“纪念为生活牺牲的几位朋友”，从而揭橥时代的“新和旧之对立”的主题，如此丰富的作品，现在却是单一的“忆苦思甜”的素材了。

本书收入了韩石山先生的评论《〈大雾〉里的人生》，韩先生从作品的写作背景、内容、特色及不足等各方面，从他作家的眼光一一述来，如说“文学创作与作家纪实，原本没有什么截然可以分开的界线”、其写作的“轻松，跳跃，简洁而有蕴含，是作者文字的最大的长处”，而且运用了新鲜的“性心理分析手段”等，至于不足，则是结构上的松散和匆匆结尾的痕迹过于明显，而推想其原因，是作者的长途旅行（海上航行）即将结束，不得不封笔所致。这样的评论，可谓肯綮，于是，笔者也就没有必要赘言了。

十、文学创作的高峰时期

1935年，这是一个转折的时代，此时国家和民族可谓忧患重重，对于阎宗临来说，则是他由青年步入中年的时期，他的文学梦正在逐渐让位给学术梦，于是他的身份，也由作家退位给了学者。

也许，正是这种变化，使他迸发出充足的热情来集中精力进行文学创作，以结束这个让他憧憬了许久的青春之梦。这本集子中的作品，基本就是他这一时期的创作。

也是在1935年，这一年，除小说《大雾》之外，他还创作了不少散文和随笔等，可谓收获颇丰。如在散文方面，这一年他出版了《波动》（公记书局1934年版），其中还收入了《东归杂感》，那是他回国途中写下的一组散文。

《波动》，收有《人性的两种现象》、《东归之先》、《意大利》、《水城》、《伊瑶尼海》、《矛盾》、《红海所思》、《人的欲望》、《亚丁的灯塔》、《死》、《船上的电影》、《由电影联想到小说》、《孟买》、《海的颂语》、《一个早上》、《哥仑布以后》、《新嘉坡以后》、《梦》等篇章，皆是作者在归国途中的大海上所写的。这些隽永睿智的小品文字，是传统与西洋的结晶，也是当时许多留学生所喜爱的，其中最著名的，当属钱钟书的《写在人生边上》等等了。阎宗临在作品中，留下了许多耐人咀嚼的“语丝”，诸如以下的句子：

> 人性之中，有种不可为人手触目视的潜力，以其表现浓淡之故，遂成为笑与哭。
>
> 造成爱的基本动力，是‘关系’。表现爱的方式，是笑与哭。
>
> 个性强的人，常是不肯笑的，但也有例外，因为环境所迫，把笑亦变成一种世故了。思想深刻的人，常是不肯笑的，但也有例外，因为对象的平庸，笑变为一种蔑视的表情。善于使人发笑的讽刺者，常有深厚自我的思想。他止于细事与外形，却乘人不备，放出毒辣的锋芒。
>
> 有如站在井口一样，泪是人性井中使人发晕的活水。
>
> 泪是回忆下压榨的晶露，生命是往事炼就的纯金，因为，在蜉蝣的生命上，回忆与往事满盛着人与人及人与物的“关系”。
>
> 北欧太冷，印度太热，中国正在不冷不热之间，这种恩惠，我们亦引以为荣，而自相赞美。小学校教科书上

说:“中国地大物博,气候温良……”如果将冷看做理智,将热看做情感,即我们两者皆缺,理智既不精密,感情又何尝丰富哩?反之,我们所有的只是折中,调和,不彻底,差不多。北欧的冷风,吹来高深的学术;印度的热风,吹来伟大的宗教,试问中国的凉风,吹来的是些什么?怕只是感官的刺激。如其要将错误归之自然,即中国民族更不可医治了。不能利用自然的民族,便是文化落后的铁证,这个是敢断言的。实在说,温良是平庸的别名。

人力车,便是东西分界的地方。这里并无所谓什么弱肉强食,什么经济压迫,因为这种理论,不只东方为然,西方也是一样的。西方对人的观念,不只是社会的一个个体,而且是神的变形,人身上含有不可侵犯的尊严。东方没有人的观念,他只有一个褊狭的家庭,因之,为了祖宗与子孙,东方人便束缚在这条镣链上,永远无解脱的一日!有多少家庭,便有多少国家,既没有个人生活,更没有社会生活,只要是为了家庭,什么非人道的事,都可做出,什么最大的侮辱,都可忍受。

几时我们也能过点人的生活哩?

谈人性,谈人的情感,再扩大到评论中西的差别,分析中国文化的方方面面,特别是在一定的标准之下谈论东方和西方,那仍然是“五四”新文化开启的致思路径。在“人”的标准的光照下,作者身在欧土,记忆和关怀又在母国,两相对映,却是自己经验和感触的结晶,而其中所贯穿的,则是作者炽烈的爱国主义情怀。如其所云,身在异乡,无时无刻神思都在那遥远的祖国家园。

在瑞士,尽管他已经适应了这风景秀美和和平景象的小国,他说:“在这个‘老而更老,新而更新’的伏利堡城中,消磨了我五年的光阴,想起来,他成了一件留恋难舍的东西,我追思他的心情和月夜思故乡的悲哀,如同一条弦上所发出的!我留恋他,因为我留恋我已逝去的生命。沙里纳河上的薄雾，尼可拉大教堂的钟声，甘寨与若雪的晚步，还有山屋的歌曲，一切的一切，都成了我情感生活上的滋养品，似乎是片刻不可分离的。”然而，这却无法让他忘怀祖国，并且最终让他决然离开欧洲而返回祖国，而就在他将踏上国土的时候，他的心情格外复杂起来，既有报国的赤诚，又有近乎自虐的惭愧：

> 到新嘉坡，虽未睡到祖国的怀中，却已牵住他的衣襟，我心中又快乐，又不安。想起我八年前的出国，未尝没有以救国自任的豪气，舱中的孤独，生活的不定，都觉着没有什么重要，不怨天尤人的，因为：‘埋骨何须桑梓地，人生无处不青山。’我将这两句话深刻在自己的心上。所以，愈接近祖国，检查自己内心的地方愈多，应该坦然地说：虽然嗜爱佛天，真经尚未取得！
>
> 初到欧洲的时候，常偷笑那些老学生，近三四年来，自己亦为人所嘲笑，这是循环的惩罚，但是，最重的惩罚，是站在事实的前面，我自己追问：我所学的东西，能够给我如磐石般的稳固而摔脱了如履薄冰的心绪吗？
>
> 我落在极深的苦痛中。
>
> 也如落在水中一样，自己未尝不愿逃出，求一安稳的净地。但是，五光十色的变化，迷漫了自己底方向。自己底意识上，织绣出荒凉与阴暗的绘画，其结果，不是热爱，乃是遗忘，不是奋斗，乃是逃避！

至于自己的返回祖国，如其自云是“三年来，每年总有一两次，往国内去信，决定回去，复信尚未取到，又去信更正，归期移至来年，我的心如轱辘般转的不安，正像不在腔子内似的。”正是上述心态的反映，所谓“近乡情怯”，这是众多爱国的书生共同的感受。阎宗临的《波动》，是他回国时交出的一份心理考卷，后来山西编辑的《山西文学大系》收入了《波动》的部分章节，编者在“题解”中称：“作品记述了作者从瑞士归国途中所见、所闻、所感、所思，描述了海程中沿途的异域风土人情，表达了对在异国友人的恋恋不舍的朋友之情，抒发了对祖国故乡的刻骨铭心的思念之意。通过中西比较，反思中华民族闭关落后的现状与原因，揭示人性的复杂、人欲的膨胀、人生的波动。作品多处引用西方典故与传说，文字洒脱自如，行文情感波澜起伏，不时迸发出人生世道的哲理光点，启人深思。”这个评论是公允的。

几乎与《波动》同时，阎宗临在《新北辰》杂志发表了另一组散文《夜烟》，收有22篇，即《夜烟》、《孤独者》、《伊巴地》、《红花》、《白日的淡痕》、《春生》、《古城》、《病》、《小溪》、《幻梦》、《一觉》、《骷髅的微笑》、《瑞梅》、《旧纸》、《翡冷翠的心影》、《罗马》、《夜访斗兽场》、《在巴拉先生家中》、《满江红》、《水泉》、《母亲的梦》、《尾声》等。上述的文字，几乎都是梦幻般的抒写，是作者内心生活中现实与梦想相交的产物，其中不乏“现代派”的手法，如今读来，大有鲁迅《野草》、《随感录》以及高长虹作品的况味。

开篇，作者写到：“深夜时，随着轻淡的烟云，我走到一个新的境界，自由地做梦”，即“夜深时，回忆与幻想，对我反成一种苦痛，不堪其扰，记录下来，遂成此书。”这是作者的创作自况，于是又明显的，这些文字带有了随着深夜降临而来的哲思和独白，作者笔触所到，有似鲁迅《坟》中“过客”的姐姐，有他对于死亡的哲思：“我想：大抵年岁愈大，思想愈趋踏实，而死的恐惧也渐次减少了，或者竟可说对死的认识，另转变了一种态度，由感情而降至事实，由忽然而变为确定。死，你只是实体分离，一种必然的现象而已。”以及又由西班牙内战联想到中国，他感慨：“我们已散失的几千万同胞，又将向谁埋怨呢?”继而又由自己的无根，带来了无尽的思乡之情，他感叹无常，进而精心描摹夜的诱惑和魅力，因为夜是诗人和哲人所喜欢的，它是他们的天堂，他说："我们常听说夜是可怕的与神秘的。倘如更往下寻求，即我们发现她的可爱与爽直。到夜神降临，将外物一齐隐去，要你用智慧的灵光，去测验内心的生活。放逸难言的思想，固出自夜间，而悔恨追责的疾痛，又何尝不是呢？"

显然，这是一些包含着丰富内容的散文及散文诗。它是抒情的，又是神秘的。其中的《孤独者》，是一篇鲁迅同名文章的小品，读上去十分暧昧，苦于理解，抑或它是人言人殊的作品，即对它的理解是开放式的，要之，能够把握作者的心态，进而领悟其主旨的深意。作者写到："在犹疑中，老人忽向我说：'我要留你在此，我要走了，我是个孤独者，命运要我走这条无尽的大路。原想约你前往，甩开人间的嘘笑与蜚声，谁想你永睡在梦中，迷醉不醒，我没有把你唤醒的权利，你还是永睡在蒿草中吧。'"这意境，这语言，我们似乎并不陌生，但又无从领会其"所指"，其实呢，只要知道作者此时已在欧洲多年，且已礼拜于天主之下，就或许会明白，那是他多年反思和审视人类文化，更从而有所超越留下的痕迹。于是，在这些文字中，作者或于凝视埃及神像之际若有所思，或竟"白日做梦"，又所谓感物伤怀，都有一共同的主题，即对人类命运的关怀；具体而微，作者或于审视墓门边的"红花"时遥想墓中的战士，以为"敌人的战马已踏在壮士们的坟中，纵使如此，红的花要去装饰死者的墓门"，与高长虹那本《心的探险》有异曲同工之妙，真是情何以堪，文学，以及艺术，本来是人类与命运搏斗的产物，所谓须臾不可离的。

当然了，贯穿在作品中的，还有那作者念兹在兹的对祖国的致意和怀恋，这无论是"夜烟"所思，触景生情，或者是作者于尼罗河畔的沉思，或是他于远方想象中的长城，以及处于危难中的北平的古城，在在透露出作者的心怀所系。

《夜烟》的另一主题，因作者当时已皈依天主，则于作品中不时透露出因此而致的身心安宁祥和的情思，同时作者又热切地歌颂自然，歌颂那些神灵，那些种种的造物主。于“形而下”的一面，作者在作品中兼又用热切的文字怀念母亲，纪念友人，包括那些已经逝去的好友（如名叫“立庵”的诗人，那是“一个十九岁的诗人”；又如“瑞梅”，则显然是作者生活中一位非常重要的异性友人）。还有的，是对欧洲文化和风物的描写，特别是宗教背景下的人和物，是作者浸透了情感来描摹的，类似于朱自清、徐志摩等等的文笔，于景于物于人，都格外让人赏心悦目的。

《满江红》是其中的一篇剧本，是写留学生和外交官的，其中的深意是发掘国难的原因，作者感慨于“国民性”的重要，简而言之，是“差不多先生”的存在，其或是“不郑重现在，将一切推到未来”的“没有时间观念”，以及知识分子的“谄上傲下，媚外骄内”等等，至于其看问题的角度，则是专业眼光的“文化观”，此也无他，爱国而已。

同一时期，在随笔和杂感方面，阎宗临还有一部《文艺杂感》，它先后发表于《新北辰》1935 年第 3、4、6、7、10 各期。

《文艺杂感》合 19 篇，所谓《无利害的冲动》、《两种原则》、《调和》、《如浮云的徘徊》、《美的残灭》、《阿毛》、《趣味》、《智慧的消失》、《残缺》、《苦闷的强制》、《牺牲律》、《女子与小说》、《否认自我》、《冬与春》、《艺人应有的态度》、《创作欲》、《批评》、《三种阶段》、《庸人》。作者称，它们是“没有系统，没有组织，有时如何想到，便如何写出来了。我绝不敢自诩有所创造，我也不信人能有什么创造，如果把创造当作无中生有的解法。这里的几篇文字，只看作幼儿的涂鸦，拿他包物糊窗，未尝不可的。”当然这是作者的自谦，但也说明它是杂感类的文字，所谓杂感的形式，是基于灵感而非系统理论的作品，内容却是关于文艺学、艺术、美学，即讨论文艺的基本定律，美学和审美的原理的。

《文艺杂感》的写法，显然是作者受了欧洲小品的影响，正如作者后来为之作传的巴斯加尔（现译帕斯卡尔）的文字（阎宗临后著有《巴斯加尔传略》，由商务印书馆于1962年出版，今又有何兆武译本，湖北人民出版社2007年出版），那是巴斯加尔式的沉思，所谓吉光片羽，却凝聚着高度的智慧和心得。因为作者处于欧洲，已经习得了彼邦的文化，历史、宗教、文学、艺术，以及美学，以之创作文学，便有其中的“惊鸿照影”，后来作者以之从事史学研究和写作，也是“惊鸿照影”，却格外令人惊艳不已了。总之，作者的这部文艺或美学小品，因为作者立于“通”的高度，是所谓中西之通，也就读来兴味无穷了。读这些文字，时有读王国维《人间词话》、傅雷翻译的《艺术哲学》、钱锺书创作的《谈艺录》等等的感觉，作者思维的缜密、文字的锤炼，可谓炉火纯青，引人入胜。

《文艺杂感》谈及文艺的种种原理、创作规律、各种流派，以及中西艺术比较和美学和心理学上的升华说、转移说等，是一本值得再三咀嚼的妙品。

阎宗临这一时期的作品，在文学传记方面，他曾写有《查理·波特莱尔》，包括翻译有《歌德与德国》等。这些文字与他后来写下的众多关于中国文化史暨欧洲文化史的论文汇合在一起，完全可以成为中西文化交会过程中的一道靓丽的风景线。

十一、学者的心声

说完了青年阎宗临的文学生涯，不免再说一说他后来成为学者时的一鳞半爪。

告别了文学之后，阎宗临的著述（当然主要是学术的），基本上集中撰写于抗战时期的1937年至1943年，这算起来不过是6年左右，那么，在他74年的一生之中，何以那6年竟然如此灿烂？这区区6年，他撰写的关于传教士和中西文化史以及欧洲史的论文，现在已经分别汇辑为《阎宗临史学文集》、《传教士与法国早期汉学》、《阎宗临作品》（《世界古代中世纪史》、《欧洲史》、《中西交通史》），可谓灿然可观，而在此之后，岁月如何竟又如此黯然失色呢？在写这篇后记的时候，这一玄想一直徘徊在笔者的脑际。

换言之，就在那大江大海的鼎革之际，阎宗临正值其45岁的人生黄金时代，岂料此后的近30年，在他的学术年谱中，可谓乏善可陈矣，这又是为什么？这不成比例的对照，这充实与空白的紧张对峙，说明了什么？

我不禁想到了学者万仲文先生当年为阎宗临《欧洲文化史论要》所作的序言。（在《巨赞法师全集》中，有一张阎宗临和盛成、万仲文的合影。万仲文是海南儋州人，曾在日本帝国大学即东京大学前身的法学院读研究生，后历任中山大学、台湾大学法学系教授兼系主任，1949年后在广西师范大学任历史系教授，是广西“民革”的主委。1957年，他被划右派。）万仲文与阎宗临是后者在广西时的同侪和畏友，不同于如今众多评论家放言时多有凿枘之处，万的序言则平实无华，而其精神人格更是赫然在目，令人敬仰不置。正如阎宗临所称：“这几年来所以不断地发表关于欧洲文化研究的著作以及这本书稿之完成、出版，其事与我们友谊的结合颇有因缘”。这是说阎的著述写作与出版，与他当时的友人不无关系。而万的序言则称阎的写作是“秀逸的描写、卓越的见解”，所以如此，更得益于作者“艰苦卓绝的精神与平实精详的风度”。所谓“艰苦卓绝”，一是作者留学时期的“苦学记”，一是此时写作时的“清苦”生活，前者为铺垫和积累，后者为现实场景；前者有作者的深刻记忆，后者则为评论者所亲见。

万仲文说：抗战以来，物价高涨，其同事与友人的“穷教授”阎宗临“实在清苦之极”，不仅如此，这个“穷教授”“在五年之内，连生四子，负担更特别加重”，然而，作者却贡献于祖国和人类多本煌煌论著，这当属其怀具有“艰苦卓绝的精神”，以及不得不说的其“贤惠的夫人梁佩云女士”的“内助”之功甚至是牺牲（梁女士也是留洋回来的，后来她舍弃了工作的机会，一如许广平之于鲁迅）。彼时作者的“艰苦卓绝的精神”，在万仲文目睹和描写下，竟是这样的壮烈和慨然：“在此穷苦的生活下，他仍然每天不断地在破陋的房子里，在孩子们的嘈闹声中，一笔一笔端端正正地写下他的书稿，真有颜子‘人不堪其忧，回也不改其乐’的卓越精神。记得有一次我和他闲谈，自然又谈到米价的高涨，小孩子的多产，谈到我们生活的困苦，而他却很幽默地笑说：‘怕什么？人家囤积米，我们囤积人，看将来是米吃人还是人吃米？’一时传为侪辈间笑谈的佳话。又有一次我们谈到改行的问题，他也矍然说：‘改行？那只能解决我们的腹子问题，而我们的精神与灵魂必因之而死灭，这还是解决不了我们的生活问题的。’就因为著者具有如此淡泊、刻苦、达观、坚定的精神，才能够一点一滴地完成这本著作。”

万仲文又提到阎宗临的著述胸怀，即他研究欧洲文化史，能够获得所谓一个“全牛”的认识，其特点也即其优点在于：一、出发点为一整体观，其见解尤为独到，所谓“欧洲仅只是亚洲的延长，它之取得洲的资格，不是天然的，而是人为的”，“欧洲是历史的产物”，“整个欧洲的文化，由希腊、罗马文化蜕变出来，前者教欧洲人如何创造，如何致知，使每个人成为独立的人物，后者教欧洲人如何组织，以建立人与人关系的法则。希腊罗马的文化，虽为埃及与中亚文化的综合，但自欧洲观点言，却是整个的”。二、方法为剥衣式即剥笋式的，即“把整个的欧洲文化，从历史的观点一层一层地剥下去，最后便露出我们最感兴趣的所谓近代欧洲文化的美人之内身，使人发生‘原来如此’的亲切快感，并使一般爱谈欧洲近代文化的人，不得不平心静气去研究中世纪文化；研究了中世纪文化，又不得不去研究希腊罗马的文化；研究了希腊罗马文化后，又不得不去研究埃及中亚的文化，否则他对于欧洲文化，便无法见到

‘全牛’，所见到的那只是欧洲文化的外衣，欧洲文化一部分的肢体或一段曲的江流而已，结果往往会认外衣为肉体，指肢体为正身，以曲流为大河，这是很不妥的”。此为“穷源探本的研究方法”。三、“科学的历史研究的精神”，这可以体现在他“客观的分析与论断，使每一时代的文化都现出其精神与价值，不容一笔抹杀”，如13世纪文化的支柱：哥特式的教堂、士林哲学的经典。在世人以为“黑暗的中世纪”之下，作者却以为其为文化转变的时期，期间基督教树立了深厚不拔的基础，它启示以新的文化，并由此提高了人的尊严，如是，“我们看到了分裂与统一并存，现实与理想混合，外表上表现出矛盾、古怪，有时候幼稚，而内部却是沉静、和谐与快乐”。四、其所著对于当下世界和社会的启示意义，即对于第二次世界大战的反思和启示，作者在著作中检讨和批判了近代欧洲的机械文化，这种检讨和批判不是站在所谓“东方文化”的立场上，而是“站在整个欧洲文化的立场来批判近代欧洲文化”，也就是以客观的态度和平实的立场，反思近代欧洲文化的精神取向是“机械论”，即在机械日益进步且显出示其巨大的社会推动力的同时，其也有一个令人不安的逻辑结果：“个体为集体所消灭，从人言则人变为物的象征；从社会言则只有大众而没有个体”，也即机械统治自然和日常生活，造成竞争泛滥而信仰缺失的局面，对此作者忧心忡忡，又提供以良法，即“从欧洲历史言，希腊对人的认识，罗马公平的法律，基督教博爱的精神，都是极可宝贵的遗产。如果欧洲人不加以发扬，与机械文化配合，创造新的精神，则欧洲文化将进入绝灭的阶段。我们毕竟相信：斗争不是一个国家与民族的目的，只要看近二十五年欧洲的历史，即知欧洲尚不能做到交相利，更无论兼相爱了。”万仲文亟称“这种劝告对于欧洲人是很亲切的，它好像一面西洋镜子，使欧洲人由此照出它自己年轻时代的朱颜，故本书对于目前大战中正醉心讨论着战后世界和平的欧洲人，实有重大的启示，而具有国际的价值的”。

这是多么好的一篇序言，由是我们可以想象到：彼时在广西，阎宗临虽然穷困潦倒，然而他在精神上是愉悦的、充实的，这不仅反映在他巅峰般的写作和累累的成果，也见之于友人的激励和共鸣，也正是在抗日烽烟的岁月中，众多中国的爱国的知识分子心怀着报国的热望，以他们艰苦卓绝的精神和精湛深刻的学术，成就了一段令人难以忘怀的学术丰收期。于此，阎宗临可谓得人得时。

彼时阎宗临所任教的国立桂林师范学院，其前身是广西省立师范专科学校（它是中国近代早期的高等师范学校之一，曾由著名教育家杨东莼为首任校长，1936 年并入广西大学，1942 年又更名为广西省立桂林师范学院，至翌年又改名为国立桂林师范学院，直属中央教育部，负责培养西南各省的师资人才），其时，桂林是抗日的大后方，众多名流学者和进步人士云集此处，而桂林师院利用这一绝佳时机，兼收并蓄，多方设法延聘思想进步和学识渊博的专家和学者任教和讲学，于是，除了梁漱溟和阎宗临这一对原来的师生（彼时梁漱溟曾称阎宗临是"非同俗流之昧于中国文化价值者"、"其见解非时下人之所见也"，当属很高的评价了），这里还有吴世昌、宋云彬、张映南，曹伯韩、穆木天、谭丕模、杨荣国、汪士楷、张锡昌、徐寅初、石兆棠、欧阳予倩、高天行、王西彦、方管、彭慧、张毕来等众多知名学者。此外，当时的师院，提倡学术研究的思想自由，这不啻又给师院增添了良好的教学和研究的条件，使之在战火硝烟中拔地而起。

阎宗临此后所任教的广州中山大学亦是如此，此外这所学校还有着深厚的历史渊源及学术传统，也是在这里，阎宗临和他的"狂飙社"旧友朱谦之先生汇合了，而阎宗临所在的文学院，黄艮庸先生、詹安泰先生、钟敬文先生、朱师辙先生、严学窘先生，等等，相与谈论，把手晤谈，可谓得宜。也是在中山大学，有一位山西的学子席泽宗与阎宗临基于同乡的关系颇相过从。一次，阎宗临问他："你知道竺可桢其人否？他有一篇关于二十八宿起源的文章，写得非常好，很值得一读。”这一句话成为了后来著名天文学家的席泽宗院士的人生转折点。

在两广，作为学者的阎宗临，成就辉煌。（除了上述的论著，他的众多论文如《大月氏西移与贵霜王国的建立》等还有待整理，而作为文学余绪的旧体诗词，则是他后来几乎是唯一的文学消遣的形式了，如他的一首《病中读〈浮士德〉第二卷（兼）怀念友人巨赞上人填菩萨蛮一阕奉正》等）。再后，阎宗临北返，此后种种，则是他人生道路的下行线矣。

还是在阎宗临启程北返之时，香港的罗忼烈先生为他送行，写了一首《霜花腴》（收入《两小山斋乐府》），其曰：“庚寅八月，闻阎宗临先生自羊城返太原。余方客香江，中秋之夜，依梦窗四声，赋此遥寄。”那么，就以这首小词，作为本文的结束吧：

悄阶露白，桂影零、姮娥自古婵娟。曲江涛险，奇情顿减当年。伴愁且眠，任素波、清入疏帘。荡风霜败驿凄凉，半庭宵好遣谁看。

瘴海岁时归梦，奈寒欺竹榻，苋贡盘餐。逢节思遥，知还身老，应怜人月双圆。莫凭翠阑，恐断鸿声远云间。念琼楼纵有仙槎，只忧行路难。

于2011年岁杪之杭州

编者絮语

宋若云

> 历史如巨大河流，顺自然流去，它在行程中，有时遇岩礁及其怒涛，有时在峡谷中曲折迂回，失其固定的方向。时而枯竭，时而泛滥，但是不舍昼夜逝去，幻变中永远不变的。治史者，有如沿河而行，须明其总动向，然后观势察变，始明主力之所在。

如果没有一定的想象力，很难把这段优雅睿智生动跳脱的文字，与我们头脑中严谨理性甚至有些艰深的学术论文画上等号。而事实上，这段文字出自家翁阎宗临 20 世纪 30 年代于广州所写《欧洲史稿》之用以阐明自己历史观的《绪论》。

作为历史学家的阎宗临已为学界认可并推崇，认为像他这样经过旧或私塾训练又长年浸淫于西方文化，精通法文、英文、拉丁文等多种语言，从文化角度从事中外交流史研究的学者，寥若晨星。饶宗颐先生曾说，“知己知彼，百战不殆。……治学之道，亦何以异是。……与先生尝共事，颇闻其《绪论》。心仪其人，以为如先生者，真有志于‘知彼’之学者也”。并称家翁“兼通东西”，“其所造固已出类拔萃，久为士林所推重”。[①] 中华书局谢方先生也说，“阎宗临是我国最早也可能是唯一一位能用西方古典原著和中国古

① 饶宗颐：《阎宗临史学文集·序》，山西古籍出版社 1998 年版。

籍相结合讲学与写作的教授、学者”①。宗翁文字也为许多学者所激赏，称他以文书史，以史为文，“读历史著作，犹如看文化随笔一样，叫人津津有味”，颇有太史公的遗绪。殊不知其文字的隽永和优美实源自他曾经有过的一段激情燃烧的文学岁月。

我了解家翁与文学的渊源是通过山西大学中文系的姚青苗老先生。20 世纪 80 年代末，青苗先生住在我们对面的小灰楼，经常来我家聊文学逸事，谈狂飙社，谈高长虹，谈鲁迅。记得大约是 1990 年的夏天，青苗先生举着一本厚厚的《高长虹传》，兴奋地指给我看书中关于高长虹与阎宗临在欧洲相见的记述。

转眼间二十余年过去了，我们早离开那座房子，青苗先生也已作古，但那个夏天，等不及落座就开始翻书的青苗先生的样子还历历在目，先生那操着浓浓晋南味普通话的大嗓门仿佛还回响在耳边。

1. 狂飙突进的文学岁月

1924 年，家翁 20 岁，求学北京，经同乡推荐，在景梅九先生的《国风日报》副刊做校对，认识了高长虹兄弟并加入狂飙社。狂飙社的宗旨是“要做向现实的黑暗势力作战的强者”，这得到深受新文化影响，因参加反对校长独断专横而被开除，因反对包办婚姻而离家出走的青年阎宗临的完全理解与赞同。

正如廖久明先生所说，“这群狂飙社成员是一群贫穷而不安于现状的孩子离开家乡闯荡社会，为了在冷酷的现实面前生存发展，他们只能抱团取暖，从而结下兄弟般的情谊”。②

狂飙社的小弟弟阎宗临与高长虹感情最深。经长虹引荐，他得以常向鲁迅先生讨教关于文学与人生的问题并开始与郁达夫等文学

---

① 谢方：《记阎宗临和樊守义——选堂序跋集偶得》，《山西文学》2007 年第 10 期。

② 廖久明：《亲如兄弟——阎宗临与高长虹》，《上海鲁迅研究》2012 年第 01 期。

界人士交往。

这段充满激情，如电光火石般的文学岁月虽短暂，但文学的种子，文学的梦却留在了青年阎宗临的灵魂深处，伴他一生。正如其在，《大雾》后记中所言：

> 我永远怀念着这一段幻梦的生活，他具有一种魔力，要我不断地回想与分析，由分析而烦闷，因烦闷而眷恋。我眷恋他，因为眷恋我自己已逝的生命！

晚年在《回忆鲁迅先生》一文中家翁有一段记述：他曾求教鲁迅先生，青年应该读什么书，“问后，他抬起头来，沉默好久，说：‘除线装书和印度书外，都可读。不过在平时，我没有留心过。’”① 后来，鲁迅曾多次公开讲：“我读中国书时，总觉得能沉静下去，与实际人生离开。读外国书（除了印度）时，往往就与人生接触，想做点事。”②

这次对话后不久，青年阎宗临远渡重洋，赴法勤工俭学，“读外国书”去了。此时仍与鲁迅先生保持书信来往，文学界朋友们也在精神上、经济上持续给予他支持。

2. 承泽于两位文学巨人

在《回忆鲁迅先生》一文中，家翁感言：

> 鲁迅伟大的精神，有如一座高山，风雨吹荡他，云雾包围他。但是，人们在那里呼吸时，比别处更自由、更有力。纯洁的大气，洗刷思想的污秽。鲁迅先生就是这样一座高山，屹立在钱塘江畔，他的侧影，耸入无垠的天空。

而在注册入瑞士弗里堡大学文学哲学院攻读欧洲历史与文化时，青年阎宗临又有了一个特殊的文学际遇。当时住在瑞士的法国文学大师、诺贝尔文学奖获得者罗曼·罗兰因为对中国很感兴趣，

---

① 阎宗临：《回忆鲁迅先生》，《山花》1972 年第 1 期。

② 《鲁迅全集》第 2 卷 12 页。

希望弗里堡大学给他找一个懂中国文学的人帮他了解中国，文学院的德·穆南克（Marc de Munnynck）教授推荐了新来的中国留学生阎宗临。一星期后，罗曼·罗兰向米南克教授致谢，感谢他推荐了一位很有见解，来自鲁迅身边的中国年轻人。从此，留学生阎宗临与文学大师罗曼·罗兰有了长达七年的交往。罗兰对其关爱有加，像“家长兼导师”，而这位中国学生对鲁迅与罗兰两位东西方文化巨人间的沟通，也发挥了某种桥梁的作用。

研究罗兰在瑞士这段历史的专家，巴塞尔大学教授梅兰博士（Jean－Pierre Meylan）2010 年 7 月 25 日在罗曼·罗兰学会会刊上发表了一篇题为《阎宗临、作家鲁迅和罗曼·罗兰》的文章。文中指出“这是一段极其动人的历史”：

> 罗曼指导他，鼓励他把自己的《米开朗琪罗传》翻译成中文。阎宗临把自己的肖像送给罗兰，而罗兰给了他的学生那张享誉全球的著名的罗曼·罗兰和甘地在维威廉摄于 1931 年的照片。（此文为大姐守和翻译）

这张照片从此一直跟随家翁，从瑞士到中国，历经八十载天灾人祸，已经发黄的照片被完好无缺地保存下来，当年他在照片上所记的那一行法文小字，成了这段刻骨铭心往事的见证。

瑞士弗里堡大学历史系博士生的柯莱特·吉荷尔德（Colette Girard）以《在弗里堡天主教大学的中国留学生（20 世纪）》为博士论文题目，中国留学生阎宗临是她关注的主要对象，自然也关注其与罗兰的关系。她通过法国国家图书馆管理罗兰档案的负责人白赫纳德·杜查特勒（Bernard Duchatelet）阅读了罗兰档案，档案中保存了家翁写给罗兰的信，而罗兰的日记里也详细记载了家翁的出身和经历，多次提到二人的交往。

《日记》写道：一个 20 岁的中国年轻人，已经如此老成……阎并不壮实，但极其善良、单纯和忠诚。他找我的目的是想求教该怎样处理他自己的人生，怎样才能挽救他们困境中的祖国。他非常认真的问我，很细心的听我说的每一个单词，他想要知道的最重要的事是：回中国后该怎么办。

日记还写道：阎宗临这样的年轻人让我和我的姐姐都很感动。我爱这样的年轻人，他们虽不说任何话，却敢于触及社会底部残酷的现实，面对这样的现实，他们不诉苦也不怕命运的嘲弄。他们能保持镇静，继续他们的前进旅程，没有丝毫的动摇。

罗兰日记也记载了家翁翻译《米开朗琪罗传》的事。

罗兰曾非常感慨地说：鲁迅真是一个伟大的作家，我越是了解他，就会越想见到他，想和他讨论许多问题，可惜没有机会。他说他最佩服的两个亚洲人，第一个是甘地，第二个就要算鲁迅。

据日记记载，他们谈鲁迅及鲁迅的作品《阿Q正传》，谈罗兰作品《约翰·克利斯朵夫》和《米开朗琪罗传》的翻译，谈人性，谈文化，但始终没离开文学。这段经历无疑引发了留学生阎宗临对文学的深层思考。

而鲁迅也一直很敬重罗兰。为了庆祝罗兰六十寿辰，鲁迅亲自编辑出版《莽原·罗兰专号》，发表了罗兰的照片、画像、评传、著作年表，翻译了《罗曼·罗兰的真勇敢主义》一文，第一次系统地介绍了罗曼·罗兰。

家翁去世后，三哥守诚在其笔记本上发现了题为《回忆罗曼·罗兰谈鲁迅》的草稿，约一千多字，写得很简略。参照罗兰日记的相关记载，才得以看到一段中国学生和法国文学大师交往的佳话，使这段尘封已久的历史得见天日。

3. 一只手提箱

在山西大学老房子的储藏室里静静地躺着一只20世纪30年代从欧洲带回的小小手提箱，因年代久远，历经劫难而破旧不堪，已不大能看出原来的颜色。然而这个小箱子见证了家翁学成归国以来的动荡一生，承载了他的所思所想所感所寄。

在1997年三哥守诚发表的《逃难寻踪》一文当中首次提到这

个手提箱：1944 年日寇入侵广西，全家随无锡国专师生一起逃难，衣物用具丢失殆尽，全家 7 口人只剩下一条被子。但不管走到哪里，无论多么艰难，父亲手里总提着这只小箱子。

这只箱子经历了日寇炮火，却没逃过“文化大革命”的浩劫。1966 年被造反派抄家时，里面的东西，包括家翁发表的文学和史学著作、论文手稿和重要信件被当作“黑材料”一起抄走。据三哥回忆，东西被抄走后母亲对他说：“你一定想办法把爸爸写的东西找回来，这些东西丢了，他人都变呆了。”他看到“父亲也确实神情大变，双目痴呆而迷茫，就像贾宝玉丢了通灵宝玉一样。我才真正懂得了什么是以学术为生命”。

虽然经过努力，找回了一些“黑材料”，但是其中的文学作品，包括小说《大雾》、散文集《波动》、《夜烟》等却从此丢失，再也没找到，家翁为此深感遗憾。

十几年后，三哥守诚在小提箱所存手稿的基础上收集了部分论著，编成《阎宗临史学文集》，在 1998 年家翁逝世 20 周年时出版，得到学术界一致好评，其中有关传教士研究和中西交通史的几篇文章受到汉学界和清史专家的高度重视。2003 年大象出版社出版了《传教士与法国早期汉学》，2004 年山西人民出版社出版了《阎宗临先生诞辰百周年纪念文集》，2006 年广西师范大学出版社出版《阎宗临作品》三种（《中西交通史》、《欧洲史》和《世界古代中世纪史》）。

至此，小手提箱中家翁的遗著除文学作品外基本出齐。

家翁当年筚路蓝缕，笔耕不辍的文化史研究及传教士研究论著在当今学术多元化，打开国门，走向世界的大环境下重新出版，恰逢其时，备受瞩目。2007 年 12 月“阎宗临学术思想研讨会”在京召开，2008 年《阎宗临作品》三种入选中国新闻出版署“三个一百”工程中 100 本社科原创优秀出版物。作品的出版和研讨会的召开，在政府、学界、出版界和新闻媒体等社会各个层面都引起广泛的反响，家翁“赢得身前身后名”。

4. 出版《阎宗临文学作品集》的缘起

2009年家庭聚会时，大哥守胜提出，父亲的一生颇为传奇，应该为父亲写个传记。是啊，一个闭塞的小山村的苦孩子，一路走来，参与狂飙突进的文学运动，远渡重洋赴欧留学、工作，结识中西许多文化名人，成为洋博士、名教授，最终回归故乡，寂寂无闻，而身后三十年又声名鹊起……其经历曲曲折折、起起伏伏，其作为可圈可点，可赞可叹，其境遇发人深省、引人遐思。这个倡议得到大家一致赞同，由三哥守诚负责撰写，其他兄弟姐妹负责收集资料。

守扶充分利用了e时代的便利，从网络信息库发掘出了大量父亲早期史学著作和相关的资料，而且在“读秀网”上意外地发现了“文化大革命”抄家时丢失的《大雾》、《波动》和《夜烟》等文学作品的早期版本，同时还找到了阎家子女们从未见过的其他文学作品，包括《文艺杂感》、《论偶然》、《关于〈献给自然的女儿〉》、《读琴心女士〈明知是……〉之后》，等等。

守扶兴奋地告诉大家这个巨大的收获，不仅使亲人们感到高兴，也使家翁生前的遗憾得以弥补。

我们不禁想，作为狂飙社成员，文学青年阎宗临曾亲耳聆听过鲁迅的教诲，作为来自鲁迅身边的中国学生，又亲身感受到罗曼·罗兰“家长兼导师”般的关爱。当年见鲁迅时年仅二十一岁，与罗曼·罗兰开始交往时也不过二十五岁，正是像海绵一样吸收知识和丰富阅历的年华，高山仰止，景行行止，东西方两位文学大师定给了他享用不尽的思想和性灵，使其精神汲取到丰富的营养。而且身处20世纪30年代那个社会剧变，新思潮、新理念风起云涌的文学的黄金时代，假使能够专门作文，他的文学见识和修养将会达到怎样的境界啊！

我们感到，尽管家翁文学作品不多，但其小说中各色人物的忧积、挣扎和搏斗，如此生动地蕴涵了时代和民族的精神；其散文隽永睿智，兼具东西方的韵味，其杂感如惊鸿照影，令人赏心悦目，回味无穷。其文学作品中饱含了对人类命运的关怀和巴斯加尔式的沉思，而情感的波澜、寓意的深邃、文字的淬炼、思维的缜密，更是灿然可观。如能把这些作品结集出版，一方面可告慰老人家的在天之灵，一方面或也能对上世纪三四十年代的文学研究有些小小的贡献。

而且，那只小小的手提箱也终可完成使命了。

家庭成员中唯我曾以文学为专业，编辑家翁文学遗著本是我义不容辞的应尽之务。因当时我在海外工作，守扶力请儿时的玩伴，对家翁的身世经历颇有研究的好友郭汾阳君（散木）协助编辑，并对家翁文学作品作了全面、中肯的评述。三哥守诚的学友，山西省作家协会主席韩石山先生欣然命笔为之作序。

本书分为上、下两编。上编系家翁创作的文学作品、文学评论及文艺杂感，下编收录家翁友人及当代学者对其作品的评述和相关回忆文字。

回想1997年前后，三哥守诚收集编辑父亲的《阎宗临史学文集》，从编辑到付印历经四年，其间我在北京师范大学读书，有幸参与了部分书稿的校对，同时邀两个同学协助，一个是正在攻读世界史博士学位的宋晓芹，一个是文献学出身但攻读古典文学博士学位的李玉莲。《文集》中用字的典雅和资料的丰富令我们赞叹不已，对其鲜活灵动的诗性的语言更是印象深刻。

一晃十几年过去了，已成为山西大学历史文化学院教授的宋晓芹参加了2007年“阎宗临学术思想研讨会”并陆续发表相关的研究文章；作为大百科全书出版社资深编辑的李玉莲博士在看到我们粗粗整理编排的《阎宗临文学作品集》原稿后，大为感赏，认为文笔与深度毫不逊于作者同时代作家水平，甚至认为针对当今某种“人为物役、心为形役”的文学现象在品味和立意上有镜鉴和提升作用，慨然允诺愿为此书付梓尽责尽力。

家翁曾分别于抗战和“文化大革命”前后三度出任系主任的山西大学历史系，现已更名为历史文化学院，历史文化学院院长、山西省历史学会副会长兼秘书长、中国灾害史专业委员会常务理事郝平教授、历史文化学院赵原生书记和李书吉教授对此事极为关注，积极促成此书的资助出版，山西大学校领导给予了大力支持。

缘分竟至如此，岂是一个谢字能了！

是为编后絮语。